冰与火之歌

A SONG OF ICE AND FIRE

V. A DANCE WITH DRAGONS

卷五 魔龙的狂舞 [中]

14

[美] 乔治 R.R. 马丁 著

屈畅 赵琳 译

重庆出版集团 重庆出版社

Copyright ©1999 by George R.R. Martin
The Song of Ice and Fire (Book 5)
A Dance with Dragons
By George R.R. Martin
Simplified Chinese Translation Copyright © 2018 by Chongqing Publishing House Co., Ltd.
This edition arranged with The Lotts Agency Ltd.through Andrew Nurnberg Associates International Limited.
All rights reserved.

本书中文简体字版通过美国 Lotts Agency 公司及安德鲁·纳伯格联合国际有限公司独家授权出版
版权所有，侵权必究
版贸核渝字（2016）第 154 号

图书在版编目(CIP)数据

冰与火之歌.14：卷五，魔龙的狂舞.中／（美）乔治·R.R. 马丁著；屈畅，赵琳译.—重庆：重庆出版社，2018.1
ISBN 978-7-229-12867-8
Ⅰ.①冰… Ⅱ.①乔… ②屈… ③赵… Ⅲ.①长篇小说－美国－现代
Ⅳ.① I712.45
中国版本图书馆 CIP 数据核字 (2017) 第 280236 号

冰与火之歌 14
【卷五】魔龙的狂舞（中）

BING YU HUO ZHI GE 14
[JUAN WU] MOLONG DE KUANGWU （ZHONG）

[美] 乔治·R.R. 马丁 著 屈 畅 赵 琳 译
责任编辑：邹 禾 唐弋淄
装帧设计：谢颖设计工作室
封面图案设计：罗 烜
插图：曹 珂
责任校对：李小君

重庆出版集团 出版
重庆出版社

重庆市南岸区南滨路 162 号 1 幢 邮政编码：400061 http://www.cqph.com
重庆出版社艺术设计有限公司 制版
重庆市鹏程印务有限公司 印刷
重庆出版集团图书发行有限责任公司 发行
E-mail:fxchu@cqph.com 邮购电话：023-61520646
全国新华书店经销

开本：890mm×1230mm 1/32 印张：12.675 字数：303 千
2018 年 1 月第 2 版 2022 年 3 月第 2 次印刷
ISBN：978-7-229-12867-8
定价：49.80 元

如有印装问题，请向本集团图书发行有限公司调换：023-61520678

版权所有　　侵权必究

任性的新娘

盖伯特·葛洛佛的学士送信来时,阿莎·葛雷乔伊正坐在盖伯特·葛洛佛的长厅里,喝着盖伯特·葛洛佛的葡萄酒。

"夫人,"学士的声音一如既往地紧张,"荒冢屯来的鸟。"他像扔掉烫手山芋般把羊皮纸推给她,卷得紧紧的羊皮纸用凝固的粉蜡封住。

荒冢屯。阿莎试着回忆荒冢屯的领主。反正是个北方佬,非我族类。而这封蜡……恐怖堡的波顿家族打着带血点的粉色战旗,粉色封蜡只可能是他们的。

这是毒药,她心想,我该烧了它。然而她捻碎封蜡,一小块碎片飘落膝上。等她读过干掉的褐色文字,忧郁的心情更晦暗了。黑色的翅膀,带来黑色的消息。乌鸦从不带来喜讯,深林堡接到的上一封信来自史坦尼斯·拜拉席恩,要她臣服。这次则更糟。"北方人夺取了卡林湾。"

"波顿的私生子?"科尔在旁问。

"拉姆斯·波顿,自称临冬城伯爵。但这里不只有他署名。"达斯丁伯爵夫人、赛文夫人,四名莱斯威尔,签名旁还粗粗画了个巨人,代表安柏家的人。

签名由煤灰和焦油调制的学士墨汁写就,上方的正文却是棕褐色字迹的潦草手书。信件叙述了卡林湾的陷落、北境守凯旋而归及即将举办的婚礼。信开头是:"我以铁民的鲜血写成此信。"结尾是:"随信均奉上王子的一部分。螳臂当车,此为榜样。"

阿莎以为弟弟早死了。现在他生不如死。她捡起飘落膝间的人皮，放到烛火上，看着烟雾蜿蜒上升，直到人皮燃尽，火苗舔舐上手指。

盖伯特•葛洛佛的学士在旁期许地看着她。"不回复。"她吩咐。

"能把消息告诉希贝娜夫人么？"

"随你便。"很难说希贝娜•葛洛佛会为卡林湾的陷落而开心。希贝娜夫人几乎一直待在神木林中，为孩子和丈夫平安归来祈祷。多少祈祷也无济于事。他们的心树和我们的淹神一样又聋又瞎。罗贝特•葛洛佛和他哥哥盖伯特随少狼主南下，若关于红色婚礼的传言一半是真，他俩便没可能返回北方。至少她的孩子还活着——多亏了我。阿莎把孩子们留在十塔城，交给姨妈照顾。希贝娜夫人的幼女还在吃奶，阿莎觉得她太小，经不起回航时再一番折腾。阿莎把信塞到学士手中。"给，让她尽量从这儿找些安慰吧。下去。"

学士欠身退下。他走后，特里斯•波特利转向阿莎："卡林湾失陷，托伦方城便守不住，然后就轮到我们。"

"没那么快。裂颚会和他们血战到底。"托伦方城不像卡林湾那样不堪一击，而达格摩是个铁骨铮铮的汉子，肯定宁死不屈。

若我父亲活着，卡林湾绝不会陷落。巴隆•葛雷乔伊懂得卡林湾是北境咽喉；攸伦当然也知道，他只是不在乎，正如他不关心深林堡和托伦方城。"攸伦阿叔对巴隆大王的战利品没兴趣，他忙着抓龙呢。"鸦眼把铁群岛所有的船只集结到老威克岛，然后航向日落之海深处，他弟弟维克塔利昂像被打败的狗一样跟着他。派克岛已是空虚无人，除了她夫君。"我们孤立无援。"

"达格摩会粉碎他们。"爱战场远胜过爱女人的科洛姆坚持，"不过是群狼。"

"狼都被杀了。"阿莎用拇指挑着粉色封蜡,"我们的敌人是杀狼的剥皮人。"

"我们该去支援托伦方城。"她的表亲,盐女号船长昆顿•葛雷乔伊建议。

"是啊。"更远的表亲达衮•葛雷乔伊附和。他人称"醉汉达衮",但无论醉还是没醉,他都乐于战斗。"凭啥让裂颚独享荣耀?"

两名盖伯特•葛洛佛的仆人端上烤肉,但阿莎被那块人皮搞得毫无胃口。我的人不再求胜,她郁郁地意识到,只求死得其所。她毫不怀疑,狼仔会让他们如愿以偿。迟早,他们会来夺回这座城堡。

夕阳沉入狼林高大的松木背后,阿莎也踏上木阶梯,回到曾属于盖伯特•葛洛佛的卧室。她喝得太多,头痛欲裂。虽然阿莎•葛雷乔伊爱她的部下,但无论船长还是船员,他们大半是傻瓜。再勇敢的傻瓜也是傻瓜。增援裂颚,见鬼,要是能去的话……

深林堡和托伦方城相隔遥远,之间荒山野林,湍流横亘,还有她数都不敢数的北方佬。阿莎只有四条长船和不到两百人……这还要算上靠不住的特里斯蒂芬•波特利。尽管他口口声声说爱她,但阿莎无法想象特里斯会冲进托伦方城,和裂颚达格摩共同赴死。

科尔随她进入盖伯特•葛洛佛的卧室。"出去,"她说,"我要自己待着。"

"你要的是我。"他想吻她。

阿莎推开他。"再碰我我就——"

"就怎样?"他抽出匕首,"脱衣服,妞。"

"操自己去,黄口小儿。"

"我要操你。"科尔一刀划开阿莎的夹克系带。阿莎伸手抓斧头,但科尔扔掉匕首,扭住她的手腕,卸掉武器,将她推上葛洛佛的床。他毫不顾忌，狠狠地吻她，然后扯开她的上衣，让双乳蹦出来。阿莎屈膝顶向他的下体，然而他扭身躲开，并用膝盖强行分开她的双腿。"我要上你了。"

"来吧。"她啐了一口，"你睡着时我会宰了你。"

他进入时，阿莎已湿透了。"去死，"她说，"去死去死去死。"他吮着乳尖，让她发出混合疼痛与愉悦的呻吟。她的阴道成了全世界，令她忘记了卡林湾、忘记了拉姆斯·波顿、忘记了弟弟的那块皮，也忘记了选王会、忘记了失败，忘记了流亡、敌人和夫君。她只要他的手、他的唇、他环住她的胳膊，他侵入她体内的阳物。他一直操到她尖叫，然后又卷土重来，直到她开始抽泣，才将种子播撒在她体内。

"我是结了婚的女人。"完事后，阿莎提醒他，"你侵犯了我，黄口小儿。我夫君会割了你的卵蛋，再给你套上裙子。"

科尔从她身上翻下来，"他坐得起来的话。"

房里很冷。阿莎从盖伯特·葛洛佛的床上坐起，脱掉扯坏的衣服。夹克需要穿线，而上衣全毁了。反正我也不喜欢它。她把上衣扔进火堆，剩下的衣服在床上堆成一团。双乳很疼，科尔的种子顺着她大腿流下。她得喝些月茶，否则有怀上小海怪的风险。那又如何？我爹死了，我妈快死了，我弟弟被剥了皮，而我只能眼睁睁看着，无能为力。哦，我还结了婚。结过婚也圆了房……尽管不是和同一个男人。

她重新钻进兽皮底下时，科尔已睡着了。"现在你命操于我手。我的匕首呢？"

阿莎从背后抱住他。群屿的铁种叫他"少女"科尔，既为将他与"牧羊人"科尔、"古怪的"科尔·肯宁、"快斧"科尔及"奴工"科尔区分开，更为他光滑的脸颊。阿莎与他初遇时，他正努力蓄胡子。她当时大笑着把那称作"桃子毛"，科尔却坦言自己从没见过桃子，于是她邀他加入她的下次南航。

当时还是夏天，劳勃仍占据铁王座，而巴隆在海石之位上等待时机，七大王国相安无事。阿莎驾驶黑风号沿岸航行贸易。他们造访了仙女岛、兰尼斯港和其他很多小港口，最后到达青亭岛，那里的桃子又大又甜。"你看。"她第一时间把桃子举到科尔面前，让他咬了第一口，并将顺着他下巴流下的汁水吻得干干净净。

当晚，他们分享了桃子和彼此，一直做到白昼降临。阿莎感到前所未有的满足、甜腻和幸福。过去六七年了吧？夏天早已成为褪色的记忆，阿莎也有三年没享用过桃子。但她还能享用科尔。船长和头领们抛弃了她，他没有。

阿莎有其他情人，有些流连她床榻半年之久，有些只是有半晚上。但他们加起来都不如科尔。他大概半月才剃一次胡子，不过胡须不代表男人的能力。她喜欢指尖下他光滑柔软的肌肤。她喜欢他的披肩长直发。她喜欢他接吻的方式。她喜欢拇指划过他乳尖时，他咯咯笑的样子。他双腿间的沙色毛发较头发更深，也比她自己股间粗糙的黑毛柔顺得多，她也喜欢这个。他身姿矫健，颀长苗条，没有一道伤疤。

羞涩的笑容，强壮的臂膀，灵活的手指，两把好用的剑。不是任何女人都梦寐以求的么？她该高高兴兴嫁给科尔，但她是巴隆大王之女，他却只是奴工的孙子，出身平凡。平凡到我无法下嫁，但没平凡到我不能吸他老二。她醉眼蒙眬、嘴角含笑地钻进兽皮下，含住他的命根。科尔在沉睡中享受，没多久就硬了。等他的命根变得坚硬如石，他醒了过来，阿莎则又湿了。于是阿莎把兽皮披在赤裸的肩上，骑在他上方，让他深深插入自己，两人如胶似漆，难舍难分，命根和阴户融为一体。这次，两人一起达到高潮。

"我可爱的夫人。"结束后，他带着睡意轻声呢喃，"我可爱的女王。"

不，阿莎想，我不是女王，永远不会是。"继续睡吧。"她吻了科尔的脸，悄声穿过盖伯特·葛洛佛的卧室，打开百叶窗。明月将满，夜空澄澈，她能看到戴着雪冠的山峦，阴冷荒芜，却在月光下美轮美奂。山顶反射着白色月光，如一排参差的利齿。山麓和稍矮的山头则隐匿在阴影中。

这里离海近，只需向北五里格，但阿莎看不到海。太多山峦挡住了视线。还有树，数不尽的树。北方佬称这片森林为狼林。很多个夜里，黑暗中群狼遥相呼应。树海。要是真正的海就好了。

深林堡比临冬城更靠海，但仍嗅不到海的气息，空气中弥漫着松香而非盐味。越过灰色的冷峻群山，长城在东北方矗立，而史坦尼斯·拜拉席恩驻扎在那里。俗话说，敌人的敌人是朋友，但反过来，朋友的敌人则是敌人。这自立为王的拜拉席恩急需拉拢北境诸侯，而铁民是北境诸侯的眼中钉。我可以献出自己年轻美丽的身体，她一边思索，一边拨开眼前的头发。可惜她和史坦尼斯都已成婚，何况他是铁民的宿敌。她父亲首度反叛时，正是史坦尼斯在仙女岛粉碎了铁舰队，又以他兄长之名降服大威克岛。

深林堡以密布青苔的木墙环绕一座宽阔的圆形山丘而成，丘顶被削平，冠以深邃的长厅，其一头有一座五十尺高的瞭望塔。外庭位于山下，建有马厩、草场、铁匠铺、水井和羊圈，外围挖出深深的壕沟，一道倾斜的土堤和原木栅栏。防线依地势布置，整体呈椭圆形。城堡有两座大门，各由一对方形木塔保护，塔与塔以墙上的走道连接。城堡南侧，青苔在栅栏上缠了厚厚一层，且爬到了木塔中间。东西两面是空旷田野，阿莎袭城时，那里尚种着燕麦和大麦，但她的攻击把作物全践踏了。接连的几场霜又冻死了后来补种的粮食，只留下淤泥尘土和腐朽的茎秆。

这是座古老但不坚固的城堡。她从葛洛佛的手中夺下它，波顿的私生子将从她手中夺回来。但他得不到她的皮，阿莎·葛雷乔伊不会被活捉。她会自行了断，战斧在手，面带微笑。

父王给她三十艘长船来攻打深林堡，如今算上黑风号只余四艘，有一艘还是特里斯•波特利的，他在其他船逃跑后主动加入她。不，不能这么说，其他人是返航去向新国王致敬。逃跑的是我。这段记忆她深以为耻。

"赶紧走。"当众多船长将她叔叔攸伦扛下娜伽山丘，去戴上浮木王冠时，读书人催她。

"咱们是一条船上的。跟我走，我需要你来召集哈尔洛岛的人。"那时她还想放手一搏。

"哈尔洛岛的人都在这儿，至少排得上号的都在。有些人一直喊着攸伦的名字。我不会让哈尔洛自相残杀。"

"攸伦是个疯子。危险的疯子。那只地狱号角……"

"我知道。赶紧走吧，阿莎，攸伦一戴上王冠就会搜捕你。你不能被他盯上。"

"若我联合叔叔们……"

"……你会四处碰壁，暴尸荒野。从你在众位船长面前提出要求那一刻起，你已将自己的命运交由他们决断。你不能违背他们的决断。遍览海瑞格的书，选王会的结果也只被推翻过一次。"

只有读书人罗德利克会在命悬一线时提起故纸堆里的陈年往事。"你不走，我也不走。"她倔强地回答。

"别傻了。攸伦今晚会以笑眼示人，但等明天……阿莎，你是巴隆之女，你的继承权优先于他。只要你活着，对他就是威胁。你留下他肯定会杀你，或把你嫁给红桨手，我不知哪个更糟。赶紧走吧。这是你唯一的机会。"

当初就是为防止这种情况，阿莎才将黑风号停在岛屿另一侧。老威克岛不大，日出前她便能回到船上，在攸伦意识到之前驶往哈尔洛岛。但她犹豫不决。最后舅舅说："孩子，看在你对我的爱的分上，快逃吧！不要让我眼睁睁看你送死！"

她离开了。她先去十塔城，跟母亲告别。"我可能会离开很长时间。"阿莎警告她，亚拉妮丝夫人却没弄明白。"席恩呢？"她追问，"我的小宝贝儿呢？"关妮丝夫人只想知道罗德利克头领何时回来，"我比他大七岁，十塔城照权利应属于我。"

阿莎还在十塔城装补给，婚讯就传来了。"我任性的侄女桀骜不驯，"据说鸦眼如此宣称，"但我知道何人能驯服她。"他把阿莎指给艾里·艾枚克，并任命破砧者在他寻龙期间为铁群岛留守总督。艾里有过风光日子，盛年时是个无畏的掠袭者，曾和她曾曾祖父达衮·葛雷乔伊——醉汉达衮正以之命名——一起航行。仙女岛上的老女人至今还拿达衮大王及其手下的事迹吓唬小孩。我在选王会上让艾里下不了台，阿莎想起来，他不会忘。

但阿莎不得不承认阿叔这招着实漂亮。只此一举，攸伦便化敌为友，确保了离开期间后方的稳固，还顺道消除了她这个隐患。想必他大笑不止吧。特里斯·波特利说鸦眼让一头海豹代替她完成婚礼。"但愿艾里不会坚持跟它圆房。"她评论。

我回不了家，她心想，此地也无法久留。寂静的森林让她不安。阿莎这辈子都在岛屿和船舶上生活，而海洋从不寂静。海浪冲刷岩石的声音深入她的血脉，可深林堡没有海浪……只有树，无边无际的树，士卒松和哨兵树，山毛榉、白腊木及老橡树，栗树、铁木与冷杉。树的声音比海浪轻多了，且起风时才听得到——每当起风时，树木的叹息似要将她包围，它们犹如在用人类不懂的语言低吟交流。

今夜的低吟声似乎比往日更响。没啥，寒风扫过，树叶凋零，阿莎告诉自己，光秃的枝干在风中吱嘎作响。她离开窗边，不再看树。我的双脚得再踏上甲板。或至少，我得填饱肚子。她今晚酒喝得太多，面包没吃多少，带血丝的大块烤肉更连碰都没碰。

月光十分明亮，让她方便地找到衣服。她套上黑色厚马裤、夹棉上衣、覆着鳞甲片的绿色皮夹克。她没打扰科尔的美梦，蹑手蹑脚走下城堡的外梯，阶梯在赤脚下咯吱作响。她下楼的动作惊动了一个在城上巡逻的守卫，守卫对她举起长矛，她则报以口哨。她穿过内院走向厨房时，盖伯特·葛洛佛的狗开始狂吠。很好，她想，这能淹没树的声音。

片刻后，特里斯·波特利裹着厚厚的兽皮斗篷走进厨房，阿莎正自一轮大如车轮的黄奶酪上切奶酪。"我的女王。"

"少来。"

"你在我心中永远都是女王。无论选王会上多少白痴瞎嚷嚷，也改变不了这点。"

我该拿这孩子怎么办？阿莎不怀疑他的纯情。他不只在娜伽山丘上当她的斗士，高喊她的名字，甚至漂洋过海，背弃国王、亲族和家园，追随她坐困愁城。他不敢公然挑战攸伦。鸦眼的舰队出海时，特里斯故意落后，等离开其他船只的视线，便立刻改变航向。即便这样也需要勇气，他永远不能回铁群岛了。"要奶酪吗？"她问他，"还有火腿和芥菜。"

"我想要的不是食物，小姐，你懂的。"在深林堡期间，特里斯蓄起了厚厚的棕色胡子，说是能给脸部保温。"我在瞭望塔上看到了你。"

"你既在站岗，来这儿干吗？"

"科洛姆和吹号者霍根守着呢，盯住月光下沙沙响的树林要多少人？我们得谈谈。"

"又谈？"她叹口气，"你认识霍根的女儿，红头发那个。她船驾得跟男人一样好，脸蛋也漂亮，才十七岁。她曾盯着你看，我瞧见过。"

"我想要的不是霍根的女儿。"他几乎要碰她了，却在最后一刻停下,"阿莎,我们走吧。卡林湾是最后的防线,如果留下,北方佬会把我们全杀了,你很清楚。"

"你要我逃?"

"我要你活下去。我爱你。"

才不,她想,你爱的是你脑海里幻想出来的纯真少女,是担惊受怕、需要你保护的孩子。"我不爱你。"她直白地说,"我也不会逃。"

"你到底想留在这鬼地方做什么?这里只有松树、泥巴和敌人!我们有船,一起乘船走吧,在海上展开新生。"

"当海盗?"听起来很诱人。把阴暗的森林还给狼仔,回到辽阔的汪洋大海。

"做商人。"他强调,"像鸦眼一样向东航行,但我们带回的不是龙之号角,而是丝绸香料。只消去一次玉海,就富可敌国,到时我们在旧镇或某个自由贸易城邦买栋大宅。"

"你、我还有科尔?"提及科尔的名字,特里斯瑟缩了一下。"霍根的女儿大概愿意和你一起航向玉海。我是海怪之女,我属于——"

"——哪儿?你回不了群屿,除非屈服于那个丈夫。"

阿莎试想跟艾里·艾枚克上床,被他压在身下,忍受他熊抱的情境。他总好过红桨手或左手卢卡斯·考德。破砧者曾是位火气旺盛的巨人,绝对忠诚,无所畏惧。或许没那么糟,他可能第一次履行丈夫职责就会死。届时她就成了艾里的遗孀,不再是艾里的妻子——但这样也福祸难料,取决于他的孙子们。还有我叔叔。说到底,所有事情都取决于攸伦。"我在哈尔洛岛扣押了人质,"她提醒他,"我还占领了海龙角……既然我得不到父亲的王国,干吗不自建一个?"海龙角并非一直人丁稀薄,远古废墟仍存留在那里的山丘沼泽间,那是先民们的古老堡垒。而在高地上,还有森林之子留下的鱼梁木圈。

"你像落水的人抓紧最后一根稻草般抓着海龙角。海龙角有什么拿得出手？没矿藏、没金子、没银子，甚至连锡或铁都没有。而且土地潮湿，小麦玉米都长不了。"

我也没打算种植小麦玉米。"那儿有什么拿得出手？让我告诉你：两条漫长的海岸线，上百个隐秘洞穴，湖中的水獭，河里的鲑鱼，海滩上的蛤蜊，上岸居住的海豹，还有用来造船的高大松树。"

"谁来造船呢，我的女王？就算北方佬承认您的王国，您上哪儿去找臣民？还是说您打算统治海豹和水獭的王国？"

她苦笑："是啊，水獭比人更容易统治，而海豹更聪明。或许你说得对，我最好的选择还是返回派克岛。既然哈尔洛岛会欢迎我回归，派克岛想必也会，攸伦杀害贝勒头领的事应该还开罪了黑潮岛。我去找伊伦阿叔，让群屿起义响应。"选王会后，湿发踪影全无，淹人们说他藏身于大威克岛，即将代表淹神向鸦眼及其党羽降下神怒。

"破砧者也在找湿发，同时搜捕淹人。盲人贝隆·布莱克泰斯被抓住拷问，连老灰鸥都镣铐加身。攸伦的爪牙倾巢出动尚且找不到伊伦，你怎么找？"

"他与我同出一宗，是我亲叔叔。"这答案毫无说服力，阿莎也知道。

"你知道我怎么想吗？"

"我猜我大概知道。"

"我认为湿发死了。我认为鸦眼割了他喉咙，艾枚克的搜寻不过是掩人耳目，让别人相信僧侣逃了。攸伦不愿被看成弑亲者。"

"这话千万别让我阿叔听到，你跟鸦眼说他害怕弑亲，他会杀个儿子来证明你是错的。"阿莎觉得自己完全清醒了，特里斯蒂芬·

波特利就有这效果。

"就算找到湿发，你们两个也成不了气候。你们都参加过选王会，因而不能像托衮那样宣称它不合法。根据诸神和世人的律法，你们必须遵守决议，你们——"

阿莎皱皱眉。"等等。托衮？哪个托衮？"

"迟到的托衮。"

"英雄纪元时的国王。"她只想起这么多，"他做了什么？"

"托衮·葛雷乔伊是长子，国王老了，托衮却不知疲倦，四处征战。恰好在他从灰盾岛的基地出航沿曼德河劫掠时，他父亲去世。他的弟弟们根本没通知他，就立刻召开选王会，以期自己能戴上浮木王冠。然而，船长和头领们却选择了乌尔根·古柏勒。新王即位后第一件事就是处死老王的儿子们，一个不留。在那之后，人们给国王取了个外号叫'坏兄弟'，尽管他和被害人毫无血缘关系。他统治了近两年。"

阿莎想起来："托衮回来……"

"……宣称选王会不合法，因为他没有到场参加。古柏勒的统治残忍又卑鄙，他在铁群岛的拥护者寥寥无几。僧侣公开谴责他，头领起兵造他的反，而他自己的船长们把他砍成了碎片。迟到的托衮因此成为国王，在位四十年之久。"

阿莎揪住特里斯·波特利的双耳，深深吻上他的嘴唇。直到他满脸通红，呼吸急促，她才放开他。"这算什么？"他说。

"一个吻。我真是个该淹死的笨蛋，特里斯，我早该想到——"她突然停下。特里斯想开口，她又示意安静，凝神静听。"是战号声。霍根。"她首先想到她丈夫，艾里·艾枚克会不会大老远赶来抓回他任性的新娘？"淹神垂怜，在我不知所措时，为我送来敌人。"阿莎站起来，将匕首猛地插回鞘，"开战了。"

她跟特里斯一路小跑到达城堡外庭，但还是太晚，战斗已经结束。阿莎在离后门不远的东墙边发现两个血流不止的北方佬，旁边站着长斧罗伦、六趾哈尔和乌鸦嘴。"科洛姆和霍根看到他们翻墙。"乌鸦嘴解释。

"就这俩？"阿莎问。

"有五个。正翻墙就被我们宰掉俩，哈尔在城墙走道上又砍死一个，这两个进了院子。"

其中一个已死了，鲜血和脑浆溅满罗伦的长斧，另一个还在剧烈喘息。乌鸦嘴用长矛把他钉在地上，下面积了一摊血。两人都穿着熟皮衣，披着棕绿黑相间的杂色斗篷，脑袋和肩膀上用树枝、叶子和灌木作伪装。

"你是谁？"阿莎问伤员。

"菲林特的人。你又是谁？"

"葛雷乔伊家族的阿莎。这是我的城堡。"

"深林堡属于盖伯特·葛洛佛，才不是乌贼窝。"

"还有同党没？"阿莎质问，对方不答。于是阿莎抓住乌鸦嘴的长矛，使劲转动，北方佬痛得哀号连连，伤口涌出更多鲜血。"此行有何目的？"

"夫人。"他颤抖着说，"天啊，别转了。我们为夫人而来。为营救她。就我们五个。"

阿莎看进他的眼睛。看出他在说谎后，她倚在长矛上，更用力地搅。"你们到底多少人？"她说，"快说，否则我让你黎明之前都求死不得。"

"很多。"最终，他在尖叫中呜咽着吐出答案，"几千人。三千，四……啊啊啊啊……求你……"

阿莎抽出长矛，双手握住，用力穿透北方佬谎话连篇的喉咙。盖伯特·葛洛佛的学士曾说山地氏族争强好胜，没有史塔克领导，根本无法团结。他可能没说谎。可能只是判断错误。她已在阿叔的选王会上品尝过这种滋味。"这五人是派来为大部队开门的。"她说,"罗伦,哈尔,把葛洛佛夫人和她的学士给我带来。"

"整个儿还是切块的?"长斧罗伦问。

"毫发无伤的整个儿。乌鸦嘴,去那该死三次的塔上,告诉科洛姆和霍根把招子放亮点,就算看到兔子也要报告。"

深林堡的外庭很快挤满了惊慌的人。她的手下披坚执锐,爬上城墙走道;盖伯特·葛洛佛的人则满面惊恐,交头接耳。葛洛佛的总管在阿莎攻城时失去了一条腿,他也被人从地窖抬了出来。学士吵吵嚷嚷地抗议,最后罗伦一记老拳结结实实打在他脸上,才让他安静。葛洛佛夫人由贴身侍女扶着,从神木林中出来。"我警告过你这天迟早会来,夫人。"看到地上的死尸,她说。

学士挤上前,破鼻子还在滴血。"阿莎夫人,求您了,放倒旗帜吧,我会为您求情。我会告诉他们,您待我们不薄,未曾折辱我们。"

"我们会用你交换我的孩子。"泪水和失眠让希贝娜·葛洛佛眼睛通红,"加文已满四岁,我错过了他的命名日,还有我可爱的女儿……把孩子还给我,我保证不让伤害你,包括你的手下。"

阿莎知道,最后半句是扯谎。她或许会被交换,用船送回铁群岛,送回她丈夫爱的怀抱。她的亲戚也会被赎,外加特里斯·波特利这类家族出得起钱的人。剩下的要么砍头,要么吊死,要么送往长城。我让他们自己选。

于是阿莎爬上木桶,让所有人都看见她。"狼仔咧牙露齿朝我们奔来,日出前就会兵临城下。我们是要丢盔卸甲,祈求饶命么?"

"不。"少女科尔抽出长剑。"不。"长斧罗伦立刻附和。"不!"侏儒拉弗声如雷鸣,他虎背熊腰,比在场所有人都高出一头,"绝不!"霍根的号角在高处再次响起,响彻外庭。

啊呜呜呜呜呜呜呜呜呜呜呜呜呜呜呜呜，战号低沉，绵延不绝，让人血液凝固。近来阿莎觉得号角声尤为让人生厌。在老威克岛，叔叔用地狱号角为她的美梦奏响丧钟，现在霍根的号角似乎预示着她死期不远。即便难逃一死，我也会高声喝骂，手握战斧牺牲。

"上城墙。"阿莎•葛雷乔伊吩咐部下。她自己走向瞭望塔，特里斯•波特利紧随其后。

木制瞭望塔是山这边的制高点，比周围森林最高的哨兵树和士卒松还高出二十尺。"看那儿，船长。"她登上塔后，科洛姆说。阿莎只看到树木和黑影，月光下的山丘和山丘后白雪皑皑的峰顶。随后她意识到那些树正在缓缓靠近。"哇哦，"她大笑，"这伙山羊裹着松枝。"树林不断移动，如舒缓的绿色潮水向城堡涌来。阿莎想起儿时听过的故事，说森林之子与先民作战时，绿先知把树木变成战士。

"我们打不过这么多敌人。"特里斯•波特利说。

"他们来多少，我们打多少，小子。"科洛姆纠正，"敌人越多，荣耀越多。我们将被后人传诵颂。"

是啊，但不知传颂的是你的勇气还是我的愚蠢？大海就在五里格外。他们坚守防线，在深林堡的深沟木墙后战斗，真的是明智之举？我从葛洛佛手中夺取城堡时，深林堡的木头城墙根本不顶用，她提醒自己，它对我又有什么帮助？

"到明天，我们就都在海底享用盛宴了。"科洛姆敲击斧子，似乎迫不及待。

霍根放下号角。"可要是我们干着脚死，怎么找路去淹神的流水宫殿呢？"

"森林里有无数小溪。"科洛姆向他保证，"小溪终将汇入河流，而河流汇入大海。"

阿莎不准备死，不是现在，不是此处。"活人比死人更容易找到大海。把阴暗的森林还给狼仔，我们撤回船上。"

她好奇对方将军是谁。换作我，定先扫平海岸线，将长船付之一炬，再来攻打深林堡。但狼仔想做到这点可不容易，因为他们自己没船。阿莎从不让超过半数的船靠岸，有一半的船始终在海中巡逻待命，一旦北方佬在海边出现，立刻升帆航向海龙角。"霍根，吹响号角，让森林颤抖。特里斯，披上盔甲，是时候让你那宝贝长剑开张了。"看到他面色苍白，她捏住他的脸，"跟我一起为月光添些血色吧。你每杀一个人，我就给你一个吻。"

"我的女王，"特里斯蒂芬说，"我们在这里有城墙。万一赶到海边，发现狼仔们抢了船，或是船被赶走了……"

"……就是死路一条。"她轻松地补充，"但至少死的时候湿了脚。嗅着海盐的气息，听着背后的涛声，我们铁种才有力量。"

霍根吹出三个连续的短音，这是退回船上的信号。下方传来喊叫、矛剑碰撞声与马匹的嘶鸣。马太少，骑手也太少。阿莎走下楼梯，在外庭碰见牵了她的栗色母马，拿着她的战盔和飞斧等她的少女科尔。铁民们正从盖伯特·葛洛佛的马厩中向外牵马。

"撞锤！"城墙上一个声音叫道，"他们有撞锤！"

"哪个门？"阿莎边上马边问。

"北门！"

深林堡爬满青苔的木城墙外，突然传来喇叭声。

喇叭？吹喇叭的狼？不对劲，但阿莎没时间细想。"打开南门。"她下令。北门已在撞锤下摇动。她从肩带上抽出一把短柄飞斧。"潜逃已不可能，弟兄们，现在真刀真枪拼了！列队！我们回家！"

一百张嘴一起咆哮："回家！""阿莎万岁！"特里斯·波特利骑一头高大的杂色种马跟在她身边。外庭里，她的部下聚在一起，高举盾牌和长矛。少女科尔没马骑，站在乌鸦嘴和长斧罗伦中间。霍根从瞭望塔的阶梯上下来，却被一只狼仔的箭射中肚子，头朝下栽到地。他女儿号哭着跑到他身边。"带走她。"阿莎命令。现在不是哭泣的时候。侏儒拉弗把女孩拉上自己的马，女孩的红发在空中飞扬。撞锤再次撞在北门上，阿莎听到大门呻吟。我们也许需要杀出一条血路，当南门在她面前打开时，她心想，这条路上空无一人。是真的吗？

"出发！"阿莎腿一夹马肚。

人马冲过田野，待到达对面的森林，已是步履凌乱。月光照耀下，可见腐烂的冬小麦把田野弄得泥泞不堪。阿莎安排骑手殿后，敦促落单的继续前行，并保证无人掉队。高大的士卒松和多瘤的老橡树环绕周围，深林堡真是名副其实。这些树高大阴郁，有点令人生畏。树木枝杈交叠，随风摇摆，发出吱嘎声，高处的树梢似乎能够到月亮。越快摆脱越好，阿莎急迫地想，这些树打木心里憎恨着我们。

他们向南再向西南进发，直到深林堡的高塔从视线中消失，喇叭声也被森林吞没。狼仔夺回了城堡，她心想，或许不会赶尽杀绝。

特里斯•波特利策马来到她身旁。"我们走错方向了。"他说着指指透过遮天树冠窥视下方的月亮，"得向北拐，去找船。"

"先向西。"阿莎坚持，"向西，直到太阳出来。再向北。"她转向麾下最好的骑手："侏儒拉弗和锈胡子罗衮，去前方探查，确定没有敌人，我可不想到海边出现惊喜。如果遇上狼仔，回来报告。"

"如果必要的话。"罗衮透过厚厚的红胡子回答。

两名斥候消失在树林中，剩下的铁民继续前进，但速度缓慢。森林遮蔽了明月与群星，脚下地面又黑暗泥泞。没走出半里地，她表亲昆顿的马就踩进坑里,摔断了前腿。昆顿只能割它喉咙,阻止它继续嘶鸣。"我们得点些火把。"特里斯劝她。

"火会吸引北方佬。"阿莎暗自咒骂,不知离城是不是个错误。不。若我们留下死斗,可能已全部阵亡。但黑暗中行军也不是什么好选择。这些树要是能动,会杀了我们的。她摘掉头盔,向后捋捋汗湿的头发。"再有几小时太阳就出来了。我们在这儿停下,休息到天亮。"

停下简单,休息难。没人睡得着,即便牵拉眼戴尔,这个以边划桨边睡闻名的桨手也一样。一些人互相传递一袋盖伯特·葛洛佛的苹果酒,带吃的人和没带吃的人分享食物,骑手们打理马匹。她表亲昆顿·葛雷乔伊派三个人上树,观望森林中有无火把。科洛姆磨斧子,少女科尔磨剑。马匹撕咬着地上枯黄的死草和芦苇。霍根的红发女儿抓住特里斯·波特利的手,缠着想把他拽进树林。特里斯拒绝后,她拉六趾哈尔走了。

我要是能那样该多好。在科尔臂弯中最后的放纵一定非常甜美。阿莎胃里泛起一阵难受。她还能踏上黑风号的甲板么?就算能,又能去哪儿呢?群屿闭门不纳,除非我肯弯下膝盖,张开大腿,忍受艾里·艾玫克的拥抱;其他维斯特洛港口也不会欢迎海怪之女。她可以照特里斯希望的那样去当商人,或前往石阶列岛加入海盗,或……

"随信均奉上王子的一部分。"她喃喃低语。

科尔咧嘴笑了。"我宁愿要你的一部分,"他轻声道,"最甜蜜的部分——"

有东西从草丛中飞出,轻轻落在两人之间,不断翻滚弹跳。那是个黑色圆球,湿哒哒的,滚动中不断抽甩着长发。它最终撞上一条橡树根停住,乌鸦嘴说:"侏儒拉弗变矮了。"阿莎半数的手下立刻跳了起来,摸索盾牌、长矛与战斧。他们也没点火把,阿莎只来得及想,并且远比我们熟悉这片森林。

周围的树木突然全向他们压来,北境人咆哮着汹涌而出。

狼群,阿莎想,他们像嗜血的狼群一样嗥叫。这是北境的怒吼。她的铁民也吼回去,血腥的战斗即刻打响。

没有歌手会传唱这场战斗,没有学士会在读书人喜欢的书中为这场战斗留下只言片语,没有旗帜飘扬,没有战号呜咽,没有伟大的领主召集手下、作振聋发聩的战前演讲。他们就着黎明前的黑暗战斗,看不清彼此的面目,在树根和岩石间踉跄冲杀,被淤泥和腐叶拖住脚步。铁种穿着锁甲和盐渍的皮甲,北境人则有毛皮、兽皮和松树枝的掩护。星月观赏着他们拼斗,苍白光芒从头顶扭曲的光秃树枝间零落撒下。

第一个冲向阿莎·葛雷乔伊的人被她用飞斧掷中眉心,死在她脚下。这让她喘了口气,得以把左手滑进盾牌绑带。"集合!"她高喊,也不知会招来自己人还是敌人。一个手持战斧的北方佬欺向她,边挥舞双手斧,边发出莫名的怒吼。阿莎举盾挡住,然后迅速近身用匕首划开他的肚子。他倒下去,怒吼变作哀号。阿莎转过身,迎上后面另一只狼仔,砍中他头盔下的眉骨。这狼仔也砍中了她腹部,却被锁甲顶住。她趁机用匕首刺他喉咙,他倒在血泊之中。一只手抓住了她的头发,但她头发太短,扯不动头。阿莎反腿使劲踩在那人脚背上,他疼得尖叫,她则脱身出来。等她转身迎敌,却发现对方死了,手里还抓着一把她的头发。科尔站在他旁边,剑淌鲜血,眼摄月光。

乌鸦嘴一边砍杀,一边高喊计数。"四!"一具尸体倒下。"五!"只隔了一次心跳。马儿们被屠杀和鲜血吓疯了,恐慌地嘶鸣,乱蹬蹄子,翻着白眼……除了特里斯·波特利高大的杂色种马。特里斯已翻身上马,拔出长剑,他的马双蹄腾空,对月长鸣。今晚结束前,我或许会欠他几个吻,阿莎心想。

"七！"乌鸦嘴高喊，但他身边的长斧罗伦扭断了一条腿，倒在地上。黑影还在源源不断地涌来，一边高声叫嚣，一边沙沙作响。我们在和森林战斗，阿莎砍死一个身上的树叶比周围的树都要多的人时想到。这想法让她"哈哈"大笑，笑声引来更多恶狼，而她一一将其击杀，心想自己是否也该报数。我是个结了婚的女人，而这是我的乳儿宝宝。她把匕首刺进北方佬的胸膛，穿透毛皮、羊毛和熟皮革。他的脸离得那么近，阿莎能闻到酸臭的呼吸。这人也扼住了她喉咙，但阿莎的匕首刺进去，在肋骨间刮擦，令他颤抖着死去。她放开尸体，虚弱得差点摔在他身上。

随后，她和科尔背对背迎敌，听着四面八方传来的低语和咒骂，听着勇士们哭爹喊娘地冲过灌木丛。一丛草握着一支能将她和科尔一起贯穿的长矛冲来，要将他俩钉死在一起。

总比独自死去好。

她正想着，但持矛人没冲拢，就被她表亲昆顿杀了。转瞬间，另一丛草挥着战斧砍中昆顿的后脑。

在她身后，乌鸦嘴高喊："九！全他妈去死吧！"霍根的女儿忽然赤身裸体从树下钻出，身后跟着两只狼仔。阿莎反手掷出一把飞斧，斧子旋转翻滚着击中其中一人的后背。霍根的女儿扑到尸体旁，抽出死者的长剑，结果了剩下的北方佬。然后她重新站起，带着满身泥血，披散长长的红发，投入战团。

在脑门充血、跌宕起伏的厮杀中，阿莎丢失了科尔，丢失了特里斯，丢失了所有人。她把匕首也弄丢了，还包括所有飞斧；她手里换上了一把剑身宽厚的短剑，跟屠夫的切肉刀差不多。她打死也闹不清这剑从哪儿来的。她手臂酸痛，满嘴血腥，两股战战。苍白的曙光正斜斜地穿入森林。打了这么久吗？我们到底打了多久？

她最后的对手是身材高大的秃头北方佬，满脸胡子，手擎战斧，身穿带补丁、生了锈的全身锁甲，这说明他是个首领或氏族勇

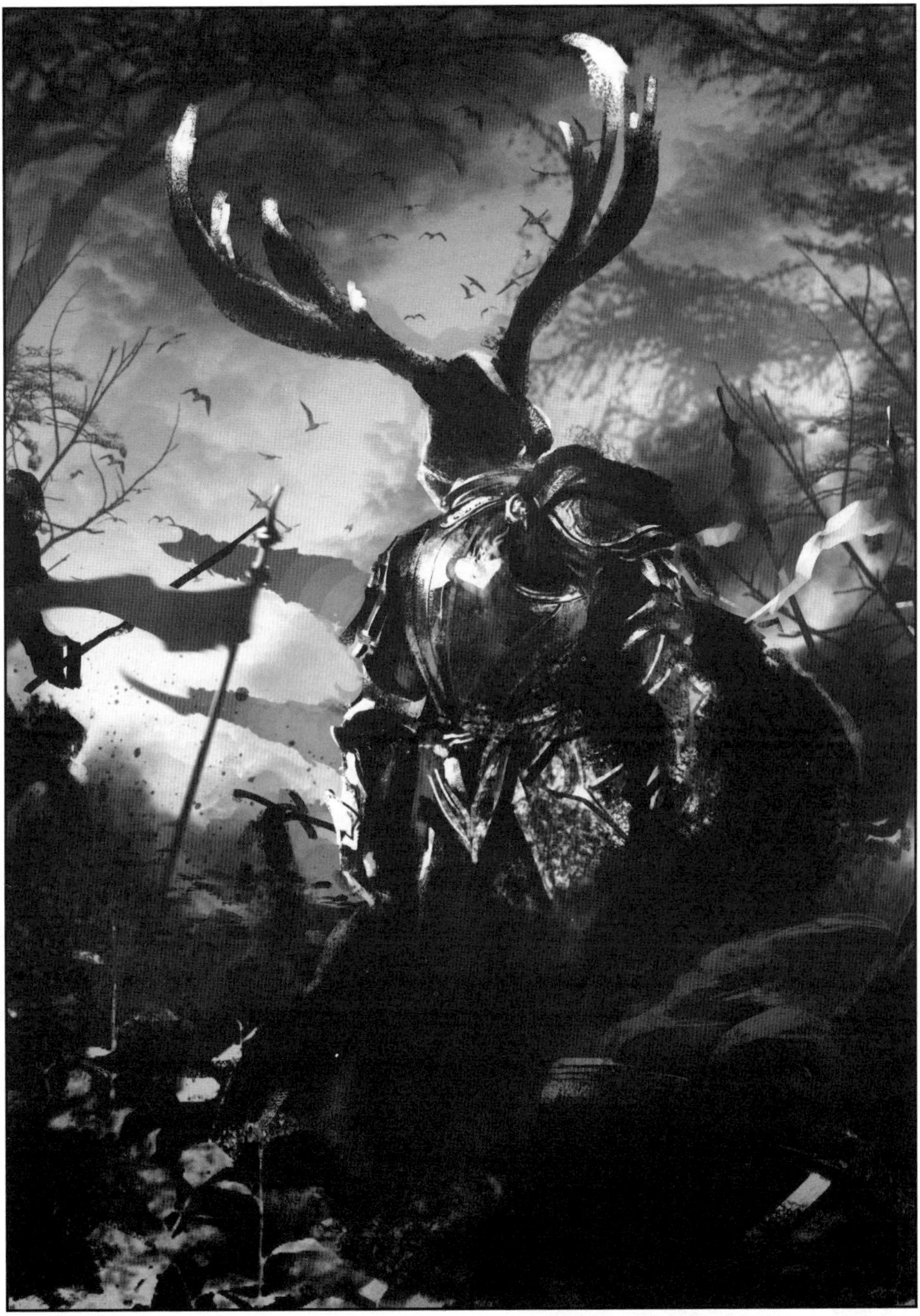

士。他很不满意自己要对付女人。"贱人!"他每挥一斧,便大喊一声,唾沫溅到她脸上。"贱人!贱人!"

阿莎想扯开嗓门吼回去,但喉咙太干,只发出嘶号。他的斧子下劈在她盾牌上,木头碎裂,斧子抽回时扯掉了长条的灰色碎片。要不了多久,掩护她的就只剩乱糟糟的木柴了。她后退几步,甩掉损毁的盾牌,然后又退几步,左右闪动,躲避下劈的战斧。

她的背狠撞在一棵树上,无处可逃了。狼仔的战斧高举过头,要将她脑袋劈成两半。阿莎想向右窜,但树根绊了她。她被缠得失足跌倒,接着斧子狠狠地击在她额头上,发出钢铁轰鸣的刺耳声响。世界整个变成红色,随即陷入黑暗,然后又变红。疼痛如闪电贯穿全身,她听到远方传来北方佬的叫嚷:"你个该死的贱人。"他又举起斧子,准备给她致命一击。

喇叭突然响起。

这不对,她心想,淹神的流水宫殿里没有喇叭。波涛之下,美人鱼向主人致敬时会吹响海螺。

她梦见燃烧的红心,还有一头奔跑在金色树林里的黑牡鹿,鹿角上火焰升腾。

提利昂

他们抵达瓦兰提斯时,西天泛紫,东边则早成漆黑,星星出来了。这里的星空跟维斯特洛一模一样啊,提利昂·兰尼斯特注意到。

若非被拴在马鞍上捆得像只鹅,他本该为此感到一丝欣慰。他停止了徒劳的挣扎,因为绳子实在太紧。现在他放松身体,当自己是一块死肉。留着力气,他不断告诫自己,却不知留着力气能做什么。

瓦兰提斯城会在入夜时准时关闭城门,现在北门的守卫们正很不耐烦地招呼着这最后一批赶着进城的人。他俩加入队列,排在一辆装满酸橙和橘子的货车后。守卫们挥挥火把放货车进去,却恶狠狠地盯着骑在战马上的大块头安达尔人,注意到了他的长剑与锁甲。守卫队长很快现身,骑士用瓦雷利亚语跟他交涉。有名守卫趁机摘下带爪的拳套,摸了摸提利昂的脑袋。"我可是幸运之神哪,"侏儒告诉对方,"来吧,把绳子砍断放我下来,朋友,包你下半辈子荣华富贵享之不尽。"

此话给俘虏他的人听见了。"花言巧语还是留给听得懂通用语的人吧,小恶魔。"这时瓦兰提斯人挥手放行。

骑士催马前进,穿过城门和厚实的城墙。"你听得懂通用语,怎么就不能考虑我的条件呢?就这么急着用我的头去换个领主当当?"

"依照血统,我本就是领主,而且那并非虚衔。"

"是啊,我亲爱的老姐给你的只能是虚衔。"

"我可是听说兰尼斯特有债必还。"

"噢，他们确实会一分不差地补偿你……但也一分不多，大人。你能讨取承诺，但其中决无半点感激，我很怀疑到时候你会不会满意。"

"也许我只想要你罪有应得。要知道无论在诸神还是世人眼里，弑亲都是无可饶恕。"

"诸神不长眼，而世人只看到自己想看的东西。"

"我可把你看得清清楚楚，小恶魔。"骑士的语调中带了几丝阴冷，"我也做过一些不名誉的事，令我的父亲和家族蒙羞……但害死亲爹？什么样的人才能干出这种事？"

"你想知道吗？先给我把十字弓，再把裤子脱掉，我就表演给你看。"乐意之至呢。

"你觉得我在跟你开玩笑？"

"我觉得生活本身就是个大玩笑。你的、我的、所有人的生活都是这样。"

进城后，他们骑过诸多公会大厅、市场和澡堂。这里有好些宽阔的广场，广场中央的喷泉喷溅轻吟，人们坐在广场中的石桌边，一边对弈席瓦斯棋、一边啜饮玻璃长杯中的葡萄美酒。奴隶则在一旁打着装饰华丽的灯笼，为主人驱散黑暗。鹅卵石道两旁种植了棕榈树与雪松木，每个转角处都有纪念雕像。侏儒注意到好些雕像没有头，但在紫色的暮霭中，没有头的它们依然威风凛凛。

战马沿河向南缓行，商店变得越来越小、也越来越寒酸，道旁的树逐渐成了一排被砍光的树桩，很快马蹄也不再踏着鹅卵石，而是踩上了恶魔草，接着是颜色像大便的松软湿土。好几条小支流在这里注入洛恩河，当他们骑马跨越河上的小桥时，木板发出令人心惊肉跳的呻吟声。曾经俯瞰河流的堡垒如今只剩破烂的城门，活像老头子没牙的嘴，越过护墙，看得到游荡的山羊。

这就是古瓦兰提斯，瓦雷利亚的大女儿。侏儒陷入沉思。这就是骄傲的瓦兰提斯，洛恩河的女王和夏日之海的女主人。这就是血统最为久远高贵、容貌最为英俊美丽的贵族老爷和夫人们的家园。可是在这儿，光屁股的小孩们尖叫着在巷子里乱窜，刺客们用手指勾住剑柄、徜徉在酒店门口，弯腰驼背满脸刺青的奴隶们受主人差遣像蟑螂一样四处奔波办事。这就是强大的瓦兰提斯，九大自由贸易城邦之首，人口之最。几个世纪前的战争已让该城人丁锐减，诸多城区逐渐荒凉了下去，回归成水边的沼泽地。这就是美丽的瓦兰提斯，喷泉与鲜花之城。现在一半的喷泉没了水，一半的池子干涸、或成了死水潭。开花的藤蔓植物倒是占领了城墙和走道上的每道裂缝，小树也在废弃的商店或没了天花板的神殿墙上生了根。

还有这儿的味道，悬浮在潮湿炎热的空气里，如此浓烈熏人，又无所不在。不止有鱼腥、花香和象粪的气息，还混合了一些甜美的、一些粗犷的和一些腐朽衰败的味儿。"这城市闻起来像个老妓女，"提利昂下了结论，"那种奶子下垂的烂货，老爱在私处抹香水以掩盖两腿间的骚味。我可没抱怨哟，妓女嘛，年轻的固然好闻，但年长的技巧比较丰富。"

"看来你这方面经验倒比我多。"

"噢，这是当然啦。还记得你我相遇的妓院吗，你该不会把那里当圣堂了吧？那个在你大腿上扭来扭去的小女生，你是不是把她当成自己没被开苞的老妹啊？"

这话让骑士皱紧眉头，"你那条毒舌给我消停会儿，否则休怪我拿它打结。"

提利昂咽下顶嘴的念头。他上次嘲讽大个子骑士过了火，嘴唇到现在还肿得厉害。下手凶狠、毫无幽默感，真是莽夫一个。从赛荷鲁镇来此的路上，他已把骑士的脾气摸了个透。现在他想到的是藏在靴子里、脚趾间的毒蘑菇。俘虏他的人很可悲地没能把他搜查仔细。这是最后的解脱。无论如何，我不能让瑟曦活捉。

他们继续向南，繁华景象又慢慢呈现。这片城区里，被遗弃的建筑少了许多，不穿衣服的小孩消失了，而门边刺客们的打扮奢华了些。道旁的几家旅馆总算看起来有可以放心住进去、而不用担心被抹脖子的样子了。沿河古路排列的铁柱上挂着随风摇晃的灯笼。随着道路变宽，房子也越来越阔气，有的甚至带有宏伟的彩色玻璃圆顶。圆顶中燃起了火，在深沉暮色的映衬下，呈现出蓝、红、绿、紫等不同颜色。

纵使景致开朗了，提利昂仍然觉得空气中的味道不舒服。他知道洛恩河西岸是瓦兰提斯港口的所在，无数水手、奴隶与商人会在那里登陆，而各式酒馆、旅店和妓院也正是为他们准备的；可如今他位于洛恩河东岸，这里的外乡人少之又少。我们在这里不受欢迎，侏儒意识到。

见到第一只大象时，提利昂看得目不转睛。小时候，他在兰尼斯港的百兽园里见过大象，可那只母象在他七岁那年就死了……况且眼前这头灰色巨兽足有从前那只的两倍大。

他们很快又追上了一头矮象，那象的皮肤白得像骨头，拉着一辆华丽的车。"没有牛的牛车还叫牛车吗？"提利昂问骑士，但对方对他的俏皮话无动于衷。于是他回归沉默，入迷地注视着前方的矮象摇摆屁股。

这样的矮象在瓦兰提斯城的大街小巷并不少见。等他们来到黑墙边、长桥旁的拥挤街区时，已经见过了十几头矮象。灰色的大象也不少——它们宽阔的背上驮着堡楼。朦胧夜色中，粪车开始出没，半裸身子的奴隶们铲掉大象小象在路上遗留的各种热气腾腾的粪便，装进车里。粪车周围总是紧跟着一群群苍蝇，所以铲粪奴隶脸上的刺青也是苍蝇，以表示他们的职业。我亲爱的老姐很适合来干这个，提利昂兴致勃勃地想，她那么漂亮，在那对粉嘟嘟的脸蛋上文一把小铲子、外加一堆苍蝇就更可爱了。

这时，前进速度已慢如龟爬。河边路上车水马龙，几乎所有人都在往南赶。骑士夹在队伍里，犹如一根顺河漂流的浮木。提利昂瞅了瞅旁边的人潮，发现十个人中有九个是脸带刺青的奴隶。"这么多奴隶……他们上哪儿去啊？"

"红袍僧们会在日落时分点燃夜火，至高牧师将发表演讲。我是没兴趣听，可要到达长桥必须经过红神庙。"

又走过三个街区后，他们来到一个被火炬照亮的大广场，瓦兰提斯的红神庙就位于此。七神救我，这庙子居然有三个贝勒大圣堂那么大。它无论柱子、阶梯、桥墩、桥梁、圆顶还是塔楼全都大得出奇，仿佛是从一块天外巨石上凿刻而成，整个光之王神殿看起来竟似伊耿高丘。神庙墙壁有上百道红、黄、金和橙色线条，它们互相叠加，宛如日落时的层云。神庙里那些细长的高塔弯来拐去地升上天空，形状好似结冻的火焰。火化石。神庙梯级边燃起了巨大的夜火，至高牧师就站在火堆间发表演讲。

此人就是本内罗。至高牧师站在一根红石柱上，一道细细的石桥将柱子和一座高台相连，地位较低的祭司和侍僧站在高台那边。侍僧们穿淡黄或明橙色袍子，而正式的男女祭司都穿红袍。

大广场里人站得密密匝匝，几乎挤不动。信徒们大都在袖子上别了块红布或围着红布头巾，每双眼睛都望向至高牧师——只有他俩急着离开。"让路，"骑士一边驱马前进，一边咆哮，"快让开！"瓦兰提斯人愤愤不平地勉强让开，嘴里嘀嘀咕咕。

本内罗的高音令人印象深刻。他又高又瘦，五官轮廓突出，皮肤白得像奶。他的脸颊、下巴和光头上文满了火焰刺青，火焰包裹了他无唇的嘴，这张明红色面具里只露出一双眼睛。"这不是奴隶刺青吗？"提利昂问。

骑士点头。"红神庙把小孩买来，训练成祭司，或是神庙专属的妓女和战士。你看，"他指着阶梯上一列穿华丽盔甲、披橙色披风的士兵,他们手握长矛守卫着神庙的各个入口,长矛尖端都被做成火焰燃烧的形状,"那便是圣火之手,光之王的圣战士,红神庙的守护者。"

一群火骑士。"噢,光之王的手得有几根指头啊?"

"一千个,一个不多,一个不少。每一束火焰的熄灭都伴随着新一束火焰的诞生。"

本内罗用一根指头指着月亮,接着握手成拳,然后张开双臂。当他的嗓音达到最高点时,只听"嘶"的一声,火舌从他指间窜出,吓了群众们一跳。至高牧师还能用火焰在空中写字。他写的是瓦雷利亚符文,十个单词里提利昂认出了两个:毁灭和黑暗。

看到这些字眼,群众发出了震耳欲聋的呼声,女人们哭起来,男人们挥舞着拳头。这场面不对劲。这场面令侏儒想起了弥赛菈出嫁多恩那天,他们返回红堡路上遭遇的暴乱。

赛学士哈尔顿曾提出利用红袍僧的影响力为小格里芬服务,现在目睹此情此景,提利昂认定这是个糟糕透顶的主意。他不禁希望格里芬不要利令智昏。有的盟友比敌人更可怕。可惜克林顿大人只能靠自己分析了,我现下是自身难保。

至高牧师指向神庙后的黑墙,指向黑墙上那些全副武装、朝下观望的守卫们。"他在说什么?"提利昂问骑士。

"丹妮莉丝正身临险境。黑暗之眼盯上了她,长夜的奴仆们阴谋推翻她。他们在谎言的神庙里敬拜虚伪的神灵……和不信神的外乡人一起策划最卑鄙的背叛……"

提利昂听得毛骨悚然。伊耿王子在这里找不到盟友。至高牧师继续宣讲上古预言,预言所载,有一个英雄将自黑暗中拯救世界。一个英雄,不是两个,丹妮莉丝有三条龙,伊耿则一无所有。无须什么预言,侏儒也知道本内罗和他的信徒将对第二位坦格利安做出什么。瞎操心,格里芬懂得应对。他吃惊地发现自己还是在乎着同伴们的。

　　骑士从广场后方硬挤过去，毫不在意不时传来的叫骂。有个男人挡住去路，但骑士按住剑柄、向外抽出一尺长的利刃，就把对方吓了回去，旁边人也立即让出一条小径。于是骑士催马小跑，离开嘈杂的广场。之后很长一段时间，提利昂还能听见本内罗的叫嚷以及周围群众激起的呐喊，如雷霆阵阵。

　　他们来到一座马厩，骑士翻身下马后用力捶门，直到一位脸带马头刺青、面容枯槁的奴隶出来迎接。骑士粗鲁地把侏儒从马鞍上放下来，捆在一根柱子上，又叫醒马厩主人，就坐骑和全套鞍具的价格讨价还价。是了，让马远渡重洋，船费会比其身价还贵。提利昂由是知道自己不久就要上船。我大概也要当上预言家了罢。

　　谈妥价格后，骑士把武器、盾牌和鞍袋拷到肩上，询问最近的铁匠铺所在。那铺子也关了门，但经不住骑士大喊大叫，还是开了。铁匠满腹狐疑地打量着提利昂，然后点头收下一把钱币。"过来。"骑士吩咐俘虏。等提利昂走过去，他抽出匕首把绳子割了。"谢谢你啊。"侏儒揉着手腕说。骑士听了哈哈大笑："你的感激省下来给别人吧，小恶魔，你将换上更难受的装备。"

　　果真如此。

　　铁匠拿出的镣铐乃是黑铁制成，又厚又沉，侏儒估计每个镣环的重量超过两磅，这还不算中间的链条。"怕我怕成这样啊。"手环被锤紧时，提利昂道。铁锤每次敲打都令他胳膊酸麻。"还怕我摆着这双发育不良的短腿逃跑不成？"

　　铁匠根本没抬头看他，骑士则阴沉地笑道："你的腿没什么好怕的，但你这张碎嘴让人放心不下。戴上镣铐你就是奴隶，不会有人听你饶舌，即便是听得懂维斯特洛话的人。"

　　"何苦大费周章呢？"提利昂抗议，"我保证当个乖乖听话的好囚犯，我真心实意地保证。"

"那就从现在起证明给我看,把嘴闭上。"

他只能低下头,含住舌头,听任铁链一节节接上,把他的手腕与手腕、手腕与脚腕、脚腕与脚腕连在一起。该死,这些镣铐加起来比我自个儿还重。但至少他还活着,俘虏他的人本可直接砍他脑袋,瑟曦只要他的脑袋。骑士不肯一刀来个痛快,他会为这妇人之仁付出代价的。瓦兰提斯跟君临隔着半个世界,路上走着瞧,爵士先生。

他们离开铁匠铺徒步前进,提利昂一路哐当作响,努力跟上骑士的急步流星。每当他要摔倒,骑士都会及时抓住铁镣,粗鲁地把他拽起来,扔到旁边,让侏儒继续跟跄跄上。情况本可能更糟,他本可拿鞭子抽我。

瓦兰提斯城建于洛恩河的一处出海口两岸,东西城区以长桥相连。富裕的老城位于东岸,但这边不欢迎佣兵、野蛮人和外乡佬,他们得过河去西城区。

长桥入口处有座黑石拱门,门上雕刻了斯芬克斯、狮身蝎尾兽、龙和其他奇异动物。门后的大拱桥由融化的石头砌成,以巨柱为支撑,乃是瓦雷利亚全盛时期的杰作。桥上的路刚好允许两车并行,所以东西两方车辆交会时,都必须减速徐行。

还好他们是走路。才走到三分之一,只见一辆西瓜货车和一辆丝地毯堆得老高的货车间车轮发生碰撞,这下所有车都动不了了,甚至大部分行人也被迫停下,眼看着驾车人彼此尖叫指责。但骑士抓起提利昂的铁链,硬生生挤出一条路来。混乱中,有个男孩想摸骑士的包,结果脸上结结实实挨了一肘子,给打断了鼻梁。

道路两旁建筑林立,有商店、庙宇、酒店、旅馆、席瓦斯棋馆和妓院。大多数建筑都有三四层楼高,每层楼都比下面一层伸出去一些,两边的顶楼几乎相连,于是过桥好像是在一座灯火通明的隧道里行进。这里有各式各样的商店和地摊,织布工、蕾丝工、玻璃工、蜡烛工和售卖鳗鱼牡蛎的渔妇们凑在一块儿。金匠铺门口都有守卫把守，香料铺的守卫还要翻倍——因为香料的价格是黄金的两倍。在店铺之间，不时能看到河水，向北看去，洛恩河是一条星光闪烁的粗黑缎带，有君临城下的黑水河五倍宽，向南看，河流豁然开朗，注入了咸海。

拱桥正中央的路旁有许多铁柱，许多小偷和摸包贼的手被砍下来挂在柱子上。这里还有三颗人头——两男一女，头颅下的铭牌潦草地书写着他们的罪状。一对长矛兵在旁守卫，他们穿着磨亮的头盔和银制链甲衫，脸上有绿如翡翠的老虎刺青。两个守卫不时挥动长矛赶走那些贪婪的茶隼、海鸥和食腐乌鸦，但这几颗腐烂的脑袋对鸟儿具有不可抗拒的吸引力。

"他们做错什么了？"提利昂无辜地问。

骑士看了铭牌一眼。"那女人伸手反抗她的女主人。那老头被人指认是龙女王的间谍，并企图煽动叛乱。"

"年轻的那个呢？"

"他杀了自己的爹。"

提利昂多看了那颗年轻的腐烂头颅一眼。*好家伙，他好像在微笑呢。*

他们继续前进，中途骑士短暂地停下来琢磨一顶放在紫色天鹅绒底座上、镶嵌珠宝的女性头冠；他没买，但走了几步看上了皮革匠铺挂的一对手套。提利昂为此深感欣慰，之前赶路不停早已令他喘不过气，手腕也都被铐子磨破了。

过桥后，他们迅速穿过热闹的水边街区，进入火炬光芒照耀下的西城街道，这里到处是水手、奴隶和寻欢作乐的酒鬼。有只大象隆隆经过，它背上驮的堡楼装了六七个半裸身子的奴隶女孩，她们朝路人挥手致意，甚至掏出奶子挑逗路人，一边尖叫："选马拉乔、选马拉乔！"这些女子身段如此销魂，看得提利昂神魂颠倒，差点踩中大象一路撒下的热腾腾的粪便。亏得骑士在最后关头猛扯铁链,却几乎把他掀翻。

"还有多远啊?"侏儒问。

"去鱼贩广场。快到了。"

最终目的地是商人之屋,一座四层楼的大旅馆,它在水边的仓库、妓院和酒馆中鹤立鸡群,像是被儿孙簇拥的大胖子。这家旅馆的大堂比维斯特洛半数城堡的大厅更大,在这个昏暗的迷宫里,有上百个私密的壁龛和隐藏的凹室,水手、商人、船长、钱币兑换商、发货人和奴隶贩子们在发黑的梁柱和破裂的天花板下,就着昏暗的光线,用几十种不同的语言彼此撒谎、欺骗,乃至互相诅咒。

选这家旅馆,提利昂暗自窃喜。含羞少女号早晚会到达瓦兰提斯,而根据他对瓦兰提斯的了解,这是城内最大的旅馆,是发货人、船长和商人们的首选,许多交易都是在这迷宫般的大堂里谈成的。等格里芬带着达克和哈尔顿现身,他就会重获自由。

他一定要耐心等待机会。

楼上房间不比楼下大堂,尤其是四楼的便宜房间更显局促。他们住的这间是从旅馆拐角处屋檐下勉强拓出来的,天花板很矮,松塌的羽毛床垫有股怪味,倾斜的木地板甚至让提利昂想起了鹰巢城的天牢。好歹这里有墙、有窗。墙边贴心地安装了铁环,方便主人锁住奴隶。俘虏他的人点燃牛脂蜡烛后做的头一件事,就是把提利昂的锁链连在铁环上。

"非得这样做吗?"侏儒无力地晃着链子抗议,"我能跑哪儿去,从窗户跳下去?"

"说不定你会。"

"这里有四层楼高,我又不会飞。"

"你会摔死,而我要你好好活着。"

见鬼,这是为什么?瑟曦才不管我死活。提利昂把锁链弄得叮当作响。"我知道你是谁，爵士，"拼凑线索并不难，从他外套上的黑熊、盾牌上的纹章和他提到自己失去的爵位中已能猜出，"也知道你干了些什么。与之相对，如果你明白我是谁，你应当清楚我曾身为御前首相，跟八爪蜘蛛一道列席御前会议。如果我告诉你正是太监送我来作这次小小的旅行，你有兴趣听吗？"太监和詹姆，但没必要把老哥的事说给这人听。"你我都是他的人，不该窝里斗。"

这话让骑士不太痛快，"我不否认拿过蜘蛛的钱，但我从来不是他的人。我的忠诚另有所属。"

"属于瑟曦？你傻了，我老姐只要我项上人头。你既有好剑，何不早早结束这场闹剧，让大家各得其所呢？"

骑士哈哈大笑。"你这侏儒跟我来激将法？靠嘴硬激我留你一条命是吧？"他走到门边，"我去厨房找点吃的。"

"你真好心。别担心，我会乖乖地等。"

"你当然会。"话虽这么说，骑士仍旧用沉重的铁钥匙锁住身后的房门。商人之屋以门锁坚固著称。我就像被关进了牢房，侏儒酸溜溜地想，好在这里有窗户。

提利昂知道要取下镣铐是难上加难，但不管怎样总得试试。他试图从手环里脱出手，结果擦破了更多皮肤，搞得手腕鲜血淋漓；他又拉又扭，但墙上的铁环纹丝不动。操他妈的，他放弃了努力，以铁链所能容许的极限瘫倒在地。他的腿抽筋了，这将是个特别难熬的夜晚。而且毫无疑问，只是苦难的开始。

屋里很闷，所以骑士打开了百叶窗通风。这间屋子挤在旅馆墙壁的夹角处，所以幸运地拥有两扇窗。一扇面对长桥和河对面的黑墙，那是古瓦兰提斯的心脏地带；另一扇面向下面的广场，莫尔蒙说那是渔贩广场。虽然受到锁链限制，但提利昂发现只要倾斜身子、让墙上的铁环支撑住体重的话，就能从第二扇窗户看出去。这里没有莱莎·艾林的天牢那么高,但摔下去一样会死。或许喝醉之后我可以试试。

夜色渐深,广场上却依然人声鼎沸。水手们醉酒喧哗,妓女们游荡拉客,商人们攀谈生意。十几个手执火把的侍僧簇拥着一位红袍女祭司匆匆走过,他们的长袍在脚边婆娑。一对席瓦斯棋手在某家旅馆门前战得难解难分,一位奴隶站在桌旁,举着灯笼为主人们照明。提利昂还听见了女人的歌声,虽然歌词他听不懂,但曲调温柔伤感。如果我听得懂她唱什么,可能会哭出声来。窗户下方,一群人在围观两个杂耍艺人互相抛掷火炬。

俘虏他的人很快就回来了,带回两大杯酒和一只烤鸭。他一脚把门踢上,将鸭子撕成两半,扔了一半给提利昂。侏儒伸手去接,然而胳膊被铁链限制抓不着,鸟儿直接打在他额上,喷了他一脸热辣油脂。之后他还不得不蹲下,费力地伸长胳膊捞鸭子。他试了三次方才抓住,随即高兴地撕咬起鸭肉来。"能来点酒下饭吗?"

莫尔蒙把杯子递给他,"外头的瓦兰提斯人几乎都喝得烂醉,也不多你一个。"

麦酒相当顺口,有股水果味。提利昂满意地饮下一大口,打了个欢乐的嗝。他发现白蜡酒杯相当沉。几口喝光拿杯子砸他脑袋吧,侏儒盘算,运气好的话能砸破他的头——运气特别好的话,我会失手,然后被他活活揍死。他又饮了一大口,"今天是什么节日?"

"是他们大选的第三天,选举一共持续十天。在这疯狂的十天内,要举办火炬游行、公开演讲、默剧表演、唱歌吟诗和舞蹈助兴,刺客们会为各自的支持者作至死方休的决斗,大象的身侧会绘上执政官候选人的名字。下面这些杂耍艺人是马司约索雇的。"

"记得提醒我投票给别人,"提利昂舔舔指上的油脂。窗下的民众丢了些硬币给那两个杂耍艺人,"所有的候选人都得提供艺术表演吗?"

"只要能收买选票,他们什么都提供,"莫尔蒙说,"不管吃、喝、看……艾利奥斯甚至派出一百名漂亮的奴隶女孩上街拉票,谁投给他就可以跟她们睡。"

"我投给他,"提利昂不假思索地说,"给我一个奴隶女孩吧。"

"达到财产标准的瓦兰提斯自由民才有投票资格。河西岸就没几个人能投票。"

"但狂欢要持续十日对吧?"提利昂笑道,"世界真奇妙,不过三个国王还是太多。想想看,要是我跟我亲爱的老姐和英勇的老哥联合统治七大王国的话……不出一年,我们中的某位就会杀了其他两人,以求独霸。很难想象这些'执政官'不做出同样的事。"

"他们中确实有人试过独裁,但都不成功。也许瓦兰提斯人比我们维斯特洛人更有智慧,他们或许会集体犯傻,却决不忍受小鬼当家。时不时会有某个疯子赢得选举,但会受到同僚的遏制,直到一年任期届满。想想看,要是疯王伊里斯有两个跟他共享权力的王,后来的流血悲剧就不会发生了。"

可惜他只有我父亲,提利昂想。

"很多自由贸易城邦人认为狭海对岸的我们太野蛮,"骑士续道,"甚至觉得我们还是孩子,急需父亲的指导。"

"或是母亲的?"瑟曦会喜欢这种说法——在他把我的脑袋献上以后就更喜欢了。"你似乎很了解这座城市。"

"我曾在这里住了大半年,"骑士晃了晃杯底残渣,"史塔克把我赶出家园后,我和我第二任老婆逃到了里斯。布拉佛斯更适合我,但琳妮丝想住在温暖的地方。我原计划加入布拉佛斯人的队伍,到头来却在洛恩河畔与他们交战。可惜我每挣一枚银币,我老婆就要花掉十枚。等我回到里斯,她已有了情人,那人嬉皮笑脸地告诉我：如果不放弃她并离开城市，我就得作债务奴隶。我就这样离开里斯来到瓦兰提斯……当时我比奴隶好不了多少，除了背包里的衣服和腰上的长剑之外一无所有。"

"现在你急着回家。"

骑士喝干了杯中酒。"明天我会给咱们找条船。我睡床，你自个儿就着铁链看哪儿舒服搁哪儿吧。睡得着就睡，睡不着就给我忏悔罪孽。熬到早上应该没问题。"

你才该忏悔罪孽，乔拉·莫尔蒙。侏儒心想，但这话说出口就太不明智了。

乔拉爵士把剑带挂在床柱上，踢掉靴子，从头顶卸下锁甲，脱了羊毛外套、皮衣和汗涔涔的内衣，露出伤痕累累、黑毛覆盖的强健躯体。扒了他的皮，倒可以做件毛皮斗篷，提利昂一边想，一边看着莫尔蒙睡进那张散发出淡淡异味的松塌羽毛床里。

骑士一沾床就发出了鼾声，似乎毫不担心被锁链拴住的战利品。两扇窗户都大大打开，弯月的光线洒在地板上。各种喧哗依然从下面的广场传来：醉酒的人不成调的歌声，猫儿发情时的嘶叫，远处的金铁交击。有人快送命了，提利昂心想。

磨破皮的手腕传来阵阵抽痛，而由于铁链限制，他连坐下都没办法，更不用说躺了。他最多只能扭身靠墙，但这样没多久双手都失去了知觉，只好换个姿势，让血液恢复循环。疼痛如潮水般涌回来，他不得不咬紧牙关，以免叫出声。他试图想象当弩箭射穿小腹时父亲有多痛苦，当项链勒住那撒谎的喉咙时雪伊有多痛苦，当被人轮奸时泰莎又有多痛苦？他认定与他们相比，他现在这点痛苦不值一提，但这并不能减轻他的痛苦。神啊，快停下。

乔拉爵士翻了个身，现在提利昂只能看见他宽阔、健壮、多毛的后背。就算我能挣脱镣铐，还得爬到他身上去够剑带。或许把匕首抽出来就行……何不直接拿钥匙开门走人呢？悄悄下楼，穿过大堂……不过之后去哪儿？我身无长物，无亲无故，甚至连本地话也不会说。

疲惫终于压倒了疼痛，提利昂陷入了时断时续的睡眠中，但他的腿隔不多久就会剧烈抽筋，让他尖叫着醒来，瑟瑟发抖。当黎明的晨光从窗户照射进来时，他每块肌肉都在疼。这是兰尼斯特金狮的颜色。楼下的鱼贩子们开始叫卖渔获，镶铁皮的轮子压过鹅卵石路隆隆作响。

乔拉·莫尔蒙俯视着他，"若我把你取下来，你会乖乖听话吗？"

"不叫我跳舞就成，双腿麻木可没法跳，非栽跟斗不可。除此之外，你怎么说我怎么做，我以兰尼斯特的荣誉保证。"

"兰尼斯特没有荣誉。"乔拉爵士嘴上这么说，但还是从铁环上解下他。提利昂虚弱地走了两步便摔倒在地，手上血液终于恢复流通。他眼中含泪，咬到了嘴唇。"不管去哪里，你都只能滚着我去了。"

大个子骑士抓起他手腕间的铁链，把他提了出去。

商人之屋的大堂四周全是阴暗的壁龛和凹室，中央则是宽敞的砂岩石板庭院。庭院的石板缝隙间生了绿苔和紫苔，石板上搭着花纹繁复的花架，架上缠绕着藤蔓植物。奴隶女孩们端着一壶壶麦酒、葡萄酒和某种有薄荷气味的绿色冷饮，在光影间穿梭。现在这个时刻，二十张桌子里才有一张坐了人。

有张桌边坐了个侏儒。此人的粉脸颊打理得很干净，有一头栗色乱发、一对浓眉和一只塌鼻子。他坐在高脚凳上，手拿木勺，红肿的眼睛呆望着一碗紫色的粥。丑陋的小杂种，提利昂心想。

侏儒注意到他的目光，抬头看向他。木勺悄然滑落。

"他发现我了。"提利昂提醒莫尔蒙。

"那又怎样？"

"他发现我了，他知道我是谁。"

"我是不是该把你塞进口袋，不让别人看见呢？"骑士碰碰剑柄，"他敢打歪主意，得先问问我的剑愿不愿意。"

你的意思是，敢抓我就纳命来，提利昂心想，他只是个侏儒，碰上你这样的大个子自是束手无策。

乔拉爵士在僻静的角落找了张桌子，点上食物和酒。他们的早餐是温软的切片面包、粉红色鱼子、蜂蜜香肠和炸蝗虫，就着苦中带甘的黑啤酒冲下肚。提利昂狼吞虎咽。"今早上你胃口不错。"骑士评论。

"没办法，听说地狱里的饭菜特难下咽。"提利昂朝旅馆大门瞥了一眼——有人刚好进门。此人高大驼背，尖胡子染成斑驳的紫色。是个泰洛西商人。带开的大门外传来海鸥的尖叫、妇人的嬉笑和渔贩的叫卖声，有一刹那，提利昂以为自己看见了伊利里欧·莫帕提斯，结果不过是另一头白色矮象罢了。

莫尔蒙把鱼子涂到面包上，咬了一口，"你在等人？"

提利昂耸肩。"世事难料，谁知道下一个进门的是谁？可能是我的真爱，或是我老爹的鬼魂，再或是只鸭子。"他把蝗虫塞进嘴，嚼得吱嘎作响，"这虫子不赖。"

"昨晚这里的话题全是维斯特洛，说有个流亡王公雇了黄金团去夺回领地。现今瓦兰提斯一半的船长都涌到上游的维隆瑟斯镇揽生意去了。"

提利昂刚吞下第二只蝗虫，听了这话差点噎着。他是在嘲讽我吗？他知道格里芬和伊耿的底细么？"真差劲，"侏儒说，"我还指望雇黄金团去夺回凯岩城呢。"这是格里芬有意为之？散播假消息？又莫非……莫非那俊俏的小王子终究受了怂恿！鼓动手下向西而不向东，放弃与丹妮莉丝女王和亲？放弃了魔龙……格里芬能答应吗？"我也想雇你，爵士先生。家父的爵位按律法应属于我。你现在就抽出剑，向我宣誓效忠吧，等我夺回凯岩城，我保证用金子淹没你。"

"我见过被金子淹没的人，那景象恐怖极了。你要我抽出剑，只可能插进你肚子。"

"不失为舒泰肠胃的好方法，"提利昂说，"家父对此最清楚。"他拿起酒杯，浅饮一口，以掩饰脸上表情。此事很可能是格里芬之计，用于放松瓦兰提斯人的警惕。莫非格里芬打着回国的幌子，待人马上船之后在海上动手劫船？此计甚妙，黄金团有一万名训练有素、经验丰富的战士。不过黄金团没有水手，格里芬得在每个船员脖子上架把刀才行，等到了奴隶湾打起海战这就麻烦了。

奴隶女孩回到桌边，"尊贵的爵士先生，寡妇下一位就见您。您带礼物了吗？"

"我带了，谢谢。"乔拉爵士往女孩手里塞了枚硬币，遣她走了。

提利昂皱起眉头，"寡妇是谁？"

"水边寡妇。住洛恩河东岸的人至今还在背地里说她是瓦加罗的婊子。"

侏儒更糊涂了，"瓦加罗又是何方神……"

"他是个象党，曾七次当选为执政官，富得流油，尤其在水边有权有势。其他人造船出海，他造的是码头和仓库，充当货物经纪人、钱币兑换商和海上保险代理。他也买卖奴隶，然而到头来却爱上了一位在渊凯习得七种春啼之术的床奴。这是桩大丑闻……他居然还给了她自由，并正式娶她为妻。在他死后，这女人把他的事业发扬光大，但身为被解放的奴隶，她没资格住在黑墙之内，所以被迫卖掉瓦加罗的豪宅，搬到了商人之屋——那是三十二年前的事了，从那天起她一直居住在这里。现在，她就在你身后的庭院，坐在她的例桌后面见客。不，不要急，有个人和她在一起，一会儿才轮到我们。"

"这老巫婆会帮你忙？"

乔拉站起身。"走着瞧吧。那人走了。"

提利昂跳下椅子，铁链哗啦作响。事情也许有转机。

老妇人像狐狸一样坐着，眼中隐约透出凶光。她的白发如此稀疏，能透过去看见下面的粉色头皮，她一只眼底的泪珠刺青虽然被刀子刮去，但还是留下了疤痕。早餐的残渣散在桌子上——沙丁鱼头、橄榄核、面包渣。提利昂注意到所谓她的"例桌"：后背是坚实的石椅，旁边有个绿叶覆盖的凹室用作进出口。坐在这里，旅馆门口的动向一览无余，而由于阴影的关系，别人几乎看不见她。

看见提利昂，老妇人笑起来。"一个侏儒，"她的喉音很轻，却有些阴险的意味。她的通用语只带有极微弱的口音，"近来瓦兰提斯的侏儒还真多。这个也会变戏法吗？"

当然会，提利昂想说，请给我一把十字弓，让我展示拿手好戏。"他不会。"乔拉爵士回答。

"真遗憾。老身从前有只猴子，什么聪明把戏都能变，你的侏儒让老身想起了它。他是礼物吗？"

"不是，我给你带了这个。"乔拉爵士取出皮手套，用力地甩到桌上其他礼物中间。寡妇今早上截至目前共收到一只银制高脚杯，一把装饰华丽、薄得透明的翡翠花扇和一柄刻有符文的上古青铜匕首。跟这些宝贝相比，皮手套显得廉价而俗套。

"为了老身这双可怜的、皱巴巴的手，你真贴心。"但寡妇没有去拿手套的意思。

"我是在长桥上买的。"

"长桥上什么都能买。手套、奴隶、猴子，什么都能。"岁月压弯了老妇人的背，但她的黑眼睛依旧十分锐利，"请告诉老身，你需要什么？"

"我们要赶去弥林。"

这个词，颠覆了提利昂·兰尼斯特的世界。

这个词，弥林，难道是幻听？

这个词，弥林，他说的是弥林，他要带我去弥林。弥林意味着生计，至少是生存的希望。

"为何来找老身？"寡妇问，"我没有船。"

"许多船长欠了你的情。"

他说带我去见陛下。哪个陛下？显然不是把我卖给瑟曦。那他是带我去找丹妮莉丝·坦格利安了，所以才没一剑砍我脑袋。天哪，我们要去东方，而被我怂恿的格里芬和小王子却急着西征，与我失之交臂。

噢，这就叫计划跟不上变化吧。我机关算尽，最后还是要迈进魔龙的喉咙。提利昂再也忍耐不住，"扑哧"一声大笑起来。

"你的侏儒不老实，"寡妇评论，"老身的侏儒会很安静，不然就把他嘴巴堵上。"

提利昂赶紧用手捂住嘴巴。弥林！

水边寡妇决定先不理他。"我们来点喝的吧？"她问，随后奴隶女孩为她和乔拉爵士各拿来一个绿色玻璃杯，并斟满酒。一束晨光射进，灰尘在光束中飞舞。提利昂也很渴，但没人给他杯子。只见寡妇呷了一小口葡萄酒，在嘴里漱了漱方才咽下，"传到老身这双老耳朵里的说法，其他流亡者都是往西赶，那些欠了老身人情债的船长们这会儿都忙不迭地跑去赚黄金团的金子咧。咱们高贵的执政官们甚至决定——连老迈的多法斯也表示同意——派出十几艘战船，随行护送他们直到石阶列岛。多么光辉灿烂的冒险事业啊，但你却说自己要去东方，爵士。"

"我的事业在东方。"

"什么事业呢？让老身猜一猜。肯定不是奴隶生意，银女王禁止买卖奴隶。她还关闭了竞技场，所以你不可能去卖艺。一个维斯特洛骑士还能去弥林干啥？搬砖头？卖橄榄？还是与龙有关？啊哈，老身猜对了没有？"老妇人露出阴森森的笑容，"老身听说那银女王用婴儿的肉来喂龙，用处女的热血洗澡，还每晚换一个情人。"

乔拉爵士抿紧嘴唇，"夫人，渊凯人嘴里尽是谎言，切不可听信诽谤。"

"老身不是什么夫人，但瓦加罗的婊子也懂得明辨真伪，对不对？……龙女王的敌人一长串啊……渊凯、新吉斯、脱罗斯、魁尔斯……啊呀，很快还要加上瓦兰提斯。你要去弥林？何不再等等呢，爵士？城里很快就要募集大量佣兵，把战船装满了才好东渡去推翻银女王。虎党正摩拳擦掌、亮出爪子，而若关系到根本利益，象党也不是吃素的。马拉乔渴望荣耀，奈西索的财富主要来源于奴隶贸易，等艾利奥斯、帕拉奇罗或贝里西奥中的任何一位被选为执政官，瓦兰提斯舰队就会顺理成章地启程出发。"

乔拉爵士皱起眉头，"如果多法斯能连任……"

"你还不如从坟墓中召回瓦加罗呢，可惜老身那可爱的夫君已过世了三十年。"

身后有个水手正大叫大嚷："这玩意是麦酒吗？去他娘的，比猴子尿还难喝。"

"但你还是得喝。"另一个声音回应。

提利昂扭头看去，满心希望现身的是达克与哈尔顿，结果看见两个陌生人……还有早上那位侏儒，正站在几尺外恶狠狠地瞪着他。不知怎的，他觉得对方有些面熟。

寡妇优雅地浅饮一口酒，"其实象党创始人多为女性，"她不紧不慢地说，"是女人搞垮虎党、结束长年征战。凭借这份丰功伟绩，特兰拉娜后来四次当选为执政官，可惜那是三百年前的往事，此后虽不时有女人参选，但瓦兰提斯再没有女性担任执政官的例子。再说了，那些参选的女士个个出身高贵，居住在黑墙背后的古老宫殿里，哪像老身这般狼狈？旧贵族会确保他们的子孙或走狗当选，对普通自由民不屑一顾。是了，今年一定会选中贝里西奥，再不济也是艾利奥斯，无论哪个都意味着开战。不过，事情不一定按他们想象的发展。"

"您觉得会如何发展呢？"乔拉爵士问。

问得好，提利昂心想，事情变得有趣了。

"噢，依老身之见，开战是免不了的，但不是他们想要的战争。"老妇人倾身向前，黑眼睛里精光闪烁。"依老身之见，这座城里红神拉赫洛的信徒比其他所有神的信徒加起来还多。近来你可有听本内罗布道？"

"昨晚刚听过。"

"本内罗可以从圣火中预见未来。"寡妇说，"你知道不？马拉乔执政官试图雇佣黄金团，利用他们血洗红神庙、谋害本内罗。他不敢调动虎袍军，因为一半的士兵信奉光之王。噢，老身只是个枯瘦的老太婆，但连老身也能感觉到，古瓦兰提斯已是暗潮汹涌，民怨沸腾了。不过弥林的情况还要复杂得多，所以告诉老身实话，爵士先生……你到底跟银女王有何瓜葛？"

"那是我的事。我付得起高额船费，我有银子。"

笨蛋，提利昂心想，她要的不是钱，是尊重。她说了这么多，你一句也听不懂？他忍不住回头察看，只见那侏儒朝桌子的方向又凑近了一些。此人手里似乎有把匕首，提利昂不禁寒毛直竖。

"留着你的银子吧，老身有的是金子。还有，收起你那张臭脸，爵士，老身活到这把岁数，不吃这套。你是条汉子，毫无疑问有些身手，但这是老身的地盘，老身只消动根指头，就可以把你绑在甲板下，让你一路划船去弥林。"她展开翡翠扇子。叶子沙沙作响,一个男人从枝叶茂盛的拱道里悄悄走到她左侧。这人脸上布满伤疤,一只手上握了把沉重得像杀猪刀的短剑。"有人给你指了道:去找水边寡妇。但他们有没有警告你:小心寡妇的儿子们呢?这是个阳光明媚的早晨,所以老身再给你一次机会:全世界一半的人都急着要她消失,你为什么偏要去见丹妮莉丝·坦格利安?"

乔拉·莫尔蒙满脸怒容,他沉默了一会儿,最后答道:"我宣誓为她效力,奉行她一切旨意,牺牲性命,在所不辞。"

寡妇听了哈哈大笑。"你的意思是,你想去救她?从千军万马中,从老身数不过来的敌人手里……你要可怜的老身相信这个?相信你是个正直高贵的维斯特洛骑士,横跨半个世界,为了……对,她不是处女了,虽然她一定很美貌。"她又笑了,"你觉得这侏儒可以取悦她?你觉得她会拿这家伙的血来洗澡呢,还是只想砍他脑袋?"

乔拉不情不愿地说:"这侏儒是——"

"——我当然知道他是谁,我清楚他的身份!"寡妇用刚硬如石的黑眼睛盯着提利昂。"他是个弑亲者、弑君者、杀人犯和变色龙。他是个兰尼斯特。"这最后一句寡妇说得像个诅咒。"矮冬瓜,你又盘算着拿什么哄骗龙女王咧?"

我的仇恨,提利昂想说。他尽锁链所能地摊开双手:"她要我干什么我就干什么。睿智的谏言、下流的诡计、杂耍表演什么都成。她喜欢的话,我很乐意掏出老二,她嫌弃的话嘴巴也成。无论是替她统率大军还是搓脚,我统统愿意。而我索要的唯一回报是将来允许我奸杀我老姐,很公平的。"

他的话让老妇人又笑起来。"这个人起码挺诚实。"她宣布,"至于你,爵士……老身坐在这里会过十几位维斯特洛骑士,以及上千个跟你一样的冒险者,他们没有哪个像你这么自我标榜的。男人都是野兽,自私又残忍,嘴上甜言蜜语,心底却有不可告人的动机。老身不信任你，爵士。"她弹弹扇子，示意退下，当他们是耳边嗡嗡作响的苍蝇。"想去弥林就游过去。恕老身无能为力。"

七层地狱！事变猝不及防！

乔拉爵士正待起身，寡妇合上扇子，满脸伤疤的人向前一跨……他们身后却传来女孩的尖叫。提利昂急忙转身，刚好见到那侏儒朝他扑来。那是个女孩，他猛然意识到，穿男人衣服的女孩，想用那把匕首宰了我。

刹那间，乔拉爵士、寡妇和疤脸男都像石头一样定住了。旁边桌子的人享用着麦酒和葡萄酒，无意干涉这边的事。提利昂戴着锁链，只能双手一起行动——刚好够到桌上的酒壶。他死命握紧它，向前一泼，把残留的酒液全泼到冲来的侏儒女孩脸上，然后他跳向一侧以求避开匕首。他的头狠狠地撞在地上，酒壶也摔得粉碎。女孩很快冲到了他身前。提利昂忙向旁一滚，匕首插进了地板里。女孩拔出来又刺……

……但她忽然间就被乔拉爵士拎了起来，双腿在空中疯狂乱踢。"不！"她用维斯特洛通用语哭号道，"放开我！"她挣扎时撕破了外衣。

莫尔蒙用一只手提起她的领子，另一只手拧下匕首。"够了。"

店老板拿着棍子现身。他看见破碎的酒壶，恶狠狠地咒骂了一句，询问到底出了什么事。"不过是侏儒打架。"紫胡子的泰洛西人咯咯笑道。

提利昂朝空中不断扭动、浑身湿透的女孩眨了眨眼睛。"为什么？"他质问，"我见过你吗？"

"他们杀了他，"说出这句话，她仿佛所有的力气都消失了，只能软弱地吊在莫尔蒙手上，眼里满是泪花，"他们杀了我哥哥。他们抓住他，又把他杀了。"

"谁杀了他？"莫尔蒙奇道。

"水手杀的，七大王国的水手，五个都喝得烂醉。他们看见我们在广场上比武，就跟踪我们。等发现我是女的，他们放我走了，但抓走了我哥哥。他们砍了他的头！"

提利昂忽然震惊地明白了原委。他们看见我们在广场上比武。他知道这女孩是谁了。"你是骑猪的？"他问她，"还是骑狗的？"

"我骑狗，"她抽抽噎噎地说，"奥普骑猪。"

他们就是在乔佛里的婚礼上表演的那对侏儒。当晚的种种麻烦皆因那场表演而起。真是无巧不成书，居然在半个世界之外与他们重逢。也许一切并非巧合。只消有猪的一半聪明，他们也该知道在小乔丧命后赶紧逃离君临，瑟曦迟早会把儿子的死怪罪到他们头上。"放她下来吧，爵士，"他告诉乔拉·莫尔蒙爵士，"她不会再对我们不利了。"

乔拉爵士依言把侏儒女孩扔到地上。

"你哥哥的遭遇我很抱歉……但我们与此无关。"

"与你有关！"女孩挣扎着跪起来，一边用那身被酒液污染、扯烂了的外套遮掩住苍白的小乳房，"他们要的是你，他们把奥普当成了你。"女孩痛哭失声，口不择言地向周围人求助。"他该死！我那可怜的哥哥却代他死了。求求你们，帮帮我，帮我杀了他！"店主粗暴地抓住她胳膊，把她提起来，还用瓦兰提斯话大骂，想知道谁会为今天的损失赔款。

水边寡妇冷淡地看了莫尔蒙一眼。"都说骑士的职责是保护弱者和无辜之人，以此类推，老身就是瓦兰提斯最高尚的处女了。"她的笑声里充满轻蔑，"孩子，你叫什么？"

"分妮。"

老妇人用古瓦兰提斯话叫住店主。提利昂听到她吩咐对方带侏儒女孩回房，给她酒喝，再换上干净衣服。

他们走后，寡妇端详着提利昂，黑眼睛闪烁不休。"老身还以为，怪物应该大个儿些。矮冬瓜，在维斯特洛，你可换得领主地位；但在这里嘛，你就不值几个钱了。看来，老身不得不帮你一个忙，毕竟瓦兰提斯不是侏儒安身立命之处。"

"您真是太好心了，"提利昂朝她露出自己最甜美的笑容，"不如帮忙帮到底，替我把这些可爱的铁镯子去掉如何？这只怪物只有半个鼻子，这破鼻子还偏偏痒得厉害。链子太短挠不到，真叫个难受。帮忙卸下来吧，我很乐意用它们为您打造一份好礼。"

"你真慷慨。别看老身现在穿金戴银，从前也戴过铁镣。很抱歉，这是瓦兰提斯，在这座城市里，虽然铁镣铁铐比隔天的面包还便宜，但没人敢公然协助奴隶逃跑。"

"我不是奴隶。"

"每个落在奴隶主手上的人都重复着同样的悲哀说法。老身说过了，老身不敢……在这里帮你。"她再度倾身向前，"两天后，平底商船塞斯拉·科荷兰号会启程前往魁尔斯，途经新吉斯。船上装了铁、锡，一包包羊毛和蕾丝，五十张密尔地毯，一具盐水浸泡的尸体，二十罐火龙椒，还有一名红袍僧。你上这条船。"

"我们会的，"提利昂答应，"谢谢您。"

乔拉爵士却皱起眉头："我们不去魁尔斯。"

"这船到不了魁尔斯，本内罗已从圣火中预见了这点。"老妇人露出狡猾的笑容。

"如您所言。"提利昂回以微笑，"如果我是瓦兰提斯人，又是自由民，又拥有古老血统的话，一定选您当执政官，好夫人。"

"老身不是什么夫人，"寡妇重复，"只是瓦加罗的婊子。虎党重新掌权之前，你得离开这里。等你见到女王陛下，请替古瓦兰提斯的奴隶们捎个信。"她伸手摸了摸阡陌纵横的脸颊上，那泪珠刺青被剔除后留下的褪色伤疤。"告诉她我们正翘首以待,告诉她尽快赶来。"

琼恩

听到命令，艾里沙爵士嘴唇扭曲，假笑了一下，但眼睛冷硬如燧石。"野种是要送我去死了。"

"死。"莫尔蒙的乌鸦尖叫，"死，死，死。"

你饶了我吧。琼恩挥开鸟。"野种送你去巡逻，去侦察敌人，如果必要干掉他们。你剑使得好，在这里和东海望，都曾是教头。"

索恩摸摸剑柄。"是啊，我这辈子三分之一的时间都花来教授农民、蠢蛋和流氓剑术入门，派我去林子里可没用武之地。"

"戴文和另一位老练的游骑兵会与你同行。"

"我们会教您，爵士先生，"戴文咯咯笑着对索恩说，"教您怎么用树叶揩净您那高贵的屁股，作一名好样的游骑兵。"

白眼肯基闻言大笑，黑杰克布尔威啐了一口。艾里沙爵士只说："你以为我肯定会拒绝，然后就能像砍史林特的头那样砍我的头。我不会遂你愿的，野种。你最好祈祷我死于野人剑下，因为被异鬼杀掉的人不会老老实实待着……他们记得一切。我会回来，雪诺大人。"

"我祈祷你回来。"琼恩从未当艾里沙·索恩爵士为友，但他仍是弟兄。你无须喜欢自己的弟兄。

深入塞外巡逻很可能有去无回，所以他很难下决心派人出去。他们都是老手，琼恩告诉自己……但班杨叔叔一行也是老手，却被鬼影森林吞噬，迄今杳无音信。其中倒有两个返回了长城，却变成尸鬼。琼恩·雪诺又开始思忖班杨·史塔克的下落，这不是第一次，也决非最后一次。或许这些游骑兵会带回相关的蛛丝马迹，琼恩试图宽慰自己，尽管他并不相信。

戴文带一队游骑兵，黑杰克布尔威和白眼肯基带另外两队。对于履行职责，他们三个至少有热情。"臀下有马，感觉不错。"在城门口，戴文舔着木假牙说，"不好意思，大人，但这些日子没事干不巡逻，屁股都要生疮了。"寻遍黑城堡，没人比戴文更了解鬼影森林，对林子里的树木溪流，可食用的植物，食肉动物和猎物的行走路线他都了若指掌。让索恩跟着这么好的人真是抬举他。

琼恩在长城顶上目送骑手们启程出发——一共三队，每队三人，各带两只乌鸦。从高处看去，他们的矮种马不过蚂蚁大小，琼恩甚至辨不出谁是谁。但他知道他们，每个名字都铭刻在心。八个好兄弟，他心想，还有一个……好吧，我们等着瞧。

等最后一名骑手也消失在树林中，琼恩·雪诺和忧郁的艾迪一起乘铁笼下去。笼子缓缓下降，些许碎雪花随之滑落，在疾风中纷飞飘舞。其中一片跟着他们降落，就飘在笼子的铁栏外。它落得比他们快，所以时而消失在脚下，随后又被风重新吹起。琼恩觉得，那片雪花几乎触手可及。

"我昨晚做了个可怕的梦，大人。"忧郁的艾迪坦承，"您成了我的事务官，为我打理三餐、收拾房间。我成了总司令，没一刻消停。"

琼恩没笑。"你的噩梦，我的生活。"

卡特·派克的划桨船队不断传来报告，说长城东北方树木丛生的海岸上野人数量持续增长。船员们看见了帐篷、没建好的筏子，甚至有人在修补一艘撞毁的单桅帆船。但野人一经发现，就消失在森林中，无疑派克的船过去后又重新出没。丹尼斯·梅利斯特则时常看到大峡谷以北夜间有火光。两名指挥官都要求增派人手。

我去哪儿搞人手？琼恩给他们各送去十名鼹鼠村召来的野人，

无非是些愣头青、老人、伤员和病人，但或多或少能干些活儿。然而派克和梅利斯特都不满地回信抱怨。"我要的，是经过良好训练、遵守纪律、忠心不二的守夜人汉子，您却送来一帮可疑分子。"丹尼斯爵士写道。卡特·派克更直接。"除了吊在长城外以儆效尤，我不知他们还有何用。"他的信由哈慕恩学士代笔，"这路家伙，我连倒夜壶都信不过。再说，十个根本不够。"

铁笼拴在长铁链末端，哗哗啦下降，最终陡然停在离地一尺高的地方。忧郁的艾迪推开门，跳下去，靴子踏破了新雪结的壳。琼恩紧随其后。

兵器库外，埃恩·伊梅特正督促新兵练习。钢铁交鸣声唤醒了琼恩内心的渴望，让他忆起那些温暖单纯的日子，在临冬城，还是小孩的他跟罗柏一起在罗德利克·凯索爵士严厉的注视下对打。如今罗德利克爵士走了，为夺回临冬城，他被变色龙席恩率领的铁民杀害。史塔克家雄伟的城堡被烧成焦土，我的记忆也被下了毒药。

埃恩·伊梅特瞥见他，便举手停止打斗。"司令大人，有事吗？"

"挑三个最棒的出来。"

伊梅特咧嘴一笑。"艾隆、艾蒙克、杰斯。"

马儿和"跳脚"罗宾为司令拿来衬垫和全身锁甲，外加护胫、护颈和半盔。他左手一面镶铁边的黑盾，右手一把钝制长剑。长剑几乎是崭新的，在晓色中泛着银灰微光。唐纳打造的最后一批成品，可惜他没能亲自给它开刃。这剑比长爪略短，但由于材质是普通钢铁，却要更沉一些。他的攻击会略显迟缓。"行，"琼恩转向对手，"上吧。"

"您让谁先上？"艾隆问。

"你们三个。一起上。"

"三对一？"杰斯半信半疑，"那不公平。"他是康威最近召的新兵，仙女岛来的鞋匠之子。没跟琼恩交过手，难怪如此。

"没错。你过来。"

男孩照做后，琼恩一剑挥向他头侧，把他击倒。眨眼间，男孩已被琼恩踩住胸口，长剑指喉。"战争没有公平可言，"琼恩告诉他，"现在二对一，你已经死了。"

他听到碎石响动，知道双胞胎冲了上来。这两个倒有游骑兵的潜质。他转身，用盾沿接住艾隆的戳刺，用长剑格下艾蒙克的进攻。"你们握的不是矛，"他高喊，"靠近点。"他向两人演示进攻方法。先攻艾蒙克。他削向他的头和肩，右，左，再右。男孩举盾护身，笨拙地试图反击。琼恩用盾猛砸艾蒙克的盾，同时一个低砍击中他小腿，把他掀翻……但艾隆已欺到近旁，用尽全身力道一剑砍在琼恩大腿上，打得琼恩单膝跪地。这会留下淤青。他用盾牌挡住接下来的一剑，奋力站起，将艾隆逼到院子对面。他速度很快，琼恩想着，双剑不断交击，一下，两下，三下，但还不够强壮。当他看到艾隆眼里露出如释重负的神情，便知艾蒙克已绕到身后。于是他闪电般旋身，冲艾蒙克后肩重重一剑，迫使这对孪生兄弟相撞。杰斯也站了起来，旋即又被琼恩放倒。"我最恨死人诈尸。等你见过尸鬼，也会恨的。"他退后一步，放低长剑。

"大乌鸦啄小乌鸦，"有人在他背后咆哮，"但他敢和人堂堂正正打一架么？"

叮当衫靠在墙上，粗糙的胡碴覆满深陷的双颊，稀疏的棕发被风吹得在黄色的小眼睛前飘荡。

"你尽管吹吧。"琼恩说。

"哈，你不是我对手。"

"史坦尼斯烧错了人。"

"他没有，"野人咧嘴一笑，露出一口破败的黄板牙，"他不得不烧死那货，好给全世界作个表率。人都在做不得不做的事，雪诺，国王们也不例外。"

"伊梅特，给他弄身铠甲。我要他穿戴钢铁，而不是老骨头。"待穿好锁甲板甲，骸骨之王相较之前挺拔了点，也高了些，双肩更宽厚，比琼恩想象的更孔武有力。那是盔甲造成的假象，不是人本身的素质，他对自己说，即便山姆，如果从头到脚装备上唐纳·诺伊的杰作，也会显得令人生畏。野人头目挥开马儿拿给他的盾，要求用双手剑。"真是悦耳的声音，"他将长剑舞得虎虎生风，"飞近点，雪诺，我要打得你鸦毛狂舞。"

琼恩猛冲向他。

叮当衫后退一步，用一记双手挥砍迎上琼恩。若琼恩没及时用盾来挡，这一击铁定会击穿胸甲，折断半数肋骨。冲击力让琼恩趔趄一步，手臂剧震。他的力量比我想象中强得多。他的速度也出人意料。两人交错转圈，击出一剑又一剑，骸骨之王全不落下风。按理说，双手重剑比琼恩的长剑重得多，野人却把它舞得眼花缭乱。

埃恩·伊梅特手下的新兵蛋子开始还为司令大人欢呼喝彩，但叮当衫无情的迅猛攻击很快让他们鸦雀无声。他保持不了速度，琼恩挡下又一击后告诉自己，这巨大的冲击力让他闷哼一声。虽然对手用的是没开刃的重剑，却依然打裂了琼恩的松木盾牌，敲弯了盾牌的铁边。他很快会累。肯定会累。琼恩砍向野人的脸，野人将头向后一缩。他向下砍野人的小腿，但野人轻轻一跳，便避开剑刃。随即野人的重剑劈在琼恩肩上，力道足以让肩甲发出清脆响声，下面的胳膊顿时酥麻。琼恩赶紧后撤，骸骨之王步步紧逼，面带讥讽。他没盾牌，琼恩提醒自己，而那把怪物般的剑很沉很沉，不适合格挡。他打中我一下，我本可以打中他两下。

但他怎么都打不中，即便勉强点到也毫无效果。野人总能灵巧地闪躲挪移，琼恩的长剑总与野人的肩膀手臂擦肤而过。没多久，他发现自己又开始后退，疲于应付对手的攻击，大半时间勉力支撑。他的盾牌被砸得稀烂，于是他扔掉了它。汗水顺着脸颊流淌，刺痛头盔下的双眼。他太壮、太快了，他心想，而那双手巨剑的威力和击打范围都占优。如果琼恩用的是长爪，战局会截然不同，但……

他的机会在叮当衫下一次反击时到来。琼恩整个扑向对手，他们撞在一起，腿脚纠缠，轰然倒地。钢铁相击，两人滚开时都丢了剑，随即在坚硬的地上厮打起来。野人用膝盖顶向琼恩两腿之间，琼恩则回以铁甲重拳。最终，叮当衫翻到了上头，抱住琼恩的头朝地面猛砸，然后掰开琼恩的头盔。"要我有匕首，你就成独眼龙了。"他嚷道。马儿和埃恩·伊梅特赶紧把他从总司令胸口拉开。"放开我，死乌鸦！"野人怒喝。

琼恩挣扎着单膝跪地，脑中嗡鸣，嘴里全是血。他吐了口血："打得好。"

"你尽管吹吧，乌鸦，我连一滴汗都没流。"

"下次就会了，"琼恩道。忧郁的艾迪扶他起来，为他解开头盔。盔上新增了几道深深的凹痕。"放开他。"琼恩把头盔扔给跳脚罗宾，对方没接住。

"大人。"埃恩·伊梅特说，"他威胁取您性命，我们都听到了。他说要是有匕首——"

"他有匕首，就在腰带上挂着。"总有人比你更敏捷强壮，罗德利克爵士曾教导琼恩和罗柏，先在校场对上，好过直接上战场拼命。

"雪诺大人？"有人轻唤他。

他转身，看见克莱达斯站在破拱门下，手握一张羊皮纸。"史坦尼斯的？"琼恩希望能收到国王的只言片语。守夜人是不偏不倚的，他明明知道，无论哪个国王获胜都与他无关。但他就是难以克制。"来自深林堡？"

"不是，大人。"克莱达斯将卷轴递来。羊皮纸紧紧卷起，用粉色硬蜡密封。只有恐怖堡用粉色封蜡。琼恩摘掉拳套，接过信件撕开封蜡。他发现跟信上的签名相比，叮当衫带来的挫折完全不算什么。

拉姆斯·波顿，霍伍德伯爵，信上斗大的锐利字体签署着。琼恩的拇指扫过时，棕色墨水纷纷脱落。在波顿的签名底下，还有达斯丁伯爵夫人、赛文夫人及四位莱斯威尔的签名和印章，甚至有代表安柏家的粗糙手绘巨人。"信中内容能分享么，大人？"埃恩·伊梅特问。

琼恩觉得没理由瞒他。"卡林湾已被夺回，剥了皮的铁民尸体被钉在杆子上，立于国王大道两旁。卢斯·波顿号召全北境的领主去荒冢屯，向铁王座输诚效忠，并庆贺他儿子迎娶……"他觉得心跳停了几拍。不，这不可能。她死在君临，和父亲一起。

"雪诺大人？"克莱达斯用那双暗粉色眼睛迷惑地看着他，"您……不舒服吗？您看起来……"

"他儿子将迎娶艾利亚·史塔克。我的小妹。"琼恩开口时，觉得小妹就在眼前。长长的马脸懵懵懂懂，还有那坑洼的膝盖和尖尖的胳膊肘。小妹的脸总是那么脏，头发总是那么乱。他们肯定会为她梳洗整齐，但他无法想象艾利亚穿结婚礼服的样子，更别说上拉姆斯·波顿的床。无论多害怕，她都不会表现出来。拉姆斯想染指小妹的话，她会奋起反抗。

"您妹妹。"埃恩·伊梅特说，"有多大……"

她才十一岁，琼恩想，还是个孩子。"我没有妹妹，只有兄弟。只有你们。"这话凯特琳夫人大概会喜欢，但说出口太不容易。他的手指攥紧了羊皮纸。真希望能这样捏碎拉姆斯·波顿的喉咙。

克莱达斯清清嗓子："要回复么？"

琼恩摇头走开。

傍晚，叮当衫留下的瘀伤已经变紫。"消退前还会变黄，"他对莫尔蒙的乌鸦说，"我看起来会和骸骨之王一样蜡黄蜡黄的。"

"骸骨，"乌鸦附和，"骸骨，骸骨。"

外面传来微弱低语，尽管声音幽幽，难辨词句。听起来如隔千里。那是梅丽珊卓女士一行人在夜火旁祈祷。每天黄昏，红袍女都会领着信众做暮祷，祈求红神在黑暗中庇佑他们。长夜漫漫，处处险恶。史坦尼斯和泰半后党的离去，让信众剧减，只剩五十多个鼹鼠村来的自由民，几名国王留给她的卫兵，还有十来位改信红神的黑衣兄弟。

琼恩觉得自己像个六十老翁那样浑身酸痛。噩梦成为现实，他想着，我有愧于心。他不断想起艾利亚。我没法帮她。我宣誓时就抛弃了所有亲人。如果我的手下向我报告自己妹妹有危险，我会明确告诉他，这不关他的事。发下誓言，血就是黑的。如同私生子的心。他曾托密肯为艾利亚打了一把剑，那是刺客的剑，小巧玲珑，正合她的手。缝衣针。他不知她是否还留着它。用尖的那端去刺敌人，他曾教导她。但如果她刺那私生子，一定会丧命。

"雪诺，"熊老的乌鸦又开始嘀咕，"雪诺，雪诺。"

他突然觉得一刻也无法忍受了。

他在房门外见到啃牛骨、吸骨髓的白灵。"你什么时候回来的？"冰原狼站起来，扔掉骨头，跟在琼恩身后。

穆利和木桶倚着长矛守在大门内。"外面冷死了，大人。"穆利透过纠结的橘色胡子出言提醒，"您不用出去太久吧？"

"不，透透气而已。"琼恩踏入夜色中。天空繁星密布，狂风沿长城呼啸，连明月都那么冷峻，月面似起了一地鸡皮疙瘩。接着寒风攫住了他，穿透层层羊毛和皮革，冻得他牙齿打颤。他大步走过校场，迎向寒风的利齿，斗篷在身后扑哧哧地翻飞。白灵跟在后头。我要去哪儿？我在做什么？黑城堡默然伫立，大厅和塔楼黑漆漆的。我的城堡，琼恩•雪诺边看边想，我的大厅，我的家园，我的责任。我的废墟。

在长城的阴影中，冰原狼蹭了蹭他的手指。半响间，黑夜似乎带着上千种气息活过来，琼恩也听到陈雪的碎裂声。他突然意识到身后有人，散发出夏日温暖。

他转头见到耶哥蕊特。

她站在司令塔焦黑的石废墟下，被黑暗和回忆掩藏。月光洒在她火吻的红发上。那抹红，将琼恩的心提到了嗓子眼。"耶哥蕊特。"他唤道。

"雪诺大人。"是梅丽珊卓的声音。

他惊得后退几步。"梅丽珊卓女士。"他又退一步，"我把你当成别人了。"夜里所有的袍子都是灰色。只有她是红的。不知怎地他就把她认作了耶哥蕊特。她更高、更瘦、也更年长，只不过月光洗去了年华的痕迹。雾气从她鼻孔和裸露的苍白手掌上升起。"你晚上这样，会冻掉指头的。"琼恩提醒她。

"那取决于洛拉赫的意愿。心沐真主圣火，黑暗无从侵袭。"

"我不关心你的心。我说的是你的手。"

"心顺则万事宜。别绝望，雪诺大人，绝望乃是凡人不可道也的大敌的利器。你的妹妹并未离你而去。"

"我没有妹妹。"这话犹如尖刀。你知道我在想什么，女祭司？你知道我妹妹怎样了？

梅丽珊卓似乎被逗乐了。"这位你没有的小妹，她叫什么名字？"

"艾莉亚。"他声音沙哑，"是我同父异母的妹妹，因……"

"……因为你是私生子，我没忘。听我说，我在圣火中见过你妹妹，她逃离了别人强加的婚礼，向此处来，投奔你。我清晰地看到，垂死的马驮着灰衣女孩。这些还未发生，但终将发生。"她盯着白灵，"我能摸你的……狼么？"

这让琼恩很不安。"最好不要。"

"他不会伤害我。你叫他白灵，对吧？"

"对，可……"

"白灵。"梅丽珊卓把这个词唱了出来。

冰原狼跑向她。他先谨慎地绕她兜圈，不断嗅探。梅丽珊卓伸出手，他凑过去闻了闻，然后在她手指上蹭鼻子。

琼恩讶异得呼出一大口白气。"他平常没这么……"

"……热情？诸热相亲，琼恩·雪诺。"她的双眼犹如两颗红色星辰，在黑暗中熠熠发光。红宝石在她喉头闪耀，犹如第三只眼，却比另两只更明亮。琼恩知道白灵的眼睛正对上光线时，也会如这般闪红光。"白灵。"他喊，"过来。"

冰原狼像看陌生人一样看着他。

琼恩难以置信地皱眉。"这真……诡异。"

"你以为呢？"她跪下，挠着白灵耳后，"你守卫的长城是个诡异的地方，但如果善加利用，这里有力量。力量还存于你体内，和这头野畜体内。你抗拒它，这不对。你应接纳它、拥有它。"

我不是狼，他心想。"我该怎样做？"

"让我示范。"梅丽珊卓用一条纤细的胳膊温柔地环住白灵，白灵舔着她的脸，"天生男女，其质有别，一分为二，合二为一，此乃光之王的无上智慧。固鱼水之欢，则力量之源。或曰可创生，或曰可有光，或曰阴影召之即来。"

"阴影。"他说出这两字，世界似乎更加黑暗。

"世间众生，行于地面皆有影，影之长短有别，厚薄各异。不妨回头，雪诺大人。月色沐浴汝身，在冰面印下二十尺高的阴影。"

琼恩回首望去。正如她所言，月光将他的影子印在长城之上。垂死的马驮着灰衣女孩，他想到，向此处来，投奔你。艾莉亚。他转身面对女祭司，他能感觉到她的热度。她有力量。这念头油然而生，死死攫住了他，但他不想欠红袍女人情，即便为自己的小妹。"妲拉对我说过一些事。她是瓦迩的姐姐，曼斯·雷德的妻子。她说巫术是无柄之剑，没法安全掌握。"

"她很有智慧。"梅丽珊卓站起来，朔风扬起她红色的长袍。"但无柄之剑仍是剑，强敌环伺时需要利剑。听我说，琼恩·雪诺，九只乌鸦飞入白林，为你觅敌，其中三只会死。现在还没有，但死亡等着他们，他们正骑马冲向人生终点。你放他们出去，充当黑暗中的眼睛，他们回来时却将双目失明。我在圣火中见到他们苍白死寂的面孔，空空的洞，以血为泪。"她理理红发，红色的双眼闪闪发光，"你现在不信我，但终究会信，以三条人命为代价。有人会说，换取智慧，这点代价实不足惜……但你本无须损失任何人。等你看到死人空洞的眼眶和破损的脸，记得这些话。彼时再来找我，牵我的手。"雾气从她白皙的身体上蒸腾而起，一瞬间，她指尖似有黯淡妖异的火焰。"牵我的手，"她重复一遍，"让我救你的小妹。"

戴佛斯

即便在阴暗的狼穴里，戴佛斯·席渥斯也觉察出这个清晨不太寻常。

他被说话声吵醒，蹑手蹑脚爬到牢门前，但木板太厚，一句话也听不清。太阳出来了，加尔斯却没照例送来麦片粥给他吃，这让他有些惶恐。狼穴里的日子千篇一律，任何改变都是不祥之兆。或许今天我的死期已至，或许加尔斯正在磨刀石上磨着"卢小姐"。

洋葱骑士忘不了威曼·曼德勒最后的命令。将这家伙带到狼穴，剁掉脑袋和双手，晚餐以前我要见到这两样东西。我发誓，看不到这走私贩的人头插在枪上、他满嘴谎言的口中塞进洋葱，我就一口晚饭也不吃。每晚入睡戴佛斯都想着这番话，每天早上他都被这番话吵醒。加尔斯则乐于提醒他这番话的真实性。他叫戴佛斯作"死鬼"，每天早上来送饭时总会说："给，死鬼的麦片粥。"晚上则是："吹蜡烛，死鬼。"

有回加尔斯把他的女人们介绍给死鬼。"别看'婊子'貌不惊人，"他把玩着一根冰冷的黑铁棒，"但烧红之后凑你老二上这么一下，包你哭爹喊娘。这是'卢小姐'，只要威曼老爷一声令下，她就会砍掉你的脑袋和双手。"戴佛斯没见过比"卢小姐"更大、更锋利的斧头。据其他狱卒说，加尔斯整天打磨她。我不会求饶，戴佛斯决心已定。他会像骑士一样死去，唯一的愿望是先砍脑袋再砍双手。他希望，即便加尔斯也不会残忍到拒绝这个请求。

隔着厚门传来的声音十分微弱。戴佛斯起身在牢房里踱步。这间牢房很大——有以前他在"黑贝丝号"上舱房的三倍大，甚至比萨拉多·桑恩在"瓦雷利亚人号"上的房间更大——说实话还挺舒适的，他怀疑以前是贵族的卧室。唯一的窗户虽然多年前就被砖块堵上了，但一面墙上的壁炉大得足够容纳水壶，角落里还有个小厕所。地板是用歪歪扭扭的木板拼接而成，木板很破旧，而他睡觉用的简陋小床生了霉。不管怎么说，这里的状况已经比戴佛斯预期的好得多。

食物也比想象中好。通常，牢饭是稀粥、陈面包或烂肉，但这里的狱卒们却送来鲜鱼、刚出炉的面包、加香料的羊肉、芜菁、萝卜，甚至会有螃蟹。加尔斯对此并不情愿。"死鬼没道理比活人吃得好。"他不止一次地抱怨。除食物外，戴佛斯还有能在夜间御寒的毛皮、有生火用的木柴、有干净衣服，以及一只油腻的牛脂蜡烛。他索要纸、笔和墨水，提瑞第二天就给他拿来；他要书本来继续提升阅读能力，提瑞便给了他《七星圣经》。

但再舒适的牢房毕竟仍是牢房。厚实的石墙隔绝了一切声音，他完全了不解外部世界。门是橡木和钢铁做的，始终紧锁着。天花板上垂下四条沉重的铁链，等哪天曼德勒大人决定用"婊子"收拾他的时候，他就会被吊在上头。也许就是今天。加尔斯下一次打开大门，带来的可能不是麦片粥。

他肚子咕咕直叫，早餐时间肯定过了，食物却没送来。死不是最难受的，等死才是。在走私者生涯中，他几度被打入地牢，但牢里好歹有其他犯人，可以说说话，分享希望和恐惧。但在这里，狼穴之中，除了狱卒们，只有他戴佛斯·席渥斯一人。

其实真正的地牢尚在狼穴地下——包括暗室、拷问室和巨大的黑老鼠肆虐的水牢。狱卒们说地牢目前空无一人。"这里只有咱们，洋葱。"巴提穆斯爵士告诉他。这个形容枯槁、脸上伤疤累累、还瞎了只眼睛的独腿骑士就是监狱总管。每当喝多了酒（巴提穆斯爵士几乎总是喝多了酒），他就会吹嘘自己当年如何在三叉戟河上救了威曼老爷一命,所以老爷才把狼穴赏给他打理。

所谓的"咱们"包括一名戴佛斯从未谋面的厨子、六名驻扎在军营里的守卫、两名洗衣妇和两名照看犯人的狱卒。狱卒中,提瑞较小,年方十四,乃是那两位洗衣妇中某位的儿子;加尔斯年纪大,块头也大,秃了头,不爱说话,每天都穿着同一身油腻的皮夹克,脸上总带着怒气。

干了这么多年走私者,戴佛斯·席渥斯颇能察言观色,他知道加尔斯这人心里有毛病。于是洋葱骑士在加尔斯面前缄默不语,而在提瑞或巴提穆斯身边才打开话匣子。他感谢他们送来食物,怂恿他们谈谈个人经历或未来打算,并礼貌地回答他们提出的问题。他表现得很有耐心,所以他提出的一些小小要求——一盆水、一小块肥皂、一本书、更多的蜡烛——几乎全部得到了满足,而戴佛斯也适当地一一致谢。

他们不会提及曼德勒伯爵、史坦尼斯国王或佛雷家族,但会说到许多别的事。提瑞长大后想出去打仗,在战争中赢得荣耀、当上骑士。他还喜欢说母亲的小话,他肯定他母亲同时跟两名守卫上床——这两名守卫站岗时间不同,所以互不知情,但总有一天会有人发现真相,并为此斗个你死我活。有些夜里,男孩会带着一袋酒来到牢房,要戴佛斯聊聊走私者的生活。

巴提穆斯爵士跟男孩相反,他对外面的世界兴趣缺缺——事实上,自从一条腿被没人骑的坐骑踩断,又断送在学士的锯子下之后,他似乎对所有事情都失去了兴趣。但他慢慢喜欢上了狼穴,所以讲述的也全是狼穴漫长而血腥的历史。骑士告诉戴佛斯,狼穴比白港更古老,乃是古代的琼恩·史塔克王为抵御海上的掠袭者,而在白刃河口修建的。历史上诸位北境之王的幼子们、兄弟们、叔伯和表亲们,屡屡将此地作为居城,其中有些人又将城堡传给后代,由此诞生出史塔克家族的旁系——有一支灰史塔克坚持得最久,盘踞狼穴长达五个世纪,直到最后他们加入恐怖堡的叛乱,反抗临冬城的史塔克本家。

灰史塔克家覆灭之后,城堡继续转手。菲林特家族占有了一个世纪,洛克家族占有了近两个世纪,后来临冬城又将史拉特、朗、霍尔特、阿什伍德等几家分封于此,以保障河道平安。三姐妹群岛的海盗曾一度夺取了狼穴,作为在北方的立足点。在临冬城和谷地争霸战争时期,老猎鹰奥斯古德·艾林围困过狼穴,他儿子鹰爪则烧毁了这里。当艾德利克·史塔克老国王老得无力保疆卫土时,石阶列岛的奴隶贩子们占领了狼穴,这里的黑石墙见证了那段历史:奴隶贩子将抓来的俘虏烙上火红的烙印,用鞭子摧残他们的意志,然后装船卖到海外。

"紧接着,有一个漫长而残酷的冬天,"巴提穆斯爵士绘声绘色地描述,"白刃河冻得严严实实,连河口都结了冰。寒风从北方呼啸而来,吹得奴隶贩子们畏畏缩缩地躲进了房子里,围着火堆挤成一团。他们不知道新任北境之王正趁着风雪发动奇袭。新王就是布兰登·史塔克,雪胡王艾德利克的曾孙,人称'冰眼'。他夺回狼穴后,把奴隶贩子们扒光了,交给之前锁在地牢的奴隶们处理。据说那些被解放的奴隶掏出奴隶贩子们的肠子,挂在心树枝条上,作为向诸神的献祭——是向旧神哪,不是你们南方佬的新神。你们的七神哪懂得冬天的滋味,而冬天也不属于点拨他们。"

戴佛斯对此并无异议。就他在东海望的所见所感,冬天的滋味可没什么吸引力。"你们不也信仰新神吗?"他问独腿骑士。

"我自个儿信仰旧神。"巴提穆斯爵士笑起来活像具骷髅,"我们家比曼德勒家来得早,很可能我的祖先曾亲手把那些肠子挂在树上。"

"我从来不知道北方人有血祭心树的习俗。"

"关于北境,你们南方佬不懂的事多着咧。"巴提穆斯爵士回答。

　　他说得没错。戴佛斯坐到蜡烛旁，看着被囚期间他逐字逐句写下的信件。我做走私者比做骑士称职，他在给妻子的信中写道，做骑士比做国王之手称职，做国王之手又比做丈夫称职。非常抱歉，玛瑞亚，我深爱着你，请原谅我犯下的一切过错。史坦尼斯若是失败，我们的领地肯定会被没收，到那时请你带孩子们去布拉佛斯生活，并让他们念着我的好；史坦尼斯若登上铁王座，席渥斯家族将得到荣耀，就让戴冯留在宫中，他会协助你把其他孩子安插到贵族老爷们身边，当上侍酒、侍从，最终谋得骑士爵位。这是他能给她的最好的建议，他希望自己能更睿智一些。

　　他给三个幸存的儿子也每人写了一封信，好让他们记得那个用四根指节换得他们出世的父亲。给史蒂芬和小史坦尼斯的信写得简短又生硬，说实在的，他对两个小儿子的了解，不如对那些在黑水河上被烧死、淹死的大孩子那么深；给戴冯的信要长一些。他告诉儿子，对其能当上国王的侍从，他感到万分骄傲。他又提醒儿子：你是长子了，要时刻记得保护母亲大人和弟弟们。请禀告陛下，我已尽全力，他的信如此结尾，使命未竟，我深表歉意。在君临城下黑水河上的冲天大火中，我丢了手指骨、丢了幸运符。

　　戴佛斯缓缓地翻看信件，每一封都读了又读，犹豫着是否应该增删文字。他本以为一个将死之人会有很多话要说，但他实在写不出什么来。我这辈子过得并不赖，他试图安慰自己，我从跳蚤窝的小子一路升迁为国王之手，还学会了读写识字。

　　他还在伏案读信，忽听见铁钥匙插进门锁里。半晌之后，牢门摇摇晃晃地打开。

　　进门的却不是狱卒。这人高高瘦瘦，脸庞轮廓分明，一头灰棕色乱发，腰上挂了把剑，肩上用钢甲铁拳形状的沉重银扣扣了一件深红色披风。"席渥斯大人，"他开口道，"时间不多，请随我来。"

戴佛斯警惕地看着陌生人。这个"请"字让他迷惑。对一个即将被处砍手砍头之刑的人如此礼貌，实在很奇怪。"你是谁？"

"罗贝特•葛洛佛，很高兴跟您见面，大人。"

"葛洛佛。你是深林堡领主。"

"我哥哥盖伯特才是。说来这多亏了你的国王史坦尼斯，他帮我们赶走了窃居城堡的铁婊子，将深林堡归还合法的主人。你被监禁在这里时，外面发生了很多事，戴佛斯大人。卡林湾已经陷落，卢斯•波顿带着奈德•史塔克的小女儿回到了北境，佛雷家族还派出一支军队为他撑腰。波顿随后放出乌鸦，要整个北境的领主都到荒冢屯向他宣誓效忠，并交出人质……同时见证艾莉亚•史塔克与他的私生子拉姆斯•雪诺的婚礼，这场婚姻之后，波顿家族就可染指临冬城。好了，你要不要跟我走？"

"我有选择吗，大人？跟你走，或是交给加尔斯和'卢小姐'处理？"

"卢小姐是谁？其中一个洗衣妇？"葛洛佛不耐烦了，"你跟我来，一切自有解释。"

戴佛斯站起身。"如果我死了，恳请大人将我的家信送达。"

"我保证办到……但你要死也不会死在我葛洛佛或是威曼大人手上。快走吧，随我来。"

葛洛佛带他走过一个黑暗的大厅，下了一段磨旧的阶梯，穿过神木林——这里的心树长得如此纠结高大，以至于包裹了周围所有的橡树、榆树和桦树，苍白的粗壮枝条甚至挤进了墙壁和墙上的窗户。心树的树根有成年男子的腰部那么粗，树干宽阔无朋，使得早久以前刻上去的人脸显得肥胖而又怒气冲冲——打开一道生锈铁门，停下来点燃了一支火炬。等火炬烧得红旺，他又领戴佛斯下了更多阶梯，来到一个桶形天花板的地窖。地窖墙上全是水，凝结了许多白色的海盐，他们脚涉海水继续前进，穿过了许多地窖。这里有一排排狭小、潮湿、散发出恶臭的牢房，条件跟戴佛斯被关押的地方不可同日而语。地窖尽头是一面空白石墙，葛洛佛凑上去一推，前面就出现了一段狭长的隧道，隧道的阶梯向上。

"我们到底在哪儿？"戴佛斯边走边问，话音在黑暗中轻轻回响。

"我们在阶梯之下的阶梯——在城堡梯正下方，直上新堡。这是条密道，大人，这是为了防止你被外人发现，世人都以为你死了。"

死鬼的麦片粥，戴佛斯边想边爬。

阶梯尽头是另一面墙，但这次是抹灰的板条墙。墙后的房间温暖舒适，陈设了各式家具，地上铺有密尔地毯，桌上点着些蜂蜡蜡烛。戴佛斯听见不远处传来笛子和提琴的演奏声。一面墙上挂了张褪色的羊皮地图，描绘出北境地形。肥胖的白港伯爵威曼·曼德勒就坐在地图下方。

"请坐，"曼德勒大人今天穿得富丽堂皇：浅蓝绿色天鹅绒外套，外套边沿、袖子和领口上都绣了金线，金质三叉戟搭扣将白貂皮披风扣住，"饿不饿？"

"不饿，大人，你的狱卒为我提供了充足的食物。"

"渴的话，这里有酒。"

"我是来跟你谈判的，大人。国王指派我来，可不是陪你喝酒。"

威曼伯爵叹了口气。"我待你很不公，这我知道。虽说我有我的苦衷……来，请坐，我请求你，坐下来喝几口，为我儿平安归来干杯。威里斯是我的长子和继承人，他现在回家了，你听到的就是欢迎宴会的声音。他们在人鱼宫里享用七鳃鳗派和鹿肉烤栗子，薇尔菲德在陪她的佛雷未婚夫跳舞，其他佛雷则举杯庆祝我们的友谊

67

地久天长。"

透过音乐,戴佛斯听见了模糊的话语和杯盏交碰声。他什么也没说。

"我刚从高位上下来。"威曼伯爵续道,"跟往常一样,我吃得太多,而白港路人皆知我肠胃不好。不出意外的话,对于我在厕所里待上很长时间,我们的佛雷朋友不会起疑。"他把自己的酒杯递过来。"给,喝吧,我不能再喝了。先请落座,我们时间有限,需要讨论的事情却很多。罗贝特,请你给首相大人倒酒好吗?戴佛斯大人,您不知道,您已经死了。"

罗贝特·葛洛佛倒了满满一杯葡萄酒,拿给戴佛斯。他接过来嗅了嗅,喝了一口。"请问我是怎么死的呢?"

"被斧头砍死的。你的人头和双手就挂在海豹门上,直面港口。你的人头现在已经腐烂了,好在我们把它插枪上之前,先用焦油泡过。据说食腐乌鸦和海鸟曾为你的眼睛大打出手。"

戴佛斯不安地扭着身子。知道自己成了死人,感觉真诡异。"请问大人,那个替死鬼是谁?"

"有关系吗?戴佛斯大人,您有一张平凡的脸——希望我说这话没冒犯到您——那人跟您肤色一致、鼻子形状一致、两只耳朵没有任何残缺、长长的胡子也很容易修剪成您的样式。您放心,我们对焦油处理的结果相当满意,而塞进他嘴里的洋葱进一步扭曲了面部特征。巴提穆斯爵士亲自动手,把他左手的指节切掉,就跟您的手一样。那家伙是个罪犯,如果能让大人您安心的话,我可以说,他这一死的意义比他一辈子的贡献加起来还大。大人,其实我对您毫无恶意,人鱼宫中那场表演全是做给我们的佛雷朋友看的。"

"大人您真会演戏,"戴佛斯道,"您和您一家人把我完全骗过了。我还以为您的媳妇是真心要我死,而那小姑娘……"

"薇拉,"威曼大人微笑道,"您看见她有多勇敢了吧?即便我威胁要拔了她的舌头,她还是坚持提醒我白港亏欠临冬城史塔克家族的恩情,那是永远也还不清的债。薇拉说的话全是发自内心,里雅夫人也一样——如果可以的话,也请您原谅她。她个胆小又愚蠢的女人,威里斯是她的命。不是每个男人都能像龙骑士伊蒙王子或'星眼'赛米恩那么伟大,也不是所有女人都能像我的薇拉和她姐姐薇尔菲德那么勇敢……薇尔菲德是知情的,但她磊落坦然地扮演着自己的角色。

"和骗子打交道,正派人也不得不以其人之道、还治其人之身。只要我唯一幸存的儿子还是俘虏,我就不敢公然跟君临的朝廷作对。泰温•兰尼斯特公爵给我的亲笔信中确认他手上握有威里斯。他告诉我,想要他毫发无伤地放人,我必须忏悔叛国罪行,代表白港降顺朝廷,宣布支持那小鬼国王对铁王座的权利……同时还要向他新近册封的北境守护卢斯•波顿屈膝;如果我拒绝,他就以叛国罪处死威里斯,白港则会遭到围攻和洗劫,我的家族将落得卡斯特梅的雷耶斯家族的下场。

"我是个胖子,许多人据此认为我软弱愚昧,或许泰温•兰尼斯特也这么想。我派乌鸦回复他,宣称我儿子归来以后我才会开城屈膝,之前不行。泰温还没回复就死了,接着佛雷家的人带着文德尔的遗骨出现……口口声声说是来谈和、并缔结婚约的,但我在威里斯安全回家之前,不打算答应他们的任何要求;当然,他们也坚持在我证明忠诚之前,不会归还威里斯。事情就这么僵持不下,您的到来给了我了结此事的机会。我之所以在人鱼宫中粗暴地对待您,并把那颗头和那双手挂上海豹门都是有充分理由的。"

"您冒着巨大的风险,大人,"戴佛斯道,"若是教佛雷家的人识破伪装……"

"我根本没冒险。若是哪个佛雷非要爬上城门,检查那个嘴咬洋葱的罪犯,我可以把一切都怪罪到狱卒头上,然后拿出真正的你来平息怒火。"

戴佛斯听得背脊发凉。"我明白了。"

"希望如此。你说过,你也有儿子。"

三个,戴佛斯心想,从前一共有七个。

"我马上就要赶回宴会去继续招待我的佛雷朋友们。"曼德勒续道。"他们监视着我,爵士先生,日日夜夜监视着我,企图嗅出一星半点叛逆的迹象。你亲眼见过那个傲慢无礼的杰瑞爵士和他的侄子雷加——那假惺惺的蛆虫居然取了真龙的名字。比他们两个更可恶的是赛蒙,这家伙善于花钱钻营,已收买了我手下好几个仆人和两名骑士,他老婆的侍女居然跟我家弄臣上了床。如果史坦尼斯奇怪我为什么在回信里缄默不语,那是因为我连自家学士都信不过。席奥默头脑精明,但对我们家没有感情,你在大厅里已经听过他的发言了。本来学士们戴上颈链时就该放下地域之见,但我始终忘不了他是兰尼斯港的兰尼斯特,且自称跟凯岩城兰尼斯特家有远亲关系。总而言之,我身边不是敌人就是笑里藏刀的奸细,戴佛斯大人,他们像蟑螂一样污染了我的城市,每天晚上我都觉得他们在我身上爬。"胖子握手成拳,下巴上的肥肉不住颤抖,"我儿文德尔到孪河城作客,吃过瓦德侯爵的面包和盐,并把自己的剑和朋友们的剑一起挂在墙上,赤手空拳地赴宴。结果他们竟冷血地谋杀了他。这是谋杀!但愿佛雷家的人都被他们自己编造的无稽故事噎死!我跟杰瑞喝酒,与赛蒙说笑话,还把挚爱的孙女许配给雷加……但他们甭想让我忘记发生过的事。北境永不遗忘,戴佛斯大人,北境永不遗忘。现在我儿子回家了,戏也该演完了。"

威曼大人话中有股寒气,让戴佛斯感到彻骨冰凉。"如果您寻求正义,大人,请您依靠史坦尼斯国王。世上没有比他更公正的人。"

罗贝特·葛洛佛插话:"您的忠诚显示了您的荣誉,戴佛斯大人，但史坦尼斯·拜拉席恩毕竟只是您的国王，不是我们的国王。"

"你们的国王已经过世，"戴佛斯提醒两位北方贵族，"他和威曼大人的儿子一起，在红色婚礼上遭到谋杀。"

"少狼主的确遇害了，"曼德勒同意，"但艾德大人不止有这么一个勇敢儿子。罗贝特，把那孩子带来。"

"立刻就去，大人。"葛洛佛闪身出门。

那孩子？莫非罗柏·史塔克的某个弟弟逃脱了临冬城之劫？莫非曼德勒还在城堡里藏了一位史塔克传人？再或是他找了个冒牌货？就他看来，北境人大概不在意真假……但史坦尼斯·拜拉席恩却决不会跟冒牌货合作。

然而罗贝特·葛洛佛带来的男孩显然不是史塔克家的人，连冒充的资格都没有。此人比少狼主被谋害的弟弟们大得多，约莫有十四五岁，而其眼睛显得比年龄更为成熟。他暗棕色蓬头下的脸庞有些凶狠，嘴巴宽、鼻子尖、下巴也尖。"你是谁？"戴佛斯问。

男孩望向罗贝特·葛洛佛。"他是哑巴，但我们已经教会了他基本的书写。他学得很快。"葛洛佛从腰带上抽出一把匕首，递给男孩，"把你的名字写给席渥斯伯爵看。"

房间里没有羊皮纸，于是男孩在墙上一根木梁柱上刻字。威……克……斯。写"斯"字的时候他倾身向前，刻得很用力。刻完后，他手一翻就把匕首甩到空中，又巧妙地接住，他得意洋洋地欣赏着自己的手艺。

"威克斯是铁民，作为席恩·葛雷乔伊的侍从，跟随他去了临冬城。"葛洛佛坐下来，"史坦尼斯大人对临冬城事变了解多少？"

戴佛斯回忆着他们听说的故事。"临冬城被史塔克大人从前的养子席恩·葛雷乔伊袭夺。葛雷乔伊杀害了史塔克家两名幼主，并把人头挂在城墙上。当北方人前来驱逐他时，他烧掉了整座城堡，男女老少都不放过,最终是波顿大人的私生子除掉了他。"

"没有除掉。"葛洛佛说,"私生子把他抓回了恐怖堡,并在那里剥皮拷问。"

威曼大人点头同意。"你听说的故事我们也都听过,里面的谎言就跟布丁里的葡萄干一样多。焚毁临冬城的不是别人,正是波顿的私生子——拉姆斯·雪诺,现在小鬼国王让他做了波顿。雪诺没杀光所有人,他留下了女人们,用绳子捆起来,押回恐怖堡开展追猎运动。"

"追猎运动?"

"他是个顶尖猎人,"威曼·曼德勒解释,"而女人是他最喜欢的猎物。他会扒光她们的衣服,在森林里释放她们。她们有半天时间逃跑,之后他会吹响号角,带猎狗前去追猎。曾有个别女人拼死逃离魔掌,向我们讲述了真相,但绝大多数人没那么幸运。拉姆斯抓到女人会先施暴再剥皮,尸体留给他的狗,人皮则带回恐怖堡作为战利品展示。如果对方让他的追猎运动比较有趣,他会在剥皮前先割喉咙;如果惹恼了他或是让他无聊,他就先剥皮。"

戴佛斯听得脸色刷白。"诸神在上,世上怎会有这样的——"

"邪恶存在于血统里,"罗贝特·葛洛佛道,"他是个因奸情而生的杂种。无论小鬼国王管他叫什么,他都是个雪诺。"

"有哪个雪诺比他更黑心?"威曼大人接口,"拉姆斯用武力强迫寡妇下嫁,从而夺取了霍伍德大人的领地,婚后他便把新婚夫人锁进塔,并就此遗忘了她。据说她在饿得发狂时吞吃了自己的指头……而兰尼斯特的正义居然是把奈德·史塔克的小女儿送给这杀人凶手。"

"波顿家的人一贯狡猾残酷,但这家伙实在是个人皮野兽。"葛洛佛评论。

白港伯爵倾身向前。"佛雷家的人也好不到哪里去。他们谈论狼灵和易形者，拍着胸脯保证是罗柏·史塔克害了我的文德尔。他们怎能如此嚣张！他们明知北境不会相信这些谎话——不会真正相信——但他们认定只要把刀架在我们脖子上，我们就不敢反驳。卢斯·波顿对他在红色婚礼中扮演的角色撒了谎，正如他的私生子对临冬城的事撒了谎，但他们握有我儿子，所以我不得不吞下他们的狗屎，还要赞美狗屎的滋味。"

"那现在呢，大人？"戴佛斯追问。

他希望能听见威曼大人痛痛快快一句：现在我们将为史坦尼斯国王而战。但那胖子只诡异地一笑。"现在我要去参加婚礼咧。可大家都知道，我太胖，显而易见骑不了马。我小时候爱骑马，青年时代靠着马上本领在比武场上还略有建树，但那些日子早已过去，如今我这副身躯变成了比狼穴还难受的牢房。不管怎么说，我必须去，卢斯·波顿非见到我屈膝不可，他的甜言蜜语下透出的是赤裸裸的威胁。我得先坐船，再乘轿，带上一百名骑士和佛雷家的好朋友们。佛雷家的人是走海路来的，没带坐骑，所以我决定送他们每人一匹好马作为客礼。你们南方人也会送客人礼物吗？"

"有时会，大人，当客人离开主人家的时候。"

"那你或能理解我的想法。"威曼·曼德勒颤巍巍地站起身，"一年多来，我都在兴建战舰。你看到的只是一部分，更多的船被我隐藏在白刃河中。战争让我蒙受了惨重损失，但我麾下的骑兵仍多于颈泽以北任何一家诸侯。我的城墙十分牢靠，地窖里装满银子，老城和寡妇望唯我马首是瞻，我麾下的封臣还包括十几家小贵族和一百位有产骑士。总而言之，我可以为史坦尼斯国王带去白刃河东的全面支持，从寡妇望到公羊门到羊头山再到断枝河上游，所有人都听我号令。这一切，只消你跟我做一个交易。"

"我可以把您的条件带给国王陛下，然而——"

威曼伯爵打断他。"我只跟你做交易，与史坦尼斯无关。我需要的不是国王，而是走私者。"

罗贝特·葛洛佛替他解释："当初罗德利克·凯索爵士试图从席恩·葛雷乔伊的铁民手中夺回临冬城时究竟发生了什么，我们到现在还没弄清楚。波顿的私生子宣称葛雷乔伊在谈判中谋杀了罗德利克爵士，威克斯否认这点，但他现在学会的词汇还不足以复述事情的来龙去脉……不过在我们找到他之前，他已懂得表达'是'和'否'，我们花了很长时间才问对合适的问题。"

"谋杀罗德利克爵士和临冬城众人的是私生子。"威曼大人道，"他把葛雷乔伊的铁民也杀了。威克斯看见他们屠杀那些跪地投降的人。我们问起他自己是如何脱险，他拿了一截粉笔，画了一棵有脸的树。"

戴佛斯想了想。"旧神拯救了他？"

"某种程度上是。他爬上心树，藏在枝叶间。波顿的人在神木林里来回搜了两次，杀光了找到的人，但没人想到上树。是这样吗，威克斯？"

男孩又把葛洛佛的匕首翻面抛起，用手接住，点了点头。

葛洛佛说："他在树上躲了很久，人睡在枝叶间，一点不敢动弹。直到最后他听到下面传来说话声。"

"死人在说话。"威曼·曼德勒道。

威克斯伸出五根手指，用匕首轮流点了每根指头一下，然后收起四根指头，多点了一下剩下的那根。

"六个人，"戴佛斯说，"一共六个人。"

"其中有两个是奈德·史塔克被谋杀的儿子。"

"哑巴怎能告诉您这个消息？"

"他用粉笔画了出来。他画了两个男孩……带着两匹狼。"

"这孩子是铁民，所以他不敢现身，"葛洛佛说，"但他把他们说的话都听在耳中。那六个人没在临冬城的废墟中多做逗留，其中四个走一路,另两个走另一路。威克斯悄悄跟上了人少的那一路,那一路包括一个女人和一个男孩。他一定是走在下风处,所以狼没闻出他的气味。"

"他知道他们去了哪里。"威曼大人说。

戴佛斯开始懂了。"您要那个男孩。"

"卢斯•波顿握有艾德公爵的女儿,白港想要扳倒他,就得有奈德的儿子……以及冰原狼。狼会证明那孩子的身份,并撕破恐怖堡的谎言。这就是我的条件,戴佛斯大人,你去把我的封君偷渡回来,我则尊史坦尼斯•拜拉席恩为王。"

戴佛斯•席渥斯本能地摸向喉头。指骨是他的幸运符,不知怎地,他觉得要完成威曼•曼德勒提出的交易,他需要格外的运气。指骨当然早不见了,他说:"您手下能人辈出,您有那么多骑士、领主和学士,要一个走私者来做什么?您的船也多得是。"

"我有船,"威曼大人承认,"但船上的水手都是河民,或是从未驶出咬人湾的渔夫。要达成我的目标,我需要找一位能扬帆远航,能悄悄避开危险,不吸引多余关注的人。"

"那男孩究竟在哪里?"戴佛斯觉得自己不会喜欢问题的答案,"您想让我去哪里,大人?"

罗贝特•葛洛佛说:"威克斯,指给他看。"

哑巴又抛了一下匕首,在空中接住,然后扔向墙上那张威曼伯爵的羊毛地图。匕首插进墙壁,兀自颤个不休,哑巴则咧嘴笑了。

半晌间,戴佛斯好想让威曼•曼德勒将自己送回狼穴,继续面对爱讲故事的巴提穆斯爵士和珍爱着那些要命女人的加尔斯。狼穴里的犯人好歹有麦片粥可吃,而世上有个地方居民的早餐却是同类的血肉。

丹妮莉丝

每天清晨,女王都会站在西墙上,点数奴隶湾中的风帆。

今日,她数到二十五艘船,不过有些帆在远处游曳不定,因而这数字不是很准确。她可能数漏,抑或数重。那又怎样?扼死一个人只需十根指头。所有贸易都被迫中断,渔民也不敢去海湾捕鱼。最胆大的在河中撒下几条钓索,即便这也很冒险;绝大部分人只能将船紧靠在弥林的多彩砖墙下。

但海湾中不乏弥林船。丹妮的军队围城时,城内许多战舰和贸易划桨船驶入了海中,现在它们转而壮大了魁尔斯、脱罗斯和新吉斯的舰队。

她的海军司令的建议聊胜于无。"让他们见识您的龙,"格罗莱说,"让渊凯人尝尝烈火的滋味,我们的贸易就会畅通无阻。"

"那些船正在困死我们,我的海军司令却只会谈论龙。"丹妮回答,"你是我的海军司令,不是吗?"

"我是没有船的海军司令。"

"那就造船啊。"

"战舰没法用砖造。奴隶主烧掉了方圆二十里格内每一片树林。"

"那就去二十里格外找。我给你货车、工人、骡马……你需要的任何东西。"

"我是水手,不是船工。我被派来带陛下回潘托斯,您却把我拉到这里,还为了钉子和木头把我的'赛杜里昂号'大卸八块。我再也看不到她了,也很可能再见不到故乡和发妻。拒绝达梭斯的船的不是我,我没法用渔船跟魁尔斯人开战。"

他的抱怨让丹妮懊恼不已,她甚至怀疑这坏脾气的潘托斯人会不会是那三个背叛者之一。不,他只是个背井离乡的老人,心生怨气而已。"总有能做的事。"

"当然,我跟您说过。那些船是绳子、沥青和帆布造的,外加科霍尔的松木和索斯罗斯的柚木,以及来自伟大的诺佛斯的老橡木,再或紫杉、白蜡、云杉。反正是木头,陛下。木头易燃,而龙——"

"我不想再议论龙。下去吧,去向你的潘托斯神明祈求风暴,以摧毁敌人。"

"水手从不祈求风暴,陛下。"

"我听够了你不会这不会那!走吧!"

巴利斯坦爵士没走。"城内储备还够,"他提醒丹妮,"而且陛下下令栽种豆子、葡萄和小麦。您的多斯拉克人劫掠了那些躲到山上的奴隶主,并解放了他们的奴隶。这些奴隶正辛勤耕作,日后将带着收成来弥林的市场。您还得到了拉扎的友谊。"

"是达里奥为我赢得的,虽然价值不大。"羊人的友谊。羊羔要有牙齿就好了。"

"那无疑会让狼群更谨慎。"

这话让她笑起来。"您那些孤儿怎样了,爵士先生?"

老骑士微微一笑。"很好,陛下,很高兴您问起这个。"那些男孩是他的骄傲。"有四五个孩子表现出骑士的素质,或许最终我能培养出十几位骑士。"

"若他们能跟你一样真诚,一个就够了。"过不了多久,她将需要每一位骑士。"他们能为我比武么?我想看。"韦赛里斯给她讲过他在七大王国观看的比武大会,但她从未亲眼观赏。

"他们还没准备好,陛下。等一切就绪,他们乐意向您展示实力。"

"希望那一日尽快到来。"丹妮想吻这位好骑士的脸颊，但弥桑黛出现在拱门外。"弥桑黛？"

"陛下，斯卡拉茨求见。"

"带他上来。"

圆颅大人和两名兽面军一同前来，其中一人戴着老鹰面具，另一个面具似乎是豺狼。黄铜面具只露出眼睛。"我的明光，西茨达拉昨夜似乎进了扎克金字塔，直到后半夜方才离开。"

"他拜访过多少座金字塔了？"丹妮问。

"十一座。"

"距离上一次谋杀过了多久？"

"二十六天。"圆颅大人眼里似要喷出怒火。让兽面军跟踪西茨达拉，记录他的行踪，全是圆颅大人的主意。

"到目前为止西茨达拉履行了诺言。"

"这怎么能算！鹰身女妖之子的确放下了屠刀，但是为何？就因为尊贵的西茨达拉好言相劝？我告诉您，他跟他们是一伙的，因此他们才会服从他。他很可能就是他们的头领，鹰身女妖本人。"

"如果有鹰身女妖的话。"

斯卡拉茨确信弥林的鹰身女妖之子有一位贵族首领，一位秘密指挥这支影子军队的元凶。丹妮不这么认为。兽面军除掉了几十名鹰身女妖之子，那些被俘者经过严刑拷打后会惨叫着供出一些名字……太多名字了。在她看来，若所有谋杀都是某位幕后黑手所为，只需擒贼擒王便天下太平这固然好，但恐怕事情没这么单纯。*我的敌人无处不在。*"西茨达拉·佐·洛拉克交友广泛，富甲天下。或许他可以用钱帮我买来和平，或许他能让贵族们相信我们的婚姻是皆大欢喜。"

"就算他不是鹰身女妖，他也知道谁是。发掘真相不难，请允许我审问西茨达拉,我很快就能让他招供。"

"不,"丹妮说,"我不相信那些招供。你给过我太多招供,而那些全无价值。"

"我的明光——"

"我说'不'。"

圆颅大人怒冲冲的脸愈发丑陋了。"这是乱来,伟主西茨达拉把圣上当猴耍。您想跟毒蛇上床么?"

我想跟达里奥上床,但为了你这帮人,我却把他送走了。"你可以继续监视西茨达拉·佐·洛拉克,但不能伤害他。听明白了吗?"

"我不是聋子,圣主,我会遵命。"斯卡拉茨从袖中抽出一卷羊皮纸。"圣上请看,参与封锁的弥林船名单,以及她们的船长。全是些伟主大人。"

丹妮研读了一下羊皮纸,弥林的显赫家族均名列其上:哈扎卡、玛瑞克、库尔扎、扎克、雷哈达、格拉扎、帕尔,甚至瑞茨纳克和洛拉克。"我要这名单干吗?"

"名单上每个人在城内都有亲人:老婆孩子、兄弟姐妹、父母双亲。让兽面军去逮捕他们,用作人质来要挟换船。"

"若我派兽面军进他们的金字塔,意味着一场血腥的内战。我必须相信西茨达拉,必须期待和平。"丹妮将羊皮纸举到蜡烛上,在斯卡拉茨的怒视下,让那些名字消失在火焰中。

事后,巴利斯坦爵士说她哥哥雷加会以她为荣,丹妮却想起乔拉爵士在阿斯塔波说过的话:雷加战斗得英勇,雷加战斗得高贵,雷加战斗得荣誉,雷加死得不明不白。

她下到紫色大理石厅,发现几乎空无一人。"今日没人请愿?"丹妮问瑞茨纳克·莫·瑞茨纳克,"没人需要裁决?或索求赔偿?"

"没有,圣上,整座城市被恐惧笼罩。"

"没什么好怕的啊。"

当晚丹妮就知道人们在怕什么了。她的质子米卡拉茨和科兹米亚正端上秋蔬和姜汤组成的简单晚餐,伊丽上来通报说格拉茨旦•卡拉勒带着三名蓝圣女从神庙回来。"灰虫子也来了,卡丽熙。他们急着见您。"

"带他们去大厅,并召集瑞茨纳克和斯卡拉茨。绿圣女说是何事?"

"阿斯塔波。"伊丽答道。

灰虫子先开口:"他自晨雾中出现,骑在苍白的母马上,奄奄一息。他的马跟跟跄跄地走向城门,身侧满是血污和泡沫,眼睛恐惧地转动。骑者高喊'她在烧,她在烧',然后从马鞍上一头摔下。小人赶到现场,命人将骑者带到蓝圣女处救治。您的仆人们抬他穿过城门时,他再次哭号:'她在烧。'他的托卡长袍下几乎是一副骨架,仅存的肌肉烧得滚烫。"

一位蓝圣女接着讲述:"无垢者将此人带到神庙,我们脱光他的衣服,用冷水给他清洗。他的衣服肮脏不堪,我的姐妹在他大腿上找到半截箭头。他折断了箭杆,但没取出箭头,结果伤口发炎,毒素扩散到全身。进神庙不到一小时他就死了,嘴里一直高喊'她在烧'。"

"'她在烧,'"丹妮莉丝重复,"她指谁?"

"阿斯塔波,明光。"另一位蓝圣女指出,"他说过一次,他说:'阿斯塔波在燃烧。'"

"这可能是发烧时的胡话。"

"明光明鉴,"格拉茨旦•卡拉勒说,"但札拉还看到别的东西。"

名叫札拉的蓝圣女双手交握。"女王陛下,"她低声道,"他的高烧不是那支箭引起的。他大小便失禁——不止一次，而是好多次——粪便一直流到双膝，里面还带着干血。"

"灰虫子说他的马在流血。"

"是这样的，陛下，"太监确认，"那匹苍白母马被他的马刺扎得血肉模糊。"

"或许如此，明光。"札拉道，"但鲜血和粪便混在一起，沾在他内衣上。"

"他在便血。"格拉茨旦·卡拉勒指出。

"我们无法确定，"札拉道，"但弥林很可能要面对远比渊凯的长矛恐怖的事物。"

"我们必须祈祷。"绿圣女说，"神明将这个人送到我们中间，作为信使，带来信号。"

"什么信号？"丹妮问。

"灾难与毁灭的信号。"

丹妮不愿相信他们说的。"他只是一个人，一个膝盖中箭的病人。他的马将他载到这里，不是什么神明。"苍白母马。丹妮突然起身。"感谢你们的忠告，还有你们为这可怜人所做的一切。"

绿圣女离开前吻了丹妮的手指。"我们应当为阿斯塔波祈祷。"

也为我。哦，为我祈祷吧，亲爱的女士。阿斯塔波陷落后，渊凯大军已无后顾之忧。

她转向巴利斯坦爵士。"派骑手去丘陵地找回我的血盟卫，再召回'棕人'本的次子团。"

"暴鸦团呢，陛下？"

达里奥。"对，对。"三天前，她刚梦到达里奥横死路边，双眼无神地盯着天空，乌鸦在他尸体上盘旋。其他夜里，她在床上辗转反侧，思索他会不会像背叛暴鸦团的前任团长一样背叛自己。他把他们的头带给我。如果他带着属下回归渊凯,为黄金出卖她呢?他不会那么做。他会么?"还有暴鸦团。马上派人去找。"

女王发出召集令八天后,次子团最先返回。巴利斯坦爵士通报丹妮团长求见时,她恍然以为是达里奥,不由得心如鹿撞。但巴利斯坦爵士带来的却是棕人本·普棱。

棕人本皮革般的脸满是裂纹,皮肤是老柚木的颜色,白头发,眼角布满鱼尾纹。这样一张饱经风霜的棕脸在丹妮看来却很亲切,她甚至拥抱了他。他眼角的皱纹开心地堆在一起。"听说陛下要下嫁,"他说,"但没人通知新郎官就是我。"瑞茨纳克在旁气急败坏,他俩则相视而笑。但棕人本开口后,所有的笑声都消失了,"我们抓住三个阿斯塔波人,圣上最好见见他们。"

"带上来。"

丹妮莉丝在庄严的大厅中接见他们,高高的蜡烛在大理石柱间燃烧。她看到几位阿斯塔波人面露饥色,便立刻叫人备食物。他们一行十二人从红砖之城出发,如今只剩三个:一名砖匠、一名纺织工和一名鞋匠。"其他人怎么了?"女王问。

"全死了。"鞋匠道,"渊凯的雇佣兵在阿斯塔波北边的丘陵地巡逻,猎捕从大火中逃出来的人。"

"难道城池已经陷落?城墙可是非常厚实啊。"

"它厚是厚,"砖匠回答,他是个有眼疾的驼子,"但年久失修又破损严重。"

纺织工抬起头。"每天我们都互相安慰,说龙女王会回来救我们。"这女人面庞瘦削,有薄薄的嘴唇和暗淡的死鱼眼,"据说克莱昂曾派人求援,您答应要回来。"

他派人来找我,丹妮心想,至少这部分是真的。

"在城外,渊凯人烧毁庄稼,屠戮牲畜,"鞋匠续道,"在城内,我们忍饥挨饿。我们吃猫、吃老鼠、啃皮革。一张马皮就是一顿大餐。割喉国王和婊子女王相互指责对方吃死人肉。一些男男女女暗中聚集抽签,抽到黑石头的就得献出自己的肉。有些人认为一切都是克拉兹尼·莫·纳克罗兹惹的祸,于是洗劫并烧毁了纳克罗兹金字塔。"

"也有人认为是丹妮莉丝惹的祸,"纺织工说,"但我们中的大多数依然爱您。'她就要来了,'我们互相告慰,'她将率大军回来,带给所有人食物。'"

我连自己的人民都只能勉强喂饱。如果我向阿斯塔波进军,必将失去弥林。

鞋匠讲述了他们怎样遵从阿斯塔波绿圣女的话,将屠夫国王的尸体挖出,套上青铜鳞甲。绿圣女得到众神预示,宣称屠夫国王可以打败渊凯人,解救他们。于是伟大的克莱昂的尸体披挂上阵,恶臭难闻的身躯被绑在饿马背上,领着新建的无垢者军队开城出击。但他们被一支新吉斯军团咬住,杀得片甲不留。

"战败后,绿圣女被钉在惩罚广场的木桩上等死。在乌尔霍金字塔中,一些幸存者疯狂欢宴,彻夜不眠,然后就着最后一点食物饮下毒酒,不愿面对第二天的黎明。再不久疾病爆发,血瘟杀了四分之三的人,直到一些将死之人发起暴动,干掉了主城门的守卫。"

老砖匠突然插话:"不,这是那些健康人干的,为逃离血瘟。"

"真相如何重要么?"鞋匠反问,"反正守卫们四散奔逃,城门大开。新吉斯的军团涌入阿斯塔波,然后是渊凯人和骑马的佣兵。婊子女王顽强抵抗,咒骂着战死;割喉国王弃械投降,却被扔进竞技场,遭饿狗扑食。"

"即便如此,仍有人说您来了。"纺织工道,"他们赌咒发誓,说见你骑在魔龙背上,高飞过渊凯营帐。我们日夜盼着你。"

我没法去，女王想着，我不敢去。

"城市陷落后呢？"斯卡拉茨问，"后来呢？"

"后来是屠杀。圣恩神庙里挤满了向神明祈求治疗的病人，于是新吉斯军团封住神庙门，将神庙付之一炬，由此引发大火。不出一小时，整座城市火光冲天，一片火海。慌乱的人们涌入街道，想方设法逃离火场，但渊凯人关闭了城门。"

"你们逃出来了，"圆颅大人指出，"怎么做到的？"

老头回答："我是砖匠，我家世世代代都是砖匠。我祖父将我家的房子建在城墙边上，每晚搬几块砖不是什么难事。后来我把这事告诉了朋友们，他们帮我支撑好甬道，以防塌方。我们都认为应当未雨绸缪。"

我留下议会来统治你们，丹妮想到，由一名医生、一名学者和一名牧师领导。她回想起当初的红砖之城，红色砖墙后空气干燥、尘土飞扬，编织出残酷的梦；那里同时也是生机勃勃的。恋人在蠕虫河的小岛上接吻，奴隶却在惩罚广场上被一卷一卷地剥皮，挂起来留给苍蝇。"你们能逃脱令人欣慰，"她对阿斯塔波人说，"在弥林你们安全无虞。"

鞋匠对她表达了感激，老砖匠吻了她的脚，但纺织工只用石板般的眼睛冷冷地盯着她。她知道我在说谎，女王心想，她知道我根本无力保证他们的安全。阿斯塔波被烧毁了，接下来该轮到弥林。

"会有更多难民涌来。"阿斯塔波人下去后，棕人本说，"这三人骑马，大部分人没有马。"

"会有多少？"瑞茨纳克问。

棕人本耸耸肩："成百上千。有的病了，有的烧伤，有的受了别的什么伤。猫之团和风吹团正拿着长矛鞭子在丘陵地巡视，驱赶他们向北来，并杀掉落单者。"

"一群会走路的嘴巴。你说还有病人？"瑞茨纳克绞着双手，

"圣上,必须阻止他们进城。"

"是的。"棕人本•普棱说,"我虽然不是学士,但至少知道把坏苹果和好苹果分开。"

"人不是苹果,本,"丹妮道,"这些是活生生的男人女人,又病又饿,担惊受怕。"他们是我的孩子,"我应当去救援阿斯塔波。"

"陛下救不了他们,"巴利斯坦爵士道,"您警告过克莱昂国王不要与渊凯开战。那人是个白痴,且双手沾满鲜血。"

我的双手就清白么?她想起达里奥的话——宁为刀俎不为鱼肉,强者都是屠夫。"克莱昂是我们敌人的敌人,若我参加哈扎特角之战,就能两面夹攻,将渊凯人一网打尽。"

圆颅大人不同意:"您派无垢者南下哈扎特角,鹰身女妖之子会——"

"我知道,我知道。埃萝叶的事会重演。"

棕人本•普棱迷惑不解:"谁是埃萝叶?"

"一个女孩。我以为能将她救出火坑,结果却让她落得更悲惨的下场。而我在阿斯塔波的所作所为,造成了一万个埃萝叶的悲剧。"

"陛下您当时并不知道——"

"我是女王,我应当了解情况。"

"木已成舟,"瑞茨纳克•莫•瑞茨纳克道,"圣上,我恳求您,马上立尊贵的希茨达拉为王,让他与贤主大人们交涉,以达成和平协议吧。"

"基于什么条件?"留心芬香的总管,魁蜥说过。戴面具的女人准确预言了苍白母马的到来,她对高贵的瑞茨纳克的看法是否也会应验?"我或许是个年轻女子,不懂战争之道,但这不代表我会如待宰羔羊般乖乖走进鹰身女妖的巢穴。我有无垢者、暴鸦团和次子团，我还有三个自由民军团。"

"您有龙。"棕人本•普棱微笑。

"他们在深坑中，被锁链束缚着，"瑞茨纳克•莫•瑞茨纳克哀叹，"不听话的龙有何用？甚至连开门喂养它们的无垢者都开始怕了。"

"什么？害怕女王的小宠物？"棕人本眼角的皱纹笑眯眯地皱成一团。灰白头发的次子团团长是个天生的佣兵，血管里流着十几种血液，但他一直受到龙的喜爱，他也喜爱那些龙。

"宠物？"瑞茨纳克尖叫，"不如说是怪物。吃孩子的怪物。我们不能——"

"闭嘴，"丹妮莉丝说，"不准谈论此事。"

瑞茨纳克缩了缩身子，像要躲开她话中的怒火。"原谅我，圣主，我不是……"

棕人本•普棱推开他。"陛下，渊凯人雇了三个佣兵团来对抗我们的两个团，据说还派人去瓦兰提斯收买黄金团，那帮兔崽子人数不下一万。此外，渊凯人有四个吉斯卡利军团，或许更多，我还听说他们派骑手穿越多斯拉克海，说不定能说动某个大卡拉萨对付我们。我们得让他们见识见识龙，就像当初您让我见识的那样。"

丹妮叹口气："很遗憾，本，我不敢放龙出来。"她知道这不是本想要的答案。

普棱挠了挠斑驳的胡须。"如果没有龙来制衡，那么……我们得赶在渊凯兔崽子收缩包围圈以前离开……当然动身之前，得让那些奴隶主出一笔开拔费。为了城市，他们可以付钱给卡奥们，为什么不能付给我们？把弥林卖回去，满载金银财宝西进。"

"你让我洗劫弥林，然后逃之夭夭？不，我决不会。灰虫子，我的自由民做好战斗准备了吗？"

太监双手抱胸。"他们虽非无垢者，但绝不会让您蒙羞。小人以矛和剑向您起誓，圣上。"

　　"好，很好。"丹妮扫过周遭众人的脸。圆颅大人闷闷不乐。巴利斯坦爵士一脸严肃，蓝眼里透出悲伤。瑞茨纳克·莫·瑞茨纳克脸色苍白，满头大汗。棕人本白发灰须，脸孔犹如老旧皮革。灰虫子脸颊光滑冷漠，无动于衷。达里奥要在就好了，还有我的血盟卫，她想，如果开战不可避免，吾血之血应与我共同面对。她想念乔拉·莫尔蒙爵士。他欺骗我，出卖我，但他也爱着我，而且总是给我好建议。"我打败过渊凯人，我会再次打败他们。但在哪里打？如何打？"

　　"您要主动出击？"圆颅大人难以置信，"那太蠢了。我们的城墙比阿斯塔波高得多厚得多，我们的战士也更勇猛，渊凯人轻易攻不破弥林。"

　　巴利斯坦爵士不同意。"坐等被围太消极了。他们的队伍充其量是拼凑的杂牌军，奴隶贩子打不了仗，若我们攻其不备……"

　　"可能性微乎其微，"圆颅大人回应，"渊凯人在城内有的是朋友，他们会马上得知消息。"

　　"我们能召集多少军队？"丹妮问。

　　"恕我直言，军队人数肯定不够。"棕人本·普棱道，"纳哈里斯没表态？如果开战，我们需要他的暴鸦团。"

　　"达里奥还在回来的路上。"噢，天啊，我都做了什么？我是派他去送死么？"本，我要你的次子团去侦察敌情，摸清对方位置、行军速度、人数及部署。"

　　"我需要补给，外加健壮的马匹。"

　　"当然，巴利斯坦爵士负责处理。"

　　棕人本挠挠下巴，"或许我能策反一些敌人。如果陛下能让我带上几袋金币和宝石……给那些团长一点甜头，就像……嗨，谁知道呢？"

"收买他们，有何不可？"丹妮确认。她知道这种事在争议之地的佣兵团间是家常便饭。"没错，非常好。瑞茨纳克，此事由你来办。次子团出城后，关上城门，将城上的守卫加倍。"

"马上去办，圣主，"瑞茨纳克•莫•瑞茨纳克说，"那这些阿斯塔波人怎么办？"

我的孩子。"他们来此寻求救济和庇护，我们不能拒之门外。"

巴利斯坦爵士皱紧了眉。"陛下，据我所知，若听任血瘟传播，整支军队都会遭遇灭顶之灾。总管说得没错，我们不能放阿斯塔波人进弥林。"

丹妮无助地看着他。真龙不流泪。"就照你说的办吧。把他们安置在城外，直到……直到瘟疫终结。在城西的河边搭帐篷，尽可能保证他们的饮食，或许我们能把病人隔离开。"所有人都望着她，"要我再说一遍么？立刻去执行命令。"丹妮站起来，从棕人本身边走过，登上台阶，走向露台上只属于她的宝贵的私密空间。

阿斯塔波与弥林之间足足相隔两百里格，但丹妮觉得西南方的天空似乎被红砖之城毁灭的烟雾玷污遮蔽了。砖与血造就阿斯塔波，砖与血造就它的子民。古老的谚语在她脑海回响。而最终，骨和灰掩埋阿斯塔波，骨和灰掩埋它的子民。她试图回忆埃萝叶的面孔，但女孩已逝的形象总是幻灭成灰。

当丹妮莉丝终于转身时，巴利斯坦爵士就站在旁边，身裹白袍以抵御夜晚的寒气。

"我们能打这一仗么？"她问他。

"打仗很容易，陛下，您应当问能否获胜。求死容易求胜难。您的自由民训练不足，毫无经验。您的佣兵曾服务于您的敌人，既有背叛前科，难保不会再叛。您有两条龙，但您控制不了，第三条龙很可能已离您而去。在城墙之外，您唯一的朋友是拉扎人，可惜他们从不参战。"

"但我的城墙很坚固。"

"不会比我们攻打它时更坚固。况且墙内还有鹰身女妖之子，还有那些伟主大人，他们有的是您没除尽的奴隶贩子，有的是被你处死的奴隶贩子的子孙。"

"我知道。"丹妮叹息，"你有什么建议，爵士？"

"开战。"巴利斯坦爵士说，"弥林业已人满为患，挤满了饿殍，而您在城内树敌过多，恐怕熬不住长期围困。等敌人北进时，请派我去迎击，我会选好战场与之会战。"

"去迎击，"丹妮重复了一遍，"带着你口中那些训练不足、毫无经验的自由民。"

"我们都曾是菜鸟，陛下。无垢者会帮助他们成长，如果我有五百名骑士……"

"你现在最多有五名。而我把无垢者交给你的话，就只剩兽面军来保卫弥林。"巴利斯坦爵士并未争辩，丹妮阖上双眼。诸神啊，她祈祷，你们带走了卓戈卡奥，我的日和星，你们带走了我那英勇的儿子，让他胎死腹中。你们欠我血债。现在，我恳求你们，帮帮我。请给予我智慧，让我看清前路；请赐予我力量，让我做必须做的事，以保护我的孩子。

诸神没有回应。

丹妮莉丝睁开眼睛："我无法同时解决内忧外患。想保住弥林，得有整座城市的拥护。整座城市的拥护。我必须……我必须……"她说不出口。

"陛下？"巴利斯坦爵士轻声询问。

一位女王不属于自己，而属于国家。

"我必须嫁给西茨达拉·佐·洛拉克。"

梅丽珊卓

梅丽珊卓的房间从未真正陷入黑暗。

三根牛脂蜡烛在窗台上熊熊燃烧，以驱逐漫漫长夜的险恶。另有四根蜡烛分立床两旁。壁炉中的火焰日夜跳动——服侍她的人要学的第一件事，就是壁炉中的火永远、永远不能熄。

红袍女祭司闭上眼睛，吟诵祷词，接着再次睁眼凝视炉火。再看一次。她得确定。在她之前，无数男女祭司由于虚妄的预见而做出错误的决定，他们一厢情愿，却误以为是光之王的意图。肩负起世界命运的史坦尼斯国王正率军南下，亲身涉险。史坦尼斯是亚梭尔·亚亥重生，拉赫洛无疑会让她一窥其前程。真主，请让我看到史坦尼斯，她祈祷，让我看到您的国王，您的棋子。

金黄和猩红交织的幻象在她眼前跳跃、闪烁，聚合又分散，再相互融合，形成各种奇妙恐怖诱人的景象。她再次看到没有眼珠的脸，透过泣血的眼眶盯着她。接着是海边的群塔，在深渊中升起的黑潮席卷下分崩离析。暗影聚成骷髅，骷髅化为迷雾，两具因欲望而交媾结合的肉体翻滚抓挠。透过火焰帷幕，巨大的有翼阴影飞越湛蓝的天空。

那个女孩。我得再看到那个女孩，垂死的马驮着灰衣女孩。琼恩·雪诺很快会追问她的情况，告诉他女孩正在逃亡不够。他想知道更多，他想知道时间和地点，可她对此无可奉告。毕竟她只看到那女孩一次。灰如烟尘的女孩，就在我眼皮底下瓦解消散，随风而逝。

一张脸在壁炉中成形。史坦尼斯？这念头一闪而过……但那不是他的轮廓，那是一张如尸体般刷白的木头面孔。是敌人么？火焰中升腾起一千只红眼睛。他看到我了。在他旁边，一个狼脸男孩昂头咆哮。

红袍女祭司浑身颤抖。冒烟的乌黑血水顺着她大腿流下，火焰溢满她体内，让她充实，让她燃烧，让她改变，让她痛苦万分又心醉神迷。雀跃的炽焰顺着她肌肤的纹理传递，犹如情人饥渴的手。奇特的声音从久远的过去传来。"梅丽儿。"一个女人哭叫哀号。"第七号。"一个男人高声宣布。她开始哭泣，泪水却化为火焰，而她只能默默饮下。

雪花从黑暗的天空盘旋落下，灰烬自下方扶摇相迎，灰和白在半空交织。与此同时，燃烧的火箭划着弧线，从木城墙上飞出。死物在寒气中安静地蹒跚前行。它们头顶有一面高高的灰色悬崖，火焰在悬崖中上百个洞穴里燃烧。紧接着寒风吹来，白雾涌进山洞，带来异乎寻常的寒冷，于是火焰接连熄灭，空余满地头骨。

死亡，梅丽珊卓心想，头骨代表死亡。

火焰发出微弱的噼啪声，梅丽珊卓听到了微弱的名字：琼恩·雪诺。橙红色火舌在她面前勾勒出琼恩的长脸，不断闪现又不断消失，犹如漂动的帘幕后似有若无的阴影。他开始是人，一会儿成了狼，接下来又变成人。但不管他如何变幻，头骨仍在，环绕他四周。梅丽珊卓早就觉察到危险，并试图警告他。周围都是敌人，黑暗中的匕首。但他不听。

不信者总在为时已晚时追悔莫及。

"您看到了什么，女士？"男孩轻声问。

头骨，成千头骨。还有那个私生子，琼恩·雪诺。每当被问起在圣火中看到什么，她都会回答："许许多多。"但其实预见并非简单的观看，这是一门艺术，和所有艺术一样，需要掌控、训练和研习。也伴随着痛苦。拉赫洛通过圣火向他的选民传递旨意，以烟尘、灰烬和翻卷的火焰这些只有神才能掌握的语言与凡人对话。梅丽珊卓花了难以计数的年月来练习这门艺术，并为之付出了代价。世上没有别人，即便她的同僚，能像她这样纯熟地解读圣火中隐现的秘密。

然而眼下她甚至看不到她的国王。我祈祷瞥见亚梭尔·亚亥的身影，拉赫洛给我看的却是雪诺。"戴冯，"她喊道，"喝的。"她的喉咙又干又痛。

"好的，女士。"男孩从窗边石罐里倒了一杯水，拿给她。

"谢谢。"梅丽珊卓喝了一大口，朝男孩笑笑。他刷地脸红了。她知道男孩对她有些爱慕。他怕我，想要我，又崇拜我。

即便如此，戴冯并不乐意待在这里。这孩子以做国王的侍从为荣，当史坦尼斯命他留守黑城堡时他十分受伤。和同龄的男孩一样，他满脑子荣誉梦想，肯定无数次幻想过自己在深林堡英勇奋战的身姿。同龄的男孩都已南下，身为国王麾下骑士们的侍从，与骑士们一同上战场。戴冯的留守看上去就像是谴责，某种对他的过失或他父亲过失的惩罚。

但实际上，他是梅丽珊卓要来的。黑水河一役，戴佛斯·席渥斯四个年长的儿子均在国王的舰队中被绿火吞噬。戴冯是第五子，留在这里比跟着国王安全。戴佛斯大人和这个男孩都不会为此感激她，但在她看来，席渥斯家遭受的不幸已太多。她在圣火中看到戴佛斯误入歧途，但他对史坦尼斯的忠诚却不容置疑。

戴冯聪明伶俐又很能干，比她大部分的侍者要强。史坦尼斯南行前给她留了十几个手下，但大都不堪驱使。军中人手匮乏，因而留下的全是老弱残疾。有个人在长城战役中头上挨了一击，成了瞎子，另一个被摔倒的马压瘸了腿。她的军士一条胳膊葬送在巨人的棒子下，另有三个守卫因强奸女野人而被史坦尼斯阉了。此外她还有两个醉汉和一个懦夫——国王本打算把最后这个人绞死，但他来自一个显贵家族,其父兄打一开始就对国王矢志不渝。

梅丽珊卓清楚身边护卫队的作用,这能让黑衣弟兄对她保持适当的尊敬,但若真的遇险,史坦尼斯派来的人一个都指望不上。没关系,亚夏的梅丽珊卓不担心,拉赫洛会保护她。

她又抿了口水,把杯子放到一旁,眨眨眼睛,伸个懒腰,然后从椅子上站起来。她肌肉酸痛,由于长时间凝视火焰,她花了好一阵才适应周围的幽暗。她的眼睛干涩疲惫,用手揉又会更加难受。

她发现火势变衰。"戴冯,加柴。什么时辰了?"

"快凌晨了,女士。"

凌晨。新的一天。赞美拉赫洛。长夜的险恶终于退散。和往常一样,梅丽珊卓又对着圣火坐了整晚。史坦尼斯走后,她的床就没什么用了。她感到全世界的责任压在她肩上,她没时间睡觉,更害怕做梦。睡眠是短暂的死亡,梦境是异神的低语,他想将我们拖入永恒的黑暗。她宁愿正襟危坐,沐浴在受红神祝福的灼热圣火中,让热浪像情人的吻冲刷全身,一任双颊绯红。有些夜里她会打个盹,但从不超过一小时。总有一天,梅丽珊卓祈祷,她将完全无须睡觉。总有一天,她可以摆脱梦境。梅丽儿,她回想,第七号。

戴冯将新伐的原木添进壁炉,直到火焰猛烈升腾,凶狠地将阴影逼回房间各个角落,吞噬了所有险恶梦境。黑暗又退散了……一小会儿。但在长城之外,敌人一天天壮大起来。一旦异神得逞,黎明将永不再来。那张脸,那张从火焰中回瞪她的脸就是他吗?不。当然不是。他的面容骇人得多,他冰寒黑暗,任何盯着他看的凡人都会被吓死。她瞥见的是张木头脸,还有狼脸男孩……他们是他的仆从,一定是……他们是他的战士,亦如史坦尼斯是她的战士。

梅丽珊卓走到窗边,推开百叶窗。窗外,东方天际刚刚泛白,数颗晨星仍高悬在漆黑的天空。黑城堡里已喧闹起来,黑衣人穿过院子去享用一碗碗麦片粥早餐,然后替换长城上的弟兄。几片雪花被风吹进窗口，在空中飘舞。

"要早餐么，女士？"戴冯问。

早餐。是啊，我得吃点东西。有时她会忘记吃东西，她身体所需的养分拉赫洛都能供给，但这点最好不要让凡人发现。

她想要的是琼恩·雪诺，并非炸面包和熏肉，但派戴冯去找总司令没用。他不会来。雪诺还住在兵器库后面，占据了守夜人最后一位铁匠原来住的两间朴素房间。或许他觉得自己不配住进国王塔，或者他根本不在意住哪儿。这不对。年轻人故作谦逊本身就是一种骄傲。明智的掌权者永不回避权力的表象，因为表象就意味着权力。

然而那孩子也非全然天真。他不会像乞丐一样跑来梅丽珊卓的住所，反倒要梅丽珊卓自己去见他。她去见他时，他还经常让她等，甚或拒绝接见。这些做法还算聪明。

"蓖麻茶，一个煮鸡蛋，还有涂黄油的面包。方便的话，要新鲜面包，不要炸的。对了，把野人找来见我。"

"叮当衫，女士？"

"快去。"

男孩离开后，梅丽珊卓洗了个澡，换了身袍子。她袖子里藏满暗袋，她每天清晨都会仔细检查，确定药粉各归其位。她袖子里有能让火焰变绿、变蓝、或变成银色的药粉；有能让火焰发出轰鸣、发出嘶声、猛蹿起来比人还高的药粉；有制造烟雾的药粉，那些烟雾能让人吐露真相、催发情欲、心生恐惧，还有一种能当场杀人的黑色浓雾。红袍女祭司用各种药粉把自己武装起来。

她带过狭海的雕花箱子已空了四分之三。梅丽珊卓知道药粉的配方，但缺少一些稀有原料。我用咒语就够了。在长城，她的功力突飞猛进，甚至比在亚夏时还强。她的语言和姿势蕴含了更多魔力，能让她做到以前根本做不到的事。我在这里诞出的影子更可怕，黑暗生物非其对手。有这样强大的法力，很快她就无须借助江湖术士的炼金术和占火术了。

她关箱上锁，把钥匙藏进裙子里另一个暗袋中。此时有人敲门，谨小慎微的敲门声说明是她的独臂军士。"梅丽珊卓女士，骸骨之王来了。"

"带他进来。"梅丽珊卓坐回壁炉边的椅子上。

野人穿一件缀满青铜钉的无袖熟皮革夹克，外披棕绿色块拼接的破旧斗篷。他没穿骨甲。他披了层阴影，周身笼罩若隐若现的缕缕灰雾，烟雾在他脸上身上流转，随他踏出的每一步聚散。丑陋的东西，和他那些骨头一样。他有美人尖，挨得很近的黑眼睛，脸很窄，小胡子像条毛虫爬在满口棕色破牙上头。

梅丽珊卓的红宝石随着奴隶靠近开始激动，让她喉头格外温暖。"你没穿骨甲。"她评论。

"哗哗啦啦快把我搞疯了。"

"骨甲能提供保护。"她提醒他，"黑衣弟兄不喜欢你。戴冯跟我说，昨天晚餐时你还和大家吵。"

"是吵了几句。波文•马尔锡讲得唾沫横飞，我呢，安静地喝我的豌豆培根汤。但老石榴非要说我偷听，说他不能忍受杀人犯列席。我告诉他，真是这样的话，那他们不应当在火堆旁开会。波文涨得满脸通红，像是呛着了，但事情到此为止。"野人坐在窗沿，从鞘中抽出匕首。"哪只乌鸦想趁我晚餐时捅我一刀，大可以来试。哈布的稀粥加点血更够味儿。"

梅丽珊卓毫不在意出鞘的利刃。若野人想害她，她会在圣火中看见。她最先学会的就是观察自身安危，那时她还几乎是个孩子，是雄伟的大红庙里的终身女奴。直到现在，这仍是她凝视火焰时的第一要务。"你得注意他们的眼睛，而非他们的刀子。"她警告他。

"哈，你的魅惑术。"他的黑铁手铐上，红宝石似在脉动。他用刀刃撬宝石，金属和石头发出轻微的咔哒声。"我睡觉时能感觉到它，隔着铁铐仍能感觉到它的热度。像女人的吻一样温柔。像你的吻。但有时在梦中，它却开始燃烧，你的双唇变作利齿。每天我都想着把它撬出来很简单，但每天我的尝试都是徒劳。我还得穿那身该死的骨头？"

"这魔法需要阴影也需要暗示。人们总会看到自己期望的事物，骨甲是他们期望的一部分。"放过此人是否错了？"如果魅惑术失效，他们会杀了你。"

野人又开始用匕首剔指甲缝里的泥。"我已唱遍歌谣，南征北战，喝过美酒夏日红，尝过多恩人的妻子。男子汉应该按自己的活法去死，对我来说，就是长剑在手，战死沙场。"

他渴望去死？大敌污染过他？死亡是他的领域，死者是他的兵士。"你很快就会用到你的剑。敌人已经行动起来，真正的敌人。雪诺大人的游骑兵会在今日将尽时返回，带着空洞流血的双眼。"

野人瞳孔一缩。灰色的眼睛，棕色的眼睛，随着红宝石跃动，梅丽珊卓发现色彩的变换。"挖眼睛，哭泣者的手笔，他的口头禅是瞎乌鸦才是好乌鸦。有时我觉得他恨不得把自己那对水汪汪又爱发痒的眼睛挖出来。雪诺认为自由民会投靠托蒙德，因为他自己会这么做。他喜欢托蒙德，那老骗子也喜欢他。但若他们拥护的是哭泣者……就不妙了。雪诺会有麻烦，我们也会有。"

梅丽珊卓严肃地点点头，假装重视他的话，实际上她不关心这个哭泣者，也不关心任何自由民。他们是迷失的人，气数已尽，如同从前的森林之子，注定要在大地上绝迹。不过他肯定不高兴听她说这些，她也不想失去他。至少现在不想。"你对北境有多熟悉？"

他收起匕首。"跟其他掠袭者一样，得看地方，有的地方熟，有的地方不太熟。北境太大了。怎么问这个？"

"有个女孩，"她说，"垂死的马驮着灰衣女孩。她是琼恩·雪诺的妹妹。"要不然还能是谁呢？她正骑马来找私生哥哥保护，梅丽珊卓看得清清楚楚楚楚。"我在圣火里看到了她，但仅有一次。我们必须赢得总司令大人的信任，而唯一的方式是救下他妹妹。"

"你要我去救她？让我骸骨之王？"他哈哈大笑，"白痴才相信叮当衫，雪诺可不是白痴。妹妹有危险，他会派群乌鸦去。要是我就这样。"

"他不是你。他发过誓就打算终生遵守。守夜人是不偏不倚的，但你不是守夜人。他不能做的，你能做。"

"如果你那位犟脖子司令准许的话。你的圣火可说在哪儿能找到这个女孩？"

"我看到水。幽深湛蓝平静的水，铺着一层新结的薄冰。水面一眼望不到头。"

"长湖。女孩周围都有些什么？"

"山峦，平原，树林。有一头鹿。石头。她总是离村庄很远，尽可能沿小溪的河床骑行，以甩掉追踪者。"

他皱皱眉。"这就难办了。你说她向北行，湖在她东面还是西面？"

梅丽珊卓闭眼回想。"西面。"

"她没走国王大道。小姑娘挺机灵。湖这边人烟少，更好隐藏，我自己就有不少用过的藏身处——"战号声打断了他的话，他霍地站起来。

啊呜呜呜呜呜呜呜呜呜呜呜呜呜呜呜。

梅丽珊卓知道，此时此刻，整个黑城堡都归于寂静，每个男人每个男孩都放下手边的工作，转向长城，倾听，等待。一声号角代表兄弟归来，两声……

这一天终于来了，红袍女祭司心想，雪诺大人得听听我的意见了。

战号悠长的悲鸣消散后，寂静似乎持续了一小时。人们提心吊胆。最后野人打破沉默："只有一声。游骑兵。"

"死去的游骑兵。"梅丽珊卓也站起来，"穿上骨甲，在这里等。我很快回来。"

"我跟你一起去。"

"别傻了。一旦看到发生的事，他们会迁怒于任何出现的野人。待在这里，等他们冷静下来。"

两名史坦尼斯留下的护卫一左一右护送梅丽珊卓下楼，迎面碰上戴冯，戴冯用托盘端着她几乎忘记的早餐。"我在哈布那耽搁了一会儿，等他从烤炉里取出新鲜面包，女士，还是热的呢。"

"放到我房间吧。"估计会被野人解决掉，"雪诺大人需要我，长城外出事了。"他现在还不知道，但很快……

屋外下起小雪。梅丽珊卓带着护卫到达城门时，一群乌鸦已围在了那，但他们给红袍女祭司让开路。总司令大人在波文·马尔锡和二十名枪兵的陪同下先她一步穿过长城。雪诺还在长城顶上布置了十几名弓箭手，以防附近森林有埋伏。门卫不是后党人，但仍放梅丽珊卓通过了。

狭窄的隧道蜿蜒穿过长城，漆黑厚重的冰层下寒冷阴森。莫甘举着火把走在前，梅瑞尔手握斧子跟在后。这两人都是无可救药的酒鬼，不过大清早时还算清醒。他们至少是名义上的后党，对她保持着相当的敬畏，梅瑞尔没喝醉时还相当勇猛。今天应当用不到他们，但梅丽珊卓到哪儿都会带上两名护卫，好给大家看见：这是权力。

一行三人从长城北面出来时，雪已下大了，犹如一条破败的白毯，盖住了从长城到鬼影森林边缘这段饱经践踏的泥泞土地。琼恩·

雪诺和他的黑衣兄弟聚在约二十码外的三根长矛周围。

长矛足有八尺长，白蜡木削成。左边一根略有些弯，另两根光滑挺直。每根长矛尖都插着一颗首级，胡子结满冰碴，落雪给他们拉上了白色兜帽。他们的眼睛所在空空如也，只余漆黑流血的空洞，从高处凝望着人们，发出无言的控诉。

"他们是谁？"梅丽珊卓问乌鸦们。

"黑杰克布尔威、毛人哈尔和灰羽加尔斯，"波文·马尔锡面色严峻，"地面快冻硬了，野人得花上半晚上才能把长矛插这么深。他们可能还在附近监视我们呢。"总务长瞥了一眼树林。

"可能埋伏了一百人，"一个脸色阴沉的黑衣兄弟说，"也可能上千。"

"不可能，"琼恩·雪诺说，"他们半夜留下'礼物'就溜之大吉了。"巨大的白色冰原狼悄无声息地绕着三根长矛嗅探，然后抬起腿，冲插着黑杰克布尔威首级的长矛撒尿。"还在附近的话，白灵会闻到。"

"但愿哭泣者烧了尸。"人称忧郁的艾迪的阴沉男人说，"否则搞不好他们会来找自己的脑袋。"

琼恩·雪诺抓住插着灰羽加尔斯首级的长矛，猛地拔出。"那两根也拔出来。"他下令，四只乌鸦赶忙照办。

波文·马尔锡的脸被冻得通红。"我们不该派出游骑兵。"

"现在说这些于事无补，这也不是说这个的地方，大人。"雪诺对使劲儿拔长矛的兄弟们吩咐，"头取下来烧掉，除了骨头什么都别剩。"他似乎这才注意到梅丽珊卓。"女士，是否愿意与我同行？"

"终于。如果司令大人允许的话。"

他们走进长城底下，梅丽珊卓挽住他的手。莫甘和梅瑞尔走在前，白灵跟在他们脚边。女祭司没说话，但故意放慢脚步，走过的地方冰雪融化。他肯定会注意到。

在杀人洞的铁栅下,雪诺终于如她所料打破沉默:"另外六个人呢?"

"我没看到他们。"梅丽珊卓回答。

"你会再看吗?"

"当然会,大人。"

"我收到丹尼斯·梅利斯特爵士从影子塔送来的鸟,"琼恩·雪诺告诉她,"他手下发现大峡谷对面的山间有若干火堆,丹尼斯爵士认为有大批野人集结在那里,打算再次强攻头骨桥。"

"也许会。"她看到的头骨会不会预示着这座桥?不知为何,她觉得不会。"就算那里有战事,也没有决定意义。我看到海边的高塔,被血腥的黑潮吞没,那才是重点。"

"东海望?"

是吗?梅丽珊卓与史坦尼斯国王一同抵达东海望。陛下集结骑士向黑城堡进军时,将赛丽丝王后和希琳公主留在了那里。圣火中的高塔与之有异,但预见的景象通常会有偏差。"是啊,东海望,大人。"

"何时?"

她展开双手。"或一日,或一月,或一年。采取有效行动,亦能完全阻止我的所见。"否则预见还有什么意义?

"很好。"雪诺说。

他们从长城下出来时,大门这边已挤了四十几只乌鸦。人们簇拥过来,梅丽珊卓知道其中一些人的名字:厨子三指哈布、一头橙黄色油腻头发的穆利、弱智男孩呆子欧文、醉鬼赛勒达修士。

"事情是真的么,大人?"三指哈布问。

"是谁?"呆子欧文问,"不是戴文,不是吧?"

"也不是加尔斯。"烂泥地的阿尔夫说,他属于首批抛弃虚伪的七神，改信真主拉赫洛的黑衣人，"加尔斯比那帮野人机灵多了。"

"究竟死了几个？"穆利问。

"三个。"琼恩告诉大家，"黑杰克、毛人哈尔和加尔斯。"

烂泥地的阿尔夫爆发出一声哀号，音量大得能吵醒影子塔中的眠者。"扶他上床睡觉，多灌些热葡萄酒。"琼恩吩咐三指哈布。

"雪诺大人。"梅丽珊卓冷静地说，"能否陪我去国王塔？我有事跟您谈。"

他用冰冷的灰色双眸久久打量着她的脸，右手握紧、张开、再握紧。"如你所愿。艾迪，把白灵带回我的房间。"

梅丽珊卓明白暗示，也遣开自己的护卫，仅剩彼此两人并肩穿过院子。雪花在周围飘落，她尽量靠近琼恩·雪诺，感受到怀疑犹如黑雾从他周身涌出。他不爱我，永远不会，但他想利用我。这就好。她和史坦尼斯·拜拉席恩最初也跳过同样的舞。年轻的总司令和她的国王实在有太多相同之处，尽管两人都不承认。史坦尼斯是活在哥哥阴影下的千年老二，琼恩·雪诺则是私生子，在那个血统纯正、人称少狼主的早逝英雄前黯然失色。两人都是天生的不信者，谨慎多疑。他们真正信仰的神明是荣誉与责任。

"你没问起你的小妹。"爬上国王塔的螺旋梯时，梅丽珊卓说。

"我告诉过你：我没有妹妹。我们宣誓时就抛弃了所有亲人。我帮不上艾莉亚的忙，就算我——"

迈进她房间，他立刻住口。只见野人坐在桌旁，正用匕首往一大块粗粗撕下、还冒热气的褐色面包上抹黄油。梅丽珊卓满意地看到野人穿好了骨甲，但当头盔用的破损巨人头骨却搁在他身旁的窗边座位上。

琼恩·雪诺身体一凛："你。"

"雪诺大人。"野人冲他们一笑,露出满口棕黄破牙。他手腕上的红宝石在晨光中朦胧闪烁,犹如一颗昏暗的红色星星。

"你在这里干什么?"

"吃早饭啊。要我分点给你?"

"我才不吃你的面包。"

"真可惜,面包还热乎呢。哈布至少能热热面包。"野人咬了一口。"我要找你算账很简单,大人,你门口的守卫全是摆设。对爬过几十次长城的人而言,翻窗不过举手之劳。但杀你有什么好处呢?乌鸦会选出更坏的头儿。"他嚼了嚼,咽下去。"听说你的游骑兵出事了,你该让我带他们去。"

"让你把他们出卖给哭泣者?"

"谈出卖?你的野人老婆叫啥,雪诺?耶哥蕊特,对吗?"野人转向梅丽珊卓,"我要马,外加六名好手,我单枪匹马可搞不定。困在鼹鼠村的矛妇应该用得上,这事儿适合女人做。女孩更容易相信她们,何况我已有妙计,缺她们成不了。"

"他在说什么?"雪诺大人追问梅丽珊卓。

"你妹妹。"她把手放在他胳膊上,"你帮不了她,他可以。"

雪诺甩开胳膊。"绝对不行。你不了解这家伙。叮当衫就算一天洗一百次手,指甲里面还有血。他不会救艾莉亚,反而会强暴她、谋害她。绝对不行。如果这是你在圣火中所见,女士,你眼里肯定揉了沙子。他未经我许可离开黑城堡的话,我就亲手摘他首级。"

他让我别无选择。只能这样了。"戴冯,退下。"她说。侍从闪身离开,随手关上了门。

梅丽珊卓抚着脖子上的红宝石,念出一个词。

房间角落涌出诡异的回声,犹如蛆虫徐徐扭入他们的耳朵。野人和乌鸦听到的不是同一个词,且均非她唇上吐出的那个。野人手腕的红宝石黯淡下来,他周身光影交错,不断扭曲、荡漾。

那身骨头还在——叮当乱响的肋骨,爪子和牙齿也依然挂在他胳膊和肩膀上,泛黄的巨大锁骨绕过他双肩。巨人的破头骨维持原样,泛黄破败,咧开肮脏的嘴,露出狰狞的笑容。

但美人尖消失了。褐色小胡子、多节的下巴、灰黄肌肤和细小的黑眼睛也都消失了。棕色长发里爬过缕缕灰丝,微笑的线条浮现在嘴角。他突然间高大了许多,胸膛和肩膀宽阔了许多,腿变长,身材变苗条,修面整洁的脸饱经风霜。

琼恩·雪诺的灰眼圆瞪,"曼斯?"

"雪诺大人。"曼斯·雷德不再微笑。

"她烧死了你。"

"她烧死了骸骨之王。"

琼恩·雪诺转向梅丽珊卓,"这是什么妖术?"

"你愿叫什么就叫什么。魅惑术,迷幻术,障眼法。拉赫洛乃光之王,琼恩·雪诺,他的仆从能像凡人编织丝线一样编织光线。"

曼斯·雷德轻笑几声。"我本来也不信,雪诺,不过让她试试又何妨?我可不想就这么教史坦尼斯烤了。"

"骸骨提供了帮助。"梅丽珊卓说,"骨头中存有记忆,强大的魅惑术以它为基础。一双死人的靴子,一缕头发,一袋指骨。低吟和祈祷足以从这些东西中招回此人的阴影,披在彼人身上。穿着者本质未变,只形态有易。"

她说得稀松平常。他们无须知道有多困难,或者她花费了多大心血。这是很久以前,梅丽珊卓去亚夏前就学到的:施法越显轻松自如,别人就越敬畏。火舌舔上叮当衫时,她喉头的红宝石烧得滚烫,她甚至害怕皮肉会冒烟变黑。幸亏雪诺大人用箭终结了她的煎熬。史坦尼斯对这冒犯愤怒不已,她却如释重负,松了口气。

"这个僭越的国王行止不端。"梅丽珊卓对琼恩·雪诺说,"但他不会出卖你。记得吗?我们手上有他儿子,他还欠你一条命。"

"欠我?"雪诺震惊地说。

"还能欠谁,大人?根据你们的法律,他犯下的是唯一死罪,而史坦尼斯·拜拉席恩决不会违法……但正如你反复、明智地宣称过的那样,人类的法律止于长城。我说光之王会聆听你的祈祷,而你想要拯救小妹,同时保住于你至关重要的荣誉,无损你对木头神许下的誓言。"她伸出一根白皙的手指,"于是他来了,雪诺大人,他是艾莉亚的救星。他是光之王……和我的礼物。"

臭佬

他首先听到的是姑娘们的吠叫,它们一路狂吠着往栏里赶;接着是踏在石板上的马蹄声,这让他立刻惊起,锁链叮当作响。由于脚镣不满一尺,他只能以小碎步前进。这样子走不快,但他尽最大努力从小床上跳下来,连蹦带跳地上去迎接。拉姆斯·波顿老爷回来了,他的臭佬得去服侍。

阴冷的秋日天空下,猎手们鱼贯奔入大门。骨头本当先,姑娘们在他周围咆哮吠叫。接下来是剥皮人、酸埃林和挥舞着油亮长鞭的舞蹈师达蒙。大小瓦德骑着达斯丁夫人送的灰色小马。老爷自骑"血子",一匹脾气能与老爷本人相提并论的红色公马。老爷正在纵声长笑。这可能是件大好事,也可能是大坏事,臭佬为此惴惴不安。

母狗们被他的气味吸引,直冲他奔来。这群猎狗喜欢上了他,他和它们一起睡,有时骨头本还让他分享它们的晚餐。此刻母狗们叫嚣着冲过石板地,绕着他转圈,争相跳跃去舔他污秽不堪的脸,或咬他的腿。梅森特咬紧他的左手猛摇,力道之猛,臭佬不由得担心自己会再失去两根手指。红简妮将他当胸撞翻在地,这母狗精瘦干练,肌肉结实;臭佬却肌肉松弛,白发灰肤,骨质疏松,饿得半死不活。

等他将红简妮推开,挣扎着跪下时,骑手们已纷纷下马。二十来人骑马出去,现今原封不动地回来,这只意味着搜索失败。看来没好事。拉姆斯老爷讨厌失败,他会伤害别人来泄愤。

其实近些日子,老爷收敛多了。荒冢屯里毕竟驻扎着波顿家需要拉拢的各路盟军，拉姆斯老爷不能轻侮达斯丁家、莱斯威尔家和自家麾下的小领主们。他在他们面前总是彬彬有礼、笑脸相迎，但关起门来态度就完全不同了。

为符合霍伍德伯爵和恐怖堡继承人的身份，拉姆斯·波顿精心打扮了一番。他的斗篷乃是用几张上好狼皮缝成，足以抵挡秋天的寒风，右肩处用一只露出黄色利齿的狼头搭扣扣紧。他腰间一边挂了把弯刀，那刀像屠刀一样又厚又沉；另一边挂了一把长匕首和一把弯曲的剥皮小刀——小刀尖端是个勾，极锋利——这三把刀都有黄色骨柄。"臭佬，"老爷坐在血子高高的马鞍上叫道，"你也太臭了吧。我在院子对面都能闻到你的味道。"

"我臭我臭，老爷，"臭佬必须这么回答，"请您原谅。"

"我给你带了件礼物，"拉姆斯扭身伸手，从马鞍后抓了样东西抛来，"接着！"

戴着脚镣手铐、又缺了手指的臭佬比那个不知道自己名字的男孩笨拙得多。那颗头打中了他残缺的手掌，从他手指的断桩上弹开，落在他脚上，洒出一堆蛆。那颗头结满血块，面容几不可辨。

"我叫你接着，"拉姆斯喝道，"给我捡起来。"

臭佬试图抓住一只耳朵提起那颗头，但他又失败了。头上的肌肤已腐烂变绿，耳朵就在他指间断裂。小瓦德见状哈哈大笑，很快所有人都跟着哄堂大笑。"噢，算了算了，"拉姆斯说，"来照料血子吧。我把这杂种骑得太狠。"

"是，老爷，我就来。"臭佬连忙凑到马旁边，把那颗烂头留给狗们。

"你今天闻起来像猪粪，臭佬。"拉姆斯说。

"对他来说，算是改观喽。"舞蹈师达蒙一边卷鞭子一边笑。

小瓦德从马背上下来。"别忘了我的马，臭佬，还有我小堂弟的马。"

"我的马我自己管。"小瓦德成了拉姆斯老爷最宠爱的好小子,他们一天比一天亲近;但小个子佛雷的想法不一样,他鲜少参与堂哥的残酷玩笑。

臭佬没理会这两名侍从的争吵,径自牵血子去马厩。一路上公马都想踢他,逼得他躲闪着前进。猎手们大步走去大厅,除了骨头本——他正在呵斥争抢那颗烂头的母狗们。

大瓦德牵着自己的坐骑随他进了马厩。解开血子的马嚼子时,臭佬瞥了他一眼。"那是谁啊?"他轻声问,以免教其他马夫听见。

"谁也不是,"大瓦德为自己的灰马卸下马鞍,"不过是路上遇到的老头,赶着一只很老的母山羊和四只小羊。"

"老爷为了山羊杀他?"

"老头称他为'雪诺大人'。不过那些羊确实美味。我们喝老羊的奶,烤了小羊。"

雪诺大人,臭佬点点头。他用力解开血子的鞍带,锁链咯噔作响。决不能在拉姆斯老爷上火时惹他。当然,他无聊时则更要避而远之。"找着你们家亲戚了么,大人?"

"没找着,我从不认为能找着。他们都死了,威曼大人把他们杀了。我要是他就这么干。"

臭佬什么也没说。祸从口出,即便他在马厩、老爷在大厅也不行。说错一个字,就会付出一根脚趾,甚至一根手指的代价。好歹我能保住舌头。老爷不会割我的舌头。他要听我凄厉地惨叫、听我苦苦哀求他放过我。他喜欢我的哀告声。

搜索队一共出去了十六天,其间只能吃随身携带的硬面包和咸牛肉,外加偶尔抢到的小山羊。所以当晚,拉姆斯老爷下令举办一场盛大的宴会以庆祝自己返回荒冢屯。这里的主人是花白头发的独臂小领主海伍德•史陶。史陶贮藏的食物已几乎被恐怖堡的人吃空,但他没脾气拒绝拉姆斯老爷。史陶家的仆人背地里怨言阵阵，怪罪私生子及其随从消耗了大伙儿的冬季储备。"据说，他很快就会跟艾德大人的小女儿上床，"史陶家女厨子的抱怨无意中被臭佬听见，"但等大雪降下，被干的却是我们。走着瞧吧。"

无论心里怎么想，拉姆斯老爷命令要举办宴会，他们只得照办。于是搁板桌被搬到史陶的大厅里，厨房宰了一头牛，日落之后，空手而归的猎手们享用了烤牛肉、烤牛排、大麦面包和胡萝卜豌豆浓汤，并用供应量惊人的麦酒冲下肚。

小瓦德负责为拉姆斯老爷斟酒，大瓦德服侍高台上的其他人。臭佬被拴在门边，以免其臭味影响客人们的食欲。等所有人吃完他才有得吃——如果拉姆斯老爷愿意赏他一点残羹剩饭的话。倒是狗们可以在大厅中自由来往，为晚宴提供了最好的娱乐：莫笛和灰简妮为抢夺短威尔扔出的一根特别鲜美多汁的骨头，合力揍了史陶大人的一只猎狗。整个大厅唯一不关心三狗大战的人是臭佬，他的注意力全放在拉姆斯·波顿身上。

直到主人家的狗被活活咬死，打斗才告结束——那可怜的老猎狗根本没半分胜算。它不仅以一敌二，而且拉姆斯的母狗比它更年轻、更强壮、也更野蛮。骨头本比老爷更喜欢这些狗，他曾对臭佬透漏，这些狗的名字都是照着老爷当年还是私生子时，跟着第一个臭佬去追猎、强暴和杀害的农家女取的。"至少是那些让他好好运动了一番的妞儿。至于那些哭叫求饶不肯撒腿逃跑的孬种，才没机会变成母狗复生咧。"恐怖堡兽舍养的下一条小狗将被命名为凯拉，臭佬对此并不怀疑。"他训练狗去杀狼。"骨头本得意洋洋地宣称。臭佬听了什么也没说，他知道姑娘们要杀的是什么狼，多嘴的话，难保脚趾不会被切下来丢给姑娘们争抢。

两名仆人拖走狗尸，一位老妇人拿来拖把、耙子和水桶，以清理血染的草席。大厅门忽然开了，风吹进来，十来个穿灰锁甲和铁半盔的武士踏步而入，粗暴地推开史陶家那些穿皮甲和金褐双色披风、面如菜色的年轻守卫。席间众人顿时安静下来……除了拉姆斯老爷，他一把丢开正在啃的肉骨头，用衣袖擦擦嘴，湿润的嘴唇折出一个油腻的笑容："父亲。"

恐怖堡公爵冷冷地依次扫视赴宴宾客、死狗、墙上挂的皮，最后看到被铁链脚镣拴住的臭佬。"出去，"他用耳语般轻细的声音命令众人，"现在就走，统统出去。"

拉姆斯老爷的人立刻丢下碗和盘子，从桌边退开。骨头本朝姑娘们吆喝了几声，它们也都乖乖地跟着逃离，有几条狗嘴里还依依不舍地叼着骨头。海伍德·史陶生硬地鞠了个躬，一句话没说就让出了自家大厅。"解开臭佬的链子，把他牵走。"拉姆斯老爷朝酸埃林咆哮，然而他父亲挥了挥一只苍白的手，道："不，把他留下。"

很快，连卢斯公爵的贴身护卫也全部退走，并把门紧紧关闭。关门声散尽后，臭佬发现自己在偌大的厅堂内独自面对波顿父子。

"你没找到失踪的佛雷。"卢斯·波顿的口气不是发问，而是陈述。

"我们一路骑回鳗鱼大人声称彼此分手的地方，但娘门儿们嗅不到踪迹。"

"你问过村子和庄园里的人。"

"那是浪费时间。一帮子蠢农民，净是睁眼瞎。"拉姆斯耸耸肩，"有什么大不了的？世上又不缺这几个佛雷。需要的话问李河城再要几个便是。"

波顿公爵从一轮面包上撕下一小块，放进嘴里。"霍斯丁和伊尼斯大为不满。"

"想找的话，让他们自己去找。"

"威曼大人为此很自责。他说他尤为欣赏雷加的风度。"

拉姆斯老爷开始按捺不住火气了——从老爷那对扭曲的肥厚嘴唇和青筋暴突的脖子上，臭佬可以看出来。"那几个傻瓜就该老老实实跟曼德勒一起行动。"

卢斯·波顿耸肩。"威曼大人的轿子慢如蜗牛……而且当然了，大人的体重和健康状况也不允许他一天多旅行几小时，中途还要停下来大吃特吃。佛雷家的人急不可待想早日赶到荒冢屯，与亲属会合，你怎能责怪他们先行动身？"

"如果真是这样的话。你信任曼德勒？"

他父亲淡色的眼珠闪了一闪。"我给你留下这样的印象了吗？不管怎么说，大人他可是伤心得很。"

"他没伤心到吃不下饭。肥猪大人像是把白港一半的食物都买来随行享用了。"

"整整四十辆马车食物。一桶桶葡萄酒和甜酒、一桶桶新鲜捕获的七鳃鳗、一群山羊、一百头猪、一箱箱螃蟹牡蛎、一条巨大的鳕鱼……威曼大人喜欢美食，这点你应该注意到了。"

"我注意到的是他没带人质过来。"

"这点我也注意到了。"

"你打算怎么做？"

"我很棘手。"卢斯公爵找到一只空杯子，用桌布擦了擦，然后从酒壶里倒酒，"看样子，曼德勒不是唯一热衷于开宴会的人。"

"你应该召开宴会，欢迎我归来才对。"拉姆斯抱怨，"而且宴会应在荒冢厅举办，不是在这个尿壶般的小城堡里。"

"荒冢厅和它的厨房都不归我管。"他父亲温和地说，"我只是客，城堡和镇子都属于达斯丁伯爵夫人，而她最受不了你。"

拉姆斯脸一黑。"如果我割了她的奶子，丢给娘门儿们去抢，她还会受不了我吗？如果我剥了她的皮来做双新靴子呢？"

"这种事不大可能发生,这双靴子的代价过于昂贵,会让我们失去荒冢屯、达斯丁家族和莱斯威尔家族。"卢斯•波顿坐到桌边——儿子的对面。"芭芭蕾•达斯丁是我第二任妻子的妹妹,罗德利克•莱斯威尔的女儿,罗杰•莱斯威尔、瑞卡德•莱斯威尔以及和跟我同名的卢斯•莱斯威尔都是她的叔叔,莱斯威尔家的其他人是她表亲。她很喜欢我过世的儿子,并怀疑你在他的夭亡中扮演了不光彩的角色。不要小看芭芭蕾夫人,她是一位懂得如何埋藏悲伤的女人,对此你该感激不尽。荒冢屯之所以待咱们波顿家如上宾,很大程度上只因为她记恨奈德•史塔克害死了她丈夫。"

"如上宾?"拉姆斯暴跳如雷,"她朝我吐口水!总有一天,我要烧掉她宝贝的木头镇子,到时候瞧她吐口水能不能把火浇灭。"

卢斯听了脸一皱,就像是嫌嘴里麦酒的滋味不对。"有时我很怀疑你到底是不是我的种。波顿家族拥有形形色色的先祖,唯独没有傻瓜。够了,闭嘴,我听够了。我们目前看起来的确声势浩大,外倚兰尼斯特和佛雷为强援,内拥几乎全体北境诸侯不情不愿的支持……但若奈德•史塔克的儿子突然现身,你觉得会发生什么?"

奈德•史塔克的儿子死光了,臭佬心想,罗柏在孪河城被谋杀,至于布兰与瑞肯……我把他们的脑袋浸上焦油……他的头嗡嗡作响,他不要再想起知道自己名字以前的事。那些事留下的伤痛太深,几乎跟拉姆斯的剥皮小刀一样。

"史塔克的小狼崽都死翘翘了,"拉姆斯边说边往杯子里倒麦酒,"他们别想回来捣乱。那几张丑脸敢再出现,我的娘门儿们会把他们的狼撕成碎片。妈的,他们出现得越早越好,我正好动手再杀一次。"

老波顿叹口气。"再杀?你的表述方式大有问题。你没杀过艾德公爵的儿子,那两位大伙儿都衷心喜爱的甜美男孩乃是死在变色龙席恩手里，记得吗？如果真相走漏，你觉得这帮不情不愿的朋友有几个还会留在我们这边？只有芭芭蕾夫人，那个你说要剥她的皮来做靴子的女人……而那将是双破靴子，人皮不及牛皮坚韧，穿起来不舒服。根据国王的授予状，你是波顿家族的成员了，就该有波顿家人的样子。你的故事传得沸沸扬扬，拉姆斯，无论走到哪里都能听到你干的好事。大家怕你。"

"这就对了。"

"错，完全不对，没有人背后说我的闲话。如果有人这么说我，你以为我会呆坐在这里吗？找乐子是你的自由，我不会刻意约束，但你行事不能太张扬。和谐的土地，安静的人民。这是我的统治之道，也应该是你的。"

"你为这个才肯离开达斯丁伯爵夫人和你那肥猪老婆的陪伴？出城跑到这里来教训我'安静'？"

"不止为这个。有些消息要教你知道：史坦尼斯大人终于自长城出发了。"

这话几乎让拉姆斯兴奋得跳起来，他唾沫闪闪的肥厚嘴唇绽放出湿润的笑容："他向恐怖堡进军了？"

"很遗憾，没有。阿尔夫弄不明白这是为什么，他发誓已尽了一切努力让对方上钩。"

"我不信任他。抓个卡史塔克来剥皮，你会发现里面是个史塔克。"

"少狼主手刃瑞卡德大人之后，这个论断或许不准确了。先不管卡史塔克，我得知史坦尼斯大人从铁民手中夺回了深林堡，并将其归还给葛洛佛家。更糟的是，那些山地氏族加入了他，有了渥尔、诺瑞、里德尔一干人等的支持，他实力大增。"

"我们实力更强。"

"眼下暂时如此。"

"眼下正是粉碎他的好时机。让我进军深林堡吧。"

"等你完婚之后才行。"

拉姆斯把杯子朝桌上一砸，麦酒的残渣在桌布上溅得到处都是。"我早就等得不耐烦了。我们手上有姑娘有树，观礼的老爷们也凑够了。明天就办婚事，我会在她两腿间播个儿子，开苞见血了就出发。"

她不仅会祈祷你早日出发，臭佬心想，还会祈祷你永远回不来。

"你的确得在她肚子里播个儿子，"卢斯•波顿道，"但不是在这里。我决定让你们在临冬城完婚。"

拉姆斯老爷大为光火。"我已经把临冬城烧成废墟——也许你忘了？"

"我没忘，忘了的是你……烧毁临冬城、屠杀城中居民的明明就是铁民。是变色龙席恩干的好事。"

拉姆斯怀疑地瞥了臭佬一眼。"是啊，是他干的。不过……你真的要在废墟中举办婚礼？"

"临冬城虽然残破，可它仍是艾莉亚小姐的家。论到要娶她、睡她，并伸张你的权利，有比之更合适的地方吗？这只是一方面。另一方面，我们要是千里迢迢跑去打史坦尼斯那就太蠢了，应该以逸待劳，吸引他来攻打我们。他是不会冒失到进军荒冢屯的……然而临冬城是他必救之地，因为他新近招揽的氏族民决不甘心看着他们亲爱的奈德大人的女儿落入你这种人手中。史坦尼斯要么遂他们的愿进军，要么他们就会散伙……作为一位小心谨慎的指挥官，史坦尼斯在进军前一定会集结所有盟友。他会召唤阿尔夫•卡史塔克去助阵。"

拉姆斯舔了舔开裂的嘴唇。"也就是说，他逃不出我们的手掌心。"

"如果诸神保佑的话。"卢斯起身,"你在临冬城举办婚礼的消息,我这就通报诸位大人。三天之内开拔,届时我将邀请诸位大人同行。"

"你是北境守护,你应该命令他们。"

"邀请能办到的事,何苦用命令。权力需要礼仪的包裹,方能发挥最大效力。你想有朝一日成为统治者的话,最好从现在开始学。"恐怖堡公爵望向臭佬,"噢,把你的宠物解开,我要带他走。"

"带他走?带去哪里?他是我的。你不能带走他。"

卢斯颇感有趣。"你的一切都是我给的,你给我记清楚,野种。至于说这个……臭佬……若你没把他折腾到不堪驱使的地步,他对我们就还有点利用价值。在我后悔干你娘的那天之前,拿钥匙来,打开他身上的锁链。"

臭佬看见拉姆斯的嘴巴扭成一团,他看见了老爷嘴唇上闪烁的唾沫星子。他觉得老爷随时可能抄起匕首跳过桌子去拼命。然而拉姆斯涨红了脸,那双淡色的眼珠避开了他父亲更淡的眼珠,接着他就去找钥匙了。当他跪下来解开臭佬手腕脚踝上的镣铐时,倾身低语道:"什么都不准告诉他,但记下他说的每个字。不管那达斯丁婊子对你保证些什么,我都会把你要回来。你是谁?"

"臭佬,老爷。我是您的人。我是臭佬,臭佬臭佬,决不逃跑。"

"的确如此。等我父亲带你回来,我会再要你一根指头,不过我让你自己选是哪根。"

泪水不争气地滚下脸颊。"为什么?"他哭问,嗓子已经哑了,"我从没请求他带我走。您说什么我就做什么,忠心耿耿,忠心不渝,我……求求您,不要……"

老爷扇了他一耳光。"带他走,"拉姆斯告诉父亲,"他连人都不是，这味道让我恶心。"

他们走到外面，月亮已爬上荒冢屯的木制城墙，风刮过镇外的起伏原野，发出寂寥的回响。海伍德·史陶的小家堡修在镇子东门边，距荒冢厅不到一里路。波顿公爵给他一匹马："你能骑吗？"

"我……老爷，我……我想我能。"

"沃顿，扶他上马。"

尽管卸去了镣铐，臭佬行动起来仍像个老人。肌肤松松垮垮地搭在他的骨头上，酸埃林和骨头本说他时常打摆子。至于气味……连牵来给他骑的母马都受不了他的气味。

好在这是匹温驯的马，它也知道去荒冢屯的路。骑进东门后，波顿公爵骑到他身旁，卫士们则谨慎地保持距离。"你要我怎么称呼？"公爵大人问，他们踏在荒冢屯笔直宽阔的街道上。

臭佬，我是臭佬，臭遗万年，凄楚懊恼。"臭佬，"他说，"如果老爷愿意这么叫的话。"

"佬爷。"波顿的嘴唇打开了一条缝，路出四分之一寸的牙齿——也许这就是他的笑容。

臭佬弄糊涂了。"老爷？我是说——"

"——老爷，得换成'佬爷'。你说的每个词都在暴露你的出身。既然你把自己看成是蠢笨的农民，那就得嘴里含着一团泥似的说话，吐词也不能太清晰。"

"遵命，老……佬爷。"

"好多了。但你还是太臭。"

"是，佬爷。求您原谅，佬爷。"

"我有什么好原谅的？你这么臭是我儿逼的，并非出于自愿。他的德行我再清楚不过。"他们骑过一座马厩，又骑过一间悬挂着麦穗图案招牌、安装有百叶窗的旅馆，里面传出音乐声。"头一个臭佬也很臭，但不是因为没洗澡。说实话，我没见过比他更干净的人。他一天洗三次,还像个女人一样在头发里插花。我第二任妻子在世时,有人发现他从她卧室里偷窃香水,为此我亲自打了他十来鞭,连血都是臭的。第二年他又来偷,这回把香水喝了下去,差点被毒死。不过这样做也没用,那臭味是他与生俱来的特质。老百姓说那是种诅咒,诸神让他发臭,好让大家知道他有腐烂的灵魂。我从前的老学士则坚称那是种病,尽管这孩子壮得像头小公牛。由于没人能忍受他,他只得睡猪圈……直到有天拉姆斯的娘来我城堡,要我安排个仆人管束自己的野种,说他越长越野、不服管教。我把臭佬给了她,本意是个玩笑,谁知拉姆斯跟臭佬竟从此形影不离。我没弄明白的是……究竟是拉姆斯带坏了臭佬,还是臭佬带坏了拉姆斯?"公爵大人用那双淡得奇异、犹如一对白月亮的眼珠打量着新任臭佬,"他解开镣铐时,在你耳边说了什么?"

"他……他说……"他说什么也别告诉你。但这话卡在喉头,令他咳嗽、令他窒息。

"深呼吸,放宽心。我知道他说了什么,无非是叫你监视我,并保守他的秘密。"波顿轻笑一声,"他倒以为自己有什么秘密。酸埃林、路顿、剥皮人,所有这帮人,他以为是打哪冒出来的?他真觉得是他的人?"

"他的人。"臭佬应和道。这番对话超出了他的预期,他实在不知该如何评论。

"我那野种跟你讲过我是怎么播下他的吗?"

欣慰的是,这点他确实知道。"是的,老……佬爷。你骑马出巡时偶遇他母亲,被她的美貌打动。"

"打动?"波顿笑道,"他用的是这个词?看不出来,我那逆子还有当歌手的潜质……但如果你相信他唱的歌,那就比第一个臭佬还蠢。事实上,他连骑马出巡的部分都没唱对。我当时是沿泪江猎狐,来到一座磨坊前,看到一个年轻女子在溪边洗衣。老磨坊主替自己讨了房年轻媳妇续弦,她年纪还没他一半大,很高也很苗条,一看就极健康,长长的腿,小而坚挺的乳房,像两颗熟透的李子。照平民的标准,她算是相当标致,我第一眼看见就想要她,而这也是我的权利。学士们会告诉你,杰赫里斯王为取悦他那泼辣的老婆,已废除了领主的初夜权,但我们北方是旧神的地盘,遵循古老的习俗。比如安柏家就保留了初夜权,不管他们口头上承不承认。某些山地氏族更是如此,至于斯卡格斯岛上……嗯,连心树也只看见了斯卡格斯岛上发生的一半事情。

"磨坊主的婚姻没得到我的首肯和认同,他欺骗了我,所以我把他吊死在树上,并在他晃悠悠的尸体下面伸张权利。说实话,事后我觉得那乡下妞不值得我浪费一根绳子。更何况狐狸也逃了,我最喜爱的战马还在回恐怖堡的路上崴了脚,总体而言,那是令人失望的一天。

"一年后,那乡下妞厚颜无耻地来到恐怖堡,怀抱着一个哭哭啼啼的红脸怪物,宣称那是我的种。我本想抽他母亲几鞭,再把那怪物丢进水井……但那婴儿确实有我的眼睛。她说她那死鬼丈夫的兄弟看见这对眼睛后,就将她打个半死,逐出磨坊。这样做我很不满,所以我把磨坊还给她,并割了她小叔子的舌头,以确保他不会跑到临冬城去编造故事、打扰瑞卡德大人。每年我都差人送那女人几只猪崽、一群小鸡和一袋铜星币,我们达成的共识是她永远不告诉孩子他真正的爹是谁。和谐的土地,安静的人民,这一直是我的统治原则。"

"精妙的原则,佬爷。"

"但那女人违抗了我。你也看见拉姆斯的德行了。是她造就了他,她和臭佬一起。她不停地在他耳边灌输什么应得的权利。拉姆斯本该心甘情愿磨一辈子玉米,他以为自己有能耐统治北境吗?"

"他为您战斗过,"臭佬冲口而出,"他很强壮。"

"公牛也很强壮,狗熊也很强壮。至于他战斗的方式,我是见过的。这不能全怪他,臭佬是他的老师,第一个臭佬,而臭佬对于兵器一窍不通。我承认,拉姆斯的确很凶猛,但他舞起剑来就跟屠夫剁肉一样。"

"他无所畏惧,佬爷。"

"他应该畏惧。心存畏惧,才能在这个充满谎言与背叛的世界上生存。即便在这里、在荒冢屯,乌鸦也依旧盘旋,等待用我们的尸体展开盛宴。赛文家和陶哈家靠不住,我们的胖朋友威曼大人口蜜腹剑,至于妓魔……安柏家的人看起来头脑简单,背地里却很会耍小聪明,何其阴险。拉姆斯应该惧怕他们所有人,就和我一样。你下次见到他,记得告诫他。"

"告……告诫他懂得惧怕?"光想想那场景,臭佬就受不了,"佬爷,我……如果我和他说这些,他会……"

"我明白。"波顿公爵叹口气,"他的血液有问题,需要用水蛭治治。水蛭会吸走血液里的所有污染,吸走愤怒与痛苦。满腔怒火是没法思考的。不过对拉姆斯来说……我怀疑,他的脏血连水蛭都能毒死。"

"他是您唯一的儿子。"

"暂且如此。我有过一个儿子,他叫多米利克,生性安静,多才多艺。他在达斯丁伯爵夫人身边做了四年侍酒,又为谷地的雷德佛伯爵干了三年侍从。他会弹竖琴,精通历史典籍,骑马犹如疾风。说起马……那孩子太喜欢马了,达斯丁伯爵夫人对此最清楚不过。连瑞卡德公爵的女儿也骑不过他,那小妮子本人可就是半匹马呢。雷德佛认为他将来定是比武场上的明星,因为伟大的冠军首先得是伟大的骑手。"

"是的,佬爷。多米利克,我……我听过他的名字……"

"拉姆斯杀了他。乌瑟学士说是胃病,但我认定是毒药。在谷地，雷德佛的儿子们的陪伴让多米利克念念不忘，于是他也想要一个兄弟，遂决定沿泪江骑行去找我的野种。我禁止他这么做，但多米利克认为自己长大成人了，比父亲更明白事理。结果现在他的尸骨和他真正的兄弟们的尸骨——那些死掉的婴儿——一起长眠在恐怖堡下，而我只剩下拉姆斯。告诉我，亲王殿下……如果弑亲是莫大的罪孽，作父亲的又该如何料理一个儿子，去为另一个儿子报仇？"

这个问题把他吓坏了。他曾听剥皮人说私生子杀了嫡出的哥哥，但他从来不敢相信。也许公爵弄错了。青年人也是经常夭亡的，不见得就是被人杀害。我的两个哥哥都死了，却决不是因为我。"大人您有了一位新夫人，可以给您添儿子。"

"我的野种会喜欢这样的状况吗？瓦妲夫人是佛雷家的人，模样又丰饶多产，我发现自己奇妙地喜欢上了这个小肥婆。她之前的两位在床上一声不吭，而她又叫又闹，对此我很欣赏。如果她用她吞馅饼的速度为我吐出儿子，恐怖堡很快就会被小波顿们占满了。毫无疑问，拉姆斯会害死所有人。罢了罢了，我不可能活到儿子们成年，而幼主当家对任何家族都是灾难。只不过到时候，瓦妲会为此伤心欲绝。"

臭佬喉咙发干。风嗖嗖刮过街道两旁光秃秃的榆树枝头。"老爷，我——"

"佬爷，记得吗？"

"佬爷。我能问一句……您想要我做什么？我是废人一个，甚至连人都不是。我百无一用，而且……我的气味……"

"洗个澡，换身衣服，气味就好了。"

"洗澡？"臭佬仿佛被狠揍了一拳，"我……我宁愿不洗，佬爷。求求您，我身上……我身上有伤，而……而且这些衣服是拉姆斯老爷给的。他……他说，没有他的命令，我不能脱……"

"你穿的是堆破布，"波顿公爵很有耐心，"太恶心了。它们不仅被扯得稀烂，脏得不成样子，还散发出血和尿的味道。况且穿得这么薄，你一定很冷。我们会给你换上温暖柔软的羊毛衣，或许再加一件毛皮镶边的斗篷。你觉得这样够吗？"

"不。"他不能脱下拉姆斯老爷给的衣服，不能让他们看见他。

"还是说你喜欢丝绸和天鹅绒？我记得，你过去很喜欢这些东西。"

"不，"他尖叫声明，"不，我只要这身衣服，这是臭佬的衣服。臭佬臭佬，不见为好。"他的心像在打鼓，嘴里发出惊恐的尖叫。"我不想洗澡，求求您，佬爷，不要脱我的衣服。"

"那么，至少你把衣服拿给我们洗洗？"

"不，不，佬爷，求求您。"他用双手环住破烂的上衣，伏倒在马鞍上，生怕卢斯·波顿会命令卫士们即刻上前，当街剥光他的衣服。

"如你所愿。"波顿淡色的眼珠在月光下显得空洞，似乎眼睛背后并无灵魂，"你知道，我不想伤害你，我欠你的太多了。"

"您欠我？"他心中的一部分尖声提醒他：这是个陷阱，他在玩弄你，跟他儿子一样，他儿子不过是他的倒影。拉姆斯老爷一直在用希望来玩弄他。"您……您欠我什么，佬爷？"

"整个北境。你拿下临冬城那晚，宣告了史塔克家族的垮台与灭亡。"他轻蔑地挥了一下苍白的手，"现在这一切不过是分赃时的吵闹。"

他们短暂旅程的终点是荒冢厅的木城墙。座座方塔楼上飘扬着各色旌旗：恐怖堡的剥皮人旗、赛文家的战斧旗、陶哈家的松树旗、曼德勒家的人鱼旗、洛克老伯爵的交叉钥匙旗、安柏家的锁链巨人旗、菲林特家的石手旗及霍伍德家的驼鹿旗。史陶家的旗帜是褐色与金色的v形条纹、史拉特家的旗帜是灰底的白色双盾纹，溪流地的四个莱斯威尔以四只不同颜色的马头作为纹章——灰色、黑色、金色和棕色，人们笑称莱斯威尔家的人甚至不能就纹章颜色达成一致。在所有这些旗帜上高高飘扬的则是一千里格之外、铁王座上的小鬼国王的雄鹿狮子旗。

老磨坊的风车声伴着臭佬骑过城门楼，来到长满野草的庭院。马童们跑出来照料马匹。"请跟我来。"波顿公爵带他走向主堡，那里飘扬的是已故达斯丁伯爵和他寡妇的旗帜。伯爵的旗帜是交叉长斧上的尖顶王冠；她则加上罗德利克·莱斯威尔的金色马头，形成四分纹章。

沿宽阔的木阶梯走向大厅时，臭佬的腿不自觉地发起抖来，逼得他边走边休息。他抬头望向大荒冢野草覆盖的山坡，有人说这是"始祖王"的坟墓，始祖王即领导先民来到维斯特洛的王；又有人说这是某位巨人王的坟墓，所以才这么巨大；更有少数人宣称这不是坟冢，只是个山丘而已。如果真是这样的话，它也太孤独了，因为周围都是狂风呼啸的平原。

大厅内，有个女人站在火炉边，用将熄的余烬来温暖一双细手。她全身黑衣，从头罩到脚踝，没戴一点儿金银首饰，但气质却高贵逼人。尽管嘴角已有了皱纹，眼角的皱纹更多，但她站得笔直挺拔，面带英气。她的头发半棕半灰，在脑后绑成一个寡妇结。

"这是谁？"她问，"那小子呢？你的野种不愿放人？这老头是他的……噢，诸神在上，什么味道？这家伙把屎拉在自己身上吗？"

"拉姆斯一直把他带在身边。芭芭蕾夫人，请容我向您引见铁群岛的合法统治者、葛雷乔伊家族的席恩。"

不，他心想，不，不要说出那个名字，拉姆斯会听见的，他会的，他会的，他会伤害我。

她撅起嘴。"我没想到他成了这副模样。"

"我们手上只有他。"

"你的野种到底对他做了什么？"

"我想只剥了几块皮。几小块皮，不碍事。"

"他疯了吗？"

"或许是的。这有关系吗？"

臭佬实在忍受不下去了。"求求你们，佬爷，佛人，您们弄错了。"他双膝跪地，颤抖得像冬季风暴中的一片树叶，眼泪滚下他饱受摧残的脸颊。"我不是他，我不是变色龙，变色龙死在了临冬城。我是臭佬，"他必须记住自己的名字，"臭佬臭佬，狼狈如蚤。"

提利昂

"赛斯拉·科荷兰号"自瓦兰提斯启程七天后,分妮才从舱中爬到甲板上来透气,好像害羞的林间动物,结束了漫长的冬眠。

时至黄昏,红袍僧在船中央的巨大铁火盆里点起了夜火,船员们围拢祈祷。马奇罗的嗓音犹如大鼓擂响,仿佛是从他魁梧身躯的深处传出。"感谢您派来温暖我们的太阳,"他祈祷,"感谢您派来守护我们的群星,指引我们横越这冰冷黑海。"这和尚体积庞大,比乔拉·莫尔蒙还高,腰围更是后者的两倍,他红袍的袖子、褶边和领口上都有黄色火焰缎子刺绣。他的皮肤黑如沥青,头发却白似新雪,双颊和额头上布满黄色和橙色火焰刺青。他的龙头铁杖与他等高,每当他用铁杖末端在甲板上一杵,龙口就会喷出几道绿焰。

他的护卫是五名隶属于圣火之手的奴隶战士,这些战士用古瓦兰提斯语参与咏唱。提利昂天天听祈语,已然领会大意。点燃圣火,帮助我们抵御黑暗云云;照亮前路,温暖我们的身躯,因为长夜黑暗、处处险恶,从魔物手中拯救我们云云。

提利昂·兰尼斯特虽不耐烦,却不敢公开表达反感。他不信神,但这艘船属于红神拉赫洛。安全上路后,乔拉·莫尔蒙便除去了提利昂身上的镣铐,他可不能给别人理由把他重新铐起来。

"赛斯拉·科荷兰号"是个五百吨级的大澡盆,货舱吃水很深,船头船尾各有一栋楼,中间是唯一的桅杆。艉楼上立着个怪诞的木制船首像,塑像遭虫蚀得千疮百孔,一副便秘的表情,腋下还夹着一张卷轴。提利昂没见过比这更丑的船,连船员也尽是丑模样。大腹便便的船长行事专横，满嘴脏话，长了对贪婪的猪眼睛，他席瓦斯棋下得极烂，却老是耍赖赌气。船长手下有四个自由民船副和五十名船奴，每名奴隶脸上都粗略地刻有那船首像的丑陋刺青。他们管提利昂叫"没鼻子"，不管他多少次声明自己名为胡戈·希山。

三名船副和多过四分之三的奴隶是光之王的狂热信徒。至于船长的信仰，提利昂不敢肯定。船长会出席晚祷，但其他时间并不热心。然而马奇罗才是这艘船真正的主人，至少在这次航行中是这样。

"光之王，请祝福您的奴仆马奇罗，指引他穿越世上的黑暗，"红袍僧洪亮地大声说，"请保护您忠诚的奴仆本内罗，赐予他勇气，赐予他智慧，用圣火填充他的心房。"

提利昂注意到分妮站在通向艉楼的陡峭木梯上，看着这场闹剧。她身子矮，在台阶间露出的便只有眼睛。夜火闪耀，照得她兜帽下的眼睛又大又白。她的狗跟在她身旁，她常骑这头灰色大猎狗进行滑稽比武。

"小姐。"提利昂轻唤道。她当然不是什么小姐，但她的名字实在有些蠢，提利昂说不出口，也不想称她为"妹子"或"侏儒"。

她往后一缩。"我……我没看到你。"

"好吧，我是很小。"

"我……我不太……"她的狗吠叫起来。

还沉溺在悲伤中啊。"如果我能帮上忙……"

"不要。"她像来时一样迅速地消失，退回甲板下与狗和猪共享的舱房。提利昂不怪她。"赛斯拉·科荷兰号"的船员见到他相当高兴，毕竟侏儒象征着好运，他的脑袋被众人大力地摸来摸去，没成秃子简直是奇迹；分妮不一样，她是侏儒没错，但同时还是个女的，而女人在船上不受欢迎。有一个人摸她脑袋，就有三个人在背后咒骂。

我的出现更是伤口上撒盐。为了我，别人砍了她哥哥的头，现在我像个该死的石像鬼一样走来走去，嘴里敷衍些空洞的安慰。如果我是她，肯定日夜盘算着怎么把仇人推下海去。

他对女孩充满同情。她和她哥哥不该在瓦兰提斯遭受如此厄运。出海前，她哭红了眼睛，一双眼睛宛如两个幽魂般的红洞，嵌在苍白病态的脸上；开船后，她把自己跟一只狗一头猪一起锁在舱房，晚上人们都能听见她的啜泣。昨天有位船副说，要赶在她的眼泪把船弄沉前将她丢下海，提利昂不太确定这是不是开玩笑。

晚祷结束后，船员们又各干各的去了，有人负责守望，有人去填饱肚子喝朗姆酒，还有人直接上吊床睡觉。马奇罗如往常一样留在夜火旁，他总是白天休息晚上照看火盆，尽职尽责地守护圣火，直到阳光带回黎明。

提利昂盘腿坐在红袍僧对面，伸手取暖。很长一段时间，马奇罗都没理会他，只定定地看进跃动的火焰，迷失在幻象之中。他真能像自称的那样，预见未来吗？如果是真的，那可是了不起的能力。最终红袍僧抬眼迎上侏儒的目光。"胡戈·希山，"他庄重地颔首，"你是来跟我一起祈祷的吗？"

"据说长夜黑暗、处处险恶。你在火焰中看见什么了？"

"很多龙。"马奇罗用纯正的维斯特洛通用语回答，他的维斯特洛话几乎没有一丝口音。毫无疑问，这正是至高牧师本内罗选择他来将拉赫洛的信仰带给丹妮莉丝·坦格利安的原因之一。"老龙小龙、真龙假龙、光明的龙与黑暗的龙都有。我还看见了你，小小的身材却洒下长长的阴影，你在魔龙群中怒吼。"

"怒吼？像我这么好脾气的家伙？"提利昂简直有些飘飘然了。对方应是刻意为之，傻瓜都爱被人拍马屁。"说不定你看见的

125

是分妮。我们几乎一样高呢。"

"不,我的朋友,我看见的是你。"

朋友?我啥时候成了你的朋友?"依你所见,我们还有多久才能到达弥林?"

"你急着想见救世主?"

是也不是。这救世主既可能削了我脑袋,也可能赏我一只龙玩玩。"着急的不是我,"提利昂说,"我不过想去尝尝橄榄。但照现在的速度,怕是我老死了都吃不到。我敢断言我游泳都比这条船行得快。对了,你说这'赛斯拉·科荷兰'是执政官的名字还是海龟的名字?"

红袍僧轻笑:"都不是。'科荷兰'指的……不是统治者,而是在统治者身边服务,协助统治者,并给予谏言的人。你们维斯特洛人称这样的人为总管或学士。"

或国王之手?有点意思。"那'赛斯拉'呢?"

马奇罗碰碰鼻子。"它的意思是'舒适的味道'。在维斯特洛语中该是'芳香'或'花儿般的'吧?"

"所以'赛斯拉·科荷兰'连起来就是臭管家,对不对?"

"哈,我看是'芬香的总管'。"

提利昂歪嘴一笑。"我觉得她臭死了。无论如何,感谢指教。"

"我很高兴能为你解惑。或许某天你会让我教你拉赫洛的真理。"

"看日子吧。"等我脑袋被插在枪上之后。

他与乔拉爵士共享的住处连舱房都算不上,潮湿阴暗不说,还有股异味。这里只能勉强挂上两张吊床,还得重叠着挂。莫尔蒙占据了下面的床位,吊床随着船只摆动缓缓摇晃。"那女生总算在甲板上露面啦,"提利昂告诉他,"可只看了我一眼,就吓得立马缩了回去。"

"说明你太丑。"

"不是人人都像你这么帅嘛。实话说,她有些魂不守舍,要是哪天这可怜的怪胎突发奇想摸到船边一跳,我也不吃惊。"

"别叫她怪胎,她的名字是分妮。"

"我当然知道她的名字。"他恨这个名字。她本名奥普的哥哥顶着"便特"的艺名死掉。便士和铜分,是最卑微、最无价值的硬币,更糟糕的是,这艺名是他们自己挑的。提利昂每想到此,嘴里就一阵苦涩。"叫什么不重要,她现在需要朋友的安慰。"

乔拉爵士在吊床上坐起来。"那你就去交朋友吧,娶了她也行,我无所谓。"

这话加深了提利昂嘴里的苦味。"物以类聚,这就是你的逻辑?你怎么不娶头母熊呢,爵士?"

"当初可是你坚持要带她上船。"

"我是说我们不能把她丢在瓦兰提斯,可那并不意味着我想上她。你难道忘了她想要我的命?我是这世上她最不愿结交的人。"

"但你们都是侏儒。"

"是的,可她哥哥的事怎么办?那帮醉鬼白痴把他当成我,下了毒手。"

"你有罪恶感,是不是?"

"没有!"提利昂被激怒了,"我造的孽很多,但这不是我的错。她跟她哥哥在乔佛里的婚宴上表演时,我确实很生气,但我从未想过伤害他们。"

"所以喽,你是个无害的生物,跟羊羔一样纯洁。"乔拉爵士起身,"侏儒女孩归你管,吻她、杀她,还是回避她,随你便。我没兴趣。"他挤开提利昂,走出房间。

这家伙被放逐了两次,难怪如此愤世嫉俗,提利昂心想,要能的话我要放逐他第三次。大个子骑士个性沉闷、行事冷酷，态度阴郁又毫无幽默感——这些还算是优点咧！乔拉爵士醒着的时间基本都在艉楼上踱步，或倚栏远眺大海。他在眺望他的银女王、眺望丹妮莉丝，满心希望这艘船能插上翅膀。好吧，要是泰莎在弥林，我大概也会做同样的事。

妓女会去奴隶湾吗？似乎不大可能。根据读过的书籍，奴隶城邦是妓女的来源。莫尔蒙倒该给自己买个妓女，漂亮的奴隶女孩有助于舒缓脾气……尤其是像在赛荷鲁镇坐他老二上的那样、顶着一头银发的妓女。

在洛恩河上，提利昂忍受过严肃的格里芬，但好歹破解船长的神秘身份可资消遣，撑篙船上的其他人也个个有趣；在这条平底商船上，每个人看上去是什么就是什么，没有谁与他臭味相投，而只有红袍僧对他感兴趣。呃，或许得加上分妮，不过她是因为想我死。理当如此。

于是"赛斯拉•科荷兰号"上的生活变得极度单调乏味。提利昂发现一天的高潮就是拿小刀扎脚趾手指。河上有各种奇观：巨龟、废城、石民、裸体修女，谁也不知道在下一个弯道等待的是什么；海上的日日夜夜却毫无分别。刚离开瓦兰提斯时，平底商船靠近大陆航行，陆地保持在视线范围内。这时提利昂还能眺望路过的海岬，看见乌云般的海鸟群从崎岖的悬崖和破碎的守望塔上飞起，还能数一数路过的光秃秃的褐色岛屿。他们遇见了很多船，有渔舟、有笨重的商船、还有骄傲的划桨船，她们的桨叶拍起白色飞沫。可不久后船行到深水区，除了碧海蓝天，空气和水以外再无景物。天是那样的天，水是那样的水。偶尔有朵云。大多时候蓝得发指。

晚上更糟糕。提利昂天天失眠，偶而不失眠则会做梦，而他是决计不想做梦的。在梦中他总会回到伤心领，见到带有父亲面容的石民之王。迫于无奈，他往往只能半夜坐在吊床上，倾听乔拉·莫尔蒙在他身下打呼噜，要么就走到甲板上去看海。在无星之夜，大海黑得跟学士的墨汁一样，从地平线到地平线无边无涯，深邃黑暗，令人生畏。这是种诡异的美，提利昂注视得越久，就越想翻过船缘，让这片黑暗吞没自己。这很容易，至多激起轻轻一点水声，畸形小魔猴的悲惨故事就将画上句号。但万一真有地狱，而父亲正在那里等我怎么办？

每晚的最佳时光是晚餐。其实食物并不算好，好在分量足，侏儒用它来打发时间。提利昂喜欢在厨房里用餐，那是个很不舒适的狭窄场所，天花板之低，高一点的人稍不注意就会撞到脑袋——那群被称为"圣火之手"的奴兵每每上当，令提利昂笑得合不拢嘴。在这里，提利昂有独处的空间，若是在拥挤的餐桌旁，跟一群毫不懂通用语的人为伴，听他们叫闹嬉笑自己却一片茫然，实在太无趣。尤其提利昂还深深地怀疑那些玩笑其实都在针对他。

船上的书籍也放在厨房里。船长挺爱读书，所以船上有三本书——一本不忍卒读的海上诗歌集，一本被翻烂了的、一位里斯青楼的年轻女奴的情色回忆录，还有四卷本大作《贝里西奥执政官生平》的第四卷。贝里西奥是著名的瓦兰提斯领袖，他东征西讨，战无不胜，最终却忽地被巨人吃掉了。出海的第三天，提利昂就啃完了这三本书，接下来由于无书可看，他只能不断重读。奴隶女孩的故事虽然文笔差劲，好歹情节引人入胜，他就用它来下饭，一边吃着黄油甜菜根、冷鱼汤和足以用来钉钉子的硬饼干。

分妮进厨房时，他正读到女孩讲述她和她姐姐被奴隶贩子拐卖的部分。"噢，"她结结巴巴地说，"我以为……我不是有意打扰大人，我……"

"你没打扰我。我只希望你不是又来杀我。"

"不是。"她脸一红，眼睛看向别处。

"有你这句话我就放心了。来跟我作个伴吧，船上的人都很没劲。"提利昂合上书，"来，过来坐，吃点东西。"留在女孩舱房门外的餐饭最近几乎没动，现下她定是饿坏了。"这汤还可以下口，至少里边的鱼很新鲜。"

"不，我……我被鱼刺卡过，我不吃鱼。"

"那喝点酒吧。"他倒满一杯滑给她，"船长好心供应的，说这是青亭岛的金色葡萄酒，我瞧这玩意儿准是尿。但尿也比水手们灌下的沥青一样的朗姆酒档次高。它能助你入眠。"

女孩没动杯子。"谢谢您，大人，我不喝，"她向后退去，"我不该打扰您。"

"你以为自己可以一辈子这么逃避下去吗？"提利昂抢在她溜出门前说。

这话让她止了步。她的脸涨成潮红色，一时，他担心她又要哭了。结果她只用力撅起嘴："你也在逃。"

"我是在逃，"他承认，"但我有明确的目的地，你则什么想法都没有，两者有天壤之别。"

"要不是因为你，我们才不会逃跑呢。"

她当面对我说出这话，可算鼓足了勇气。"你是指君临的事，还是瓦兰提斯？"

"都是。"泪水又在她眼中打转，"每件事都是。你为什么不肯与我们比武？为什么不肯照国王吩咐的去做？你又不会受伤。大人，您骑到我的狗背上，冲杀一回合，让那孩子找点乐子，有什么损失呢？一切都是玩闹。他们只不过会取笑你几句。"

"他们只不过会取笑我几句。"提利昂重复道。我反过来让他们取笑了小乔，高明啊高明，是不是？

"我哥说让人取笑是好事，带给大家快乐，高尚而有荣誉。我哥说……他说……"泪水终于滚落她脸颊。

"你哥哥的遭遇我很抱歉。"这话提利昂在瓦兰提斯也跟她说过,但他很怀疑沉浸在悲伤中的她有没有听进去一个字。

她现在是听到了。"抱歉,你很抱歉。"她嘴唇颤抖,脸庞湿润,眼睛是两个红肿的窟窿,"当晚我们就逃离了君临。我哥说非这样不可,因为不久就会有人把国王之死与我们联系起来,将我们抓去拷问。我们先逃去泰洛西,我哥以为逃到那里已经够远了,结果根本不够。那边有一位跟我们相熟的杂耍艺人,他长年累月、日复一日地在酒神喷泉下表演。由于年纪大了,他手没有从前灵活,所以时不时接不住球,满广场地追。但泰洛西人还是会笑着扔钱币给他。后来有天早上,我们听说他的尸体被丢在了三首神的神殿外。三首神的大雕像就在神殿门旁,老人的身体已被砍成三段,分别塞进三首神的三张嘴里,等人们将身体缝回去,才发现没了脑袋。"

"他是个侏儒。他的头是送给我亲爱的老姐的礼物。"

"是啊,他是个矮子,跟你、跟奥普——跟'便特'——一样。你也为这老人感到抱歉吗?"

"我直到现在才知道此人的存在……不过,好吧,我很抱歉他送了命。"

"他因你而死。你手上沾满他的血。"

这句控诉刺痛了他,带来的伤害不亚于乔拉·莫尔蒙的话。"我老姐手上才沾满他的血,还有那些谋杀他的畜生。我的手……"提利昂抬起手,翻转查看,最后捏成拳头,"……没错,我手上血迹斑斑。叫我弑亲者,我不否认;叫我弑君者,我也会负责。我杀过父亲、母亲、外甥、情人……男男女女,君主和妓女都栽在我手上。有个歌手惹恼了我,我他妈就把他炖了汤。但我既没杀过杂耍艺人,也没害过侏儒,你那该死的哥哥送了命与我无关。"

分妮抓起他刚给她倒的酒,当头泼来。跟我亲爱的老姐简直一模一样。他听见甩门声，却没看到她离开，因为眼睛被酒液刺痛，世界一片模糊。真是跟她交了个好朋友。

提利昂•兰尼斯特缺乏跟其他侏儒相处的经验。父亲大人不乐意任何人让他联想起畸形的儿子，所以提利昂出生后不久，凡有侏儒表演的剧团就知情识趣地远离了兰尼斯港和凯岩城。提利昂长大后，打探到多恩的佛勒伯爵驾前有个侏儒弄臣，五指半岛上某位领主收了个侏儒学士，还有个女侏儒加入静默姐妹，但他无意结识这些人。他还听过一些谣言，说是河间地某座山上有个侏儒巫婆，在君临有个以跟狗交媾而出名的侏儒妓女——这最后一个故事是他亲爱的老姐亲口跟他讲的，边讲还提出若他想试试，可以送他一条发情的母狗。他礼貌地询问姐姐，这母狗是不是指她自己，瑟曦便把酒当头泼下。那是一杯红酒，现在这杯却是金色。提利昂用袖子擦干脸，眼睛还在痛。

直到风暴来临，他再没见过分妮。

那天早晨，咸海上一丝风都没有，空气凝重，西边的天空却是一片火烧似的红，天边的丝丝云彩亮得好像兰尼斯特的绯红家徽。船员们来回奔波，忙着钉好舱门、拉好绳索、收拾甲板，绑紧每件没扎牢的东西。"飓风要来了，"有人警告他，"没鼻子最好下去。"

提利昂还记得横渡狭海时遭遇的风暴，记得甲板在脚下颠簸不休，记得船壳发出恐怖的吱嘎声，记得吐出的酒和胃液的味道。"没鼻子要留在上头。"若诸神要他的命，他宁肯淹死也不想被吐出来的脏东西呛死。头顶的风帆缓缓鼓动，好像某只庞然巨物正要从长眠中苏醒，时而会忽然"吱"一声响，惊得所有人抬头去看。

风势渐强，将平底商船完全吹离了既定航线。血红色天空下，黑云层叠。上午刚过半，西边已是雷电大作，耳畔传来响亮的雷鸣。大海躁动不安，掀起黑色的波涛打向"臭管家号"的船壳。船员们开始迅速降帆。一片混乱中，提利昂成了妨碍，所以他爬到舻楼上盘腿坐下，尽情品味冷雨抽打面颊的滋味。平底商船起起伏伏，颠簸幅度比他骑过的任何马都要剧烈，海浪把船一会儿抬到浪尖，一会儿又沉到波谷，令他骨头都在震。即便如此，也比关在甲板下憋闷的小房间要好。

风暴直到夜幕降临时才真正到来，在风暴中，提利昂·兰尼斯特湿透了内衣，却有种胜利的感觉……尤其是后来他发现乔拉·莫尔蒙喝得烂醉如泥、在小房间吐了一地时，这种感觉就更强烈了。

晚餐后侏儒逗留在厨房，跟厨子喝了几杯黑朗姆酒庆祝生还。厨子是个一身肥肉的瓦兰提斯胖子，只会说一句通用语：操！但他对席瓦斯棋颇有心得，尤其喝醉了以后。那晚他们玩了三盘，提利昂赢了头一盘，输了后两盘。三盘之后，他觉得够了，便跌跌撞撞回到甲板上，去清空朗姆酒和在脑子里交战的大象。

他在舻楼上乔拉爵士平素待的地方遇见了分妮。骑士夜里会站在栏杆后面，靠着平底商船半腐蚀的丑陋船首像，眺望漆黑无垠的大海。现在站在这里的换成了她，她就像个小孩儿一样脆弱。

提利昂本想悄悄离开，无奈她听见了动静。"胡戈·希山。"

"你想这样叫就这样叫吧。"你我都心照不宣。"抱歉打扰了你。告退。"

"别，"她苍白的脸神情沮丧，但不像刚哭过，"抱歉的是我——关于那杯酒。我哥和泰洛西城中那可怜老人都不是你杀的。"

"我也有责任，虽然我身不由己。"

"我太想念他了，想念我哥，我……"

"我明白。"他自己也想念詹姆。你真幸运，你老哥在出卖你之前就死掉了。

"我想过寻死。"她吐露，"可今天风暴来临时，我以为船会沉，我……我……"

"你发现自己其实还想活下去。"是啊，这是我们的共同点、人类的本能。

她牙齿不齐，这让她笑起来不太好看，但她终究是笑了。"你真的会拿歌手炖汤吗？"

"谁，我？那不成，我不做饭。"

分妮咯咯轻笑，听起来就像个甜美的小女孩，她才……十七、十八，最多不超过十九岁。"那个歌手做错了什么呀？"

"他写了一首关于我的歌。"她是他珍藏的宝贝呀，她是他含羞的期望。项链和城堡都是空呀，比不上姑娘的吻好。歌词如潮水般涌回心头，令他讶异。或许他从没忘记它们。金手触摸冰冰凉呀，而姑娘小掌热乎乎。

"那一定是首很糟的歌。"

"其实不是。它跟《卡斯特梅的雨季》不一样，只是某些部分……好吧……"

"它怎么唱的？"

提利昂笑出声。"不行，我不会唱歌。"

"小时候，我妈经常唱歌给我们听。给我和我哥。她常说只要用心去唱，嗓子好不好都没关系。"

"她也是……？"

"……矮子？不，她不是，我爸是。我爷爷在他三岁那年就把他卖给了奴隶贩子，但他后来在戏班里大放异彩，乃至存钱赎身。我爸去过所有的自由贸易城邦，也在维斯特洛上下行走。旧镇人叫他'跳豆'。"

他们当然会那样叫。提利昂竭力抑制住反感。

"现在我爸死了，"分妮续道，"我妈也死了，连奥普……他是我最后的亲人，连他也不在了。"她扭头望向汪洋彼方，"我该怎么办？我该去哪里？除了滑稽比武，我什么也不会，而那表演需要两个人。"

不，提利昂心想，小妹妹，你不该这样做，你不该这么求我，你根本就不该动这个念头。"去找个孤儿吧。"他建议。

分妮似乎没听见。"长枪比武是我爸的主意，第一头母猪还是他亲自训练的呢，虽然那时他病得没法骑上去，只能由奥普代替。我一直骑狗。我们为布拉佛斯的海王表演过一次，他大笑不止，之后给了我们每人一件……贵重礼物。"

"我姐姐就是在那里找到你们的？在布拉佛斯？"

"你姐姐？"女孩懵了。

"瑟曦太后。"

分妮摇头。"不是她……来找我们的是个男人，在潘托斯。他叫奥斯蒙，还是奥斯德……类似的名字吧。奥普跟他谈的，我不在场，奥普约定了演出安排。我哥总是知道下一步怎么走。"

"我们现在是去弥林。"

她更加迷惑不解。"你是说魁尔斯吧。这条船正取道新吉斯去魁尔斯。"

"我们去弥林。你会为龙女王表演，她将赏你与你等重的金子。为将来的好日子打算，你现在得多吃点，白白胖胖的才好哄陛下开心。"

分妮没有回应他的微笑。"我一个人的话，只能绕场地跑圈，即便这能逗乐女王陛下，我接下来又该去哪里呢？我们从不在一处久留，因为我们的表演一开始会让人们笑得前仰后合，但看个四五次就会腻的，到时候就没人会开心了，我们也必须离开，去新的地方。大城市里钱好赚，但我更喜欢小镇子。镇里的人虽然不会抛给我们银币，但会邀请我们同桌吃饭，他们的孩子会跟着我们到处跑。"

那是因为住在鸟不生蛋的穷乡僻壤的人从没见过侏儒，提利昂心想，换成双头山羊，那帮该死的傻瓜也会乐呵呵地围观。而等厌倦了山羊的哀叫，他们还会宰了它做晚餐。但他知道这话说出口，她怕是又要哭了，于是他道："丹妮莉丝心地善良又慷慨大方。"这是对方想听的话。"我相信，她会在宫里为你安排个位置。那将会很安全，远离我姐姐的魔掌。"

分妮转身看着他："你也会在那里吧。"

若是丹妮莉丝想要兰尼斯特为坦格利安家血债血偿的话，恐怕我不会。"我会的。"

那次谈话之后，侏儒女孩上甲板的次数明显增多。隔天下午，提利昂发现她和她的斑点母猪在船中央徜徉。气候温暖，波澜不惊。"它叫美女。"女孩羞赧地告诉他。

美女猪和铜分女孩，他心想，还真是一对儿。分妮给了提利昂一堆橡果，让他用手喂给"美女"吃。别以为我不懂你的用心，小妹妹，他一边想，一边看着那大母猪抽动鼻子，发出满意的吱吱声。

他们开始一起吃饭。有时候就他们两个，有时候他们和马奇罗的护卫们一起吃。提利昂唤他们作"马奇罗的手指"——因为船上这所谓的"圣火之手"刚好五个。分妮被他逗笑了，笑得很甜。不过总的来说，她很少笑，毕竟伤口太深、也太新鲜。

他很快还教会了她称这艘船为"臭管家"号，而当他把"美女"叫作"培根"时她生气了。为表歉意，他决定教她席瓦斯棋——但他很快就为这份冲动后悔。"不，"他不知是第十几次地重复道，"会飞的是龙，不是大象。"

教她下棋的那天晚上，她终于开口询问他，是否愿意与她比试。"不行。"他回答。之后他想到她的话可能还另有深意，虽然有这层意思他也不能答应，但好歹可以回绝得婉转些。

他回到与乔拉·莫尔蒙共享的房间,在吊床上翻来覆去,辗转不安。他梦见无数只灰色的石手从浓雾中伸出来抓他,还有一座通向父亲的阶梯。

最终他决定不睡了,去上面吹吹夜风。"赛斯拉·科荷兰号"在晚间收起了巨大的条纹风帆,甲板上除一位在艏楼上瞭望的船副和船中央看守火盆的马奇罗以外,再无旁人。火盆暗淡,只剩小火苗在余烬中起舞。

整个天空只看得见西边最明亮的那些星,东北方向被阴郁的暗红光彩点亮,状似大片淤血。好个咄咄逼人、肿胀诡异的月亮,提利昂心想,它好像吞下了太阳而正在发烧。月亮的倒影映照在船后的海面上,血光随波纹荡漾。"几点了?"他问马奇罗,"除非太阳改从东边升起,否则这不可能是日出。怎么天空这么红?"

"瓦雷利亚上空永远是一片火红,胡戈·希山。"

一股寒气贯穿他的身体。"我们离那里很近?"

"比船员们希望的近得多,"马奇罗用深沉的嗓音回答,"在你们日落国度,流传有这里的故事吗?"

"我只知道水手们说谁要是看一眼这片海岸,就注定不得好死。"他不相信这种说法,他叔叔也不信。提利昂十八岁那年,吉利安·兰尼斯特远航去瓦雷利安,意图寻回兰尼斯特家失传的族剑,顺便再找找其他躲过末日浩劫的珍宝。提利昂愿意付出一切,只求跟叔叔一道踏上冒险旅程,但父亲大人把这次航行称为"傻瓜的航海",坚决禁止儿子参加。

也许他是对的。笑狮号离开兰尼斯港转眼已近十年,吉利安音信全无。泰温公爵数次派人出海寻找弟弟,但线索只到瓦兰提斯。在那里,吉利安的半数船员抛弃了他,他便用奴隶代替。没有哪位瓦兰提斯自由民会与一位公然宣称要去烟海冒险的船长签约。"我们看见的就是十四火峰的火焰在云层上的映照喽?"

"十四火峰还是一万四千火峰，谁敢去数呢？我的朋友，凡人不该注视这些火焰。他们是真主的怒火，凡间的火无法相匹。我们人类啊，不过是些渺小的生物。"

"其中一些比另一些更渺小。"瓦雷利亚。据记载，在末日浩劫那天，方圆五百里内每座山丘都同时喷发，将灰烬、浓烟和烈火射入空中，天地为之变色。滚烫饥渴的怒火甚至焚尽了天上的魔龙。忽然出现的深谷撕开地面，吞噬了宫殿、神庙和整座整座的城镇。有的湖泊瞬间蒸发，有的湖泊变成酸液池。山脉爆炸，着火的喷泉将熔岩喷到一千尺高的空中，无数龙晶和恶魔的浓浓黑血从红云中倾泻而下。在瓦雷利亚以北，大地发生了裂变，大块大块的陆地沉陷下去，而沸腾的海洋倒灌进来。须臾间，全世界最骄傲的城市便不复存在，由它建立的梦幻帝国随之土崩瓦解，长夏之地成了一片枯萎的焦土，还被海洋分割。

血与火的帝国落得血与火的下场。瓦雷利亚人可谓种瓜得瓜。"咱们的船长是不信邪么？"

"咱们的船长希望将航线南移五十里格，远远避开这片受诅咒的海岸。但我命他选择最快捷的路线，因为其他人也在寻找丹妮莉丝。"

他指格里芬和小王子？难道黄金团西征的消息全是幌子？提利昂正待出口询问，想想还是作罢。毕竟红袍僧决心要实现的预言里只有一个英雄，说出第二位坦格利安不合适。"你在圣火里看见其他人了？"他谨慎地问。

"我只看见了他们的影子，"马奇罗透露，"最引人注目的是一个高大扭曲的家伙，他生了一只黑色的眼睛和十条长长的胳膊，正在血海上奔驰。"

布兰

新月当空，锐利轻薄如刀。苍阳起伏，朝朝暮暮升降。红叶风中低吟。黑云满天，风暴欲催，雷鸣电闪，有着黑手和明亮蓝眼的死人步履蹒跚地围在山腰裂缝旁，却不得入。在山底，残废的男孩坐在鱼梁木王座上，任凭乌鸦沿手臂走来走去，倾听着黑暗中传来的呢喃低语。

"你永远无法行走了，"三眼乌鸦保证，"但你可以飞。"时而有歌声从下方远处飘来。森林之子，老奶妈如此称呼歌者们，但那些歌者自称"歌颂大地之人"，他们的源语人类全然懵懂。可乌鸦会说这种语言，小小的黑眼睛中暗藏无数秘密。听到歌声，它们会冲他尖叫，啄他的皮肤。

满月当空，群星拱绕，黑暗天空。落下的雨水冻结，树枝被冰雪压断。布兰和梅拉给那些歌颂大地之人都取了名字：灰烬、叶子、鳞片、黑刃、雪发和煤炭。叶子说，他们的真名对人类的语言来说太长了。洞中只有她会讲通用语，因而其他人对自己的新名字作何感想布兰永远无从得知。

经历过长城外的刺骨寒冷，洞穴显得格外温暖。寒气渗过岩石，但歌者们点起火，将其驱散。地底深处没有寒风、暴雪和坚冰，没有伸手追杀你的死人，只有梦境和暗淡火光，外加乌鸦的亲吻。

以及黑暗中的低语。

最后的绿先知，歌者们这样称呼他，但在布兰的梦境中，他一直是三眼乌鸦。梅拉·黎德询问他的真名时，他发出幽魂般的可怕笑声。"我能动的时候有很多名字,即便我也有母亲,她哺育我时为我取名布林登。"

"我有个姥爷叫布林登。"布兰说,"他是我母亲的叔叔,外号'黑鱼'。"

"你姥爷可能是以我命名的。一直都有人以我命名,只是现在没以前多了。人会遗忘,树木却记得。"他声音很轻,布兰得屏气凝神才听得见。

"他基本和树融为一体了。"被梅拉称作叶子的歌者解释,"他已超越凡人的寿限,但仍弥留不去。这是为了我们,为了你,为了人类的王国。他的肉体只剩下一点点力气。他虽有一千零一只眼睛,但要看的东西太多了。你迟早会了解的。"

"我会了解什么?"黎德姐弟举着明亮的火把,把他带回歌者为他们在大洞穴外铺好床的一间小房间,布兰问。"树木记得什么?"

"旧神的秘密。"玖建·黎德说。食物、篝火和充足的休息缓解了严酷旅程的折磨,但他看起来却更加悲伤、抑郁,始终带着疲惫烦扰的目光,"那些先民们了解,却被临冬城遗忘的真相……但在泽地并非如此。我们生活在沼泽和小岛上,更亲近大自然,所以我们也记得。大地和流水,土壤与岩石,橡树、榆树还有柳树。在我们之前,它们就在那里,当我们死后,它们仍将万古长青。"

"你也会的。"梅拉说,这让布兰很伤心。你死,我也不活了。他差点说出口,又硬生生咽下去。他几乎长大成人了,不能让梅拉把自己看成哭哭啼啼的小孩。"说不定你们也能成为绿先知。"他坚持。

"我们不能,布兰。"梅拉也很忧伤。

"绿泉水只给极少数凡人喝,好让他们像神一样凝听树叶的低语,透过树木的眼睛观看。"玖建道,"绝大部分人没那么幸运。

诸神只给了我绿色之梦的能力。我的使命是把你带到这儿，在这个故事里，我的部分已经完结。"

月如黑洞，高挂天空。群狼在森林里咆哮，在漫天飞雪中嗅探死物。整群乌鸦从山腰飞出，厉声尖叫，黑羽拍打白色的世界。红太阳升起，落下，又升起，将皑皑白雪染成玫瑰和粉色。在山底，玖建陷入沉思，梅拉焦躁不安，阿多则右手提剑、左手持火把，徘徊在漆黑的甬道中。抑或，那是布兰在徘徊？

没必要知道。

深渊上的巨大洞穴被幽暗笼罩，比沥青黑，比焦油浓，比乌鸦羽毛更黯淡。光线就像不受欢迎的闯入者，总是一闪而过，转瞬即逝。无论篝火、烛火，还是灯光，它们燃烧一阵后就会慢慢熄灭，结束短暂的生命。

歌者们为布兰单做了一个王座，和布林登君王的一样，红叶点缀着白色鱼梁木，死枝桠缠绕在活根茎上。他们将王座摆放在深渊上的巨大洞穴，黑暗的空气回荡着下方深处的流水声。王座上铺了柔软的灰藓，他被放上去后，他们还给他盖上温暖的毛皮。

他坐在那里，聆听导师喑哑的低语。"永远不要怕黑，布兰。"君王的话音伴着树木和叶子微弱的沙沙声，他的头稍稍动了动，"最强壮的树会把根扎在大地最黑暗的深渊。黑暗会成为你的斗篷、你的盾牌和滋养你的母乳。黑暗会令你强壮。"

新月当空，锐利轻薄如刀。雪花无声飘落，给士卒松和哨兵树裹上白袍。积雪越来越深，盖住了洞穴入口，形成一堵白墙。夏天想与他的族群一道捕猎，就得在墙上挖洞。这些日子，布兰不常与它们为伍了，只在某些晚上，从天上注视它们。

飞翔比攀爬的感觉更好。

滑入夏天体内变得和没摔坏背时穿裤子一样简单，披上乌鸦夜黑的羽毛则难一些，但没他想象中那么难。这些乌鸦和别的乌鸦不一样。"野生种马又跳又踢,谁给它戴马嚼子它就咬谁。"布林登君王说,"但已被驯服的马会接受其他骑手。这些鸟无论老小,都已被驯服。选一只,飞吧。"

于是他选了一只鸟,又一只,但都进不去,第三只乌鸦用精明的黑眼睛盯着他,扬起脑袋,厉声尖叫——陡然间不再是男孩看着乌鸦,而是乌鸦看着男孩。流水声突然变响,火把也比之前明亮,空气中弥漫着奇怪的味道。他想开口说话,发出的却是尖叫。他的第一次飞翔以撞墙告终,这让他回到了残废男孩体内。乌鸦却没受伤,它飞向布兰,落在他胳膊上。布兰抚摸它的羽毛,再次进入它体内。没多久,他已可在洞中盘旋,穿梭在洞顶悬下的钟乳石林里,甚至飞入深渊,冲向寒冷黑暗的深处。

随后他发现自己并非孤身一人。"乌鸦体内有别人。"回到自己的身体后,他告诉布林登君王,"一个女孩。我能感觉到。"

"一个女人,歌颂大地之人。"导师说,"她死了很久,但一部分精魂仍然残留,好比你的男孩肉身明日死了,你的一部分也会残留在夏天体内。那不过是灵魂的阴影,她不会伤害你。"

"所有乌鸦体内都有歌者么?"

"是的。"布林登君王说,"是歌者教会先民用乌鸦传递消息……那些时日,乌鸦尚能言语。但树木记得的,人类遗忘,现在人们用羊皮纸书写信息,系在不会和他人分享身体的乌鸦脚上。"

布兰记得老奶妈讲过相同的故事。他跑去问罗柏这是不是真的,哥哥却大笑,反问他信不信古灵精怪。他真希望罗柏跟他在一起。*我告诉他我能飞,但他不信,因此我要让他亲眼看见。我打赌他也能学会飞。他,艾莉亚,还有珊莎,甚至小不点儿瑞肯和琼恩•雪诺。我们都可以变成乌鸦,生活在鲁温师傅的鸦巢里。*

但那是另一个愚蠢的梦。有时,布兰觉得一切会不会都是梦。或许他在雪地里睡着了,梦见自己来到安全、温暖的地方。*你得醒*

来,他对自己说,你得马上醒来,否则会在睡梦中冻死。有几回他用手指掐胳膊,非常用力地掐,结果只让胳膊受伤。刚开始,他还靠记录睡觉和起床的次数来计日子,但在地下,睡觉和起床很快成了形式。做梦变成学习,学习变成做梦,事情突然涌来又突然消失。他是实际做了某事,还是仅仅梦到了它?

"一千个人中能产生一个易形者。"布兰学会飞翔后的某天,布林登君王说,"一千个易形者中能产生一个绿先知。"

"我以为绿先知是森林之子的巫师。"布兰说,"哦,我是说歌颂大地之人。"

"某种意义上是。被你称作森林之子的人有着太阳般金黄的眼睛,但每隔若干年,他们中会有人生出血红的眼睛,或是和森林深处的青苔一样碧绿的眼睛。这些特征代表诸神赐予他们的天赋。神的选民身体孱弱,在世的日子也很短暂,因为万物自有平衡。但他们一旦进入鱼梁木,便可长期驻留。一千只眼睛,一百种形态,和古树树根一样深沉的智慧。绿先知。"

布兰没听懂,便去问黎德姐弟。"你喜欢读书么,布兰?"玖建问他。

"有些书喜欢。我喜欢打仗的故事。我姐姐珊莎喜欢爱情故事,不过那些故事很白痴。"

"读书人可以经历千种人生,"玖建说,"不读书的人只能活一次。森林的歌者没书可读,他们没有墨水、纸张和文字。但他们有树,尤其是鱼梁木。他们死后便进入树木体内,进入树叶、枝桠和根茎中。于是树木便记得,记得他们的歌谣和咒语,记得他们的历史和祷词,记得他们对世界的所有认识。学士会告诉你鱼梁木是旧神的圣地,但歌者认为它们就是旧神。歌者死去后,会升华为神。"

布兰瞪大眼睛。"他们要杀我?"

"不会的。"梅拉说,"玖建,你吓到他了。"

"该害怕的不是他。"

满月当空。夏天穿行在寂静的森林,犹如灰色长影,每次捕猎都更加憔悴,因为猎物越来越少。洞口防护依然坚固,死人依然进不来。大雪又快把它们埋了,但它们还在那里,隐藏着、封冻着、等待着。其他死物加入了它们,它们曾是男人,女人,甚至小孩。死乌鸦站在光秃的褐色树枝上,翅膀覆满冰雪。一只雪熊冲过树丛,它身躯庞大,却瘦骨嶙峋,耷拉着半个脑袋,露出头皮下的森森白骨。夏天和他的族群蜂拥而上,把它撕成碎片,饱餐一顿,尽管吃的是半冻的腐肉,并且那只熊被吃时还在动。

山底下的他们有东西吃。上百种蘑菇长在这。白色盲鱼在黑色河水中游弋,煮熟后和有眼睛的鱼一样美味。和歌者分享洞穴的山羊为他们提供了奶酪和羊奶,这里甚至有些自长夏储备的燕麦、大麦和水果干。他们几乎每天都喝一种血色浓汤,里面有大麦、洋葱和肉块。玖建认为是松鼠肉,梅拉说是老鼠肉,布兰却不关心。反正是好吃的肉,煮过后鲜嫩可口。

洞穴内时间仿如凝固,广阔浩瀚,寂静无声。他们和六十多位活着的歌者,以及几千尸骨生活在一起,在巨大的山中空洞游荡。"人类不该在此闲逛。"叶子警告他们,"你听到的河流幽深湍急,一直向下流去,流向阳光照不到的地下海。此外,还有通向更深处的甬道、无底洞和神秘莫测的竖井,被遗忘的道路可以走到大地中心。很多地方甚至连我的族人也没能探明,而按人类的年份计算,我们已在这里居住了一百万年。"

尽管七大王国的人称他们为森林之子,叶子和她的族人却一点不像孩子。"森林中的小精灵"或许更合适。他们比人类小一号,正如狼比冰原狼小一号,但这不意味着他们是小孩。他们有坚果一样的深棕皮肤,像鹿般带着浅色斑点,他们耳朵很大,能听到人类听不到的声音。他们眼睛也很大，硕大的金色猫眼能看透布兰看不透的黑暗。他们的手只有三根手指和一根拇指，尖端不是指甲，却是尖锐的黑爪子。

并且他们一直在唱歌。他们用的源语，布兰听不懂，只觉声音纯净如冬日空气。"你们其他的族人上哪儿去了？"有次布兰问叶子。

"融入了大地中。"她回答，"和岩石、树木融为一体。在先民到来前，这片被你们称作维斯特洛的大陆是我们的家园，即便那时我们也人丁稀薄。诸神给了我们漫长的生命，却不让我们有太多人口，以防我们像丛林中没有狼群威胁的鹿那样过量繁殖。那是黎明之纪元，我们的太阳冉冉升起。现在太阳落下，我们的人数逐步减少。巨人也几乎绝迹，他们既是我们的敌手，也与我们同病相怜。西方山间的大狮子被杀光了，独角兽岌岌可危，猛犸象不过数百。冰原狼会比我们延续得久一点，但他们也终将灭绝。在人类造就的世界上，没有他们的生存空间，也没有我们的。"

她说起这些很悲伤，让布兰心有戚戚。事后他又想：换成人类，人类才不会悲伤。人类会愤怒。人类会憎恨，人类会发誓血债血偿。歌者唱着悲伤的歌，人类却会战斗与杀戮。

某日，梅拉和玖健决定不顾叶子的警告，去看看那条河。"我也要去。"布兰说。

梅拉怜悯地看了他一眼。河流在六百尺下方，得走过陡峭的斜坡和弯曲的小路，她解释说最后一段必须用绳子爬。"阿多背着你绝对爬不了。抱歉，布兰。"

恍然间布兰想到，若论攀爬，没人比他强，哪怕是罗柏和琼恩。为他们抛下他的举动，他想大吼大叫，更想号啕大哭。可他几乎长大成人了，因此什么都没说。等他们出发后，他进入阿多体内，跟他们一起去。

高大的马童不再像第一次那样反抗他——那是在狂风暴雨里的湖中高塔上——每当布兰进入他体内,阿多就像一只没了斗志的狗一样,蜷缩起来,把自己藏在内心深处,某个连布兰也触不到的地方。没人会伤害你,阿多,他对被占据了身体的大孩子静静地说。我只想变强壮一会儿。我会还给你的,一如既往。

他进入阿多体内时无人知晓。布兰只需微笑、服从,然后不停重复"阿多",就能跟随梅拉和玖建。于是他咧嘴开心地笑,没人怀疑他的身份。他总跟着他们,无论他们欢不欢迎。最终,黎德姐弟很庆幸他跟了上来。因为玖建虽可轻松地沿绳子下去,但在梅拉用捕蛙矛抓了只白色盲鱼,决定返回时,他的胳膊却开始打颤,没法爬上来。他只能将绳子系在身上,让阿多拽。"阿多,"他拽一下就哼一声,"阿多,阿多,阿多。"

新月当空,锐利轻薄如刀。夏天刨出一只盖满白霜的黑色断臂,手指还开开合合,在冻雪中钻来钻去。上面的肉足以填饱他空空如也的肚子,之后他更敲骨吸髓。直到这时,胳膊才明白自己死透了。

做狼的时候,布兰和夏天及夏天的族群一起享用野味;做鸟的时候,他跟随乌鸦们飞翔,在日落时盘旋于山间,观察敌人的动静,听凭冷冽的空气刮过羽毛;做阿多的时候,他探寻洞穴。他发现满是骸骨的石室,直通地底的竖井。有处洞顶悬挂着巨大的蝙蝠骨架。他甚至走过横跨深渊的细长石桥,在对面找到更多甬道和石室。一间石室住满歌者,他们都像布林登一样坐在鱼梁木根茎王座上,鱼梁木根穿过他们的身体,树与人浑然一体。他觉得他们大都死了,但当他经过他们面前,他们却睁开眼睛,跟随他手里火把的光芒。有个皱巴巴的嘴一张一合,似乎要说什么。"阿多。"布兰对他说,然后感到真正的阿多在黑暗深处躁动不安。

布林登君王坐在巨大洞穴中的树根王座上,半是尸体半是树,与其像人，不如说是扭曲的木头、老旧的骨头和腐烂的羊毛雕刻的恐怖塑像。他残破的脸孔上唯一有生气的是那只红眼睛，如同将熄火堆里最后一块煤，周围环绕着扭曲的根茎，枯黄头骨上仅挂着一点破碎的、皮革般的苍白皮肤。

他的样子仍会吓着布兰——鱼梁木的根须于他皱巴巴的身体里钻进钻出，蘑菇点缀在他脸上，白色细根从他空着的那边眼眶生出。男孩更喜欢熄灭火把，因为在黑暗中，他可以假装是三眼乌鸦在窃窃私语，而非某具会说话的可怕僵尸。

我迟早会和他一样。这想法让布兰惊恐万分。失去双腿已够糟了，难道他还注定要失去整个身体，余生都任由鱼梁木在体内生长，将自己穿得千疮百孔么？叶子告诉他们，布林登君王从树木中汲取生命。他不吃不喝，一直在睡，一直在梦，一直在看。*我是要当骑士的*，布兰想起来，*我热爱奔跑、攀爬和战斗。但那好像是一千年前的往事*。

他现在算什么？他不过是残废男孩布兰，史塔克家的布兰登——一个覆灭王国的王子，一座焦土城堡的君王，一片废墟的继承人。他曾以为三眼乌鸦法力无边，乃是可以治好他双腿的睿智老巫师，可他现在明白，那不过是孩子愚蠢的梦。我已过了幻想的年纪，他告诉自己，*一千只眼睛，一百种形态，和古树树根一样深沉的智慧。和成为骑士一样好。差不多一样好*。

月如黑洞，高挂天空。洞穴外，世事如常流转；洞穴外，太阳升起落下，月亮盈缺交替，冷风呼啸怒吼。在山底，玖建·黎德越来越阴沉孤僻，让他姐姐十分伤心。她常和布兰靠坐在小火堆旁，漫无边际地交谈，一边拍打睡在他们中间的夏天，这时她弟弟会去洞穴中独自游荡。天色好的时候，玖建甚至会爬到洞口，站上几小时，看向外面的森林。他裹着皮毛，仍冻得瑟瑟发抖。

"他想回家，"梅拉告诉布兰，"但他甚至不会试着反抗命运。他说绿色之梦一定会成真。"

"他很勇敢。"人唯有恐惧方能勇敢。很久很久以前那个夏雪的日子，他们发现冰原狼崽前，父亲教导过他，而他一直记得。

"他很愚蠢。"梅拉说，"我曾希望找到你的三眼乌鸦之后……现在我开始怀疑为什么来这里了。"

都是为了我。布兰心想。"因为他的绿色之梦。"他说。

"他的绿色之梦。"梅拉苦涩地重复。

"阿多。"阿多附和。

梅拉哭起来。

布兰憎恶自己的残废之身。"别哭。"他安慰道。他想搂住她，紧紧搂住她，就像他在临冬城受伤时，母亲抱他那样。梅拉就坐在那里，离他不过几尺，却如此遥不可及，像是在千里之外。想触碰她，布兰得双手撑地，拖着残废的腿爬行，而这里的地面粗糙坑洼，他不仅爬不快，还会磕破手臂。我可以进入阿多体内，他心想，让阿多抱住她，轻拍她的背。布兰觉得这想法有些异样，却难以自拔，然而梅拉忽然逃离了火堆，奔进黑暗的甬道。他听到她的脚步声渐行渐远，最后只剩歌者们的歌声。

新月当空，锐利轻薄如刀。时间如水，前仆后继流逝。白昼缩短，黑夜俱长。阳光再照不到山下的洞穴，月光也与石厅无缘，连群星都成了陌生人。那些东西毕竟属于地上世界，地上世界遵照自然铁律，日日夜夜轮转。

"到时候了。"布林登君王宣布。

他声线里某种东西犹如冰冷的手指划过布兰后背。"到做什么的时候了？"

"进行下一步。超越易形者，了解绿先知的真谛。"

"树木会教导你。"叶子说。在她示意下，被梅拉取名雪发的白发歌者走上前，手捧一只鱼梁木碗，碗上雕刻着十二张脸孔，好像心树上的脸。碗里装着黏稠刺鼻的白色膏体，夹着缕缕红丝。

"你得吃了这个。"叶子说着，递给布兰一个木勺。

男孩儿满腹狐疑地看着碗。"这是什么？"

"鱼梁木籽糊。"

这东西的样子让布兰恶心。他猜想那些暗红的丝是鱼梁木树汁，可在火把光芒下，看起来特别像血。他把勺子插进糊里，犹豫不决："这东西会让我变成绿先知？"

"是你的血脉使你成为绿先知。"布林登君王说，"这东西不过帮你唤醒天赋，让你与树木结合。"

布兰不想与树木结合……但也没人会跟残废的他结合啊。一千只眼睛，一百种形态，和古树树根一样深沉的智慧。绿先知。

他吃下去。

尝起来有点苦，但没有橡子糊苦。第一勺最难下咽，他差点吐回去。第二勺就好多了。第三勺甚至有些甜。接下来简直是狼吞虎咽。他怎觉得这个苦呢？明明尝起来像蜜，像新雪，像胡椒肉桂，像母亲给他的最后一吻。空碗滑下手指，掉在洞穴地上。"我没觉得有什么变化。接下来会怎样？"

叶子碰碰他的手。"树会教导你。树木都记得。"

她举起一只手，其他歌者开始在洞穴内四处走动，把火把逐个熄灭。

黑暗加深，涌向它们。

"请闭眼，"三眼乌鸦说，"改变形态，就像进入夏天那样。但这次你要试着融入根茎，跟随它们钻入大地，进入山上的树木中，然后告诉我你看到什么。"

布兰闭上眼睛，离开身体。融入根茎，他想，进入鱼梁木。成为树。陡然间，他看到黑暗笼罩的洞穴，听到下方奔腾的河流。

然后他回家了。

A SONG OF ICE AND FIRE

艾德·史塔克公爵坐在神木林幽深的黑水池旁苔藓爬盖的磐石上，心树苍白的根犹如老人坑坑洼洼的手臂围绕在他周围。巨剑寒冰斜躺于膝，他正用油布擦拭剑刃。

"临冬城。"布兰轻语。

他父亲抬起头。"谁？"他边问边转头……布兰被吓到了，赶紧抽身。于是父亲、水池和神木林淡去消失，他又回到洞中，回到像母亲一样抱着他的鱼梁木根茎王座里。鱼梁木的根苍白粗厚，他面前忽有支火把点燃。

"告诉我们你看到什么。"从远处看，叶子像个小女孩，跟布兰或他姐妹年纪相仿；但近处看她老多了。她说自己曾游走人世间两百年。

布兰口干舌燥，不由得吞了下口水。"临冬城，我回到了临冬城。我看到我父亲。他没死，没死，我亲眼看到了他。他也回到了临冬城，他还活着。"

"不。"叶子说，"他死了，孩子。不要试图从死亡中唤回他。"

"我亲眼看到了他。"布兰感觉脸颊碰上了粗糙的木头，"他在擦拭寒冰。"

"你看到了想看到的事。你内心渴望父亲和家园，于是你看到了。"

"想去看，先得学会如何看。"布林登君王说，"你刚才看到的不过是昔日之影，布兰，你通过你家神木林心树上的眼睛在看。树木的时间概念和人类不同。太阳、泥土和水，这些是鱼梁木理解的东西，而非一年、十年、百年。对人类来说，时间像一条长河，我们随波逐流，从过去直到现在，单向前进。树木的生命则不同。他们在同一个地方扎根、生长、死去，时间的河流无法让他们移动分毫。橡树就是橡子，橡子就是橡树。而鱼梁木……对鱼梁木来说,人类的沧海桑田不过短短一瞬。通过这扇门,你我均可窥见过往。"

"可是,"布兰又说,"他听到我说话。"

"他听到的是风中低吟,树叶摩挲。不管怎么努力,你都没法对他说话。我清楚这个,我也有自己的心病。我爱着一位兄弟,恨着一位兄弟,渴望着一位女人。通过树,我仍能看到他们,但我的话他们一个字也听不见。过去已经过去。我们可以引之为鉴,却终究无法改变它。"

"我还能看到父亲么?"

"等你熟练天赋,想看什么就看什么。树木曾看到的事,无论昨天、去年,甚至千年以前的,你都可以随心所欲地看。人类被束缚在永恒的当前,既看不穿记忆的迷雾,又游不过前方的阴影之海。有些飞蛾虽然朝生夕死,但对它们而言,那短短一瞬相当于我们的数年抑或数十年。橡树能活三百年,红木能活三千年,而鱼梁木若不受干扰,能永世长存。对它们来说,四季轮转不过弹指一挥间,过去即是现在,现在即是未来。假以时日,你的视线不会只局限在神木林中。歌者在心树上刻下眼睛来唤醒它们,那是绿先知最先学会利用的眼睛……但迟早你无须树木,亦可看得真切。"

"那要等到什么时候?"布兰急切地问。

"一年,三年,或十年。我无法预见。但我保证,迟早有这么一天。现在我累了,树木在召唤我。我们明天继续吧。"

阿多抱布兰回房,低声嘟囔着"阿多",跟上举火把走在前的叶子。布兰希望梅拉和玖建也在,好给他们讲自己的见闻,但岩石中的舒适凹室却空荡荡、冷清清的。阿多把布兰放在床上,盖上毛皮,然后为大家生火。一千只眼睛,一百种形态,和古树树根一样深沉的智慧。

布兰看着火焰,决定一直等梅拉回来再睡。他知道玖建会不满意，但梅拉一定很高兴听他说话。

他不记得自己何时闭上了眼睛。

……他莫名其妙又回到了临冬城，在神木林中俯视父亲。这次艾德公爵看起来要年轻许多，头发还是棕色，并无灰丝夹杂。他低着头。"……让他们像亲兄弟一样互敬互爱。"他祈祷，"愿我夫人能真心原谅……"

"父亲。"布兰的声音化作风中低语，树叶轻吟，"父亲，是我啊。是布兰。布兰登。"

艾德·史塔克抬起头，久久注视着鱼梁木。他眉头紧皱，但并未说话。他看不到我，布兰绝望地意识到。他想伸手触碰父亲，却发现能做的只有旁观和倾听。我在树里，心树里，通过它的红眼睛看世界。鱼梁木不能说话，所以我也不能。

艾德·史塔克继续祈祷。布兰觉得泪水溢满眼眶。但那是他的泪水，还是鱼梁木的？如果我哭出来，心树会不会流泪？

父亲剩下的祷词被突如其来的木头敲打声淹没。艾德·史塔克像朝阳下的晨雾般消融，换成两个孩子在神木林里雀跃，挥舞破树枝互相攻打。女孩年长，个子也更高。艾莉亚！布兰热切地想，一边看她跳到岩石上，朝男孩劈砍。不对。如果女孩是艾莉亚，男孩就该是布兰自己，可他没留过那么长的头发。而且艾莉亚比剑没赢过我，这女孩却把对手一顿好揍。她击中男孩的大腿，下手之重，打得他下盘不稳，跌进水池，不停地扑腾尖叫。"小声点，笨蛋。"女孩扔掉手里的树枝，"不过是水啦。你想让老奶奶听见然后告诉父亲么？"她跪下来，把弟弟从池子里拉出。但男孩出来之前，两人都消失了。

影像越闪越快，让布兰迷惑眩晕。他再没看到父亲，也没看到像艾莉亚的女孩，却看到一个怀孕的裸女湿淋淋地从黑水池中出来，跪在树前，祈祷旧神给她一个可以替她复仇的儿子。随后出现了一个像长矛一样瘦的棕发女孩，踮起脚尖，吻上一名和阿多一样高的骑士的双唇。一个有深色眼睛、肤色苍白、气势汹汹的年轻人折下三根鱼梁木枝，削成箭矢。树木在缩小，随着影像变幻逐渐缩小，有些小树甚至缩成了树苗，最后消失，然后被其他树取代，然后那些树也变小，接着再消失。现在出现在布兰面前的领主更为高大威猛，全是身披毛皮和锁甲的硬汉。其中有些人的脸曾被铭刻在墓窖中的石像上，但没等布兰认出来，他们就全部消失了。

他看到一个大胡子强迫一名俘虏跪在心树前，一位白发女穿过暗红树叶走来，手握一柄青铜镰刀。

"不，"布兰说，"不，不要。"但和他父亲一样，他们也听不到他的话。女人抓住俘虏的头发，用镰刀挂住俘虏的脖子，狠狠一划。穿越千年的迷雾，残废男孩只看到男人的双脚在泥土中踢打……同时他的生命随着倾泻的红潮流失殆尽。

布兰登•史塔克品尝到鲜血的味道。

琼恩

整整七天昏昏沉沉的大雪之后，太阳终于在接近午时破云而出。有的地方雪堆得比人还高，好歹道路在事务官们的整日清扫下，还算通畅。长城反射日光，每条裂缝和罅隙都闪着淡蓝光芒。

琼恩•雪诺站在七百尺高的绝顶，俯视鬼影森林。北风卷过脚下的树林，将树冠上轻薄的冰晶纷纷吹落，犹如展开一面面冰旗。除此之外一片沉寂，了无生机。但他并不能完全放心。他怕的不是活物。即便如此……

云开日现，风雪已停。再赶上这么好的机会得等一月，甚至一季。"让伊梅特集合新兵。"他吩咐"忧郁的"艾迪，"准备护卫队，十名装备龙晶武器的游骑兵。我希望他们一小时内启程。"

"是，大人。谁来指挥？"

"我亲自来。"

艾迪的嘴往下撇得比往常更厉害。"有人会说司令大人安全暖和地待在长城后面更好——不是我说的啊，但有人会这么说。"

琼恩笑了。"最好别当我面说。"

一阵疾风吹把艾迪的斗篷吹得呼呼作响。"还是下去吧，大人。这风想把我们推下去，可我还没学会飞啊。"

他们乘铁笼返回地面。狂风呼啸，宛如小时候老奶妈故事里冰龙的吐息。沉重的铁笼摇摇晃晃，好几次擦上长城，刮下细小晶莹的冰晶，在阳光中闪耀飞舞，好似破碎的玻璃。

玻璃，琼恩沉思，或许有用。黑城堡需要临冬城的玻璃花园，那样在深冬也可种菜。最好的玻璃产自密尔，但纯净的整幅玻璃价钱等重于香料，绿玻璃和黄玻璃又不顶用。说来说去还是钱。只要有足够的金子，我们就能把吹玻璃的学徒和熟练玻璃工从密尔请到北境，以自由为代价让他们传授技术。这样做行得通。只要有金子。可惜我们一贫如洗。

长城脚下，白灵在雪堆里打滚。大个儿冰原狼似乎很喜欢新雪。他看到琼恩，便跳起来，抖掉残雪。"忧郁的"艾迪说："他和您同去？"

"是的。"

"他是匹聪明的狼。我呢？"

"你不用去。"

"您是位明智的领导。白灵是更好的选择，我可没利齿来撕咬野人。"

"若诸神保佑，我们不会碰上野人。我骑那匹灰色阉马。"

消息在黑城堡里传得飞快。波文·马尔锡踏着重重的步子来马厩见琼恩时，艾迪还在为灰马备鞍。"大人，我希望您慎重考虑，新人可以轻松地在圣堂宣誓。"

"圣堂是新神的家，而旧神居住在森林里。尊崇旧神的人得在鱼梁木下发誓。你跟我一样清楚。"

"纱丁来自旧镇，艾隆和艾蒙克来自西境。他们不属于旧神。"

"我没有强迫大家信仰什么神，大家可以自由选择七神，抑或红袍女的光之王。既然他们选择了树，就得接受相应的考验。"

"哭泣者可能还在外面候着呢。"

"即便下雪，去小树林也不到两小时骑程。我们半夜前就能回来。"

"这太久了，不明智。"

"是不明智，"琼恩说，"但很必要。这些人要把生命献给守夜人，加入延续数千年不动摇的兄弟会。誓言重要，传统也重要，是它们将我们凝聚在一起，无论尊贵低贱，年幼老迈，卑鄙高尚。它们让我们做兄弟。"他拍拍马尔锡的肩膀，"我保证，我们会回来。"

"是啊，大人。"总务长说，"但回来的是活人，还是挖出眼睛插在枪上的首级呢？您回来时已是黑夜，有些地方的积雪有齐腰深。我知道您带的都是老手，这敢情好，但黑杰克布尔威也熟悉这片森林，您叔叔班杨·史塔克也——"

"我有他们没有的东西。"琼恩转过头，打个呼哨。"白灵，过来。"冰原狼抖掉背上的雪，小跑到琼恩身旁。游骑兵们为他让路，一匹母马嘶鸣起来，向外躲避，罗里使劲拽缰绳才控制住。"长城是你的了，波文大人。"他拽着马缰，牵马走向大门，通过蜿蜒狭窄的冰隧道。

冰墙之外，高大的树木安静伫立，满目银装素裹。游骑兵和新兵们整队时，白灵一直在琼恩的马旁绕来绕去，停下来不断嗅探，吐息在空气中凝成白霜。"怎么了？"琼恩问，"有人？"他目力所及的森林空无一人，但他实在看不了多远。

白灵冲向森林，从两株披着厚厚白斗篷的松树间钻过，消失在一片白雪中。他想打猎，但猎什么呢？琼恩不像担心自己的队伍那样担心冰原狼。白林里的白狼，静如影，野人发现不了他。他也不用找，白灵想回来自会回来，急也没用。

于是琼恩轻踢马腹，率领大家进发，他们胯下矮种马的蹄子踏碎地表的冰层，陷入下面的软雪中。他们踏着稳健的步伐，走入森林，长城在身后慢慢缩小。

士卒松和哨兵树被厚厚的积雪覆盖，冰柱从阔叶木光秃秃的褐色枝干上垂下。尽管去白木林的小路早被踩了出来，琼恩还是派大麦汤姆前去侦查，大里德尔和长镇的卢克也钻入森林，分头去东西两面,担任队伍侧翼的警戒斥候。这三个都是老到的游骑兵,装备了铁刃和龙晶,马鞍上挂着号角,需要时可以求助。

其他游骑兵也是好样的。至少打起仗来是好样的,个个忠诚。他们来长城之前做过什么琼恩不想探究,很多人的经历无疑跟他们身上的斗篷一样黑;但在这里,他们全是可以托付后背的兄弟。凛冽的寒风撕扯着兜帽,有人用围巾遮脸,但琼恩仍能认出他们,每个名字都铭记在心。他们是他的部下,他的兄弟。

还有六个人骑马跟随——有老有少,有高壮也有瘦弱的,有老手也有菜鸟。六个即将发下誓言的人。马儿在鼹鼠村出生长大,艾隆和艾蒙克是仙女岛人,纱丁来自维斯特洛另一头的旧镇的妓院,这四个都是男孩。皮革和贾克斯是成年人,四十好几了,他们从前就生活在鬼影森林,已有了子孙后代。琼恩•雪诺去鼹鼠村动员那天带回六十三个野人,到目前为止,只有他俩愿意披上黑衣。埃恩•伊梅特认为他们准备好了,或者说"再怎么准备也就这样了"。他和琼恩及波文•马尔锡一起挨个考量,为他们分配合适的职业:皮革、贾可斯与艾蒙当游骑兵,马儿做工匠,艾隆与纱丁为事务官。现在,发下誓言的时刻到了。

埃恩•伊梅特骑在队列前端,他胯下的马是琼恩毕生所见最丑的,除开蹄子就是长毛。"据说昨晚婊子塔出了点乱子。"教头道。

"是哈丁塔。"从鼹鼠村跟他回来的六十三个野人里,有十九个女人或女孩。琼恩把她们安置在他初到长城时住的那座废塔中。她们中有十二名矛妇,完全能保护自己和女孩们,阻止黑衣人可能的骚扰。被拦在门外的黑衣弟兄给哈丁塔改了个淫秽的新名字,这种玩笑琼恩决不容忍。"三个愚蠢的醉汉把哈丁塔当成了妓院,仅此而已。他们被打入冰牢,忏悔过错。"

埃恩•伊梅特扮个鬼脸。"人是人,誓言是誓言,而言语就像风。你应该派人守卫那些女人。"

"那谁来守卫那些守卫呢？"你什么都不懂，琼恩·雪诺，耶哥蕊特是他的老师，而他学到了这个教训。如果连他都不能守住誓言，怎能强求弟兄们？但觊觎女野人太危险了。男人要么占有女人，要么得到匕首，耶哥蕊特曾告诉他，两者必得其一。波文·马尔锡并非全错，哈丁塔现在一点就着。"我打算再开放三座堡垒，"琼恩说，"深湖居、黑貂厅和长车楼。这些堡垒由自由民驻守，我只安排指挥官领导。其中长车楼除了指挥官和总务官，全是女人。"他知道没法彻底禁止见不得人的勾当，但距离至少会增加难度。

"哪个可怜傻瓜去当这差？"

"此刻跟我并辔而行的人。"

埃恩·伊梅特脸上闪过兴奋和惊恐混合的神情，仿佛比见了一袋黄金还刺激。"大人，我怎么得罪你的，让您如此恨我？"

琼恩哈哈大笑。"别怕，你并不孤单，我打算让艾迪去做你的副手和事务官。"

"矛妇们得高兴坏了。不过说实话，你应当派那个马格拿去管一座城。"

琼恩笑容隐去。"我不敢信任他，恐怕赛贡仍把父亲的死归咎于我。更糟的是，他生来接受的训练是怎样发号施令，而非听别人指手画脚。不要把瑟恩人和自由民混为一谈，有人跟我说，马格拿在古语中的意思是'领主大人'，斯迪在他的人民眼里甚至近乎于神。虎父无犬子，我不需要他们跪拜，但他们得听话。"

"是啊，大人，但你总得跟马格拿打交道。要是忽视他，瑟恩人会惹麻烦。"

总司令总有处理不完的麻烦，琼恩差点脱口而出。鼹鼠村之行给他带来了太多麻烦，那些女人不过是细枝末节。哈尔克正如他担忧的那样凶猛好斗,黑衣兄弟里也有人恨自由民恨得深入骨髓。一名哈尔克的手下在校场上切掉了一名工匠的耳朵,这很可能是大规模流血的前奏。他得尽快开放那些古老的堡垒,好把哈犸的哥哥调去深湖居或黑貂厅。但眼下,那些堡垒完全不宜居住,而奥赛尔•亚威克的工匠们还在修复长夜堡。有些晚上,琼恩•雪诺反复思索:阻止史坦尼斯屠戮野人是不是个天大的错误?我什么都不懂,耶哥蕊特,他心想,或许永远都不懂。

离树林尚有半里路,秋阳拖出长长的红光,穿透光秃的枝桠,将积雪染成粉色。他们骑马经过一条封冻的小溪,冰雪覆盖的石岸犬牙参差,他们又沿弯弯拐拐的兽径行向东北。每当朔风吹起,空中便雪花乱舞,刺痛眼睛。琼恩拉起围巾,遮住嘴巴鼻子,又戴上斗篷兜帽。"不远了。"他鼓励大家,但没人回应。

琼恩在看到大麦汤姆前先闻到了他的气味。或是白灵闻到了?近来琼恩•雪诺即便清醒时,也总觉得自己和冰原狼合二为一。魁梧的白狼率先出现,甩掉身上的雪。没多久,汤姆现身。"野人,"他轻声报告琼恩,"林子里。"

琼恩让众人停下。"多少?"

"我看到九个,没守卫。有些可能死了,要么就是在睡觉。看上去大部分是女的。有个孩子,但也有个巨人。我就看到这些。他们生了堆火,烟从林子里冒出来。一群白痴。"

九个,我有十七人。但其中四个只是男孩,并且我没有巨人。

然而琼恩并不打算退回长城。若这些野人活着,说不定能招募;即便死了,嗯……一两具尸体也有些用处。"徒步前进。"他轻盈地跃下马,落在冰冻的地面上,雪没过脚踝。"罗里,佩特,看着马。"他本可让新手们看马,但他们急需战斗洗礼。这是个好机会。"散开,围成半圆,三面包围树林。要始终留意左右的人,别让间距过宽。积雪能掩盖脚步声,若我们攻其不备,就可兵不血刃。"

黑夜迅速降临，最后一缕阳光也被西方的森林吞噬，林中光线消失得无影无踪。粉雪终归纯白，仿佛被夜幕吸干了色彩。入夜的天空呈现淡灰，好像被浆洗太多次的老旧斗篷，随后头几颗星星羞涩地现形。

前方有一根暗红叶冠笼罩的苍白树干。只可能是鱼梁木。于是他探手从背后抽出长爪，左右环顾，向纱丁和马儿点头示意，他们又把消息传递给旁边的人。接着大伙儿一起冲向树林，陈雪掩盖了脚步声，只听见彼此的喘息。白灵跟他们一起奔跑，犹如一道白影傍在琼恩身旁。

鱼梁木在空地边缘围成一圈，一共九棵，大小年龄相差无几。每棵树上都雕着一张脸，无一雷同。有的在微笑，有的在尖叫，有的冲他咆哮。深沉的暮霭中，它们的眼睛是黑的，但琼恩知道，日光下那些眼睛如血一般红。就像白灵的双眼。

林中火堆十分微弱，灰烬里闪着奄奄一息的火苗，几根冒烟的断枝要死不活地闷燃着。即便如此，也比在它周围蜷缩的野人更有生命力。当琼恩冲出森林时，只有那个孩子发现了。他号哭起来，抓住母亲的破斗篷。女人抬起眼，倒抽一口气。林子被游骑兵包围了，他们穿过枯骨般的白树，黑手套中的钢铁闪着寒光。一场屠杀似乎不可避免。

巨人最后才发现他们。他蜷在火堆旁睡着了，最后才被吵醒——被孩子的哭声，被黑皮靴踏碎雪块的声音，被突然的吸气声。犹如一块巨石有了生命，他打着哈欠坐起来，用大如火腿的手揉着睡意惺忪的眼睛……直到看到埃恩·伊梅特和他手里闪闪发光的长剑。于是他咆哮着一跃而起，巨手高高抄起槌子。

白灵龇牙威吓。琼恩抓住白灵的颈毛，阻止冰原狼。"我们无意开战。"他明白自己的手下足以放倒巨人，却会付出血的代价。而一旦见血,野人们也会加入战团。他们或许逃不过全军覆没的下场,但黑衣弟兄也会有所损伤。"这是神圣之地。投降吧,我们——"

巨人再次咆哮,吼声让树叶颤抖。他用巨槌槌地,巨槌把手是六尺长的粗糙橡木,槌头则是一条面包那么大的巨石。这一槌让大地跟着晃,几个野人开始找武器。

琼恩·雪诺正待抽出长爪,却听皮革在林子另一头说话。话带鼻音,十分粗哑,但琼恩听出里面的韵律,明白这是古语。皮革说了很久,他话音一落,巨人便出声回答。巨人的声音听起来像在吼,夹杂着咕噜声,琼恩一个字都不懂。只见皮革指指鱼梁木,又说了些什么,巨人也指指心树,磨着牙,放下槌子。

"好了,"皮革说,"他们不打。"

"干得好。你跟他们说了什么?"

"我说那些也是我们的神。我们是来祈祷的。"

"我们确实是。大家都放下兵器,今晚这里不准流血。"

大麦汤姆说有九人,确实是九人,只是有两个已经死了,另一个非常虚弱,估计挺不到天明。剩下的六人包括一对母子,两个老人,一名穿着破旧青铜甲、受了伤的瑟恩人,还有一名硬足民,这人的光脚冻伤严重,琼恩一看就知道他再不能走路了。随后琼恩得知,他们来这片林子前基本互不认识。史坦尼斯击溃曼斯·雷德的队伍后,他们逃进森林,以躲避屠杀,游荡了一段时间后,因为饥饿与寒冷失去了朋友和亲人,最后筋疲力尽地到此,再也无力前进。"诸神在此,"其中一位老人说,"这是最好的长眠之所。"

"往南走几小时就能到长城。"琼恩说,"何不去那里寻求庇护?其他人都投降了,包括曼斯。"

野人们交换着眼神。最后有人说:"我们听说了。乌鸦烧死了俘虏。"

"连曼斯也不放过。"女人补充。

梅丽珊卓，琼恩想，你和你的红神要对此负责。"愿意跟我们回去的，我们都欢迎。黑城堡能提供食物和住处，长城能保护你们不受林中出没的白鬼伤害。我向你们保证，没人会被烧死。"

"乌鸦的话。"女人把孩子抱得更紧，"你凭什么保证？你是谁？"

"守夜人军团总司令，临冬城艾德•史塔克之子。"琼恩转向"大麦"汤姆。"让罗里和佩特牵马过来。该办的事办完后，我不想在这多待。"

"遵命，大人。"

他们只剩一件事要办，那也是此行的目的。埃恩•伊梅特唤出新兵们，其他人离开适当的距离围观。新兵们跪在鱼梁木前，白昼的光线已彻底消散，唯有头顶的星光及林子中央微弱的暗红火堆。

他们拉起黑色兜帽，披着厚厚的黑斗篷，犹如六个阴影雕刻的塑像。他们同声念诵，在广袤的黑暗中却渺小如斯。"长夜将至，我从今开始守望。"宣誓一丝不苟，一如此地举行过的上千次仪式。纱丁的声音甜美如歌，马儿的声音喑哑迟疑，艾隆的声音则焦虑尖锐，"至死方休。"

但愿我们都不会横死。琼恩•雪诺单膝跪在雪地。父亲的神祇啊，请保佑这些人，也请保佑艾利亚小妹，无论她身在何方。我向你们祈祷，请让曼斯找到她，并安然无恙地带她回来吧。

"我将不娶妻，不封地，不生子。"新兵们庄严发誓，应和着千百年中无数前辈，"我将不戴宝冠，不争荣宠。我将尽忠职守，生死于斯。"

树上的神啊，请赐予我力量，让我能坚守誓言，琼恩•雪诺默默祈祷，赐予我智慧，让我知道何去何从；赐予我勇气，让我敢作敢为。

"我是黑暗中的利剑。"六个人继续念道。琼恩觉得他们的声音有所变化——变得更加坚定有力。"我是长城上的守卫,抵御寒冷的烈焰,破晓时分的光线,唤醒眠者的号角,守护王国的坚盾。"

守护王国的坚盾。白灵用鼻子拱着琼恩的肩膀,琼恩伸手环住他。他嗅到马儿没洗过的马裤的味道,纱丁精心梳理的胡子上涂抹的甜香,此外还有浓郁的恐惧和巨人强烈的体味。他听到自己的心跳。他的视线越过林子,看到怀抱婴孩的女人,两名灰胡子老人,双脚残废的硬足民。

他看到的都是人。

"我将生命与荣耀献给守夜人,今夜如此,夜夜亦然。"

琼恩•雪诺率先起身。"起来吧,守夜人的汉子。"他伸手将马儿拉起。

寒风吹起,该离开了。

回程比来时漫长得多。首先巨人就走得太慢,尽管他有粗壮的长腿,可总停下来用槌子敲打低处树枝的积雪。女人与罗里同骑,她的儿子由大麦汤姆带,两位老人则分别和马儿、纱丁共乘。瑟恩人怕马,受伤的他宁愿一瘸一拐跟在后面。硬足民没法上马鞍,只能像袋大麦一样被绑在矮种马背上;那个脸色苍白、四肢干枯的老妪也照此办理,虽然她可能永远醒不来了。

他们把两具尸体也带上了,这让埃恩•伊梅特费解。"只会拖慢速度,大人,"他对琼恩说,"我们应当碎尸之后烧掉。"

"不。"琼恩说。"带上。我有用。"

回程没有月光指引,只偶尔瞥见几颗星。黑白混杂的世界一片静谧,他们似乎踏上了冗长缓慢的无尽之旅。积雪紧附在靴子和裤子上,狂风摇晃松树,吹得斗篷噼啪作响,翻卷飞扬。红色流浪星挂在天际,透过参天大树光秃的树枝,注视着他们在下方穿行。盗贼星，自由民这样称呼它。耶哥蕊特一直坚持，当盗贼星侵入月女座，正是男人偷女人的吉时。可她没说过何时是偷巨人的吉时。还有两具尸体。

他们见到长城时，天几乎亮了。

一名哨兵吹起号角相迎，号声从长城绝顶传来，好像某种嗓音低沉的巨鸟的悲鸣。一声号角代表兄弟归来。大里德尔解下战号，吹响回应。在大门口，他们停了一会儿，等待忧郁的艾迪·托勒特撤下门闩，打开铁栅。艾迪看到衣衫褴褛的野人，不由得努努嘴，又细细打量了巨人好一会儿。"我觉得隧道里得上点黄油润滑，大人，要我派人去厨房拿么？"

"噢，我觉得他能过去。不用黄油。"

他确实能过去……双膝双手着地爬过去。委实是个大家伙，至少十四尺高，甚至比强壮的玛格还高大。玛格正是死在这冰下隧道，和唐纳·诺伊同归于尽。铁匠是好样的，守夜人近来失去了太多好样的弟兄。琼恩将皮革拉到一旁。"你会说他的语言，你负责照顾他。让他吃饱，给他找个能烤火的暖和住处。记住，待在他身边，不要让人招惹他。"

"好的，"皮革有些犹豫，"大人。"

琼恩让幸存的野人都去处理剑伤和冻伤，希望热腾腾的食物和暖和的衣物能让他们恢复，但硬足民失去双脚在所难免。他让人把尸体放进冰牢。

琼恩把斗篷挂在门边钉子上时，注意到克莱达斯来过，书房桌上留了一封信。东海望还是影子塔，他一开始这么猜测。但封蜡不是黑色，而是金色，还印有烈焰红心中的雄鹿头图案。史坦尼斯。琼恩捻碎硬蜡，展开羊皮纸。学士的笔迹，国王的语气。

史坦尼斯已拿下深林堡，山地氏族支持他。菲林特、诺瑞、渥尔、里德尔，全部。

我军有意外的援手——熊岛之女，身手不凡。她名叫亚莉珊·莫尔蒙，被称为母熊。她将战士隐藏在一群渔船中，出其不意地袭击铁民搁浅停靠的长船。结果葛雷乔伊的长船要么被烧毁，要么被缴获，上面的铁民不是战死就是投降。那些船长、骑士、有名望的战士和其他出身高贵的人留着收取赎金或派其他用场，剩下的我准备吊死……

守夜人发下誓言，在王国的纷争中不偏不倚。尽管如此，琼恩·雪诺仍感到相当满足。他继续读。

……胜利的消息传开后，更多北境人加入我方，包括渔民、自由骑手、山区居民，狼林深处的小农户，为躲避铁民之祸而背井离乡的磐石海岸村民，以及临冬城外那场战斗的幸存者，那些曾效忠于霍伍德家、赛文家和陶哈家的人。我写信时，军队已有五千规模，并与日俱增。我们收到消息，卢斯·波顿集结所有兵力向临冬城进发，要在那里举办他的私生子和你同父异母妹妹的婚礼。我不能让他盘踞临冬城，因此必有一战。阿尔夫·卡史塔克和莫斯·安柏会出兵支援。可能的话，我会解救你妹妹，并给她找个比拉姆斯·雪诺好的归宿。在我返回之前，你和你的弟兄们务必守住长城。

信末用不同的笔迹签名：

奉承真主明光照耀，安达尔人、洛伊拿人和先民的国王，七国统治者与全境守护者，拜拉席恩家族的史坦尼斯一世封印手书。

琼恩将信放到一旁，羊皮纸重新卷起来，似乎急于守护里面的秘密。琼恩不太确定自己对信中内容的感受。临冬城以前也曾成为战场，但只限于史塔克家的内战。"城堡如今是一具空壳，"他自言自语，"它不是临冬城，只是临冬城的鬼魂。"一想到这个，琼恩就痛苦不已，大声说出来心里更难受。不过……

他很好奇，老鸦食会带多少人参战，阿尔夫·卡史塔克又能提供多少战士。安柏家的另一半人马在妓魔麾下，服膺于恐怖堡的剥皮人旗，而上述两家的主力之前随罗柏南征，一去不回。另一方面，临冬城即便已成废墟，依然易守难攻。劳勃·拜拉席恩应能立刻看清利害关系，当机立断靠他最擅长的日夜兼程急行军来抢占城堡。问题是他弟弟有这胆略吗？

不大可能。史坦尼斯是个谨慎的指挥者，况且他的军队鱼龙混杂，由山地氏族、南方骑士、王党与后党，外加少数北方领主组成。他要么迅速前往临冬城，要么压根别去，琼恩心想。他没有立场来为国王出谋划策，但……

他又看了一眼信。可能的话，我会解救你妹妹。史坦尼斯如此多愁善感让人惊讶，尽管带有"若可能"这残忍的前提，还附加了"给她找个比拉姆斯·雪诺好的归宿"的条件。但要是艾莉亚没在那儿呢？要是梅丽珊卓女士在圣火中所见是真呢？要是小妹真能从恶人手中逃出呢？她怎么逃？艾莉亚纵然敏捷机灵，终究是个小女生，而卢斯·波顿绝不会让这无价之宝从眼皮底下溜走。

或许波顿根本没得到他的小妹？这场婚礼不过是诱使史坦尼斯踏入的陷阱。就琼恩所知，恐怖堡伯爵从没让艾德·史塔克失望，但艾德公爵从不信任他，尤其厌恶他轻言细语的说话方式和苍白暗淡的眼珠。

垂死的马驮着灰衣女孩，逃离了别人强加的婚礼。这些话的魔力，让他把曼斯·雷德和六名矛妇释放进北境。"要年轻漂亮的。"曼斯说。这位未焚之王说了几个名字，忧郁的艾迪便去鼹鼠村把她们悄悄带来。他当时一定疯了，他应该在曼斯显露身份时将其处决。

尽管不愿承认，琼恩确实有些欣赏塞外之王，这个背誓者和变色龙；他更不信任梅丽珊卓，现在却将全部希望寄托在他们身上。都是为了我的小妹。哪怕守夜人的汉子没有妹妹。

小时候在临冬城，琼恩的英雄是少龙主，那位十四岁便征服多恩领的小国王。尽管琼恩·雪诺是个私生子——抑或正因他是个私生子——他仍然梦想像戴伦王那样，领导人们为荣誉而战，成为征服者。现在他长大成人，长城是他的了，但他拥有的只有疑虑。

他甚至无法征服内心的疑惑。

丹妮莉丝

营地恶臭熏天,丹妮差点呕吐。

巴利斯坦爵士皱起鼻子:"这儿乌烟瘴气,陛下不该来。"

"我是真龙血脉,"丹妮提醒他,"你见过真龙得血瘟么?"韦赛里斯以前常告诉她,坦格利安家人不受常人会染的瘟疫困扰。照她的经历来看,这话说得没错。她经受过寒冷、饥饿和恐惧的折磨,但从未生病。

"即便如此,"老骑士坚持,"我觉得陛下还是回城较为妥当。"弥林城多彩的砖墙就在身后半里处。"自黎明之纪元以来,血瘟毁灭了无数军队。陛下,让我们来分发食物吧。"

"明天再交给你们。我既然出来了,就不会回头。"她脚踢小银马,其他人只能跟上。乔戈在前,阿戈和拉卡洛在后,把她紧紧围住,手握长长的多斯拉克皮鞭,以防病患和垂死的人靠得太近。巴利斯坦爵士骑一匹斑点灰马走在她右侧,她左侧则是自由兄弟会的"疤背"西蒙与龙之母仆从的弥桑洛。六十名骑手紧跟在后,负责押送粮车,其中有多斯拉克人、兽面军和自由民——他们的共同点只有对这项任务的厌恶。

病怏怏的阿斯塔波人蹒跚着跟上,每前进一码队伍后面的"尾巴"都在膨胀。一些人说着丹妮听不懂的话,其他人则一言不发。许多人向丹妮伸手,或在她经过时跪在小银马下。"母亲。"他们用阿斯塔波语、里斯语、古瓦兰提斯语、喉音很重的多斯拉克语、流水般清澈的魁尔斯语,甚至维斯特洛的通用语呼唤。"母亲,求求您……母亲,帮帮我妹妹,她病得很重……给我孩子点儿吃的吧……求求您，我家老父……帮帮他……帮帮她……帮帮我……"

我无能为力，丹妮绝望地想。阿斯塔波人无处可去，数以千计地滞留在弥林厚厚的城墙外——男人、女人、老人、孩子，小姑娘以及刚出生的婴儿。许多人病了，所有人都忍饥挨饿，难逃一死。丹妮不敢放他们进城，只能尽力而为。她派来医者、蓝圣女、吟咒师和外科师傅，但这帮人用尽浑身解数，也放不缓苍白母马的脚步，有些人甚至反被传染。把病人和健康人隔离的想法最终也被证明不切实际。她的坚盾军曾不顾阿斯塔波人的哭号踢打及乱扔的石块，拆散夫妻、母子。然而几天后，病人相继死去，健康人仍会染疾。隔离毫无效果。

喂饱他们也日益艰难。她每天都尽力运输，但难民人数与日俱增，粮食储备却天天缩减，愿去派发食物的人也越来越难找。太多去营地的人回来便病倒了，还有人回城途中遭到袭击。昨天便有辆货车被掀翻，两名护送士兵被杀害，因而今日女王决定亲自布施。她的臣僚全都激烈反对，从瑞茨纳克到圆颅大人再到巴利斯坦爵士无不如此，但丹妮决心已定。"我不能不闻不问，"她倔强地说，"女王必须了解人民的疾苦。"

他们唯一不缺的就是疾苦。"很多人是从阿斯塔波骑马来的，但现在几乎一匹骡子、一匹马都不剩了。"弥桑洛报告丹妮，"全被吃了，陛下，连同能捕到的田鼠和野狗。现在他们开始吃死人。"

"人不能同类相食。"阿戈说。

"大家都知道。"拉卡洛赞同，"他们会被诅咒。"

"他们还怕诅咒么？"疤背西蒙斥道。

肚子浮肿的孩童尾随着队伍，由于太虚弱，抑或太恐惧，甚至没法开口乞讨。眼眶凹陷的憔悴男子蹲坐在沙石间，奄奄一息地拉出红红棕棕的稀屎。很多人一丝力气都没有，根本爬不到丹妮令他们挖出的粪沟旁，只能睡哪儿就拉在哪儿。两个女人为一根烤焦的骨头大打出手，旁边有个十岁男孩站着吃老鼠——他一手抓着老鼠吃，另一只手握紧削尖木棍，以防别人觊觎他的战利品。尸横遍野。丹妮看到一个男人盖了件黑斗篷趴在地上，但等她骑马经过，斗篷霎时化为无数苍蝇。骨瘦如柴的女人坐在地上，紧紧抱住死婴。

所有人都看着丹妮，还有力气开口的喊道："母亲……求求您，母亲……祝福您，母亲……"

祝福我，丹妮苦涩地想，你们的城市化做骨和灰，你们的人民纷纷死去。而我不能提供庇护，不能救死扶伤，不能带来希望。我只有陈面包和生虫的肉，硬奶酪与一点牛奶。祝福我，祝福我。

什么样的母亲没有奶水喂养孩子？

"尸体太多，"阿戈说，"应该烧掉。"

"谁来烧呢？"巴利斯坦爵士问。"血瘟无处不在，每晚都有上百人死去。"

"触碰死者会带来厄运。"乔戈说。

"大家都知道。"阿戈和拉卡洛同声附和。

"可能吧，"丹妮说，"但这事必须办。"她想了一下。"无垢者不怕尸体。我会交代灰虫子。"

"陛下，"巴利斯坦爵士劝道，"无垢者是您最好的战士，千万不能让瘟疫在他们中间传播。就让阿斯塔波人自己埋葬死者吧。"

"他们太虚弱了。"疤背西蒙指出。

丹妮说："食物能让他们强壮。"

西蒙摇摇头。"不该在将死之人身上浪费食物，圣上，活人都吃不饱。"

丹妮知道他说得没错，但"没错"不能让这些话变得更轻松。

"够远了，"女王下令，"就在这儿分发食物。"她举起一只手，身后的大车相继停下，骑手们四散开去，以防阿斯塔波人哄抢食物——队伍刚停下，人群便蜂拥而至，越来越多的病人也一瘸一拐地围上来。骑手将他们截住。"站好队，"他们大喊，"别挤。后退。后退。人人都有面包。站好队。"

丹妮只能坐着观望。"爵士，"她对巴利斯坦·赛尔弥说，"就不能多做点事？你手里有补给。"

"补给是留给女王陛下的士兵的，我们很可能要面对长期围困。暴鸦团和次子团或能给渊凯人点苦头吃，但绝对无法退敌。若陛下准我整军出击……"

"一定要战的话，我宁愿待在弥林城内，让渊凯人先跟城墙试试。"女王在马上巡视周围，"均分食物……"

"……阿斯塔波人会在几天内吃光他们那份，而我们用来抵御围困的存粮会变少。"

丹妮的视线穿过营地，望向弥林的多彩砖墙。空中充斥着苍蝇与哭号。"诸神送来这场瘟疫考验我。死了这么多人……我不会听任他们吃尸体。"她召来阿戈。"骑回城门，让灰虫子带五十名无垢者过来。"

"卡丽熙。汝血之血遵命。"阿戈一踢马腹，疾驰而去。

巴利斯坦爵士满脸忧虑。"陛下，您不该再逗留了。我们已按您的要求为阿斯塔波人分发食物，留下也没法为这些可怜人多做什么。回城吧。"

"想回去你自己回去，爵士先生，我不会阻拦你，不会阻拦任何人。"丹妮跳下马，"虽然我无法妙手回春，但我至少能让他们知道，母亲仍然关心他们。"

乔戈倒吸一口气。"卡丽熙，不。"他跳下马，辫子上铃铛轻响。"您不能再靠近。别让他们碰您！别！"

丹妮径直绕过他。一名老人就躺在几步外呻吟，双眼盯着灰暗的云层。丹妮跪在他身边，酸臭的气息让她皱了皱鼻子。她用手拨开他肮脏的灰发，摸摸额头。"好烫。我要用水给他清洗身体。海水就行。弥桑洛，能给我取一些么？我还要火葬用的油。谁来帮我火葬死者？"

当阿戈带着灰虫子和五十名无垢者返回时，丹妮的行为已让大家无地自容，于是纷纷加入。疤背西蒙带手下将活人和死尸分开，然后堆积尸体，乔戈和拉卡洛率多斯拉克人扶那些还能走动的人去海边洗澡，并帮他们洗衣服。阿戈目瞪口呆，认为大家都疯了，但灰虫子在女王身旁跪下："小人来帮忙。"

正午前，已有十几个火堆燃起，乌黑油腻的烟柱直上无情的蓝天。退离火葬堆时，丹妮的骑装沾上了污渍和烟灰。"圣上，"灰虫子道，"小人和小人的众兄弟恳求您准许，办完事后去盐海沐浴。按照伟大女神的律法，小人们将得到净化。"

女王不知这帮太监还有自己的女神。"女神是谁？某位吉斯神么？"

灰虫子有些窘迫。"女神有很多名字。她是长矛女士、战争新娘和军队主母，但她的真名只属于那些将命根子在她的祭坛上点燃的可怜人。小人们不能随意谈论她，小人恳请您原谅。"

"无妨。你们可以去沐浴。感谢你们的帮助。"

"小人们生当为您服务。"

丹妮莉丝身心俱疲地返回金字塔，发现弥桑黛在读某个古老书卷，伊丽和姬琪则在为拉卡洛争风吃醋。"你对他来说太瘦了，"姬琪说，"几乎就是个男孩。拉卡洛才不和男孩上床，大家都知道。"伊丽针锋相对，"大家都知道，你是头奶牛。拉卡洛也不和奶牛上床。"

"拉卡洛是吾血之血。他的命属于我，不属于你们。"丹妮告诉两名侍女。拉卡洛离开弥林期间,几乎长高了半尺,四肢肌肉更加紧实,发辫上多了四个铃铛。他现在比阿戈和乔戈都高——丹妮的侍女当然注意到了。"别吵了。我得洗个澡。"她从没觉得这么脏过,"姬琪,帮我脱衣服,然后拿出去烧掉。伊丽,让挈萨找些轻便凉快的衣服,天真热。"

凉风吹过露台,丹妮踏进水池时舒服得叹了口气。按她要求,弥桑黛也脱衣陪她同浴。"小人昨晚听见阿斯塔波人在城墙上打洞。"小文书帮丹妮擦背时说。

伊丽和姬琪交换了一下眼神。"没人打洞啊,"姬琪道,"打洞……他们怎么打洞啊?"

"用手挖。"弥桑黛说,"那些砖块老旧易碎,他们想挖进城里。"

"那得花上好几年。"伊丽说,"城墙很厚,大家都知道。"

"大家都知道。"姬琪附和。

"我也梦见他们了。"丹妮握住弥桑黛的手,"放心,亲爱的,营地离城市至少半里远,没人在城墙上打洞。"

"陛下英明。"弥桑黛说,"还要不要洗头?时间快到了,瑞茨纳克·莫·瑞茨纳克和绿圣女要来与您讨论——"

"——婚礼筹备事宜。"丹妮坐起来,溅起一片水花。"我差点忘了。"或许是故意忘了。"然后我还要跟西茨达拉共进晚餐。"她叹口气。"伊丽,取那件绿丝托卡长袍,带密尔蕾丝那件。"

"那件还在修补,卡丽熙,蕾丝被扯坏了。蓝色那件是干净的。"

"那就蓝色那件。他们也会喜欢。"

她只说对一半,女祭司和总管的确乐见她穿托卡长袍——她很少按弥林淑女的规矩打扮——但今天他们真正想看的是她一丝不挂。丹妮难以置信地听他们陈述完。"我无意冒犯，但我决不会在西茨达拉的母亲和姐妹们面前赤身裸体。"

"可是，"瑞茨纳克•莫•瑞茨纳克言辞闪烁，"可是您必须啊，圣上，这是传统。婚前男方家族的女性亲属要检查新娘的子宫和……呃……她的女性部位，以确保它们发育良好并且……呃……"

"……丰饶多产。"格拉茨旦•卡拉勒把话说完，"这是古老的习俗，我的明光，将有三名圣女在场见证，并送上恰当的祝福。"

"是的，"瑞茨纳克说，"检查之后会端上专属女人的特制蛋糕，只为未婚妻烤制，男人没机会品尝。据说美味至极，难以言喻。"

若我子宫枯萎，下身被诅咒，还会有特制蛋糕么？"西茨达拉•佐•洛拉克可以在婚后检查我。"卓戈卡奥都能等到婚后，他又有何不可？"让他的母亲和姐妹们互相检查并分享蛋糕吧。我不想吃那蛋糕，也不会替高贵的西茨达拉洗他高贵的脚。"

"圣主，您不明白，"瑞茨纳克出言反对，"按传统，洗脚是神圣的仪式，意味着您从此成为夫君的侍女。婚礼服装也有这层含义。新娘得戴上深红面纱，穿上缀婴孩珍珠流苏的白丝托卡长袍。"

不戴兔耳朵，兔女王就没法结婚是吧？"我走路时那些珍珠会响个不停。"

"珍珠象征多产。圣上您珍珠戴得越多，意味着产下的健康孩子越多。"

"我要那许多孩子干吗？"丹妮转向绿圣女，"若按维斯特洛的习俗举办婚礼……"

"将得不到吉斯众神的认可。"格拉茨旦•卡拉勒的脸孔隐藏在绿丝面纱下，只露出那双碧绿、睿智、悲天悯人的眼睛。"在弥林人民眼中，您将只是高贵的西茨达拉的情妇，而非合法妻子，你们的孩子也只能算私生子。圣上，您与西茨达拉的婚礼必须在圣恩神庙举行，并邀请所有弥林贵族到场见证。"

找些理由让他们从金字塔里出来，然后让我收拾他们，达里奥说过。实践真龙血与火的宣言。丹妮努力将这些想法赶出脑海，她不该这么想。"就按你说的办吧，"她叹口气，"我将在圣恩神庙与西茨达拉成婚，并身着缀有婴孩珍珠的白色托卡长袍。还有么？"

"还有件小事，圣上。"瑞茨纳克道，"庆祝婚礼最合适的方式是重开竞技场。这将成为您送给西茨达拉和您忠诚的人民的结婚礼物，意味着您接受了弥林古老的传统与习俗。"

"并取悦众神。"绿圣女温和亲切地补充。

一份血淋淋的结婚礼物。丹妮莉丝厌倦了这场拉锯战，连巴利斯坦爵士都不认为她能赢。"再好的统治者也无法改变民族的本性。"赛尔弥说，"受神祝福的贝勒热衷于祈祷、斋戒，还为七神建了一座任何神明都会艳羡的庙宇，但他无法止战息欲。"一位女王不属于自己，而属于国家。丹妮提醒自己。"婚礼之后，西茨达拉将成为国王。让他决定是否重开竞技场，我不参与。"让鲜血沾满他的双手，而不是我的。她站起来。"如果我丈夫想让我给他洗脚，他必须先给我洗。今晚我亲自跟他说。"她很好奇她的未婚夫会作何反应。

事实证明她的担心是多余的。太阳下山一小时后，西茨达拉·佐·洛拉克按时抵达。他今天穿带金流苏的深紫色托卡长袍，袍子上有根金带。丹妮为他斟酒，讲述了与瑞茨纳克和绿圣女会面的情形。"这些仪式毫无意义，"西茨达拉表态，"不过是该革除的陋习。弥林陷在愚蠢的老规矩中太久了。"他吻了丹妮的手，"丹妮莉丝,我的女王,只要能成为您的国王和伴侣,我愿为您从头洗到脚。"

"想成为我的国王和伴侣,你只需带来和平。斯卡拉茨说你那儿有进展。"

"的确。"西茨达拉盘起长腿,看起来自我感觉良好。"渊凯愿意讲和,但有条件。您中断奴隶贸易打击了整个文明世界,渊凯及其盟友要我们拿出金银珠宝来赔偿。"

金银珠宝是小事。"还有呢?"

"渊凯将恢复奴隶贸易,阿斯塔波也将重建为奴隶城邦。您不可干涉。"

"我人还没走出两里格渊凯人就恢复了奴隶制,我干涉过吗?克莱昂王曾邀我一起出兵,但我充耳不闻。我不想与渊凯开战。我要说多少遍?怎么说他们才信?"

"啊,你们之间嫌隙太深,我的女王,"西茨达拉·佐·洛拉克说,"很遗憾,渊凯人不相信您的承诺。他们不断旧事重提,说您的龙烧了他们的使节。"

"不过烧了他的托卡长袍。"丹妮轻蔑地说。

"话虽如此,但他们不信任您是事实。新吉斯人也跟他们一样。正如您常说的,言语就像风,口头承诺无法为弥林带来和平。您的敌人需要看到您的行动。他们要见证我们的婚礼,亲眼目睹我被加冕,与您共治弥林。"

丹妮再次为他满上酒杯,强按住将这壶酒倒在他头上、浇灭他一脸自得笑容的冲动。"要么联姻要么屠杀,要么结婚要么开战,这就是我的选择?"

"我只看到一个选择,明光,那就是我俩携手在吉斯众神面前许下婚誓,共建新弥林。"

女王正思索如何作答,只听身后传来脚步声。上菜了,她心想。厨师答应为高贵的西茨达拉准备其最爱的菜品——涂抹蜂蜜、塞了梅子和胡椒的全狗。她转身看见的却是沐浴一新的巴利斯坦爵士,身披白袍,长剑在腰。"陛下,"他鞠了一躬,"抱歉打扰您,但有件事必须立刻通报。暴鸦团回城了,带来了敌人的消息。正如我们担心的,渊凯人正在进军。"

西茨达拉•佐•洛拉克高贵的脸上闪过一丝不快。"女王正在用餐。佣兵可以再等等。"

巴利斯坦爵士没理他。"我按陛下吩咐,要达里奥团长直接向我报告。他却哈哈大笑,说只要陛下派小文书教他写字,他很乐意给您写血书。"

"血书?"丹妮惊慌失措,"他是说笑吧?不,不,别说了,我马上接见他。"她是个寂寞难耐的年轻女子,主意变幻莫测。"召集团长和指挥官们。西茨达拉,你肯定不会介意吧?"

"弥林的安危是当务之急。"西茨达拉宽容地笑了,"我们可以另择良辰。上千个良辰。"

"巴利斯坦爵士会带你出去。"丹妮急急忙忙召来侍女。她可不能穿托卡长袍来迎接她的团长。最终,试过十二件裙服后,她选定中意的服饰,不过没戴姬琪递来的王冠。

达里奥•纳哈里斯单膝跪在丹妮面前,她觉得自己的心跳瞬间停止。他的头发被干血凝结,额上有道深深的鲜红割伤,右手袖子的血迹一直到肘。"你受伤了。"丹妮倒吸一口气。

"这个?"达里奥摸摸太阳穴,"有个十字弓手想射我眼睛,幸好被我策马躲开。要知道我可是倍道兼行,急着回来沐浴女王温暖的笑容。"他晃晃袖子,血滴四溅。"这并非我的血。我手下有个军士宣称要为渊凯人效力,我就割了他喉咙,掏了他的心。我本想把它作为礼物献给我的银女王,但路遇四个猫之团的杂碎,纠缠不休，其中一个还差点抓住我，我只得把心脏扔到他脸上。"

"真勇敢。"巴利斯坦爵士的语气充满不以为然，"你为陛下带来什么消息？"

"坏消息，祖父爵士。阿斯塔波完了，奴隶贩子向北涌来。"

"这是旧闻，都馊了。"圆颅大人吼道。

"没错，你爹跟你娘亲嘴就是这味儿。"达里奥回敬，"甜美的女王，我本该早些回来，但丘陵地遍布渊凯佣兵。整整四个自由佣兵团。暴鸦团不得不一路拼杀。敌人越来越多，形势也越来越严峻。渊凯军主力沿海岸开进，他们得到了四个新吉斯军团的支援，有一百头全副武装的大象，外加脱罗斯抛石手和一大队魁尔斯骆驼骑兵。另有两个吉斯卡利军团由阿斯塔波乘船出发，若俘虏所言不虚，他们将在斯卡札丹河对岸登陆，切断我们与多斯拉克草原的联系。"

达里奥讲述时，鲜红的血滴不断滴落在大理石地面，丹妮面色凝重。"死了多少人？"达里奥说完后，丹妮问。

"我方？我没停下来数。说实话，我方可是越打越多。"

"更多变色龙？"

"更多效忠您伟大事业的勇士，我的女王一定会喜欢他们。有个蛇蜥群岛的斧手，下手凶狠，比贝沃斯还高大，您真该见见他。还有二十来个维斯特洛人，他们对渊凯人不满，叛逃出风吹团，补充了暴鸦团的损耗。"

"如你所说。"丹妮含糊地回应。弥林很快会需要每一把剑。

巴利斯坦爵士皱眉看着达里奥。"团长，你提到四个佣兵团，而我们只知晓其中三个：风吹团、长枪团及猫之团。"

"祖父爵士真会数数。次子团倒向渊凯人了。"达里奥歪头吐了口唾沫。"去他妈的棕人本·普棱，再让我看到那张丑脸，铁定给他开膛破肚，挖出他的黑心肝。"

丹妮想说点什么，却无话可说。她想起最后一次见到本。那张脸那么温暖，那么让人信赖。棕肤白发，破鼻子，眼角的皱纹，甚至她的龙都喜欢这位总自吹有一点龙血的老棕人本。命中注定你将经历三次背叛。一次为财，一次为血，一次为爱。棕人本是第三次背叛？还是第二次？乔拉爵士——她粗鲁的大熊又算什么？她就没有能信任的朋友？无法理解的预言又有何用？若我在太阳升起前嫁给西茨达拉，敌军会否如朝露般消散，让我和平地统治弥林？

达里奥的话引发了骚动。瑞茨纳克号哭起来，圆颅大人沉声抱怨，她的血盟卫则发誓复仇。壮汉贝沃斯握拳捶打伤痕累累的肚皮，说要就着李子和洋葱吃掉棕人本的心。"诸位。"丹妮的声音被淹没了，似乎只有弥桑黛听到。

女王站起来："安静！我听够了。"

"陛下。"巴利斯坦爵士单膝跪下，"我们任您差遣。您要我们做什么？"

"按原计划行事，尽可能收集食物。"如果我回头，一切就都完了。"关闭城门，把所有能作战的人派上城墙。即日起，弥林城严禁出入。"

一时间，大厅鸦雀无声，人们面面相觑。过了一会儿，瑞茨纳克问："那阿斯塔波人呢？"

她想厉声尖叫，想咬牙切齿，想撕扯衣服，想捶打地面。但她只说："关闭城门，要我重复第三遍吗？"他们是她的孩子，但她爱莫能助。"都退下。达里奥留下。你的伤口需要清洗，我还有些话要问你。"

其他人鞠躬退下。丹妮领达里奥·纳哈里斯走上台阶，来到卧室。伊丽用醋清洗他的伤口，姬琪用白色亚麻布为他包扎。一切结束后，丹妮让侍女们也退下。"你的衣服让血弄脏了，"她对达里奥说，"脱了吧。"

"除非您也脱。"他吻了她。

他头发里尽是鲜血、烟尘和马匹的味道,两人的唇热烈地贴紧。丹妮在他的臂弯中颤抖。分开时,她说:"我想过你可能背叛我。一次为血,一次为财,一次为爱,这是男巫的预言。我想过……我怎么也没想到是棕人本,连我的龙似乎都信任他。"她紧抓住团长的双肩。"答应我,你永远不会背叛。我受不了这个。答应我。"

"永不,吾爱。"

她相信他。"我曾发誓,若西茨达拉·佐·洛拉克带来九十日的和平,便下嫁给他。现在……我看到你的第一眼就想要你,但你是个佣兵,反复无常,背信弃义。你夸口睡过一百个女人。"

"一百个?"达里奥的紫胡须下传来轻笑,"我瞎扯的,甜美的女王。实际上我睡过一千个,但从未睡过真龙。"

她双唇迎向他。"那你还等什么?"

临冬城亲王

壁炉内外全是黑冷灰烬,屋里只靠烛光照明。无论何时门一开,几根蜡烛就会颤抖摇曳,跟那瑟瑟发抖的新娘一样。他们为她穿上蕾丝镶边的白色羔羊毛裙服,袖子和胸前缝了许多淡水珍珠。她脚踏一双白色母鹿皮拖鞋——很漂亮,但不保暖。

她脸色苍白,毫无血色。

这是一张冰雕的脸,席恩·葛雷乔伊为她披上毛皮镶边的斗篷时心里想,一具大雪埋葬的尸体。"小姐,时辰已到。"门外,音乐奏响,竖琴、笛子还有鼓似乎都在催促他们。

新娘抬起头,那双棕色的眼睛在烛光中闪烁。"我会做他的好妻子,忠—忠实的妻子,我……我会取悦他,并给他生许多儿子。他会知道,我是一个比真正的艾莉亚好得多的妻子。"

再这样说话,你会没命的,或者更糟。这是他作臭佬时,学会的第一件事。"小姐,您才是真正的艾莉亚,史塔克家族的艾莉亚,艾德公爵之女,临冬城的继承人。"名字,她必须记住自己的名字。"您是捣蛋鬼艾莉亚,您姐姐还喜欢称您为马脸艾莉亚。"

"那名字是我起的。她的长脸好像马,我可不像,我很可爱。"她眼中终于溢出泪水,"我没有珊莎那么美,但人人都称赞我可爱。拉姆斯老爷也觉得我可爱吗?"

"是的,"他撒谎道,"他亲口告诉过我。"

"可他知道我是谁,知道我真正的身份。从他看我的眼神中我感觉得到。他为此恼怒万分,以至于微笑也掩饰不住怒火。可这不是我的错啊，对了，他们说他蓄意伤人。"

"小姐，您不该听信……听信谣言。"

"他们说他伤过你。你的手，还有……"

他嘴唇发干。"那……那是我应得的，因为我惹恼了他。您可千万不能惹恼他。拉姆斯老爷是个……是个温柔又和蔼的人。只要能取悦他，他就会好好待您。做个好妻子吧。"

"帮帮我，"她忽然抓住他，"求你了。我以前很喜欢看你在场子里练武比剑。你好英俊。"她捏紧他的胳膊。"我们一起逃吧，我可以做你的妻子，或者你……你的情妇……随便什么，只要你喜欢。你可以当我的男人。"

席恩从她的抓握中扭开胳膊。"我不……我不是你的男人。"是男人就会帮她。"你……你当自己是艾莉亚就好，做他的妻子就好。取悦他，或者……取悦他就好。不要幻想自己是别人了。"珍妮，她叫珍妮，珍珠宝贝，零落成泥。音乐越奏越响、越来越急迫。"时辰到了。快把眼睛上的泪水擦掉。"棕色的眼睛。应该是灰眼睛才对。有人会注意到。有人会记得。"很好。现在试着微笑。"

女孩试着微笑，但嘴唇抽搐，勉强拧开就僵硬不动了。他能看见她的牙齿。洁白漂亮的牙齿，他心想，但如果她惹恼了他，这些牙齿很快就保不住。他推开门，屋里的四根蜡烛有三根顿灭。他把新娘带进迷雾之中，婚礼宾客们在雾中等候。

"为何是我？"当初达斯丁伯爵夫人吩咐必须由他来引领新娘时，他问道。

"因为她父亲和她所有的兄弟都已不在人世，她母亲陨落在孪河城，他的叔叔舅舅们有的失踪、有的死了、有的作了俘虏。"

"可她还有一个兄弟，"她还有三个兄弟，他本想说，"琼恩·雪诺就在守夜人军团服役。"

"他是她同父异母的兄弟，是个私生野种，而且还发下毒誓，将此生献给长城；与之相对，你身为她父亲的养子，是她仅存的亲人。让你来当她的伴郎最合适不过。"

她仅存的亲人。席恩•葛雷乔伊与艾莉亚•史塔克一起长大，任何冒牌货都不可能骗过席恩的眼睛。如果连他也承认波顿找来的女孩就是艾莉亚，那么到场见证婚礼的北方诸侯们便没道理置疑联姻的合法性。到场贵族包括史陶家族和史拉特家族、妓魔安柏、争吵不休的几位莱斯威尔、霍伍德家的下属和赛文家的亲属们、肥胖的威曼•曼德勒伯爵……他们中没有哪一个对奈德•史塔克小女儿的了解有他的一半深。即便少数人私下怀疑，也懂得明智地闭上嘴巴。

波顿家利用我来掩盖骗局，把我的脸面贴在他们的谎言之上。为着这个，卢斯•波顿才把他重新打扮成贵族少爷，以便于他演好这场戏。等婚礼结束，等假艾莉亚被上床开苞之后，变色龙席恩对波顿公爵也就失去了利用价值。"为我们办好这件事，日后我们打败史坦尼斯，就会考虑如何为你赢回令尊的宝座。"公爵大人轻言细语地向他保证，可惜这种声音说出的只有阴谋和谎言，席恩连一个字都不信。他乖乖照办是因为别无选择，只能跟着他们的指挥跳舞，但事后……事后他会把我交还给拉姆斯，他心知肚明，而拉姆斯会再要我几根手指，把我变回臭佬。除非诸神保佑，史坦尼斯•拜拉席恩攻陷临冬城，把大家统统杀死——包括席恩。这已是他最好的结局。

神木林中有种奇特的温暖；神木林外，临冬城笼罩着一层冻硬的白霜。路上覆满又硬又滑的黑冰，玻璃花园破碎窗格上的霜冻在月光下闪烁。一堆堆脏雪被推到墙边，占据了每个墙角和角落。有时雪堆得太高，竟把其后的门梁彻底掩住。积雪还掩埋了灰烬和残骸，偶尔有焦黑的木梁或缠着皮肤毛发的骨头露出来。城垛和塔楼上垂下长枪那么长的冰柱，好比老人僵硬的白胡子。然而这些都是神木林之外的景象，林中的土地没有结冻，热池子蒸汽腾腾，宛如婴儿的呼吸。

新娘着白灰两色服饰。若真正的艾莉亚能活下来参加婚礼，就会这样打扮。席恩着黑金两色服饰，斗篷用荒冢屯某位铁匠粗粗打造的铁制海怪搭扣扣在肩膀。然而兜帽底下，他的头发花白稀疏，皮肤呈现老年人的灰色。我终究成了个史塔克，他心想。新娘和伴郎手挽着手，走过一道石拱门，丝丝缕缕的雾气在脚边缠绕。鼓点颤巍，犹如少女的心跳；笛声高扬，好似甜美的应召。树冠顶上，一轮弯月漂浮在黑暗的天空里，半掩在迷雾之中，犹如丝帐背后偷窥的眼睛。

席恩·葛雷乔伊对这片神木林并不陌生。他幼时常在此玩耍，拣起石子对着鱼梁木下冰冷的黑水池打水漂，把秘密宝藏藏在一棵古老橡树的树洞里，还用自制的弓去射松鼠。后来长大了一些，每当在场子里跟罗柏、乔里或琼恩·雪诺练剑后，他会泡在温泉池中疗养瘀伤。当他想要躲起来独处时，总能在这里的栗子树、榆树和士卒松下找到慰藉。他的初吻也在这里，而那之后不久，在一棵高大的灰绿色哨兵树下，就着一张褴褛的被子，另一位女孩让他成为了男人。

但他从未见过神木林这副光景——灰色的幽暗树林，被温暖的雾气与浮动的光源笼罩，四面八方到处传来低语声。树下的温泉池仍在冒热气，雾蒙蒙的蒸汽裹住了树木，犹如大树的喘息。它们更冉冉爬过城墙，在围观的窗户上搭了一层灰色窗帘。

前方有条曲折小路，铺路的破裂岩石皆已覆满苔藓，半掩在棕色的泥土和落叶中。粗壮的棕色树根从石头下面顶上来，人一不小心就会被绊倒，因此席恩刻意扶持着新娘。珍妮，她叫珍妮，珍珠宝贝，零落成泥。不，他不能这样想她，不能再想起这个名字。哪怕不小心提及这个名字，也会付出一根手指，甚至一只耳朵的代价。于是他专心致志地缓步前行,每一步都小心留意。走急了,失去的脚趾会让他踉跄,甚至摔跟头,而要是在拉姆斯老爷的婚礼上出这等差错,老爷很可能会剥了他惹事那只脚的皮。

雾太浓,只看得见最近的树,稍远处是层层叠叠的高大阴影和迷离光线。蜡烛在曲折小路的两旁摇曳、在更远处的树林间摇曳,犹如热腾腾的灰汤里泡着的苍白萤火虫。感觉像是身处奇特的地下世界,抑或是世界之间永恒的边疆,那些被诅咒的灵魂会在这里悲哀地漫游一阵子,方才根据罪行去向注定的地狱。这里的观众都是死人吗?是不是史坦尼斯趁我们熟睡时发动奇袭、杀光了所有人?战斗还没打响,或是早已结束、结局一败涂地?

个别火炬烧得炽烈,将红润的光映照在婚礼宾客们脸上,但由于迷雾不依不饶的抗拒,导致照明并不充分,周围浑似有一群半人半兽的扭曲形体。史陶伯爵成了獒犬,洛克老伯爵化身秃鹫,妓魔安伯是个石像鬼,大瓦德·佛雷成了狐狸,小瓦德扮作红色公牛——可惜少了鼻环——至于卢斯·波顿,他的脸仍是一张淡灰色面具,两只眼睛该在的地方,换上了两团脏冰。

头顶的树上落满了乌鸦,它们蜷起羽毛蹲在光秃秃的棕色树枝上,围观树下的绮丽闹剧。都是鲁温师傅的鸟。鲁温死了,学士塔也付之一炬,但乌鸦们没事。它们离不开这里,这里是它们的家。

席恩不知家是什么滋味,真的。

接着雾就散了,好比舞台上帷幕揭开,戏剧发展到高潮。心树就在前方,干瘦的枝条大方地伸开,红色和棕色的落叶堆积在宽阔的白色树干上。这棵树上的乌鸦最多,它们正用恶毒的声调彼此窃窃私语,诉说着秘密。拉姆斯·波顿站在树下,穿着柔软的灰皮革高筒靴和黑天鹅绒紧身上衣,衣服用粉色丝线和闪烁的、泪珠形状的石榴石装饰。一抹微笑在他脸上跳跃。"来者何人?"他张开潮湿的嘴唇发问,衣领以上的脖子通红。"何人来见旧神?"

作答的是席恩："史塔克家族的艾莉亚来此成婚。她不仅是长大成熟、有了月事的女人，更是嫡亲所生、血统纯正。她来此祈求诸神的祝福。何人要迎娶她？"

"我，"拉姆斯应道，"波顿家族的拉姆斯，霍伍德伯爵和恐怖堡的继承人。我要迎娶她。何人将献出她？"

"葛雷乔伊家族的席恩，她父亲的养子。"他转向新娘，"艾莉亚小姐，您愿意接受这个男人吗？"

她这才抬眼望向自己的夫君。棕色的眼睛，不是灰色。莫非大家都是瞎子不成？她呆呆地看着他，很长时间没说话，但那双眼睛里充满乞求。这是你的机会啊，临冬城亲王心想，告诉大家，趁现在告诉大家。在他们面前高喊出自己的名字，告诉他们你不是艾莉亚·史塔克，向整个北境证明你的清白、证明你是被逼的牺牲品。当然，这之后她难逃一死，连他也会送命，但狂怒中的拉姆斯很可能会直接动手杀人。北境的旧神至少能为他们留下这点慈悲。

"我愿意。"新娘低低地说。

迷雾中点点亮光围绕他们，一百根蜡烛犹如一百颗遮遮掩掩的星星。席恩向后退开，拉姆斯和他的新娘手牵手，在心树前跪下，低头以示恭顺。鱼梁木血红的眼睛朝下凝视着他们，它张开血红的大嘴巴，似乎在肆意嘲笑。头顶树枝上，有只乌鸦厉声尖叫。

丈夫和妻子无声地祈祷了一阵后，重新站起来。拉姆斯解开席恩之前在新娘肩膀系上的斗篷——灰毛皮镶边、沉重的白羊毛斗篷，绣有史塔克家族的冰原狼纹章——为她披上一件粉色斗篷。那斗篷似他的上衣般点缀着无数血色石榴石，后背部位缝了一个由红色硬皮革制成的恐怖堡剥皮人，模样阴森骇人。

婚礼就这么骤然开始，又骤然结束。北方的婚礼就是如此简单迅速。席恩认为，主要原因应归结于北方没有牧师或修士。无论如何，这对他是桩好事。仪式结束后，拉姆斯·波顿立刻环住新娘，带她从迷雾中大步离去。波顿公爵和瓦妲夫人随后跟进，接着是其他贵族。乐师们又开始奏乐，诗人尔贝唱起《两颗跳动如一的心》，他手下的两个女人也跟着唱，三人形成甜美的合音。

席恩疑惑自己能否也在此祈祷。旧神会倾听我的呼声吗？他们不是他的神，从来不是。他是铁种，派克岛的血脉，他的神是群屿的淹神……但临冬城离大海太远太远，而他这一辈子，似乎没有任何神灵关心过他。他不知道自己的名字，不明白自己是什么东西，搞不懂自己为何还活着，甚至想不通自己干吗要生下来。

"席恩。"一个声音轻柔地唤道。

他猛地抬头。"谁？"他只看见树木和缠绕树木的迷雾。那声音就跟树叶摩挲的沙沙声一样微弱，带着冰冷的怨恨。那是神的声音，还是鬼魂的？他夺取临冬城时，多少人为之丧命？他失去临冬城那天呢？那天是席恩·葛雷乔伊的末日，而后他重生为臭佬。臭佬臭佬，好似惨叫。

他忽然在这里待不住了。

神木林外，寒气像饿狼一样扑来，冻得他牙齿打颤。他尽可能低头避开风头，朝大厅行去，紧跟在一长串蜡烛和火炬后头。靴子踩得脚下的冰吱嘎作响，突来的狂风吹开兜帽，真像是饥渴的鬼魂伸出结冰的手指，急切地要把他认出来。

对席恩·葛雷乔伊而言，临冬城里处处鬼魂。

这已不是他少年时代夏日里的孤傲城堡，这是一个荒凉残破的地方、一处不折不扣的废墟、一座属于乌鸦和尸体的乐园。雄伟的双层城墙依然屹立不倒，因为花岗岩不会轻易对烈火认输，但城墙里面的塔楼和堡垒几乎都没了屋顶，有的甚至整个儿倒塌。焚城大火几乎吞噬了所有的茅草和木料，玻璃花园破碎的窗格下，那些本该在漫长的冬天滋养居民的水果蔬菜，如今枯死、焦黑、冰冻。但城堡并不缺人，广场为帐篷填满，其中一半又被雪掩埋。卢斯·波顿把自己和他佛雷盟友的军队统统带进了城，几千人就这么挤在废墟里，征用了每一处空地。士兵们也睡在地窖和无顶的塔楼中，睡在遗弃了几世纪之久的建筑里。

缕缕灰烟自重建的厨房和重新盖上顶的几座兵营碉堡中蜿蜒上升。城垛和城齿上头都堆满了雪，垂下冰柱，世间的颜色集体背叛了临冬城，只给它留下漫无边际的灰和白。史塔克的颜色。席恩不知自己为此该感到欣慰还是不安。连天空也是一片灰。灰、灰、还是灰，在这个灰色的世界里，无论望向哪头，都逃不过灰色的地网天罗。除了新娘的眼睛。那是一双棕色的眼睛。大大的棕色眼睛，其中充满恐惧。她把他当成靠山，真荒谬。他能为她做什么？难道吹声口哨，就能召唤飞马，就能带她飞出重围吗？就像她和珊莎喜欢的那些故事里的英雄？不，他连自己都救不了。臭佬臭佬，驯服乖巧。

广场四周，麻绳吊着许多半冻僵的尸体，它们肿胀惨白的面孔上又结了一层霜。波顿公爵率前锋部队到达临冬城时，这里住进了一批难民，士兵们用长矛从城堡荒废的堡垒和塔楼中，驱赶出二十多人。其中最大胆好斗的被直接吊死，其他人充当奴工。好好工作，波顿公爵告诉他们，干得好就能得到宽待。狼林就在左近，石头和木材遍地可寻。奴工们首先建起结实的新城门，替换被烧掉的城门，接着清空了大厅倒塌的天花板，匆忙搭起新的。完工之后，波顿公爵吊死了所有工人。不过他守住了诺言，给予了宽待，因为他没剥任何一个人的皮。

此刻，波顿军已尽数赶到。他们就着呼啸的北风，在临冬城城墙上升起托曼国王的雄鹿狮子旗，下方是恐怖堡的剥皮人旗。席恩跟随芭芭蕾·达斯丁到来，队伍中不仅有伯爵夫人本人，还有荒冢屯征用的大批民兵和婚礼的新娘子。达斯丁伯爵夫人坚持要监护艾莉亚小姐，直到成婚为止。然而现在仪式已告结束。她业已发下婚誓，此生属于拉姆斯了。经由这场联姻，拉姆斯成了临冬城之主。只要珍妮不惹恼他，他应该也不会伤害她吧。艾莉亚。她的名字是艾莉亚。

即便戴着毛皮镶边的手套，席恩的手仍旧抽痛起来。他的手总是会痛，尤其是那些失去的指头。真有女人渴望过他的爱抚吗？我自封为临冬城亲王，他心想，后来的一切全是报应。他以为这次大胆的突袭会让他名垂千古、为歌谣传唱；然而现今即便有人谈论他，也是在唾骂变色龙席恩，诅咒其背信弃义的行为。这里从来不是我的家。我来这里是做人质的。史塔克公爵待他并不严苛，但公爵那柄钢铁巨剑的阴影却始终横在两人之间。他待我不薄，但谈不上温馨，因为他知道，有朝一日很可能得亲手取我项上人头。

席恩一直低着头，在广场帐篷间穿梭。我在这个场子里学成武艺。他想起温暖的夏日，在罗德利克老爵士的注视之下，和罗柏及琼恩·雪诺练武的日子。那时他还是完整的人，可以像正常人那样握剑。但这个广场也留下黑暗的记忆：布兰和瑞肯逃出城堡的那天晚上，他在这里集合史塔克的属民。那时拉姆斯才是臭佬，臭佬站在他身边耳语道：剥几个人的皮，自会知晓男孩们去了哪里。只要我还在临冬城主政一天，就不允许北境发生剥皮这样的惨事。席恩朗声回答，但他做梦也没想到自己的"主政"时期竟会如此短暂。他们中没一个人帮我，他跟他们生活了半辈子，他们还是不肯帮我。即便如此，他还是尽全力保护他们，直到拉姆斯撕下臭佬的面具，杀光了所有人，包括席恩的铁民。他烧了我的马。那是城堡陷落当日他记得的最后一件事：着火的笑星踢打着，惨叫人立，火焰在它的鬃毛上熊熊燃烧，它的眼睛里充满恐惧。在这个广场，历历如绘。

新造的大厅门伫立在前，代替之前被烧掉的门。木板匆匆切好后拼接，显得粗糙丑陋。一队卫兵手持长矛在门口守卫，他们虽披着厚实的毛皮斗篷，却依然缩成一团、抖个不停，胡须里结了层薄冰。当席恩蹒跚着登上阶梯时，他们愤愤不平地看着他。席恩也不搭理，自行推开右半扇门，闪进大厅。

厅内洋溢着令人感动的温暖，并被火炬光芒照亮，他还是头一次见到里面这么拥挤热闹。席恩听凭热浪冲刷过自己，然后才朝前走。人们接踵摩肩地挤坐在长凳上，密密匝匝，以至于仆人们只能奋力蠕动来往。即便高台上的骑士和领主们也没多少空间。

高台附近，尔贝一边弹奏竖琴，一边高唱《夏日的美丽少女》。他自称是诗人，依我看是个皮条客。曼德勒大人自白港带来了乐师，但没有歌手，所以当尔贝带着一把竖琴和六个女人出现在城门口时，他得到了欢迎。"我的两个妹妹、两个女儿，剩下的一个是我老婆、另一个是我老妈。"歌手声称，虽然这帮女人没一个长得像他。"有的会唱歌，有的会跳舞，有一个会吹笛子，有一个会打鼓。当然了，她们都是顶呱呱的洗衣妇。"

诗人也好皮条客也罢，尔贝的嗓音还过得去，弹奏也在水准之上。废墟里碰到这路货色，也该满足了。

众家诸侯的旗帜沿墙悬挂：莱斯威尔家金色、棕色、灰色和黑色四种马头旗；安柏家的锁链咆哮巨人旗；菲林特之指的菲林特家的石手旗；霍伍德家的驼鹿旗；曼德勒家的人鱼旗；赛文家的黑色战斧旗；陶哈家的松树旗。这些五彩斑斓的旗帜却没法完全遮盖焦黑的墙面，或是用木板封死的空洞窗口。天花板也很可笑，新伐的色泽鲜亮的木头搭配着早被几世纪的烟尘熏黑的老房梁。

最大的旗帜挂在高台后方，那是两面分别代表新郎和新娘的旗：恐怖堡的剥皮人旗和临冬城的冰原奔狼旗。看到史塔克的旗帜，席恩出乎意料地感到心疼。不，这不对，这跟她的眼睛一样完全不对。普尔家族的纹章乃是白底蓝盘，外套一个灰色盾纹。应该挂那一个。

"变色龙席恩。"有些人在他经过时叫道。其他人看见他就别过眼睛。甚至有人吐了口唾沫。这是他应得的。他是阴狠地偷袭临冬城的叛徒,他是杀害自己养兄弟的凶手,他在卡林湾把乡亲交出去剥皮,如今又将自己的养妹妹送上拉姆斯老爷的床。卢斯•波顿或许用得着他,但真正的北方人有一百个理由鄙视这些卖主求荣的行为。

缺失的左脚脚趾令他的步态滑稽笨拙,十分难看,他听见身后有个女人哈哈大笑。即便在这个被冰雪、寒冷和死亡笼罩的半冻结的墓园城堡里,也依然有女人出没。所谓的"洗衣妇",不过是"营妓"的修饰,正如"营妓"是"婊子"的修饰。

这些女人打哪来,席恩闹不清。她们就这么突然出现,好像尸体上的蛆虫或打扫战场的食腐乌鸦。军队总会吸引营妓。有些强悍的妓女可以一晚招待二十个男人,还能把这些男人统统喝趴下;有些妓女看起来楚楚可怜,实际那不过是另一种接客花招;有人会当上军营新娘,跟某个大兵朝这个或那个神灵低声许下诺言,但等战争结束,她便会被她的"男人"忘得一干二净。她们晚上帮男人暖床,早上帮男人补鞋,黄昏时帮男人煮饭,甚至还会洗衣服,可等男人战死,她们也会扒光他的东西。这些妓女时而会生下私生子,在军营中诞生出肮脏可怜的小怪物。就连这种女人也在嘲笑变色龙席恩。让他们笑吧。他的骄傲已在临冬城中全部抹去,恐怖堡的黑牢里更没有它们的位置。对于知道剥皮小刀滋味的人,嘲笑再不可能带来任何伤害。

基于出身和血统,他的座位被安排在高台上的长桌末端,离墙壁不远。他左手坐的是达斯丁伯爵夫人,夫人依然一身朴素的黑羊毛裙服,未有任何装饰;他右手没有人。他们惧怕我的卑劣行径会传染,避之唯恐不及。如果可以的话,他真想当场纵声长笑。

新娘坐在拉姆斯和他父亲之间,全场最荣耀的主席位置。当卢斯•波顿提议全场向艾莉亚夫人敬酒时，她低垂着眼睛。"她的孩子会令两个古老的家族合二为一，"公爵大人宣布，"史塔克和波顿就此化干戈为玉帛。"他的声音如此轻柔，厅内众人只好都闭上嘴，凝神倾听。"遗憾的是，我们的好朋友史坦尼斯不愿赏光参加犬子的婚宴，"他的话引起厅内一阵哄笑，"拉姆斯本想把他的脑袋作为结婚礼物献给艾莉亚夫人。"笑声更响亮了。"不过，等他姗姗来迟赶到时，我们仍会补办盛大的欢迎仪式，以展示我们北方人热情好客的脾性。在此之前，请尽情吃喝，尽情享乐……因为冬天就要来了，朋友们，我认为在座许多人或许见不到下一个春天。"

丰盛的餐饮由白港伯爵提供。大肚子商船从温暖的南方运来黑啤酒与黄啤酒、红葡萄酒、金色葡萄酒和紫色葡萄酒，这些酒又在大人深深的地窖里贮藏酝酿。婚宴宾客们贪婪地大吃鳕鱼糕和冬南瓜，萝卜与大轮大轮的奶酪堆积如山，此外还有烟熏的大块绵羊肉、几乎被烤焦的牛肋。最后上桌的是三张巨大的婚宴馅饼，有车轮那么宽，松脆的表皮下，萝卜、洋葱、芜菁、防风草和蘑菇等食料塞得几乎快爆裂，成坨的风干猪肉浸泡在棕色调味肉汁里。拉姆斯用他的弯刀把馅饼切成条，威曼•曼德勒亲自服务，将第一块热气腾腾的馅饼献给卢斯•波顿和他肥胖的佛雷老婆，接着又呈给瓦德•佛雷的两个儿子霍斯丁爵士和伊尼斯爵士。"这将是你们品尝过的最美味的馅饼，大人们，"肥胖的伯爵大言不惭，"最好是搭配青亭岛的金色葡萄酒，每一口都细细品尝。我就会这么享用。"

曼德勒身体力行，一口气吞下六块馅饼，而且从每张馅饼上各选吃了两块。他一边咂嘴一边拍肚皮，吃得上衣被棕色肉汁污染了一半，胡须里沾满馅饼的脆皮。同是胖子的瓦妲•佛雷跟他比起来也是自愧不如，她"只"吃下三块。拉姆斯吃得也很多，但他脸色苍白的新娘只看着面前的馅饼发呆。她偶尔抬起眼睛，望向席恩，席

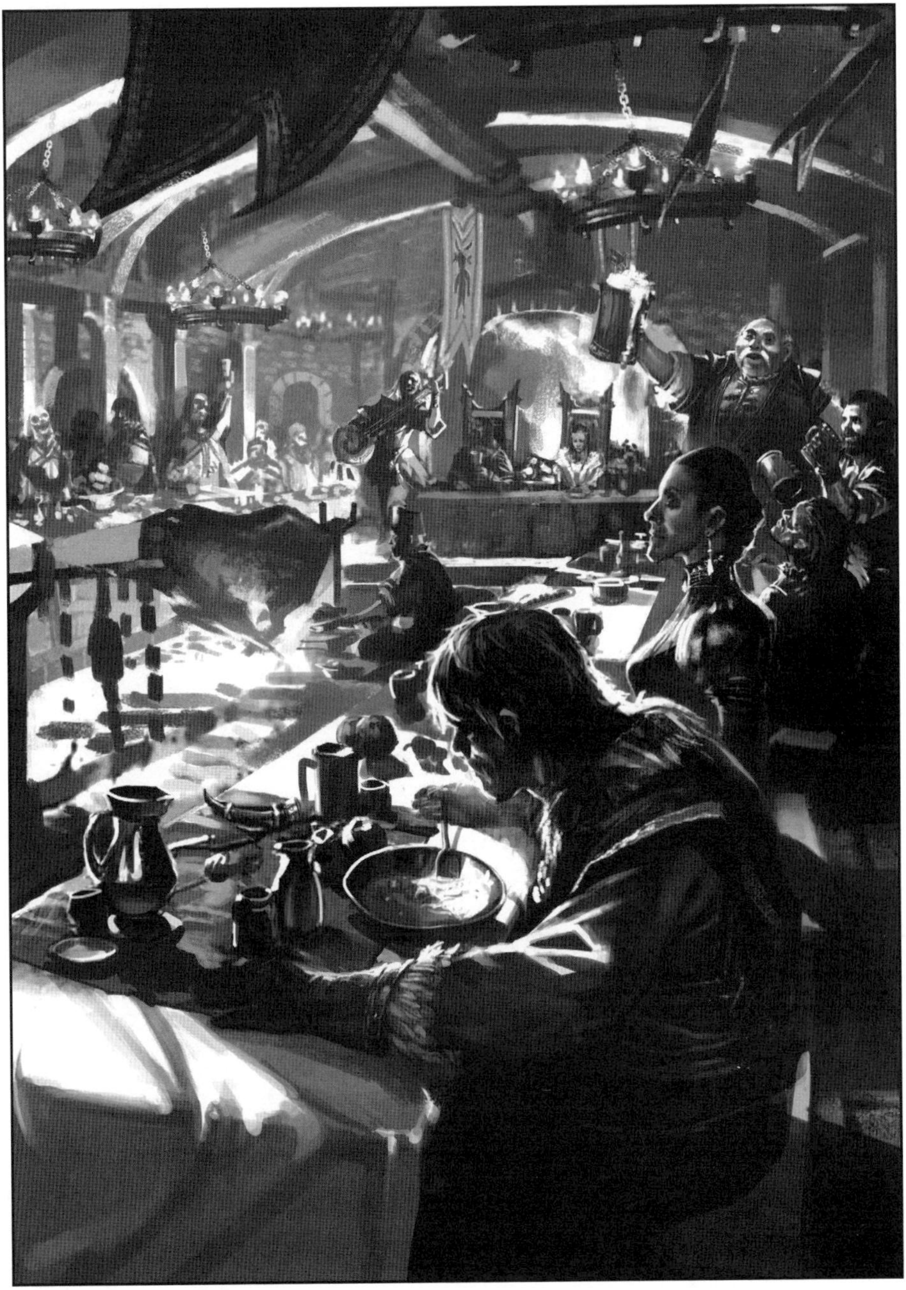

恩见到那双棕色的眼睛背后是深深的恐惧。

长剑不允许带进大厅,但人们都带着匕首,甚至连席恩·葛雷乔伊都有。除了切肉,能用它干点别的吗?每当他看到那个曾叫做珍妮·普尔的女孩,就会陡然感觉到体侧铁刃的重量。我救不了她,他心想,但能轻而易举杀了她。没人能料到我会杀了她。我可以邀请她赏光与我跳舞,然后割她的喉咙。这难道不是一种慈悲吗?而若旧神真的听见了我的祈祷,暴怒的拉姆斯会把我当场格杀。席恩不怕死。在恐怖堡下,他早已体验过生不如死的滋味。一根接一根指头、一根又一根脚趾,拉姆斯给他上了这一课,他一辈子都没法忘掉了。

"你不吃东西。"达斯丁伯爵夫人评论。

"不。"吃东西对他来说不是件容易事。拉姆斯把他大部分的牙齿敲成碎片,因而咀嚼成了折磨。用喝的方式要舒服些,虽然他得用双手捧杯才握得稳。

"不喜欢猪肉馅饼吗,大人?我们的胖朋友反复强调,这是我们从未享受过的人间美味哟。"她用酒杯指指曼德勒大人,"你见过这么欢乐的胖子没?瞧他乐不可支的样子,吃起东西来双手并用,活像是在跳舞。"

她说得没错。白港伯爵简直是从故事里走出来的、活灵活现的欢乐胖子。他不止自己乐呵呵,还跟其他贵族谈笑风生,边说边拍别人的背,又高叫着要乐师演奏这首或那首歌谣。"歌手,给我们唱《终结长夜》。"他嚷道,"我知道,新娘子会喜欢这首歌。再不唱唱年轻英勇的丹妮·菲林特,让大家为她掬一把泪。"他那副模样,好像自己才是新郎。

"他喝多了,"席恩道,"借酒来掩盖恐惧。那个人,打骨子里是懦夫。"真是这样吗?席恩其实不太确定。曼德勒的儿子们也都很胖,但在战场上表现上佳。"铁民们开战前也会欢宴,那或许是生命中最后一次狂欢。如果史坦尼斯朝这里进……"

"不用担心，他会来的。他必须这么做。"达斯丁伯爵夫人笑出声。"而等他杀到这里，我们的胖朋友只怕会吓得当场尿裤子。他儿子死于红色婚礼，结果他还跟佛雷家的人分享面包和盐，在自己的屋檐下招待他们，并把一个孙女许配出去。你也看见了，他刚才甚至亲自将派呈给佛雷。曼德勒家族是从南方逃难过来的，他们曾被敌手逐出自家的领地和城堡。所谓江山易改本性难移，现今这大胖子大概想把我们全宰了，但你别看他长这么胖，他决没有这份胆略，对此我确信无疑。在那身鲜美的肥肉下跳动着一颗懦夫的心，就跟……好吧……就跟你的心一样。"

她最后这句话像抽了他一鞭，但席恩不敢顶撞，任何无礼举动都可能付出剥皮的代价。"夫人您怀疑曼德勒大人包藏祸心，就该通报波顿大人。"

"你以为卢斯蒙在鼓里？真是个天真孩子。你给我睁大眼睛，看清楚他是如何提防曼德勒的。在威曼大人开动之前，他没碰过任何食物；在威曼大人喝过某桶酒之前，他也不会把那酒送进嘴里。照我看，若胖子真做出什么出格事，卢斯反而会很高兴，因为这意味着额外的乐趣。你知道，卢斯没有感情，多年以前，那些他爱之如命的水蛭就吸干了他所有的激情。如今的他无爱无恨，无喜无悲。这场婚礼对他来说就是场游戏，一场不算太刺激的游戏。在这场游戏里，有的人是猎人，有的人是猎鹰，有的人幕后下注。卢斯以玩弄他人作为消遣。你、我、这帮佛雷、曼德勒大人、他肥胖的老婆、就连他的野种，统统都是他的棋子罢了。"一个仆人走过，达斯丁伯爵夫人伸出杯子，让仆人斟满，又比手势让他为席恩倒满。"说实在的，"她续道，"波顿大人瞧不起这区区公爵之位。北境之王有什么不可以？泰温·兰尼斯特死了，弑君者成了残废，小恶魔逃匿失踪，兰尼斯特家已是群龙无首，而你又贴心地为我们消灭了史塔克家。等时机成熟,老瓦德•佛雷是不介意让他肥胖的小瓦妲当上王后玩玩的,只有白港会制造麻烦,可经过这场与史坦尼斯的决战……我确信鳗鱼大人活不下来。他会跟史坦尼斯死在一起,卢斯会像对付少狼主那样,干净利落地除掉他们两个。剩下还有谁能挑战他?"

"您,"席恩道,"只有您。您这位荒冢屯伯爵夫人,凭借婚姻成了达斯丁家家主,本身又出自莱斯威尔家。"

他的评论让她有些得意。她呷了口葡萄酒,黑眼珠闪闪发光。"确切地说,我是荒冢屯的寡妇……另一方面,你说得对,我愿意的话可以阻碍他。卢斯当然也看到了这一点,所以才处处哄我开心。"

她正待再说,忽见三名学士从高台后方的领主门走出——一个高个、一个胖子、另一个非常年轻,但灰袍和颈链令他们看起来就像一个豆荚里出来的。战争爆发前,梅迪瑞克为霍伍德大人服务,罗德雷效力于赛文大人,年轻的亨利则是史拉特大人的学士。现在卢斯•波顿把他们统统带来临冬城,接管鲁温的乌鸦,以恢复此地的通信联络和消息往来。

梅迪瑞克学士单膝跪下,凑到波顿耳边私语。达斯丁伯爵夫人厌恶地扭紧了嘴唇。"如果将来我当上王后,头一件事就是杀尽这帮灰老鼠。他们到处钻营,彼此唧唧喳喳,领主施舍的残羹剩饭养活了他们,他们却朝主人耳朵里灌输些险恶主张。仔细想来,到底谁是主谁是仆?稍有名望的领主都拥有学士,而每个次级领主也都想拥有一个。如果身边没有学士,说明你无足轻重。于是领主们荒废了学业,任由这帮灰老鼠代替他们读写信件,谁又能肯定地说,他们没为自己的目的曲解文字、篡改领主的意图呢?你说,他们到底有什么好?"

"他们能治病。"席恩道。对方似乎期待他有所回应。

"没错，他们能治病，他们的手段向来是这么狡猾。每当我们生病受伤、心烦意乱时，他们会照料我们，他们总在我们最虚弱最脆弱时出现。有时他们能治病救人，赢得我们的感激；如若失手，他们也会第一时间给予安慰，我们同样会感恩戴德。出于感激，我们让他们在自己屋檐下栖身，与他们分享所有的隐私和秘密，并让他们参与决策。这样要不了多久，统治者就成了被统治者。

"瑞卡德·史塔克是个好例子。他身边的灰老鼠叫维里斯——这帮臭学士进学城时有两部分姓名，出来却只剩下一部分，你瞧狡不狡猾？由此他们掩盖了真正的身份和出身……但只要你有耐心，还是能挖掘出真相。锻造颈链之前，维里斯学士叫维里斯·佛花。佛花、希山、河文、雪诺……我们给私生子女这些姓氏，是为了让他们知道自己是谁，而他们总急于掩盖。维里斯·佛花的母亲出自海塔尔家……传说他父亲是学城的博士——这帮灰老鼠道貌岸然，尤其是旧镇的老学究们。等他锻造好颈链，他那不可告人的父亲及其朋友们就忙不迭地把他送来临冬城，朝瑞卡德大人耳朵里灌输阴毒的甜言蜜语。我从不怀疑，与徒利家的婚事是他一手促成，他——"

卢斯·波顿起立发言，她立刻闭嘴。公爵大人淡色的眼珠在火炬光芒中闪耀。"朋友们，"他开口时，整个大厅立时安静，席恩甚至能听见寒风撕扯窗户上的木板，"史坦尼斯和他麾下的骑士打着他新近皈依的红神的旗帜，业已自深林堡出发，北边的山地氏族骑着多毛的矮种马为他效命。若气象允许，他会在半月之内抵达这里。与此同时，鸦食安柏率军沿国王大道南下，卡史塔克从东方进军，三路军队将在临冬城汇合，史坦尼斯大人打算把我们从这座城堡撵出去。"

霍斯丁·佛雷霍地站起。"我们应该主动出击，各个击破，为什么要坐等他们汇合？"

因为阿尔夫·卡史塔克做好了当变色龙的准备，只等波顿大人一声令下。诸侯们纷纷叫嚣出各种建议时，席恩心想。波顿公爵举起双手，示意大家安静。"宴会大厅不宜讨论要事。大人们，我们去书房谈，也好让犬子继续他的婚礼。其他人，留下来享用吃喝。"

恐怖堡公爵闪出门外，三位学士紧跟在后，其他的领主和军官也纷纷跟进。那个外号妓魔的憔悴老头霍瑟·安柏，满脸阴沉，愁眉不展。至于曼德勒大人，由于喝得太多，得由四个壮汉架着扶出大厅。"总得来首鼠厨师的歌，"他靠在自家骑士身上，蹒跚着走过席恩身边时嘀咕道，"歌手，来首鼠厨师的歌。"

达斯丁伯爵夫人最后动身，她走之后，整个大厅似乎陡然沉闷得令人窒息。席恩站起身，这才意识到自己醉得有多厉害。他被桌子绊了一下，打翻了女仆手里的酒壶，酒液犹如暗红的潮流，浸透了靴子和马裤。

一只手抓住了他的肩膀，五根钢铁般的指头把他捏紧。"你有任务，臭佬。"酸埃林说话时，酸臭的气息透过一口烂牙喷到他脸上。黄迪克和舞蹈师达蒙在旁边。"拉姆斯要你帮他把新娘抱上床。"

恐惧犹如一把尖刀刺穿了他。我很好地扮演了自己的角色，他心想，为何还找上我？但他知道自己无力反对。

拉姆斯老爷已离开了大厅，而他那孤单的新娘似乎早被众人遗忘。她默默地缩在史塔克的大旗下，用双手捧着一只银制高脚杯。他走过去，从她看他的眼神判断，那只高脚杯被她干了不止一次。也许她以为只要喝得够多，就会麻木到能承受任何折磨。席恩不这么想。"艾莉亚夫人，"他唤道，"来吧。该是您履行义务的时候了。"

席恩带女孩从大厅后方离开，六个私生子的好小子一路陪同。他们穿过冰冷的广场去主堡，到主堡后还要登上三段石阶方能抵达拉姆斯老爷的卧室——那是城中少数没怎么被大火波及的房间。舞蹈师达蒙边爬楼梯边吹口哨，剥皮人则吹嘘说拉姆斯老爷答应把染血的床单撕给他一片，以示荣宠。

卧室已为新婚夫妇圆房布置妥当。家具全是崭新的，由辎重车从荒冢屯拖来；华盖床有羽毛床垫和血红色天鹅绒罩子；石地板铺了狼皮。壁炉里炉火烧得正旺，窗边小桌上还点了支蜡烛。餐具柜中放了一壶葡萄酒、两个杯子和半轮有纹理的白奶酪。

卧室里还有一把黑色橡木雕的椅子，铺了红皮革坐垫。他们进门时，拉姆斯老爷正坐在这把椅子里，唇上满是闪亮的唾沫星子。"我甜美的童贞新娘终于来了。好孩子们，你们可以下去了。不包括你，臭佬，你留下。"

臭佬臭佬，不见为好。他感觉到失去的手指蠢蠢欲动：左手两根、右手一根。腰上皮革刀鞘里的匕首那么沉，噢，那么地沉，越来越沉。我的右手只失去了小指，席恩提醒自己，我仍能握住匕首。"老爷，您要我做什么？"

"你既把这妞儿献给了我，又怎可不服务周全，连她衣服一并脱掉呢？让我们瞧瞧奈德·史塔克的小女儿到底是哪路货色。"

她跟艾德大人没有血缘关系。席恩几乎说出口。但拉姆斯知道。他一定知道。他为什么还要玩这场残忍的游戏？女孩站在床柱边，像一只受惊发抖的母鹿。"艾莉亚夫人，请您转身，我才好为您宽衣解带。"

"不，"拉姆斯老爷给自己倒了一杯酒，"解绳子太浪费时间。直接用刀子割开。"

于是席恩抽出匕首。我只需转过去捅他一刀，匕首就在我手。但他忽然理解了这场游戏。这是另一个陷阱。他告诫自己，记得凯拉和她的钥匙。他正是要引诱我刺杀，才好擒住我，剥了我握匕首这只手的皮。他用左手抓住新娘的裙服。"请站别动，夫人。"

裙服自腰部以下很松，他从那里开始割，慢慢向上，唯恐伤到她。铁刃割过羊毛和丝绸，发出极轻柔的声音。女孩抖得像筛糠，到头来席恩不得不抓住她胳膊方能稳住她。珍妮珍妮，珍珠宝贝，零落成泥。他握得更紧了，用上残废的手残余的全部力量。"站着别动。"

终于，那身裙服被完全割开，一团白色衣料缠在她脚上。"还有内衣。"拉姆斯老爷下令，臭佬执行。

等内衣也被割开后，新娘赤条条地站着，她的新娘盛装如今成了地上白色和灰色的破烂衣裳。新娘的乳房小而坚挺，臀部狭窄瘦弱，腿像鸟儿般纤瘦。她还是个孩子啊，席恩忘了她多幼小，她与珊莎同龄。当然，真正的艾莉亚更小。虽然壁炉的火很旺，新房中却寒气逼人。简妮苍白的肌肤一直在不住地抖。她的手短暂地抬起来，似乎想遮住乳房，但席恩用嘴无声地说了个"不"字，她看见之后，便停住了。

"你觉得这妞儿有几分姿色，臭佬？"拉姆斯老爷问。

"她……"老爷想要什么答案？去神木林之前，女孩跟他说过什么？人人都称赞我可爱。但她现在一点也不可爱，她背上蛛网状的细细线条，全是鞭痕。"……她很美，很……很美。"

拉姆斯露出招牌式的湿润笑容。"如此说来，这妞儿让你硬了对吗，臭佬？你那话儿是不是在裤子里头急着要破茧而出咧？想不想干第一发？"他哈哈大笑。"临冬城亲王有这个权利，我们北方的领主就该遵循老规矩，享受初夜权。可惜你不是领主，对不？你是臭佬，如果照实说，你连人都不是。"他又喝了口酒，然后随手将杯子扔了出去，在房间对面的墙上砸得粉碎。石墙上溅满红色酒液。"艾莉亚夫人，上床。是的，头靠着枕头，这才是我的好老婆。现在把腿分开，让我们看看你的蜜桃。"

女孩无言地顺从，席恩则朝门口退开一步。拉姆斯老爷坐到新娘身边，伸出一只手朝她大腿内侧摸，接着将两根指头插入。女孩痛得喘了口气。"你那里干得像老骨头。"拉姆斯抽回手，顺势给了妻子一耳光，"明明给我说，你懂得如何取悦男人。难道是骗我吗？"

"不——不是，大人。我受过训——训练。"

拉姆斯霍地站起，炉火的光在他脸上跳跃。"臭佬，滚过来，把她办了我才好上。"

半晌间，他糊涂了，"我……您的意思是……老爷，可我没有……我……"

"用嘴巴，"拉姆斯老爷指示，"速战速决。如果我脱完衣服她还没湿，我就把你舌头割下来，钉到墙上。"

神木林里，有只乌鸦厉声尖叫。匕首仍在他手上。

他把匕首收进刀鞘。

臭佬，我是臭佬，臭名缠绕，处处讨饶。他弯下腰去完成老爷交代的差事。

监视者

"让我们看看人头。"他的亲王下令。

阿利欧·何塔抚过长斧光滑的斧柄，抚过他岑木和钢铁的爱妻，自始至终监视着场上众人。他监视着白骑士巴隆·史文爵士及其随员一行；他监视着分坐不同桌子的沙蛇；他监视着老爷、夫人与仆人们，盲眼老管家及年轻的米斯学士。后者有柔滑的胡须，挂着谦卑的笑容。侍卫队长半隐在阴影中，监视全场。效忠。服从。守护。这是他的职责。

其他人都盯着那个盒子。它是乌木做的，带有银制搭扣和铰链，毫无疑问很精美，其中盛装的东西更能决定此刻聚集在阳戟城旧宫里许多人的身家性命。

卡洛特学士穿过大厅来到巴隆·史文爵士身前，拖鞋在地板上沙沙作响。这个圆胖的小个子穿着新袍子，袍上有暗褐色粗线条、灰色粗线条和红色细线条，甚是华美。他鞠了一躬，将盒子从白骑士手中接过，捧回高台，交给在女儿亚莲恩和过世弟弟挚爱的情妇艾拉莉亚之间、轮椅上的道朗·马泰尔。一百根香烛的气息弥漫在空气中，宝石在老爷们指间和夫人们的发网与腰带上闪烁。阿利欧·何塔也把自己的铜鳞甲打磨得像镜子那么光亮，以反射烛火的光辉。

沉默笼罩大厅。整个多恩领都屏住了呼吸。卡洛特学士把箱子放在道朗亲王轮椅前的地板上。学士的手指曾是那么稳健精准，现在开箱子的动作却如此笨拙迟钝。他打开箱子，露出里面的头骨。何塔听见有些人在清喉咙，佛勒家的双胞胎互相说着悄悄话，艾拉莉亚·沙德闭上双眼，呢喃了一句祷词。

侍卫队长发现巴隆·史文爵士紧张得像拉满弦的弓。新到的白骑士不如之前那位那么高挑英俊，但胸膛更宽厚、身材更粗壮、胳膊全是肌肉。他雪白的披风在咽喉处用一只双天鹅银扣扣住，其中一只天鹅是象牙制、另一只是玛瑙制，阿利欧·何塔认为那两只天鹅正在战斗，而佩戴它们的也是战士。此人比之前那个难对付。此人不会像亚历斯爵士那样直挺挺撞上我的长柄斧。他会举盾坚守、逼我上前迎战。但即便事情演变到那地步，何塔也不惧怕。他早已磨利了斧头，时刻准备迎接挑战。

队长容许自己瞥了箱子一眼，陈列在黑毛毯上的骷髅微笑着回望他。骷髅都会笑，而这颗笑得特别灿烂，因为它比谁都大。侍卫队长没见过这么大的骷髅头：硕大坚实的额头、宽阔的下巴，烛光下白得跟巴隆·史文爵士的披风一样。"把它搁上台座。"亲王下令，眼中泪光闪烁。

台座是一根黑色大理石柱，比卡洛特学士还高三尺。矮胖的学士踮起脚尖还够不着，阿利欧·何塔正要去帮一把，却被奥芭娅·沙德抢了先。她今天没带鞭子和盾牌，但看起来仍像个怒冲冲的男人。她没穿女人的裙服，穿的是男人的马裤和长达脚肚子的束腰外衣，腰部用一条太阳铜片腰带束紧，棕发在脑后绑个马尾。她伸手把骷髅从学士柔软的手掌里一把夺过，放到大理石柱顶上。

"魔山终于倒下了。"亲王沉痛地说。

"他临死前是不是很受了一番折磨，巴隆爵士？"特蕾妮·沙德用小女孩询问自己裙子好不好看的语气问。

"他临死前惨叫了好多天，小姐。"白骑士回答，他脸上的神情显示不想多说。"红堡里的人都听到了。"

"你困扰吗，爵士？"娜梅小姐问。她穿一件透明的上等黄丝裙服，烛光照出里面穿戴的宝石和金链。她这身打扮过于放荡，似乎令白骑士很不舒服；相反，何塔却松了口气。娜梅莉亚穿得越少危险也就越少,平时她总是随身携带了十几把利器。"天下皆知,格雷果爵士是个杀人不眨眼的屠夫,他罪该万死。"

"或许是这样罢,小姐。"巴隆•爵士道,"但格雷果爵士毕竟是个骑士,骑士应该手握长剑而死。使毒是卑鄙下流的手段。"

特蕾妮笑了。她乳白和绿色的裙服有长长的蕾丝袖子,如此纯洁,如此淡雅,任何人看见都会以为她是最守规矩的处女。但阿利欧•何塔清楚她的底细。她柔软的白掌下手甚至比奥芭娅长满老茧的手更毒辣。队长严密监视着她,不放过她指头任何细微动作。

道朗亲王皱起眉头。"话虽如此,巴隆爵士,但娜梅小姐的看法更实际。如果说世上有谁活该惨叫至死,非格雷果•克里冈莫属。他谋杀了我的好妹妹,还把她孩儿的脑袋撞碎在墙上。我唯愿他在地狱里被烈火焚烧,这样伊莉亚和她的孩子们才能安息。"

"今天,我们见证了多恩领等待多年的正义,我很高兴能活着看到这一天。兰尼斯特家族终于实践了诺言,偿还了这笔多年以前的血债。"

亲王示意盲眼的老管家里卡索起身,带领大家祝酒。"老爷们夫人们,让我们为安达尔人、洛伊拿人和先民的国王,七国统治者托曼一世干杯!"

管家一边说,厅里的仆人一边端着酒壶把客人们的酒杯斟满。酒是多恩的烈性葡萄酒,深红如血,带有复仇的甜蜜。但队长没喝,他在宴会上向来滴酒不沾。亲王本人也没喝——亲王喝的是米斯学士为他调制的罂粟花汁酒,以减轻肿胀关节的疼痛。

白骑士喝了,以示遵从礼仪。他的同伴们也都喝了。喝酒的还有亚莲恩公主、乔戴恩小姐、神恩城领主、柠檬林的骑士、魂丘伯爵夫人……乃至奥柏伦亲王挚爱的情妇、亲眼在君临目睹他惨死的艾拉莉亚•沙德,他们纷纷饮下代表和解的酒。何塔更关注那些不动杯子的人:戴蒙•沙德爵士、崔蒙德•戈根勒斯伯爵、佛勒双胞胎、达苟士·曼伍笛、狱门堡乌勒家的人和骨路威尔斯家的人。若有麻烦，必是他们中哪位挑事。多恩领是一片惯于自行其是的土地，道朗亲王不若七国其他大领主那么强势。他麾下的许多诸侯认为他软弱可欺，他们巴不得与兰尼斯特公开决裂，向铁王座上的小鬼国王宣战。

最桀骜不驯的要数沙蛇们，"沙蛇"是亲王过世的弟弟红毒蛇奥柏伦的私生女，其中三位就在会场上。道朗·马泰尔是全世界最睿智的亲王，侍卫队长没资格质疑他的决定，但他实在想不透，亲王为何要把奥芭娅、娜梅莉亚和特蕾妮从长矛塔上各自的囚室里释放出来。

特蕾妮以一阵喃喃低语来抵制里卡索的话，娜梅则轻蔑地摆摆手，至于奥芭娅，她任仆人把杯子斟满，然后把红酒全倒在地板上。一个女仆赶紧跪下来擦，而奥芭娅就此扬长而去。片刻后，亚莲恩公主向众人致歉，跑去追她。奥芭娅不会把怒气发泄在小公主身上，何塔明白，她们是堂姐妹，感情一向很好。

宴会一直持续入夜，微笑的骷髅在黑色大理石柱顶端俯瞰众人。席间一共有七道菜，以荣耀七神和御林铁卫的七个兄弟。菜包括柠檬鸡蛋汤，填奶酪和洋葱的长青椒，七鳃鳗派，蜂蜜烤阉鸡，还有从绿血河底捞上来的鳗须鱼，大得要四个仆人才能将其抬上桌。接着又上了风味蛇汤，乃是用七种不同的蛇肉合着火龙椒、血橙及少许蛇毒用文火炖制而成。何塔知道那汤非常辛辣，虽然他自己从没喝过。蛇汤之后是冰冻果子露，以凉爽口舌。至于甜点，每个人都得到骷髅头形状的棉花糖，里面裹了甜甜的奶油蛋羹和小块李子肉及樱桃肉。

吃填青椒时亚莲恩公主就回来了。我的小公主，何塔心想，但亚莲恩已是女人了，绯红丝衣毫无掩饰地衬托出她姣好的身材。最近她变了很多，她为弥赛菈加冕的阴谋被人出卖，落得一败涂地，她的白骑士被何塔砍得身首异处,她自己也被关进太阳塔,禁闭思过。这些无疑都是她改变的原因,但还有别的东西,她父亲把她放出来之后向她吐露了某个秘密。至于是什么秘密,侍卫队长无从得知。

亲王让女儿坐在自己和白骑士之间,代表至高的荣誉。亚莲恩返回座位时面露微笑,凑到巴隆爵士耳边说了句悄悄话。骑士没回答,何塔发现他吃得也很少:一匙汤、一口青椒、一只鸡腿,几片鱼。他完全没碰七鳃鳗派,蛇汤只沾了一小口就推开了——这一小口已让他满头大汗。何塔对此深表同情。当初他刚来多恩,辛辣的食物让他肠胃打结,舌头更是火辣辣地痛。不过那已是陈年往事,现在他不仅头发变白,多恩人能吃的他也都能吃。

巴隆盯着那骷髅棉花糖,抿紧嘴唇,犹豫地看了亲王一眼,想弄清这是不是嘲弄。道朗·马泰尔没在意,但他女儿注意到了。"厨师开个小玩笑而已,巴隆爵士。"亚莲恩道,"我们多恩人生性潇洒,在我们眼中死亡也不神圣。您不介意开开玩笑吧?"她的指尖扫过白骑士的手掌。"希望您对多恩留下了好印象。"

"沿途每个人都很好客,小姐。"

亚莲恩摸了摸扣住他披风的那对争斗天鹅。"我一直很喜爱天鹅。在盛夏群岛以北,没有比它更漂亮的鸟儿。"

"本地的孔雀也不差。"巴隆爵士说。

"它们是不错,"亚莲恩道,"但空虚、自大、颜色俗丽、华而不实。我宁肯要一只宁静的白天鹅或优雅的黑天鹅。"

巴隆爵士听了点点头,继续喝酒。此人不像他的誓言兄弟那么好引诱,何塔心想,亚历斯爵士虽然一把年纪,心底却还是个孩子,而此人是小心警觉的战士。队长很容易发现白骑士的局促不安。这是个陌生的地方,而他不喜欢这里。何塔对此颇为理解。多年前,他护送他的公主初次踏上多恩的土地时,也觉得这里古怪。

大胡子僧侣之前教会了他维斯特洛的通用语，但多恩人说话太快，他还是跟不上。他觉得多恩女人过于淫荡、多恩酒太酸、多恩的食物添加了太多奇怪的辣子，而多恩的太阳日复一日地在晴朗的蓝天上蒸烤大地，比苍白的诺佛斯太阳炎热多了。

巴隆爵士此行虽比他当年路途近，花的时间并不少，队长对此心知肚明。巴隆带了三名骑士、八个侍从、二十个武士和一群马夫仆从从君临出发，刚过群山进入多恩地界，就被一轮接一轮的宴会、狩猎和庆典拖延了行程。他经过的每个城堡都无所不用其极地招待他，使他直到现在才姗姗来迟到达阳戟城，而且弥赛菈公主和亚历斯·奥克赫特爵士都没有出来迎接。白骑士知道一定出了事，何塔能察觉到，但他的不安还有别的理由。或许是沙蛇们让他紧张。若果真如此，奥芭娅的归来可谓火上浇油。她一言不发地坐回座位，闷闷不乐地绷着张臭脸，既无微笑也没说话。

将近午夜时分，道朗亲王才转向白骑士："巴隆爵士，我们高贵的太后陛下托您转交的亲笔信，我读过了。信中内容您都清楚吧，爵士先生？"

何塔发现骑士紧张起来。"是的，殿下。太后陛下吩咐我做好准备，护送她女儿回君临探亲。托曼国王陛下昼夜思念姐姐，盼望弥赛菈公主能回宫与他小聚几日。"

亚莲恩公主面露伤感。"噢，好爵士，可我们大家都喜欢上了弥赛菈。他和我弟弟崔斯丹是形影不离的一对儿。"

"我们也欢迎崔斯丹王子前往君临作客。"巴隆·史文说，"我敢肯定，托曼陛下渴望跟他交朋友。陛下身边的同龄伙伴实在是少了一些。"

"儿时结成的友谊往往可以维系一生。"道朗亲王评论，"将来崔斯丹和弥赛菈结婚以后，他跟托曼也就是兄弟。瑟曦太后陛下真可谓高瞻远瞩，两个孩子正该多多接触，早日成为好友。多恩当然会想念他，但崔斯丹长大了，不能老待在阳戟城里，要让他见识外面的大千世界，这才有助于成长。"

"君临一定会给他最热情的招待。"

他为何大汗淋漓？队长边看边想，大厅相当凉爽，而他又没再喝肉汤。

"至于瑟曦太后陛下的其他提议——"道朗亲王说，"也是相当重要。自我弟弟不幸过世，多恩领在御前会议中的席位便空了出来，这种情况于国不利。陛下尤为看重我的谏言，对此我深感荣幸，但我实在身体有恙，能否改为走海路呢？"

"走海路？"巴隆爵士大吃一惊，"那……那样安全吗，亲王殿下？我素来听说海上秋天多风暴，还有……海盗聚集在石阶列岛，这个……"

"哦，海盗。您说得对，爵士先生，还是原路返回比较安全。"道朗亲王友好地微笑，"我们不如明天再讨论这个话题。到了流水花园，我们把整件事一起告诉弥赛菈。届时她该多兴奋啊，我知道，她也一直思念着弟弟。"

"我渴望尽快觐见公主，"巴隆爵士说，"并参观您的流水花园。听说那里很美。"

"美丽而又宁静，"亲王介绍道，"清风拂面，水波粼粼，孩子们尽情欢笑。流水花园是我在世间最流连的地方。爵士先生，我的祖先修建这座花园给他的坦格利安新娘居住，为她遮挡多恩的沙尘与暑气。她叫丹妮莉丝，是贤王戴伦之妹，她的婚姻确保了多恩领并入七大王国的版图。全国上下无人不知那女孩爱着戴伦王的私生哥哥戴蒙•黑火，黑火也深爱着她，但国王认为两个人的情欲不能与千万人的福祉相提并论，即便那是他的至亲。丹妮莉丝把花园变成了孩子们的乐土，一开始只有她自己的孩子，后来领主和有产骑士们的儿女也被送来与亲王的孩子作陪。某个特别炎热的夏天，地面似要烤焦,她可怜服侍她的马夫、厨子和仆人们,便邀请他们的孩子也到水池和喷泉里嬉戏,这个传统一直保持至今。"亲王抓住轮椅,将自己推离桌边。"请原谅,爵士先生,长篇大论令我疲累,而我们明日破晓还要出发。奥芭娅,请送我回房好吗?娜梅莉亚、特蕾妮,你们也过来,来给大伯道个晚安。"

亲王这么吩咐,推轮椅的任务便落到奥芭娅·沙德头上。她将轮椅推出阳戟城的宴会大厅,穿过长长的走廊,回去书房。阿利欧·何塔和其他两个沙蛇、亚莲恩公主及艾拉莉亚·沙德随后跟上。卡洛特学士穿着拖鞋急匆匆地追赶,他捧着魔山的头骨,好像捧着婴儿。

"你不会真把崔斯丹和弥赛菈送去君临吧?"奥芭娅边推车边问。她的步子太大,迈得又急,轮椅的大木轮在切割粗糙的石地板上擦出难听的噪声。"你真那么做,我们就永远见不到那女孩了,而你的儿子也将做一辈子铁王座的人质。"

"你当我是傻瓜吗,奥芭娅?"亲王叹口气,"很多事你不知情。此地处处耳目,不宜讨论。如果你能管住舌头,回头我或许会开导你。"他脸一皱,"为着你对我的爱,推慢点。刚才的颠簸就好像给了我膝盖一刀。"

奥芭娅把推车速度猛然减慢。"照你说,该怎么做?"

她妹妹特蕾妮接口,"还不是一如既往呗,"她撅起嘴,"拖延、犹豫、敷衍。噢,要论无所作为,我们英勇的大伯说是第二,天下没人敢当第一。"

"你误解了他。"亚莲恩公主反驳。

"闭嘴。统统闭嘴。"亲王下令。

直到书房门紧闭,他才调转轮椅,面对女人们——即便这动作也疼得他呼吸急促。盖住他双腿的密尔毯子教车辐缠住,他不得不伸手拽紧,以防它撕裂。毯子底下他的腿惨白、绵软、可怖,双膝红肿，几乎成了紫色的脚趾有常人的两倍大。这番景象阿利欧•何塔见过上千次，但每次看见仍不忍卒睹。

亚莲恩公主连忙上前。"让我帮你，父亲。"

亲王把毯子拽了出来。"我至少还能管好自己的毯子。"他很坚持这点。三年前，他的腿就废了，但他的胳膊和肩膀中还有些力量。

"亲王殿下，要我为您送上一杯罂粟花奶吗？"卡洛特学士问。

"喝一桶才治得了我的疼。行了，谢谢你，今晚不用，我得保持神志清醒。你下去吧。"

"好的，亲王殿下。"卡洛特学士鞠了一躬，他柔软的粉色手掌仍抓着格雷果爵士的头骨。

"拿给我，"奥芭娅•沙德一把抓过头骨，伸长手臂举在空中观看，"魔山到底长什么样？凭什么说这是他？既然人头可用焦油保存，他们为何只送来头骨？"

"大概是因为焦油会玷污盒子吧。"娜梅小姐猜测。卡洛特学士匆匆离去。"没人亲眼见证魔山死去，更没有人目睹他身首异处。我承认，这点让我很疑惑，但说实话，婊子太后拿这个欺骗我们有什么意义？如果格雷果•克里冈还活着，真相早晚会暴露，那家伙可是全维斯特洛最高的人，足有八尺。等到露了馅，瑟曦•兰尼斯特就会失信于七国上下，白痴才会冒这风险。这对她有何利益可言？"

"这颗头确实够大，"亲王说，"而我们清楚奥柏伦给他留下了致命伤。从那以后我们收到的每份情报都说克里冈正在极大的痛苦中缓缓走向死亡。"

"正如父亲的意图。"特蕾妮道，"姐妹们，说实话，我知道父亲用的哪种毒。他的长矛哪怕只是划破了魔山的皮肤，克里冈也难逃一死，不管他身躯有多庞大。你们可以怀疑小妹，却不要质疑父亲大人。"

奥芭娅叫道："我以前没有、以后也决不会质疑他。"她了给头骨一个嘲弄的吻。"我向他保证，这只是开始。"

"只是开始？"艾拉莉亚·沙德难以置信地喊道，"诸神在上，我宁愿以此作为结尾。泰温·兰尼斯特死了，劳勃·拜拉席恩、亚摩利·洛奇爵士，现在又加上格雷果·克里冈，谋杀伊莉亚和她的孩子们的凶手都死了。就连乔佛里——那个伊莉亚在世时还没出世的孩子——也死了。我亲眼看见那孩子抓着自己的喉咙，窒息身亡。你们还想杀谁？难道非要杀了弥赛菈和托曼，才能让雷妮丝和伊耿长眠吗？这事什么时候能画上句号？"

"既以血始，必以血终。"娜梅小姐回答，"等我们拆掉凯岩城，让见不得人的死蛆蠕虫暴露于光天化日之下；等我们颠覆了泰温·兰尼斯特和他的一切作为，到那时，这事才算了结。"

"那个人死在自己的亲儿子手上。"艾拉莉亚反驳，"你还想怎样？"

"我宁愿他死在我手上。"娜梅小姐找了把椅子坐下，长长的黑辫子从一边肩膀垂到膝盖。她遗传了父亲的美人尖，眼睛大而明亮，酒红色嘴唇卷出一个妩媚的笑。"那样的话，他就不会死得那么痛快了。"

"格雷果爵士看上去孤单得紧，"特蕾妮用甜美的修女腔调说，"我很确定，他渴望多几个伴。"

艾拉莉亚已是泪流满面，黑眼珠闪闪发光。即便哭泣时，她依然有种力量，侍卫队长心想。"奥柏伦想为伊莉亚报仇，你们三个想为他报仇。我提醒你们，我也有四个女儿，四个都是你们的好妹妹。我的伊莉亚今年已经十四岁，几乎是女人了，奥贝娜十二岁，很快也要来潮。她们崇拜你们，正如多娜和萝芮崇拜着她们。如果你们中哪位死了,是要伊莉亚或奥贝娜去为你们报仇吗?以后又要多娜和萝芮为她们的姐姐报仇?为什么这事要一轮又一轮无休无止无限循环下去?我问你:冤冤相报何时了?"艾拉莉亚·沙德把一只手放在魔山的头骨上。"我亲眼看着你们的父亲死去,而杀人凶手就在这里。试问我可以把这颗头骨带回床上,让它在黑夜里给我安慰吗?它能让我欢笑、能为我谱写歌谣、能在我年迈体衰时关心照顾我吗?"

"那你要我们怎么做呢,女士?"娜梅小姐质问,"难道你要我们放下长矛,一笑泯恩仇?"

"无论我们愿不愿意,战争很快就会爆发。"奥芭娅说,"铁王座上坐着个小鬼。史坦尼斯大人占据了长城,正把北方诸侯招集麾下。太后和王后像母狗抢骨头一样争夺托曼。铁民夺取盾牌列岛之后,深入曼德河抢掠,将战火烧到了河湾地的腹心——这意味着高庭无暇他顾。我们的敌人分崩离析,时机已然成熟。"

"什么时机?收获更多骷髅的时机?"艾拉莉亚·沙德转向亲王,"她们什么也不懂,我不想再听她们啰唆了。"

"回去照顾你的孩子吧,艾拉莉亚,"亲王告诉她,"我向你保证,她们决不会受伤害。"

"亲王殿下。"艾拉莉亚吻过他的额头后离去。阿利欧·何塔感到一阵悲哀。她是个好女人。

等她走后,娜梅小姐开口:"我知道她深爱着父亲,但她显然不了解他。"

亲王惊奇地看着她。"对你父亲,她了解的程度比你深得多,娜梅莉亚。而且她和你父亲过得非常幸福。人这一辈子,到头来温柔的心灵往往比骄傲或勇气更可贵。不过就事论事,艾拉莉亚确实不了解眼前局势,我也不会让她卷入。战争已经打响。"

奥芭娅笑道:"哈,这还要感谢我们亲爱的亚莲恩一手促成喽。"

公主脸红了，何塔发现她父亲脸上闪过一丝怒火。"她做那些既为她自己也是为了你们。你们不该嘲笑她。"

"真是愧不敢当啊。"奥芭娅·沙德不依不饶，"叔叔，你尽管拖延耽搁、搪塞掩饰、不思进取好了，巴隆爵士终究会到流水花园觐见弥赛菈公主，他会发现她少了只耳朵。等那女孩告诉他，你的队长是如何用他那柄钢铁老婆把亚历斯·奥克赫特从头到尾劈成两半的，届时……"

"不，"亚莲恩公主从软垫椅子上站起来，将一只手放在何塔胳膊上，"你们不了解真相，亚历斯爵士是杰洛·戴恩所杀。"

三条沙蛇面面相觑。"暗黑之星干的？"

"暗黑之星干的，"他的小公主确认，"他试图谋害弥赛菈公主。公主会把事情真相原原本本讲给巴隆爵士听。"

娜梅小姐笑了。"至少这最后一句是真的。"

"全是真的。"亲王确认，同时痛得一缩。是痛风的关系，还是因为谎言？"杰洛爵士畏罪潜逃回高隐城，我们鞭长莫及。"

"暗黑之星干的。"特蕾妮咯咯浅笑，"有何不可？全推他头上得了。不过这话巴隆爵士能信吗？"

"弥赛菈说出口的话，他没道理不信。"亚莲恩坚持。

奥芭娅嗤之以鼻。"她今天可以为我们圆谎，明天也可以，但迟早有一天会被人探出真相。等巴隆爵士把真相带回君临，必然撕破脸皮、刀兵相见。我们怎容他离开？"

"干掉他。"特蕾妮提议，"干脆一不做二不休，把他的随员全干掉，连那些甜美的小侍从也不放过。这似乎……噢，有点儿粗暴啊。"

道朗亲王闭上了眼睛，又复睁开。何塔发现亲王的腿在毯子下颤抖。"倘若你们三个不是我弟弟的女儿，我会立刻把你们送回牢房，一直关押到骨头变灰。不过我现在要带你们一同前往流水花园，如果你们有脑子的话，就给我好好学一课。"

"学一课？"奥芭娅问，"那里只有光屁股的孩子。"

"没错。"亲王说，"我给巴隆爵士讲了个故事，但没讲完。丹妮莉丝在橙子树下看着孩子们在水池中嬉戏时，忽有感悟：这些裸体的孩子就只是孩子，谁也分不清他们出身高贵与否，他们同样纯洁、同样脆弱，同样地生机勃勃、同样地需要爱护。'他们就是你的国家，'她如此教育自己的儿子和继承人，'无论你做什么，都要记得他们。'我母亲在我长大离开水池时，对我说过同样的话。作亲王的号召人民拿起长矛很容易，但到头来付出代价的却是孩子们。为了孩子们、为了国家的未来，明主不可怒而兴军，兴军则必操万全之把握。

"我不瞎也不聋。我知道你们以为我软弱无能、担惊受怕、人见人欺，但你们的父亲了解我更深。奥柏伦无愧于毒蛇之名，危险致命、变化叵测，没人敢踩他；我则是那随风摇摆的青草，殷勤柔顺、和蔼芬芳。谁会惧怕青草呢？但正是青草掩蔽了毒蛇的行踪，青草是毒蛇的保护伞，掩护他扑杀敌人。你们的父亲和我合作无间，远超你们想象……现在他死了，留下的问题是：我能否像信任他那样信任他的女儿，让她们代替他的位置？"

何塔依次监视着三条沙蛇。鼠褐色头发的奥芭娅身穿煮沸皮甲，皮甲上的铁钉生了锈，那双离得很近的眼睛怒气冲冲；橄榄色皮肤的娜梅莉亚慵懒优雅，长长的黑发用红金色头绳绑成辫子；蓝眼金发的特蕾妮挥动着柔软的小手掌，发出轻笑声，好像是个长不大的女孩。

特蕾妮代表她们三人回答："叔叔，我们受不了的是无所作为。若你派给我们任务，任何任务都好，你将会发现我们是你麾下最忠实、最得力的助手。"

"答应得好，"亲王道，"但言语就像风。你们是我弟弟的女儿，我爱你们，但我也学会了不信任你们。我需要誓言：你们愿意发誓服侍我，并服从我的一切命令吗？"

"如果必须的话。"娜梅小姐说。

"那现在就发誓，以你们父亲的坟墓之名。"

奥芭娅脸一黑。"如果你不是我叔叔——"

"我是你叔叔，也是你的亲王。你要么发誓，要么走人。"

"我发誓。"特蕾妮道，"以父亲的坟墓之名。"

"我发誓，"娜梅小姐说，"以奥柏伦·马泰尔、多恩的红毒蛇之名，他是一个比你强太多的人。"

"好吧，"奥芭娅说，"算上我一个。以父亲之名，我发誓。"

亲王显然放松了些，何塔注意到他沉进轮椅里。亲王伸出一只手，亚莲恩公主走到他身边握住。"告诉她们吧，父亲。"

道朗亲王粗浊地吐了一口气。"多恩在宫中有人，有朋友告诉我们内幕消息。瑟曦的邀请是个陷阱，崔斯丹根本到不了君临。回去的路上，在御林某处，巴隆爵士的队伍会被匪徒袭击，而我儿将被牺牲掉。他们邀我一同进宫，目的是要我见证这场袭击，以为太后洗脱嫌疑。噢，那些土匪？他们会叫嚷着'半人万岁！半人万岁！'发起攻击。巴隆爵士甚至会瞥见一眼小恶魔的身影，虽然不会有别的目击者。"

阿利欧·何塔以为任何事都不能让沙蛇们震惊。他错了。

"七神在上。"特蕾妮轻声道，"崔斯丹？这是为什么？"

"那女人一定疯了，"奥芭娅说，"他还是个孩子。"

"耸人听闻。"娜梅小姐说，"我不信，御林铁卫的骑士不可能做出这种伤天害理的事。"

"他们都发誓服从，跟我的侍卫队长一样。"亲王说，"起初我也不信，但你们都看见我提出走海路时，巴隆爵士如何推诿了。走海路将毁了太后陛下的精心安排。"

奥芭娅涨红了脸。"把我的长矛还来，叔叔。瑟曦送给我们一颗人头，我们要送还她一袋。"

道朗亲王举起一只手，他的指节像熟透的樱桃那么黑、那么大。"巴隆是我屋檐下的客人，吃过我们的面包和盐，我不可以加害他，不能蛮干。我会带他去流水花园，让他听过弥赛菈的故事后，派乌鸦给太后报信。女孩会求他讨伐伤害她的人，我没看走眼的话，史文将不会拒绝。奥芭娅，到时我要你领他赶赴高隐城捉拿暗黑之星。另一方面，现在还不是多恩领公开与铁王座决裂的时候，我们没法阻止弥赛菈与母亲团聚，但我不会同行。这个任务交给你，娜梅莉亚。兰尼斯特不会喜欢这安排，正如他们不喜欢我派出奥柏伦，可他们同样没法拒绝。我们需要在御前会议里发言，需要在宫中安插耳目。但你要小心，君临是个毒蛇窝。"

娜梅小姐鬼魅地一笑。"怎么，叔叔，我喜欢毒蛇。"

"那我呢？"特蕾妮忙问。

"你母亲是个修女。奥柏伦曾告诉我，她从你摇篮时期就给你念《七星圣经》了。我也派你去君临，但你跟你姐姐去的是不同的山丘——圣剑骑士团和星辰武士团都已重建，这个新任总主教不像前几任那样是傀儡。我要你试着去接近他。"

"有何不可呢？白色很适合我穿，白色让我显得……纯真。"

"很好，"亲王说，"很好。"他犹豫了一下。"如果……如果某桩安排能够完成，我将分头发出行动信号。抓住瞬息万变的局势，方能赢得权力的游戏。"

"我知道你们决不会辜负大家，姐妹们。"亚莲恩走到每一条沙蛇面前，依次执起她们的手，轻轻印下一吻，"凶猛的奥芭娅，亲切的娜梅莉亚、甜美的特蕾妮。我爱你们。愿多恩的太阳与你们同在。"

"不屈不挠!"三条沙蛇异口同声地叫道。

亚莲恩公主在她们离开后留了下来,阿利欧·何塔一如既往地站在原位。

"有其父必有其女。"亲王评论。

小公主微笑:"三个长奶子的奥柏伦。"

道朗亲王哈哈大笑。何塔已太久没听到亲王的笑声,快忘记那是怎样的了。

"不过依我之见,该送我去君临,而非娜梅小姐。"亚莲恩说。

"不,这任务太危险。你是我的继承人,肩负着多恩的未来,你的位置在我身边。很快,我还要交给你另一个任务。"

"你刚才提到的那桩'安排',最近可有消息?"

道朗亲王与她分享了一个私密的笑容。"消息从里斯传来。有支庞大的舰队曾在那里停靠加水,舰队以瓦兰提斯船为主,运载着一支军队。没人知道这帮人的身份或他们的目的地。里斯人提到大象。"

"不是龙吗?"

"他们提的是大象,不过把小龙隐藏在大船货舱里应该不是难事。丹妮莉丝在海上航行时是最容易出事的,如果我是她,同样会保护自己,尽量隐藏行踪,打君临方面一个措手不及。"

"你觉得昆廷在这支队伍里?"

"可能在,也可能不在。根据他们在维斯特洛的登陆点,我们就能判断出来。昆廷会想尽一切办法,说服这支队伍沿绿血河上行,把她带给我。不过现在谈这些为时过早。亲吻我吧,我们明日破晓就启程去流水花园。"

也就意味着正午时才会出发,何塔心想。

亚莲恩走后，队长放下长柄斧，把道朗亲王抱到床上。"直到魔山打碎我弟弟的头颅，我们多恩领都没在五王之战中损失一兵一卒，"何塔为他盖上毯子时，亲王轻声细语地说，"告诉我，队长，这究竟是我的羞耻，还是我的荣耀呢？"

"我没资格作评判，亲王殿下。"效忠。服从。守护。单纯的誓言，单纯的人。这才是他懂得的一切。

琼恩

黎明前的寒意中，瓦迩裹着一件大得能包住山姆的熊皮斗篷等在大门前，身旁有一匹备好鞍配的灰色矮种马，毛发蓬松，一只眼睛是白子。穆利和忧郁的艾迪这对护卫不情不愿地站在她身旁，呼吸在黑暗的冷空气中凝成白霜。

"你们弄了匹盲马？"琼恩狐疑地问。

"只是半盲，大人，"穆利解释，"而且它很健壮。"他轻拍矮种马的脖子。

"马是半盲，但我不瞎。"瓦迩说，"我知道往哪儿走。"

"女士，我重申，此事你可以拒绝。其中风险——"

"——由我来承担，雪诺大人。我并非南方的贵族小姐，而是女自由民，我比所有的黑衣游骑兵都更了解这片森林。它对我来说毫无鬼影。"

*希望如此。*琼恩把希望寄托在她身上，相信瓦迩能从黑杰克布尔威及其同伴送命的地方平安返回，相信自由民不会伤害她……但他们心知肚明，森林里不止有野人。"食物带够了么？"

"硬面包、硬奶酪、燕麦蛋糕、腌鳕鱼、腌牛肉、腌绵羊肉，还有一袋能冲走嘴里盐味儿的甜酒。我不会饿死的。"

"好吧，你们该出发了。"

"我答应你，雪诺大人，无论能否带回托蒙德，我都会回来。"瓦迩抬起头，半月当空，"预计在满月的第一天。"

"好。"*别食言*，他心想，*否则史坦尼斯会要我脑袋*。"你能保证照顾好我们的公主吗？"国王问，而琼恩确实保证过。但瓦迩不是公主,我告诉过他几百遍了。这是个孱弱的借口,用来掩盖食言的事实,父亲绝不会赞同他这样做。我是守护王国的坚盾,琼恩提醒自己,不管怎样,相比个人荣誉,长城更紧要。

长城下的隧道阴冷如冰龙的肚腹,曲折似盘卷的毒蛇。忧郁的艾迪手握火把在前方引路,穆利拿钥匙开启三重门,那些门有人手般粗的黑铁栅栏。每道门前的守卫都向琼恩·雪诺点头行礼,眼睛却直勾勾地盯着瓦迩和她的矮种马。

他们穿过新伐木头做的厚重大门,来到长城北侧。野人公主停下片刻,极目远眺。史坦尼斯国王大胜之地,如今是一片皑皑白雪,鬼影森林在更远处张开漆黑静谧的大口,虎视眈眈。半个月亮的清辉把瓦迩的蜜色头发染成银白,让她的脸颊宛若新雪。她深吸一口气:"外面的空气如此甜美。"

"我的舌头冻麻了,只感到冷。"

"冷?"瓦迩轻笑,"才不是。真正的冷会让你呼吸都痛。当异鬼到来……"

这想法让人不寒而栗。琼恩派出的另外六名游骑兵至今未归。别着急,他们可能在回来的路上。但他心中另一个声音坚持,他们死了,全死了。是你派他们去送死,现在你还要瓦迩去送死。"请向托蒙德转述我的话。"

"他可能不上心,但至少会听听。"瓦迩轻轻吻了他的脸颊。"我感谢你,雪诺大人。为了半盲的马,为了腌鳕鱼,为了自由的空气。为了希望。"

他们的呼吸融在一起,蒸腾成一团白气。琼恩·雪诺后退一步。"我唯一想要的感谢是——"

"——巨人克星托蒙德。没错。"瓦迩拉起熊皮斗篷的兜帽,棕色熊皮间杂着灰色,"走之前,最后一个问题:是你杀了贾尔么,大人?"

"长城杀了贾尔。"

"我这么听说的。但我需要确定。"

"我向你保证,我没杀他。"但他若不摔死,我也许会下手。

"好吧,那就再会啰。"她几乎是玩笑般地说。

琼恩•雪诺并未接话。这里太黑太冷,他没有开玩笑的心情,何况时候不早了。"很快会再见的。你会回来,就算不为别的,也为了孩子。"

"卡斯特的儿子?"瓦迩耸耸肩,"他不是我的亲人。"

"我听见你唱歌给他听。"

"我是唱给自己听,他听到了该怪我么?"她嘴角微微上翘,"他听到就笑了,嗯,倒也不错。他是个可爱的小怪物。"

"怪物?"

"乳名嘛,我总得找个名字称呼他。注意给他保暖,保护他平安。为了他母亲和我,让他远离那个红袍女。她知道他的身份,她能在火焰里看到东西。"

艾莉亚,他希望红袍女真能看到。"不过是灰烬与烟尘。"

"应该说国王和魔龙。"

又是龙。琼恩似乎能看见魔龙在夜空中盘旋,漆黑的翅膀衬出一片火海。"她要是知道,早把孩子带走了——我是指姐娜的孩子,不是你的怪物。国王只消听到一点风声,这事就完了。"我也完了。史坦尼斯会把这当成叛国。"她要是知道,怎会任其发生?"

"因为这正合她意。火焰变幻莫测,无人知其动向。"瓦迩一脚踩在马镫上,翻身上马,俯视着琼恩,"还记得我姐姐的话么?"

"记得。"巫术乃无柄之剑,没法掌握。但梅丽珊卓说得有理。无柄之剑仍是剑,强敌环伺时需要利剑。

"好吧，"瓦迩调转马头向北，"月圆的第一晚再会。"琼恩看着矮种马带她远去，不知能否再见到她的脸。我并非南方的贵族小姐，她音容犹在，而是女自由民。

"我不关心她姐姐的话。"眼看瓦迩的身影消失在一排士卒松后，忧郁的艾迪嘀咕道，"这太冷，喘口气儿都疼——我倒想不喘气，但那会更疼。"他搓着双手，"我瞧这事没好果子吃。"

"你每件事都这么说。"

"是啊，大人，通常我是对的。"

穆利清清嗓子。"大人？放走野人公主，人们会说——"

"——说我是半个野人，是变色龙，想把王国出卖给掠袭者、食人族和巨人。"琼恩无须观火，也知道人们怎么议论，最糟的是，他们说得没错，至少不全错。"言语就像风，长城上风还少么？走吧。"

琼恩回到兵器库后的房间时，天还没亮。他发现白灵也没回来。他还在打猎。为了猎物，巨大的白色冰原狼最近出去得越来越频繁，跑得也越来越远。北有守夜人军团，南有鼹鼠村的野人，黑城堡附近丘陵和平原中的动物被捕杀得一干二净，何况这块地本就没多少猎物。凛冬将至，琼恩明白，太快，太快了。他不知大家能否见到下个春天。

忧郁的艾迪赶去厨房，带回一大杯棕色麦酒和一个盖住的盘子。琼恩掀开盖，发现盘里有三个油炸鸭蛋、一条培根、两根香肠、一根血肠，外加半条刚出炉的面包。他吃了面包和半个蛋，本想吃点培根，但乌鸦抢先一步。"你这贼。"琼恩说，乌鸦却不管他，拍着翅膀飞到门梁上享受战利品了。

"贼。"乌鸦重复。

琼恩咬了口香肠，却不得不用麦酒漱口来冲掉味道。艾迪回报说波文·马尔锡在外等候。"奥赛尔和他一起，还有赛勒达修士。"

消息传得好快。他思忖谁走漏风声的，可疑者不止一人。"让他们进来。"

"好的，大人。您可得看好香肠，他们看起来相当饥渴。"

但琼恩不觉得他们饥渴。赛勒达修士醉得忘乎所以，神叨叨地说要剥喷火烧他的龙的鳞片；首席工匠奥赛尔·亚威克像是吃太多消化不良；波文·马尔锡怒气冲冲——琼恩从他的眼神、从他紧闭的嘴、从他通红的圆脸上能看出来。那可不是冻的。"坐。"他说，"吃点什么？喝的呢？"

"我们一起用过早餐。"马尔锡说。

"我可以再吃点，"亚威克坐进椅子里，"谢谢您。"

"或许来点葡萄酒？"赛勒达修士道。

"玉米。"乌鸦在门梁上尖叫，"玉米，玉米。"

"给修士上葡萄酒，给首席工匠弄盘吃的。"琼恩吩咐忧郁的艾迪，"什么都别给鸟儿。"他转向几位访客。"你们为瓦迩而来。"

"不止这个。"波文·马尔锡道，"人心惶惶啊，大人。"

推你为代表的都有谁呢？"我也惶惶不安。奥赛尔，长夜堡的工程进度如何？我收到亚赛尔·佛罗伦爵士的信——他自称为王后之手——他说赛丽丝王后对东海望的住所很不满意，希望能马上搬进夫君的新城堡。你觉得这可行么？"

亚威克耸耸肩。"堡垒大部分修缮好了，厨房也铺了屋顶。您看，那里没有食物、家具和柴火，但还能住，只是没东海望方便。而且陛下想离开的话，那离大海太远了，总之……好吧，她可以住那里，但那地方要花上几年才能有城堡的样子。我有更多工匠就好了。"

"我能给你提供巨人。"

奥赛尔吓了一跳。"场子里那怪物？"

"皮革跟我说他叫温旺·威格·温旺·铎迩·温旺。我知道这很绕口,皮革简称为'旺旺',巨人似乎没意见。"旺旺一点不像老奶妈故事里的巨人。故事里的巨人茹毛饮血,早餐喝血粥,能吞下整头公牛,连牛毛、牛皮和牛角都不剩;这个巨人尽管能吃下整筐根茎,用方形巨齿咀嚼洋葱、芜菁乃至生萝卜时显得有些可怕,但根本不吃肉。"他很能干,就是沟通麻烦些。他古语说得磕磕巴巴,对通用语则一窍不通。但他不知疲倦,力大无穷,一人能顶十几个。"

"我……大人,大家才不会……巨人吃人肉,大家都知……不,大人,谢谢您的好意,但我匀不出人手来守着那怪物,他……"

琼恩·雪诺并不意外。"随便吧,巨人就留下。"说实话,从前的他也会讨厌旺旺。你什么都不懂,琼恩·雪诺,耶哥蕊特说,于是琼恩一有机会就去和巨人交谈,让皮革或另一位从树林带回来的自由民做翻译。他从中了解到很多巨人族的知识和历史,真希望山姆在这儿,把故事统统记下。

这并不意味着他对旺旺的危险性视而不见。巨人感受到威胁时会陡然变凶,他那双铁拳足以把人撕成两半。这让琼恩想起阿多。他有两个阿多那么大,两个阿多那么壮,却只有阿多一半聪明。这家伙能把赛勒达修士吓醒。但若托蒙德手下有巨人,温旺·威格·温旺·铎迩·温旺或能帮我们对付。

门在它下面打开,熊老的乌鸦又聒噪起来,忧郁的艾迪带回一壶葡萄酒和一盘香肠与蛋。艾迪倒酒时,波文·马尔锡明显很不耐烦,只等艾迪出去就立刻继续。"托勒特是个好手,讨人喜欢,埃恩·伊梅特也是个优秀的教头。"他说,"但据说您要把他们送走。"

"长车楼正需要好手。"

"大伙儿已管那儿叫妓女洞了。"马尔锡道,"算了,木已成舟。您打算让那个蛮子皮革来取代伊梅特做教头也是真的喽?这职位通常由骑士担任,至少也得是游骑兵。"

"皮革的确有些野。"琼恩淡定地承认,"这点我承认。我在校场和他交过手,他只用一把石斧就比大多数使城堡打造的精钢武器的骑士厉害。是的,我也觉得他没耐心,而且很多小子会怕他……但这不全是坏事。他们迟早要上战场,早点熟悉恐惧的滋味大有裨益。"

"他是个野人。"

"他曾是野人。现在他已发下誓言,成了我们的兄弟。他能教新手们的不止剑技,多了解一些古语和自由民的行事方式没坏处。"

"自由。"乌鸦嘀咕着,"玉米。国王。"

"大家不信任他。"

哪个大家?琼恩想追问,有多少人?但这只会引出他不想讨论的话题。"我只能说很遗憾。还有事么?"

赛勒达修士开口:"纱丁那孩子,据说您打算让他做您的事务官和侍从,代替托勒特。大人,那孩子是个妓……一个……恕我冒昧,他是个来自旧镇妓院、涂脂抹粉的娈童。"

你还是个无可救药的醉鬼呢。"我们不关心他在旧镇做过什么。他聪明好学,一开始其他新兵轻视他,但他最终赢得了尊重,并和所有人交上朋友。他在战斗中无所畏惧,还识得简单的读写。他完全胜任为我端饭倒水,牵马备鞍。你们以为呢?"

"他大概能行,"波文·马尔锡板着脸说,"但大伙儿不喜欢这样。按传统,总司令的侍从通常从好出身的人里选,以为下任总司令的接班人。大人难道认为守夜人的汉子会跟随个男妓上战场吗?"

琼恩的脾气上来了。"他们跟随过更糟糕的。熊老多少留给他的接班人几句忠告。影子塔的厨子曾喜欢强奸修女，每得手一次，就在身上烫一个七芒星。他左手从手腕到肘弯都是星星，小腿上也全是。在东海望，有个烧了父亲的房子、还把门堵上的人，全家九口都被他烧死。无论纱飞过去在旧镇做过什么，他现在是我们的兄弟，将来是我的侍从。"

赛勒达修士喝了几口酒，奥赛尔·亚威克用匕首叉起一根香肠，波文·马尔锡则面红耳赤地坐着。乌鸦扑扇翅膀，嚷道："玉米，玉米，杀。"最后，总务长清清喉咙。"我相信大人是经过深思熟虑。我能问问冰牢里的尸体么？它们让大伙儿很不安。派守卫看守它们？显然这浪费了两名好手，除非您担心他们……"

"……站起来？我正希望如此。"

赛勒达修士的脸一下刷白。"七神保佑。"酒水顺着他下巴划出一道红线。"司令大人，尸鬼是怪物，是不该存在的异类，是诸神眼中的孽畜。您……您难道想跟它们对话？"

"能对话么？"琼恩·雪诺问，"我不指望，但没法确定。他们现在或许成了怪物，但生前是人。他们记得什么？我杀死的那个尸鬼想杀莫尔蒙司令，它显然记得莫尔蒙是谁，还记得怎么找他。"伊蒙学士会理解他的意图，琼恩确信，山姆·塔利会害怕，但也会理解他。"我父亲经常教导我要知己知彼。我们现下对尸鬼知之甚少，对异鬼更是一无所知。我们需要了解情况。"

答案不能让他们满意。赛勒达修士摩挲着脖子上的水晶。"我觉得这很不明智，雪诺大人。我会向老妪祈祷，让她举起明灯为您照亮智慧之路。"

琼恩·雪诺耗尽了耐心。"我相信，我们都需要智慧。"你什么都不懂，琼恩·雪诺。"现在，能说说瓦迩的事了？"

"好吧。"马尔锡道，"您真放了她？"

"在长城之外。"

赛勒达修士吸了口气。"她是国王的战利品。陛下若知道她走了,肯定勃然大怒。"

"瓦迩会回来。"若诸神保佑,她会在史坦尼斯之前回来。

"您怎么知道?"波文•马尔锡诘问。

"她说过会回来。"

"她要是扯谎呢?要是遭遇不测呢?"

"嗯,那你们就有机会重选个喜欢的总司令了。在那之前,恐怕你们得听我的。"琼恩喝了口麦酒,"我让她去找巨人克星托蒙德,带去我的条件。"

"能告诉我们条件是什么吗?"

"和我给鼹鼠村的条件一样:食物、住所和和平,换取他的部众加入我们,抵御共同的敌人,守护长城。"

波文•马尔锡并不惊讶。"你打算让他们通过长城,"他很清楚琼恩的想法,"你打算为他和他的手下打开大门,为成百上千的野人。"

"如果他还有那么多人的话。"

赛勒达修士画了个星形,奥赛尔•亚威克低声咒骂,波文•马尔锡开口:"有人会称之为背叛。那些可是野人,是蛮子、掠袭者跟强奸犯,与其说是人不如说是野兽。"

"托蒙德不是野兽,"琼恩说,"曼斯•雷德也不是。何况就算你形容得对,也改变不了他们是人的事实,波文。他们是活生生的人,跟你我一样。凛冬将至,大人们,当寒冬到来,活人应当团结一致,抵抗死物的威胁。"

"雪诺。"熊老的乌鸦尖叫,"雪诺,雪诺。"

琼恩不予理睬。"我们询问过从树林带回的野人。他们中有几人讲了个有趣的故事,关于名叫鼹鼠妈妈的森林女巫。"

"鼹鼠妈妈?"波文·马尔锡说,"怪名字。"

"可能她把家安在空心树下的地洞吧。不管真相如何,她预见会有舰队搭救自由民平安穿越狭海,而好几千逃离战场的人在绝望中相信了她。鼹鼠妈妈把他们带到艰难屯,在那里祈祷,等待海上来的救赎。"

奥赛尔·亚威克眉头紧锁。"我不是游骑兵,但……听说艰难屯是不洁之地,受了诅咒。雪诺大人,即便您叔叔也这么说。他们去那儿干吗?"

琼恩面前的桌上放着一张地图,他把地图转过来给他们看。"艰难屯被海湾掩护,有一个天然海港,港口水深足供大船航行。附近陆上木材和石材都很丰富,水里鱼群众多,旁边触手可及之地就是海豹、海象的根据地。"

"这些都对,我不怀疑。"亚威克说,"但那地方我一晚都不想住。您知道传言。"

他的确知道。艰难屯原来几乎算得上是个镇,长城以北唯一的小镇,直到六百年前某个夜晚,厄运降临。镇民被抓去当了奴隶,也有说被抓去吃了,端乎你相信哪个版本。他们的家园和厅堂被付之一炬,火光冲天,远在长城的守卫还以为太阳从北方升起。后来,灰烬如雨落在鬼影森林和颤抖海上,持续了近半年。商人带回消息,说原来艰难屯伫立的地方,只剩噩梦般的废墟:焦木横陈,废石遍地,肿胀的尸体堵住水流,镇旁大悬崖上的洞穴里日夜回荡着令人血液冻结的尖啸。

那夜至今已过去六世纪,艰难屯仍让人避之唯恐不及。琼恩听闻野人重拾了那块地方,但游骑兵们坚称在那片荒草蔓生的废墟里,渴望鲜血的尸鬼、恶魔和燃烧亡魂徘徊不去。"我不会去那避难,"琼恩说,"但据报,鼹鼠妈妈宣扬自由民将在灾难之所得到救赎。"

赛勒达修士抿抿嘴唇。"救赎只能来自七神，这个女巫将把他们全部葬送。"

"兴许她救了长城。"波文·马尔锡认为，"这些可是敌人，就由着他们在废墟里祈祷吧。要是他们的神派船来搭救他们去更好的世界，那很不错。在这个世界，我可没东西喂养他们。"

琼恩握剑的手开开合合。"卡特·派克的划桨船偶尔会经过艰难屯。他说那里除了洞穴，再无栖身之处。他的手下管那些洞叫'尖啸窟'，鼹鼠妈妈和她的信徒会冻饿而死，成百、成千地死。"

"成千的敌人，成千的野人。"

成千的人，琼恩心想，男人，女人，孩子。他怒火中烧，开口时却冷静如冰。"你是真瞎还是装瞎？依你之见，如果他们都变成死人，会发生什么？"

乌鸦在门上嘀咕："死人，死人，死人。"

"让我告诉你会发生什么。"琼恩说，"死人会站起来，变成蓝眼黑手的尸鬼，成百上千的尸鬼，成百上千地涌向我们。"他站起来，右手手指开开合合，"你们可以走了。"

赛勒达修士脸色苍白、满头大汗，奥赛尔·亚威克动作僵硬，波文·马尔锡紧闭嘴唇、失魂落魄。"打扰了，雪诺大人。"他们转身离开，再未多言。

提利昂

这只母猪比他骑过的许多马都好脾气。它一动不动地耐心等待提利昂爬到它背上,连声都没吭,他取盾牌和长枪时它也很配合。等他提起缰绳,双脚一夹猪肚皮,它便立刻行动起来。它叫"美女",这是美女猪的简称,它从小就接受过鞍子和缰绳的训练。

美女猪奔过甲板,侏儒身上刷了彩漆的木盔甲噼砰乱响。提利昂腋下全是汗,痒得很,一大滴汗珠顺着那不成比例的大头盔流到他鼻子的伤疤上。在那荒谬的刹那,他觉得自己成了詹姆,手握长枪在真正的比武场上驰骋,阳光照耀在金甲上。

笑声响起,幻梦消解。他不是骑士,只是骑在猪背上端着木棍取悦喝多了朗姆酒的水手,满心想要安抚他们情绪的侏儒。无疑在地狱的某个角落,父亲看得咬牙切齿,而乔佛里哈哈大笑,提利昂可以感觉到他们用冰冷死寂的目光着意欣赏这场滑稽戏,一如"赛斯拉·科荷兰号"的船员。

他的对手就在前方。分妮骑在大灰狗上,条纹长枪随狗儿蹦跳向前,在空中醉鬼般地晃荡。她的盾牌和盔甲被漆成红色,但油漆已破裂起皮;提利昂的盔甲是蓝色。不对,不是我的,是便特的盔甲。决不是我的。我必须记得这点。

水手们大呼小叫要他开打,于是他踢了美女猪腰间一脚,催促它发起冲锋。周围人的话他听不懂,不知鼓励还是嘲讽,但话中语气他是明白的。我真是鬼迷心窍,为什么答应加入这样一场闹剧?

自然,答案他是知道的。船行到悲痛海湾,连续十二天无风,船员们的情绪低落到谷底,等每日的朗姆酒配给告罄,会发生什么谁也无法预料。一天只有那么几种枯燥的工作，无非是修补风帆、堵塞渗漏和捕鱼。乔拉·莫尔蒙听见人们嘀咕说是侏儒带给大家厄运。这条船上，只有厨子还会时不时摸摸提利昂的脑袋，期望能搅动点风，其他人不论他走到哪里，都对他投以怨毒的眼神。分妮的处境更糟，因为厨子散布说捏女侏儒的奶子有助于找回运气。厨子也开始称呼美女猪为培根——这在提利昂嘴里是句俏皮话，在他口中却变了味。

"我们得让大家开心，"分妮恳求他，"得让大家喜欢我们。只要来场表演赛，大家就会忘记不愉快。求您了，大人。"他昏头昏脑、模棱两可地答应下来，也搞不懂当时哪根筋搭错了。一定是朗姆酒的作用。船长的酒首先没了，而提利昂·兰尼斯特很快发现，被朗姆酒灌醉比喝葡萄酒要容易得多。

所以他穿上便特的彩绘木盔甲，骑上便特的母猪，让便特的妹妹教他侏儒比武的要诀、教他侏儒在世上维生的手段。考虑到之前提利昂正因拒绝外甥要他骑上狗参加比武的要求，拒绝满足对方变态的趣味，而几乎掉脑袋，现在的发展无疑是个辛辣的讽刺。

分妮的长枪适时下压，用钝头扫过他肩膀；他握不紧长枪，枪头向下偏，撞在她的盾角，发出刺耳声响。她还在坐骑上，他却摔了下去。不过，这就是原本想要的效果。

从猪身上摔下去听着简单……其实不然。提利昂摔倒时运起从前的杂耍功夫，蜷成一个球，但砸在甲板上仍发出"砰"的一声闷响。他狠狠地咬到了舌头，嘴里有血味。他感觉自己又回到了十二岁，在凯岩城的大餐桌上翻跟斗，不过当年有吉利安叔叔为他真心实意地喝彩，现在只有坏脾气的水手。他觉得跟乔佛里婚宴那天便特与分妮引发的全场轰然狂笑相比，他们这对得到的笑声稀稀落落、还有些勉强，甚至有人生气地嘘他。"'没鼻子'，你长得丑骑得也丑，"艉楼上有人叫道，"没卵蛋的孬种！只能揍女孩打！"他把注下在我身上了，提利昂意识到。他把辱骂当耳边风，反正比这恶劣的也听过。

身穿木盔甲很难站起来，他觉得自己像个被翻了面的乌龟——他挣扎起身的举止倒引发了水手们更多的欢笑。遗憾哪，我没把腿一并摔断，那样他们该号叫了。他们也真是生不逢时，要能在厕所边围观，保管会在公爵大人面前笑得尿裤子。也罢，我现在的任务就是逢迎这帮该死的狗杂种。

最后是乔拉·莫尔蒙可怜他，上前把他拉起。"你就像个傻瓜。"

这正是表演的目的。"骑在猪背上，怎么也不能说是英雄吧。"

"怪不得我从来不碰猪。"

提利昂解开头盔，掰下来，朝旁边吐了口掺血丝的唾沫。"我差点把舌头咬断。"

"记得下次咬重点，"乔拉爵士建议，"说实话，我见过比你更差劲的骑士。"

这算是表扬吗？"我他妈从猪背上摔下来，还咬到舌头。还有比我更差劲的？"

"有人被长枪碎片刺穿眼睛，当场横死。"

分妮翻下大灰狗，那畜生名唤"嘎吱"。"比武的诀窍就是不能骑太好，胡戈。"其他人在场时，她总是留意称他为胡戈，"这样大家才会取笑咱们，并扔给咱们钱币。"

作践自己去换一点血汗钱，提利昂心想，但没说出口。"看来这次我们没达标。没人扔钱币。"连一枚便士、一个铜分都没有。

"咱们勤加练习，就会有人扔了。"分妮摘下头盔，鼠棕色头发冒出来盖住了耳朵。她的眼睛也是棕色，其上有两道浓眉，她的脸则光滑红润。她从一只皮包里掏了些橡果喂美女猪吃。那母猪从她手里进食,欢乐地吱吱叫。"等咱们为丹妮莉丝女王表演时,银子会像雨一样洒下。到时你就知道了。"

有些水手朝他们吼叫,还在甲板上跺脚,要他们再比一轮。其中厨子的声音一如既往最为响亮。提利昂近来已疏远了他,虽然他是平底商船上唯一有点棋力的席瓦斯棋手。"看到了吧,他们喜欢咱们,"分妮脸上挂着希冀的微笑,"要再来一次吗,胡戈?"

他正待发作,一位船副的叫喊省却了他的麻烦。现在上午刚过一半,船长意图再投下小艇拉船。平底商船的条纹巨帆仍跟前些日子一样纹丝不动,但船长认为靠北就有风,他要求船员们通过几艘小艇的协力拖带,把船划过去。然而商船大,小艇小,牵引商船劳神费力。船员们弄得大汗淋漓,满手血泡,腰酸腿痛,怨声载道。提利昂没法责怪他们。"寡妇该送我们上划桨船。"他没好气地发牢骚,"行行好,帮我把这些该死的木板脱掉!我的老二都快给刺破了。"

莫尔蒙粗鲁地上前帮忙,分妮则把狗和猪带下甲板。"最好告诉你的小姐,回房后把门锁死,"乔拉爵士替他解开连接木胸甲和木背甲的带子,"关于排骨、火腿和培根大餐的话,我最近听够了。"

"那头猪是她的生计啊。"

"有个吉斯卡利船员吹嘘自己连狗都吃。"莫尔蒙把胸甲和背甲拆开,"你提醒她就行。"

"好吧。"他外衣汗湿透了,贴在胸前。提利昂扯了扯衣服,希望能扇点儿风。木盔甲又热又沉又难受,盔甲上一半是旧漆,一层叠一层粉刷,反复油漆过上百回。他还记得在乔佛里的婚宴上,一个骑士纹有罗柏·史塔克的冰原狼,另一个装饰着史坦尼斯·拜拉席恩的文章和家族色彩。"为丹妮莉丝女王表演需要两只畜生一起上场。"他说。如果船员们决意要宰美女猪,他和分妮都束手无策……但乔拉爵士的长剑可以派上用场。

"你想靠耍把戏来求她饶命吗，小恶魔？"

"请叫我小恶魔爵士，谢谢。还有，你猜得很靠谱。等女王陛下了解我真正的价值，她会好好珍惜我的。我可是个人见人爱的小家伙，而且对我的亲戚们知根知底哟。当然在那之前，我必须取悦她。"

"随便怎么耍把式，也洗不清你深重的罪孽。丹妮莉丝·坦格利安不是没见过市面的傻孩子，劝你趁早打消翻翻筋斗来蒙混过关的念头。她会公正地审判你。"

噢，我表示怀疑。提利昂用那双大小不一的眼睛审视着莫尔蒙。"那这位公正的女王会怎么欢迎你咧？一个温暖的拥抱？一个私密的玩笑？还是一把刽子手的斧头啊？"骑士的窘迫让他乐了，"你真指望我相信你在那家妓院里为陛下办事？在半个世界之外保护她？是不是龙女王不要你了，你才被迫离开？可她为什么……噢，等等，你是安插在她身边的间谍。"提利昂笑出声来，"想用我来赢回她的青睐，我得说，这是招臭棋，简直像是狂徒醉酒后乱抓救命稻草嘛。假如你逮到詹姆……要知道，詹姆杀的才是她父亲，我害死的是我父亲。你以为她会处决我宽恕你，依我看说不定她会处决你宽恕我咧。乔拉爵士，或许你才该骑上那头猪，穿上铁皮做的杂色衣，就像傻瓜佛罗……"

大个子骑士给了他狠狠一拳，把他脑袋打歪过去，这一拳的力道让他在甲板上弹了好几圈，等他用一边膝盖撑着跪起来，已满嘴是血。他吐出一颗被打断的牙齿。我的脸真是一天比一天帅气了，但我确实戳到了他的痛处。"侏儒冒犯到你了吗，爵士先生？"提利昂无辜地问，一边用手背擦去破唇上的连串血珠。

"我受够了你这张碎嘴，侏儒。"莫尔蒙说，"靠岸之前最好离我远远的，趁你还剩下几颗牙！"

"恐怕难办,我们住在同一个房间。"

"你另找地方睡。货舱还是甲板,我不管。只要别让我看到你。"

提利昂站起来。"如你所愿。"他含着满嘴鲜血应道。但大个子骑士已扬长而去,皮靴踏得甲板嘎吱作响。

提利昂来到甲板下的厨房,用清水和朗姆酒漱口,并避免刺激伤处。分妮跑来找他。"我听说发生的事了。噢,你伤得重吗?"

他一耸肩。"吐了口血,掉了颗牙。"我把他伤得更重。"他是个骑士。很抱歉,我想乔拉爵士以后不会再维护我们了。"

"你到底做了什么呀?噢,又在流血。"她从袖子里摸出一块方巾,替他轻轻擦拭,"你说了什么?"

"一些牛黄爵士不愿面对的真相。"

"你别嘲弄他。你怎么连这都不懂呀?不能对大个子那样说话,他们会伤害你的。乔拉爵士本可把你扔进大海,而船员们只会哈哈大笑。在大个子身边你要小心应付,表现得像个开心果,让他们脸上挂着笑容,让他们开开心心——我爸就是这样教我的。你爸难道没教你怎么跟大个子打交道吗?"

"我爸管他们叫草民,"提利昂说,"而且他不会为任何事开心。"他呷了口掺水的朗姆酒,在嘴里漱了两圈然后吐掉。"不过你说得有理,我始终没学会如何做侏儒。或许在我学习比武和骑猪技巧的空闲里,你可以教教我。"

"我会的,大人,我很荣幸,可……那是什么真相啊?为什么乔拉爵士下手这么重?"

"为什么,为了爱情呗,和我炖了那歌手如出一辙。"他想起雪伊临死时的眼神。他用项链紧紧勒住她的喉咙,那是一串金手项链。金手触摸冰冰凉呀,而姑娘小掌热乎乎。"你还是处女吗,分妮?"

她羞得满脸通红。"是的，当然，谁会……"

"保持贞洁吧，因为爱情太疯狂，而欲望是毒药。保住你的贞操，有朝一日你会为此感激不尽，那样的话，你便不可能流浪到洛恩河边遢遢的小妓院，去找一位有点形似你失去的真爱的妓女。"或者横跨半个世界，想知道妓女到哪里去了。"乔拉爵士梦想营救他的龙女王，并为此赢得她的感激，可我太清楚君王们的'感激'了。与其奢求这个，我还不如梦想拥有一座建在瓦雷利亚的皇宫咧，"他忽然停住，"你感觉到没有？船在动。"

"是的，"分妮的脸瞬间被欢乐点燃，"船在动，起风了……"她旋风般跑出门。"我要去看，来吧，我们看谁先跑上甲板！"她说完就跑。

她是个小女生。提利昂眼看分妮笑逐颜开地从厨房跑开、蹬着那双短腿所能允许的最快速度奔上那些陡峭的木楼梯时，在心里提醒自己。她几乎还是个孩子。但她的兴奋感染了他，于是他也上甲板去。

风帆又有了生命，它张张弛弛，帆布上的红色条纹像蛇一样蜿蜒扭动。船员们在船上忙碌，忙着牵拉绳索，船副们用古瓦兰提斯语大声发号施令。在小艇上划桨的人们解开牵引绳，急着划回大船。风旋转着从西边吹来，又急又猛，好像淘气的孩子，紧攥着绳子和人们的长袍。"赛斯拉·科荷兰号"终于启航。

我们终究到得了弥林，提利昂心想。

但等爬上艉楼的楼梯，从船尾望去，他的笑容凝固了。一样的蓝天碧海，但在西方……我从未见过天空是那样的颜色。地平线被连绵不断的乌云笼盖。"狗杂种。"他指给分妮看。

"什么意思？"她问。

"意思是大坏蛋在追赶我们。"

他吃惊地发现马奇罗和两名他属下的圣火之手也来到艉楼处瞭

望。时近正午，红袍僧和他的人一般要黄昏时才现身。那和尚朝他凝重地点点头。"你也看见了，胡戈·希山，这就是真主的怒火。光之王决无戏言。"

提利昂有种不祥的预感。"寡妇说这条船到不了目的地，我以为她的意思是等我们出海、离开执政官的势力范围，船长就会改道驶向弥林；再或你的圣火之手会劫船，带我们去见丹妮莉丝。其实至高牧师从圣火中看见的根本不是那些，对不对？"

"对，"马奇罗的深沉嗓音庄严得如同丧钟，"这才是他的所见。"红袍僧抬起手杖，杖头低垂，遥指西方。

分妮糊涂了。"我不懂。什么意思？"

"意思是我们最好下去。乔拉爵士把我流放了，情非得已时我可以到你那里避难吗？"

"可以，"她说，"您当然……噢……"

接下来近三小时里，他们都在拼命赶路，而风暴迅速逼近。西方的天空先是绿色，继而成了灰色，最后一片漆黑。一堵高耸的黑墙以排山倒海之势碾压而至，云雾沸腾，好似一锅在火上煮太久的牛奶。提利昂和分妮战战兢兢地在舯楼上观望，他们挤在船首像边，手牵着手，小心翼翼地避开船长和船员们。

前次风暴虽然惊险，却是畅快淋漓，令风雨过后的他有种焕然一新的滋味。这次打一开始就大不相同。船长也感觉到了，他罕见地将船从东北航向转向正北，以求避开风暴的途径。

可惜这是徒劳。风暴太猛烈，海浪汹涌，狂风呼啸，"臭管家号"被折腾得七上八下。船尾后方，蛛网般的闪电分裂了天空，在洋面上舞蹈，光亮夺目。继之而来的是隆隆雷声。"我们该藏起来了。"提利昂挽起分妮的胳膊，拽她下甲板。

美女猪和嘎吱都怕得快发疯了。狗叫啊叫啊叫啊，一直叫个不停，提利昂刚进门就被它撞翻；猪满地拉屎——提利昂尽己所能地为它打理，分妮则负责安抚动物。随后他们把所有能移动的东西都固定住，不能固定便扔出门外。"我好害怕。"分妮坦白。舱房开始倾斜摇晃，波涛捶打船壳，舱房也跟着颠簸。

有比淹死更糟的死法。你老哥或我老爸死得更惨。还有雪伊，那满嘴谎话的婊子。金手触摸冰冰凉呀，而姑娘小掌热乎乎。"我们玩个游戏，"提利昂提议，"就不用想外面的风暴了。"

"我不下棋，"她立刻声明，"我不想下席瓦斯。"

对此提利昂表示同意。船摇晃得这么厉害，下棋只会使棋子乱飞，砸在猪和狗身上。"你小时候，有没玩过城堡游戏？"

"没玩过。你教我好么？"

我能教她么？提利昂犹豫了。我真是个笨侏儒，她没有城堡，当然没玩过城堡游戏。城堡游戏是贵族子弟们的游戏，目的是教化礼仪和纹章知识，并让孩子们明了家族的敌友关系。"那游戏不……"他刚开口，甲板就剧烈上掀，令两人撞个满怀。分妮发出一声恐惧的尖叫。"那游戏不成，"提利昂咬紧牙关告诉她，"对不起，我不知道玩什——"

"我知道。"分妮吻了他。

这是一个笨拙、仓促、慌乱的吻，但完全出乎他意料。他伸出双手，抓住她的肩膀，意图把她推开，不料片刻犹豫之后，却把她拉得更近，抱得更紧。她的嘴唇又干又硬，比吝啬鬼的钱包合得更严。这算是一点幸运吧，提利昂心想，因为他不想要她。他喜欢分妮、可怜分妮、甚至在某种程度上羡慕分妮，偏偏对她没有欲望。不过他也不想伤害她——诸神和他亲爱的老姐已伤她够多。所以他让这个吻持续下去，并温柔地环住她，他的唇也始终没有张开。"赛斯拉·科荷兰号"在他们周围翻天覆地。

许久之后，她才抽身退开一两寸距离，提利昂在她眼中看见自己的倒影。好漂亮的眼睛，他心想，但那双眼睛里还有别的东西：

许多恐惧，些许希冀……但没有一星半点欲望。她也不想要我，正如我不想要她。

她低下头，他却用手扶住她的下巴，把她的头重新抬起来。"我们不能玩这个游戏，小姐。"雷声炸响，似乎就在左近。

"我不是这意……我从没吻过男孩子，可……我只是想，如果我们要被淹死了，而我……我还……"

"你真可爱，"提利昂撒谎道，"可惜我结婚了。晚宴那天她也在场，你或许还记得她，我的珊莎夫人。"

"她是你夫人？她……她长得很美……"

美丽而虚伪。珊莎、雪伊，我生命中的每个女人……除了泰莎，她们都不爱我。妓女到底去了哪里？"她是个美丽的女人，"提利昂说，"我们在诸神与世人的注目下结合。虽然我失去了她的联络，但除非确信她已不幸于人世，我都必须对她忠实。"

"我明白。"分妮别过头。

真是个纯洁的好女孩，提利昂苦涩地想，居然天真到相信如此弥天大谎。

船壳吱嘎作响，甲板左右挪移，美女猪悲苦地吱吱叫唤。分妮手脚并用爬过舱房地板，搂住那头猪，低声呢喃安抚。看着他们两个，你绝对无法分辨是谁在安慰谁——这番景象怪诞到了滑稽的程度，提利昂却挤不出一丝笑容。这女孩不该从猪上求得安慰，他心想，她值得一个诚实的吻、值得一点点关怀。其实无论大个子小人物，每个人都值得这点安慰。他四处寻找酒杯，却发现朗姆酒都洒光了。淹死是个糟糕的结局，他酸溜溜地想，而清醒中被逆流的悲伤淹没，则太过残酷。

最终，他们没被淹死……虽然有几次，他们觉得美好平静地淹死反而比活着好。那天剩下的时间都是风暴肆虐，一直持续到深夜。潮湿的风在他们周围狂啸，巨浪打来，好似溺死的巨人揭起复仇之拳，一心要粉碎这条船。他们后来得知，有一位船副和两名船员被冲下海，一壶热油脂打到厨子脸上、弄瞎了他，船长则从艉楼狠狠地摔下甲板，两条腿都折了。甲板下的嘎吱又叫又闹，甚至咬向分妮，美女猪又开始不断拉屎，把潮湿拥挤的舱房完全变成了猪圈。在这阵煎熬中，提利昂努力忍着没吐出来，多亏没有酒精作祟。分妮就没这么幸运了，当船像一只快爆炸的酒桶、当船壁在他们周围发出似要散架的呻吟声时，是他死死抱紧了她。

接近午夜，风终于停息，大海渐归平静。提利昂爬回甲板，但眼前所见不能让人安心：平底商船似乎被盖在繁星装点的巨碗之下，于黑耀石海上漂浮，然而放眼四望，无论东南西北，乌云仍如黑色群山般拔地而起，蓝色和紫色的电光点亮了周围陡峭的云崖和崎岖的云坡。天上没下雨，但甲板湿滑，脚旁全是水。

提利昂听见甲板下传来一个尖细高亢、歇斯底里的恐惧叫喊，他也听见了马奇罗的声音。红袍僧站在艏楼上直面风暴，把手杖高举过头，大声祈祷。船中间有十几个船员和两名圣火之手正与一堆纠缠的绳索和湿透的帆布搏斗，不知是在收帆还是升帆——不管他们在做什么，他觉得都是个蠢透了的主意。事实果真如此。

海风徐徐回归，在耳边低语威胁。它又冷又湿，吹痛了他的脸，吹起了湿透的帆布，吹开了马奇罗的红袍。出于本能，提利昂伸手抓住最近的栏杆，刚好躲过一劫——因为忽然之间，微风成了怒号的狂风。马奇罗喊了句什么，绿焰便从手杖上的龙口喷出，蹿入夜空。接着倾盆大雨从天而降，黑漆漆的什么也看不清，艏楼与艉楼同时消失在雨帘之外。庞然巨物扫过空中，提利昂抬头看去，觉得那是帆，还有两个活人在上面晃荡。接着他听见一声巨响。噢，这下糟糕，他心想，桅杆要完蛋。

他找到最近的绳子，抓住它爬下去，企图钻进最近的舱口，以躲避重新来袭的风暴。可惜疾风一下就把他掀翻，第二下让他撞到栏杆，他只能死命抓紧绳子。骤雨抽打在他脸上，令他目不视物。他嘴里又全是血了，身下的商船像个奋力大解的、肥胖的便秘病人一样发出恶心的呻吟声。

这时桅杆断了。

提利昂并没看见是怎么回事，但他听到了。饱受摧残的木头发出又一声巨响后，空中便射满木片木屑。有一片木头差半寸便刺穿了他的眼睛，另一片刺中他脖子，第三片穿过靴子和裤子、射入他小腿。他厉声惨叫，却没放松手劲，他用毕生从未使出过的惊人力气牢牢抓紧了绳子。寡妇说这条船到不了目的地，想到这，他不由得哈哈大笑，疯狂地、无法遏止地哈哈大笑，周围是万钧雷霆、木材哀鸣和惊涛骇浪。

等风暴平息，幸存者们——他们好像雨后蠕动出地表的淡粉色蛆虫——爬到甲板上查看时，"赛斯拉·科荷兰号"已经毁了。她进水严重，左倾了十度，船壳千疮百孔，货舱注满海水，桅杆只剩下一段比侏儒还矮的断桩。连船首像也未能幸免，它失去了一条胳膊和那条胳膊夹着的卷轴。这回共损失九个人，包括一位船副、两名圣火之手和马奇罗。

本内罗在圣火中也看见这个了？提利昂发现高大的红袍僧失踪后不禁思量，马奇罗自己看见过么？

"预言就像个训练不佳的蠢骡子，"他向乔拉·莫尔蒙倾诉，"看着管用，却不能信任，关键时刻掉链子。那该死的寡妇说船绝对到不了目的地，她告诉我们本内罗在圣火中预见了未来，我当时以为……算了，现在讲这些还有什么用？"他撇撇嘴，"原来预言的意思就是操他娘的风暴会拿我们的桅杆当柴火，让我们漫无目的漂流在悲痛海湾，直到食物耗尽、落到人吃人的田地。你觉得他们会先拿谁开刀……猪，狗，还是我？"

"最吵的那个。"

船长第二天就死了,厨子多撑了三天。剩下的船员只能勉强保证船浮在水上。接过船长职责的船副声称离雪松岛南角不远。他放下小艇拖船,结果一艘沉了,另一艘砍断绳子,朝北边逃去,抛弃了大船和所有的同伴。

"这就是奴隶。"乔拉•莫尔蒙轻蔑地评论。

大个子骑士自称风暴期间都在睡觉。提利昂不信,但没质疑。原因很简单,也许某天他会想咬别人的腿,而那要用到牙。莫尔蒙表现出既往不咎的样子,提利昂也乐得轻松,不再跟他闹别扭。

他们在海上漂了十九天,食物和淡水急剧减少,无情的太阳始终蒸烤着他们。分妮跟她的猪和狗一起待在舱房足不出户,提利昂瘸着腿为她送去食物。他每夜都会解开小腿上的绷带,检查伤口。百无聊赖时,他还会继续戳脚趾手指。乔拉爵士则坚持每天磨剑,直把剑磨得锐利生辉。每天日落,剩下的三名圣火之手仍会点燃夜火,但他们带领船员们祈祷时,却不曾脱下华丽的甲胄,长矛也始终在手。自风暴以来,再没有船员摸过两位侏儒的脑袋。

"咱们再为他们比武一场好吗?"某晚分妮提议。

"最好不要,"提利昂说,"这只会提醒他们船上还有一只肥猪。"不过说实话,美女一天天消瘦下去,嘎吱更成了皮包骨头。

那晚,他梦见自己回到了君临,十字弓在手。"妓女还能上哪儿去?"泰温公爵说,但这回他扣动扳机、弓弦颤动时,弩箭却射进了分妮的肚子。

叫喊声将他吵醒。

身下的甲板在动,半晌间他万分困惑,乃至以为又回到了"含羞少女号"上。猪屎的臭味将他拉回现实。伤心岭已是半个世界之外的往事,当初的欢乐时光也成了过眼云烟。他还记得莱摩儿晨浴后的可爱模样,串串水珠在她光洁裸露的皮肤上闪耀;这条船上只有可怜的分妮,一个矮小畸形的侏儒女孩。

肯定有事发生。提利昂滑下吊床，打着呵欠找靴子。他甚至失心疯般找起了十字弓，结果当然一无所获。真遗憾哪，他心想，大个子来吃我的时候，我本可拉两个垫背。他套上靴子，跑上甲板去看这阵叫喊是怎么回事。分妮已先到了，她眼中满是惊喜。"一条船耶，"她喊道，"那里，那里，你看见没？是一条船耶！他们看见我们了，他们真的看见了。来了一条船耶！"

这回是他吻了她……双颊一边一吻，额头上一下，最后一记吻上了嘴。她面红耳赤，咯咯傻笑，忽然变得害羞起来。但这没关系，因为他们终于有了救星。那是艘巨大的划桨船，拍打的桨叶在船后留下长长的白色涟漪。"那是什么船？"他问乔拉·莫尔蒙爵士，"认得出名字吗？"

"不需要。我们在下风，我闻得到船上的味道，"莫尔蒙拔出长剑，"那是奴隶贩子的船。"

变色龙

太阳西下时,天空才开始飘雪花,但入夜后,雪已大得蒙住了月亮,犹如白色巨幕。

"北方诸神正把怒火倾泄在史坦尼斯大人身上。"第二天早上,卢斯·波顿向聚集在临冬城大厅用餐的人们宣布,"他这个外乡入侵者,必遭旧神神罚。"

他的属下一边欢呼赞同,一边挥拳砸那木板长桌。临冬城虽已残破,成了废墟,但其花岗岩城墙仍能基本阻挡住寒风,使城内众人免受风雪侵袭。城内囤足了吃喝,不站岗的可以生火取暖、烘干衣服,找个温暖角落舒舒服服睡上一觉。波顿公爵之前命士兵们大肆伐木,所得足够烧上半年,因此大厅一直是暖和舒适的。野外的史坦尼斯则一无所有。

席恩·葛雷乔伊并没加入欢呼,他注意到佛雷家的人也保持沉默。他们知道自己也是外乡人,他观察着伊尼斯·佛雷爵士及其同父异母弟弟霍斯丁爵士。佛雷家族生长在河间地,从没见过这么大的雪,况且北境已夺去他们家三口性命。席恩想起拉姆斯两手空空的搜索,几个佛雷就这么凭空消失在白港到荒冢屯的路上。

高台上,威曼·曼德勒大人坐在两位白港骑士中间,正把麦片粥朝那张肥脸里送。不过,他对今天这顿早餐的热情跟婚宴当天对那张馅饼比起来,可说天差地别。一旁,独臂的海伍德·史陶正跟面色苍白的妓魇安柏小声说着什么。

席恩排队去领粥,粥盛在一排铜灌里,用木勺舀出。他发现领主和骑士们的粥都会加牛奶、蜂蜜甚至一点黄油,但他没那待遇。

这难怪，他短暂的临冬城亲王任期已经结束，在之前的戏剧中他粉墨登场，顺利担保了假艾莉亚的婚姻，现在卢斯·波顿用不着他了。

"我记事的第一个冬天，大雪盖过了头顶咧。"排在他前面的一个霍伍德的人说。

"吹啥咧，那会儿你不过是三尺娃儿。"一名溪流地的骑兵回嘴。

昨晚，席恩难以成眠，不由得又构思起逃亡计划来，想趁拉姆斯及其父亲大人无暇他顾时悄悄溜走。不过，每道城门都已关闭上闩，严密把守，没有波顿公爵的手令，任何人不得进出。即便席恩找到法子出城，又能怎样？他忘不了凯拉和她的钥匙。他能上哪去？父亲已死，叔叔们用不着他，他回不了派克城。对他来说，最接近家园的地方就是这里，临冬城的废墟。

一个废人、一座废墟。我哪也不去。

没等轮到他舀粥，拉姆斯就带着他的好小子们趾高气昂地冲进大厅，吵着要听歌。尔贝揉揉惺忪睡眼，拿起竖琴，唱起《多恩人的妻子》，一个洗衣妇在旁击鼓应和。不过歌手更改了歌词，他把"品尝多恩人的妻子"改成"品尝北方人的女儿"。

他很可能为这个丢舌头，席恩边想边看着粥舀进自己碗里。他不过是个歌手，拉姆斯老爷会剥他双手的皮。没有人会为他说一句好话。然而波顿公爵听了微笑，拉姆斯则哈哈大笑，这下所有人都知道跟着笑是安全的了。黄迪克觉得这首歌如此逗趣，乐得把刚喝下的酒从鼻孔里笑喷了出来。

艾莉亚夫人没在大厅与众人同乐，事实上，婚礼当晚以后，她就没踏出过卧室。酸埃林说拉姆斯不给新娘衣服穿，还用铁链把她拴在床柱子上，但席恩知道事情没那么夸张。拉姆斯没用锁链，至少没用看得见的那种，他只在卧室门口安排了两名警卫，不许女孩自由出入。而且她只在洗澡时才赤身裸体。

可她每晚都洗澡，拉姆斯老爷希望自己的新娘干干净净。"她没带侍女，真可怜，"拉姆斯吩咐席恩，"只有委屈你担起这个担子了，臭佬。想换上裙子吗？"他笑道，"求我的话，没准儿我真会好好打扮你。现在嘛，你在她洗澡时当侍女就好，我可不想她闻起来跟你似的。"于是，每当拉姆斯想起睡老婆，席恩的职责就是自瓦妲夫人或达斯丁伯爵夫人那边借几名女仆，从厨房提来热水。艾莉亚没跟任何一名女仆说过话，但这些女仆都瞧见了她身上的瘀伤。这是她自作自受，都怪她没能取悦他。"做艾莉亚就好。"某次扶她入水时，他忍不住告诫，"拉姆斯老爷并不想伤害你。只当我们……当我们忘记自己是谁他才会下手。他从没无缘无故地惩罚我。"

"席恩……"她抽泣着，低声道。

"臭佬，"他抓住她的一条胳膊，用力摇晃，"在这里我是臭佬。你必须记得这点，艾莉亚。"可这女孩毕竟不是史塔克家的人，她只是总管的小崽儿。珍妮，她叫珍妮，她不该向我求救。席恩·葛雷乔伊或许会帮她，但席恩乃是铁种，比臭佬勇敢得多。臭佬臭佬，处处讨饶。

拉姆斯最近被这个新玩具吸引了注意力，女孩儿有奶子有沟……但珍妮的眼泪很快会令他厌烦，他会重新想起臭佬。到那时，他会一寸一寸剥我的皮，剥光指头剥手臂，剥光脚趾剥小腿；他还会要我求他，在痛不欲生中苦苦哀求他大发慈悲，切掉自己的四肢。臭佬没热水澡可洗，只能在屎堆里打滚，并且禁止擦身子。他穿的衣服很快会变成又脏又臭的破布，但直到穿烂之前都不许脱。他能期望的最好待遇就是被扔回兽舍与拉姆斯的娘儿们为伴。凯拉，他想起来，拉姆斯给新的一只母狗取名凯拉。

他捧着粥碗，在大厅尾部找了个空板凳，离最近的火炬也有好几码远。无论白天黑夜，高台下的长凳起码是半满，人们在这里喝酒、赌骰子、高谈阔论或在安静的角落里和衣打盹儿。等轮班时，士官们会把士兵踢醒，命他们披好斗篷，上城墙巡逻。

没人愿与变色龙席恩为伍，他也受不了他们。

灰色的粥太稀，他只喝了三勺就推开碗，让它在旁冷掉。邻桌围坐了一群人，正高声争论这场暴风雪的强度，猜测雪得下多久才会停。"至少一天一夜，或许更久。"有个高大的黑胡子弓箭手坚称，这人胸前绣有赛文家的战斧标记。几个老兵谈起过去的见闻，说这场雪跟小时候见过的冬天相比，简直就像毛毛雨。河间地的士兵听得目瞪口呆。南方佬，没见识过冰雪和寒冷。不断有人进门，进门后就会挤到篝火边，或把手伸到烧红的火盆上，他们挂在门边钩子上的斗篷一直在滴水。

空气窒闷，烟雾缭绕，他那碗麦片粥的表面很快凝结。这时，身后有个女人出声叫他："席恩·葛雷乔伊。"

我叫臭佬，他几乎脱口而出。"干吗？"

她叉开腿，跨坐到他身边的长凳上，伸手拨开眼前一团红棕色乱发。"怎么一个人用餐，大人？来吧，起来，跟我们跳个舞。"

他把粥碗推回面前。"我不会跳舞，"临冬城亲王是个优雅的舞者，但缺了三根脚趾的臭佬跳起舞来只会惹人嘲笑，"走开，我没钱。"

女人一脸坏笑。"您当我是妓女么？"她是歌手带来的洗衣妇之一，长得高高瘦瘦，由于太瘦、皮肤又坚韧得像皮革，所以难称美貌……但放在从前，席恩并不介意跟她滚床单，会想体验被那双长腿缠住的滋味。"说实话，钱在这里有什么用呢？我能用它买什么，买堆雪吗？"她哈哈大笑，"您可以用微笑来收买我。我从没见您笑过，即便是您妹妹的婚宴上。"

"艾莉亚夫人不是我妹妹。"我也不会笑，他很想告诉她，拉姆斯痛恨我的笑容，所以才用锤子敲掉我的牙齿。我现在连东西都没法吃。"从来不是。"

"她好歹是个可爱的少女啊。"

我没有珊莎那么美,但人人都称赞我可爱。珍妮的话在他脑海回荡,应和着尔贝手下两个女孩敲出的鼓点。另一位洗衣妇正邀请小瓦德·佛雷下场,要教他跳舞。其他人讪笑起哄。"让我一个人待着。"席恩说。

"我不合大人的口味?您不满意的话,我可以叫密瑞蕾,或者霍莉,您可能更欣赏她。男人都爱霍莉。她们不是我的亲姐妹,但个个甜美。"女人倾身贴近,呼吸里满是酒味,"如果您不愿赏脸为我笑一个,给我讲讲您夺取临冬城的故事也行。尔贝会把这故事写成歌,让您流芳百世。"

"让我身为叛徒被永远钉在耻辱柱上?身为变色龙席恩?"

"为什么不是聪明的席恩?仅凭听到的传言就可断定,那是一次大胆的壮举。您带了多少人?一百?五十?"

更少。"那是疯狂之举。"

"荣耀的疯狂之举。据说史坦尼斯有五千人,但尔贝说五万人也别想攻破这座城堡。您到底怎么攻下这里的,大人?有密道吗?"

我只有绳子,席恩心想,还有抓钩,外加黑暗的掩护和奇袭的优势。城堡当时防备空虚,而我打了一个措手不及。但他什么也没说。如果尔贝就此写出一首歌,拉姆斯十有八九会剥了他的耳膜,以确保他永远听不见。

"您可以信任我,大人,尔贝就很信任我。"洗衣妇把手放在他手上。他戴着羊毛和皮革的手套,她则是空手,手指又长又粗,指甲都被啃过。"您还没问我的名字呢。我叫罗宛。"

席恩抽出手。这是个陷阱,他心里明白。拉姆斯遣她来,作为另一个恶毒的玩笑,好比凯拉和她的钥匙。一个恶毒的玩笑,没错,他要我逃亡,才好惩罚我。

想到这,他只盼给她一记老拳,揍烂那张满是嘲笑的脸;他也想亲吻她,就在这张桌上办了她,让她哭喊出他的名字。但说到底,他不敢碰她一根毫毛,无论是出于愤怒还是欲望。臭佬臭佬,我叫臭佬,我不能忘记自己的名字。他用残废的脚撑起身子,一瘸一拐、无言地出了门。

门外依旧大雪纷飞,潮湿、厚重、沉默的雪。人们进出大厅的足迹很快被雪掩盖,如今积雪几乎要没过他的靴子。狼林里的雪只怕更深……而国王大道上寒风呼啸,无处可躲。广场里正在打仗——打雪仗,莱斯威尔家的孩子对上荒冢屯的孩子。另一些侍从在他头顶的城垛上堆雪人。他们让雪人握住长矛和盾牌,戴上铁半盔。雪人沿内墙列队站好,仿佛是天赐的冰雪卫士。"冬将军统率大军来跟咱们会师喽。"大厅门外一个哨兵笑话道……然后他看清了席恩的脸,意识自己在对谁说话,立刻别过头去吐了口唾沫。

营地之外,白港和李河城的高大战马偎在一起瑟瑟发抖。拉姆斯洗劫临冬城时烧毁了马厩,他父亲兴建了规模两倍于前的新马厩,以招待麾下诸侯和骑士们的战马与驯马。其他马就拴在院子里,拉起兜帽的马夫们在马群间走动,为马儿盖上毯子保暖。

席恩继续前进,深入未经重建的城堡废墟。他在曾是鲁温师傅的塔楼的乱石堆中跋涉,乌鸦们落在上方的墙壁裂缝中看他,彼此交头接耳,不时发出一声刺耳尖叫。他站在自己曾经的卧室门口(雪从破窗吹进去,在里面积到脚踝高),接着又缅怀了密肯的锻炉和凯特琳夫人的圣堂的遗迹。残塔下,瑞卡德·莱斯威尔正用鼻子磨蹭某位尔贝的洗衣妇的脖子——是那个苹果脸猪鼻子的胖女孩。那女孩赤脚站在雪地里,裹了件毛皮斗篷,席恩觉得斗篷下面她定然一丝不挂。她看见他,便对莱斯威尔说了些什么,逗得对方纵声大笑。

席恩步履艰难地走开。马厩后有道少有人使用的阶梯，那便是他的目的地。台阶陡峭凶险，他小心翼翼地爬上去，最后一个人上到内墙城头，远远避开侍从和雪人。没人允许他在城内自由行动，但也没人限制他。

只要他不出城，便没人过问。

临冬城的内墙比外墙更古老、更高大，它自上古时代耸立至今，灰色城齿立地拔高一百尺，每个角落都由方形塔楼守护。外墙是若干世纪之后才兴建的，要矮上二十尺，但墙体更厚，修缮也更完备，并且它取消方塔，改为八边形塔楼。两道墙之间是又深又宽的护城河……如今河水结冰，雪开始在冻结的河面上堆积。城齿间也堆了雪，雪不仅塞满了城上空隙，还为每个塔楼制做了一顶白色软帽。

城墙之外，极目所见，皆是白色的世界。白雪编织出一件柔软的白披风，把树林、田野和国王大道一并盖住，还埋葬了避冬市镇的遗址，掩饰住拉姆斯的部下纵火烧成的断垣残壁。雪诺造孽，雪来隐瞒。不，不，拉姆斯是波顿，不是雪诺，从来不是。

国王大道的车辙印在远处的田野和起伏丘陵间消失不见，白色终于一统江山。苍穹间唯有雪花在不停下落，在无言的天空中沉寂飘飞。史坦尼斯·拜拉席恩就在远方某处，迎风顶雪。史坦尼斯大人会强攻临冬城吗？这么做是自取灭亡。这座城堡太坚固了，就算冻结的护城河无助于防御，它也堪称固若金汤。当初席恩夺取城堡乃是剑走偏锋，他命最好的部下偷偷爬墙，在夜色掩护下游过护城河。守卫们发觉时为时已晚。但如今临冬城戒备森严，史坦尼斯决无可能故伎重演。

史坦尼斯可以选择另一种策略，则切断城堡与外界的联系，坐等临冬城的防御者们耗尽仓库和地窖里的食物。不过波顿和他的佛雷盟友自颈泽带来庞大的辎重车队，达斯丁伯爵夫人提供了荒冢屯的食物和草料，曼德勒伯爵一行更自白港携来丰富的给养……然而军队数目庞大，有这么多张嘴要供养，只怕支撑不了太久。可惜史坦尼斯的兵同样要吃饭，还得在风雪中艰难跋涉，战斗力不会太强……当然另一方面，风雪也会激发他们拼死进城的决心。

雪花也落在神木林里，但它们一触地面就告融化。白雪覆盖的大树底下一片泥泞，丝丝缕缕的迷雾为它们缠上幽灵般的缎带。我为什么要上这里来？他们不是我的神，我不属于这里。心树犹如苍白的巨人，站在他面前，它有雕刻的脸庞，张开的树叶是它的血红手掌。

鱼梁木下的池子结了层薄冰。席恩跪倒在池边。"求求你们，"他破碎的牙齿挤出微弱的声音，"我没想过……"言语哽在喉头。"救救我，"他最后勉力说，"给我……"什么？力量？勇气？慈悲？雪花在周围飘落，苍白缄默的雪，隐含无声暗喻。他唯一能听见的，是轻柔的啜泣。珍妮，他心想，那一定是婚床上哭泣的珍妮。除此之外还能有谁？诸神不会哭。是吗？

那声音实在痛苦，他难以承受。于是席恩抓住一根树枝，把自己拉起来，踢掉腿上的雪，蹒跚着向光亮的地方走回去。

临冬城里处处鬼魂，他心想，而我正是其中之一。

回到广场，席恩·葛雷乔伊发现这里多了很多雪人。广场里堆的都是些雪将军，它们指挥城墙上的冰雪卫士。其中一个很显然是曼德勒大人，它是席恩毕生所见最臃肿的雪人；此外还有独臂海伍德·史陶、雪夫人芭芭蕾·达斯丁，离厅门最近、披着冰胡子的老人则无疑是妓魔安柏。

厅内，厨子们舀出加了很多萝卜和洋葱炖的大麦牛肉汤，盛进掏空的面包盘子里——这些是昨天吃剩的面包。面包渣被丢到地板上任由拉姆斯的娘儿们和其他狗争抢。

姑娘们见到他都很兴奋，它们识得他的味道。红简妮大步跑来舔他的手，梅森特从桌子底下钻来，蜷在他脚边啃骨头。它们都是好狗，实在很难相信每条狗都得名于拉姆斯追猎杀害的女孩。

席恩万分疲惫，但苦于腹中饥饿，仍就着麦酒喝了点肉汤。这时大厅已变得十分吵闹，两名卢斯·波顿的斥候奋力赶回报告。他们从猎人门进城，报说史坦尼斯大人的行军速度现在慢如蜗牛。史坦尼斯的骑士骑着高大战马，这些马在雪地里寸步难行，山地氏族的矮种小马脚步稳健，适合风雪天前进，但氏族民不敢走太快，唯恐与主队失去联系。拉姆斯老爷要尔贝为大家演奏一首行军曲，以纪念史坦尼斯顶风冒雪的长征。于是诗人又拿起竖琴，他的一个洗衣妇则哄走了酸埃林的长剑，由她来扮演劈砍雪花的史坦尼斯。

正当席恩呆看着第三杯麦酒的残渣时，芭芭蕾·达斯丁伯爵夫人急惊风似的冲进大厅，差遣手下两名誓言骑士把席恩找来。她站在高台上，上上下下地打量台子下的他，吸了吸鼻子。"你还穿着婚礼时那身衣服。"

"是的，夫人。这是给我穿的衣服。"这是他在恐怖堡学会的又一课：给什么就收什么，决不提要求。

达斯丁伯爵夫人一如既往地全身黑衣，只有袖子边上镶嵌了松鼠毛。她的裙服有高高的硬领，烘托出脸庞。"你熟悉这座城堡。"

"曾经。"

"在我们脚下某处，古代的史塔克国王们坐在黑暗的墓窖里。我的人找不到下去的路，他们搜遍了城内的地下室和地窖，连地牢也查过，可……"

"墓窖并未与地牢相连，夫人。"

"你能带我下去吗？"

"那里什么都没有，只有——"

"史塔克家的死人？哈，凑巧的是，我喜欢的史塔克都成了死人。你到底认不认得路？"

"认得。"他不喜欢墓窖，从不喜欢，但对之并不陌生。

"那就带路吧。士官，去找个灯笼。"

"夫人最好穿件厚斗篷，"席恩提醒，"我们得从外面进去。"

离开大厅时，雪下得比之前更大。达斯丁伯爵夫人裹了件黑貂皮斗篷。门口的卫兵拉紧兜帽后，看起来跟雪人没两样，只有呼出的雾气表明他们仍是活人。城头燃起很多火堆，但在铺天盖地的阴霾面前，不过是杯水车薪。他们这一小队人在一大片整齐平滑的雪地中前进，那雪直盖过半个小腿。广场里的帐篷都被半掩埋了，积雪压得它们东倒西歪。

墓窖入口位于城堡最古老的区域，靠近首堡的地基——首堡已有数百年不曾使用。拉姆斯洗劫临冬城时把首堡也付之一炬，没烧掉的部分陆续垮塌下来。如今的首堡成了一具残壳，有一面完全敞开，雪便灌了进去。瓦砾到处散落：大块大块的断裂石料、烧焦房梁、破碎的石像鬼。积雪几乎把他们全部掩埋，某只石像鬼从雪地里伸出怪诞的面孔，无言地凝望苍天。

这就是布兰摔下来的地方。那天席恩在艾德大人和劳勃国王的队伍中外出打猎，全没料到回城时会得知如此可怕的消息。他还记得罗柏听闻噩耗时的表情。当时没人相信残废的男孩能活下去。连诸神也杀不掉布兰，正如我做不到。这是个奇怪的想法，想起布兰还活着，感觉真奇妙。

"这里，"席恩指着一片被积雪盖住的首堡墙壁说，"就在这下面。注意碎石。"

达斯丁伯爵夫人的手下足足花了近半小时才把入口挖出来，把积雪跟碎石铲开。门冻得死死的，随行的士官不得不找来一把斧子砍门，直到铁链尖叫着断裂，露出下方直通向黑暗中的螺旋石阶。

"下去的路很长，夫人。"席恩再度提醒。

达斯丁伯爵夫人不为所动。"伯隆，掌灯。"

楼梯狭窄陡峭，一个接一个世纪的来回走动已将之磨平。他们单列前进——掌灯的士官在前，席恩和达斯丁伯爵夫人跟进，末尾是夫人其余的部下。他一直觉得墓窖很冷，但那其实是夏天的事，他现在竟觉得越往下走越温暖。不，不是温暖，这里从不温暖，只是比上头暖和些。地底的寒气是永恒不变、阴魂不散的。

"新娘子天天哭，"当他们一级接一级小心翼翼往下走时，达斯丁伯爵夫人说，"我是指艾莉亚小夫人。"

当心，当心，千万当心。他用一只手扶墙，火炬光芒摇曳，显得脚下的台阶似乎在游移。"似……似乎是这样，夫人。"

"卢斯很不高兴，把这话捎给你的野种主子。"

他才不是我主子。他想反驳，心里却有个声音大叫：他是，他当然是。臭佬属于拉姆斯，拉姆斯占有臭佬。你决不能忘记自己的名字。

"如果那女孩老是哭，给她穿上灰色和白色的衣服就起了反效果。佛雷家的人或许不在乎，但对北方人而言……他们惧怕恐怖堡，却敬爱史塔克。"

"除了您之外。"

"我的确不同，"荒冢屯的女主人坦承，"但其他人个个如此。老朽妓魔前来助阵的唯一目的是向佛雷家讨要大琼恩。而你以为霍伍德家的人忘了野种的上一段婚姻，忘了他们高贵的夫人是如何被饿死、如何被逼得啃手指的吗？你觉得当他们听到新娘的哭泣时会联想起什么？那可是他们高尚的奈德珍爱的小女儿啊。"

不，他心想，她不是艾德公爵的骨肉，她叫珍妮，只是总管之女。他相信达斯丁伯爵夫人对她的身份也有怀疑，即便如此……

"艾莉亚夫人的哭泣带给我们的伤害比史坦尼斯大人手下所有

的军队加起来还多。若那野种真想当临冬城之主，他必须学会哄老婆开心。"

"夫人，"席恩打断道，"我们到了。"

"下面还有台阶。"达斯丁伯爵夫人注意到。

"那是更低的楼层，年代也更久远，据说最低下一层已经半塌。我从未下去过。"他推开门，带领这队人进入长长的拱形地道，左右显现出两两成对的坚固花岗岩柱，一直延伸到无尽的黑暗中。

达斯丁伯爵夫人的士官举起灯笼，周围影影绰绰。这是无尽黑暗中的一点光明。席恩向来觉得墓窖令他不自在，此刻他能感觉到石头国王用石头眼睛打量着他，石头手指则握紧了生锈铁剑的剑柄。他们都不喜欢铁种。他感到一阵熟悉的恐惧。

"好多人啊，"达斯丁伯爵夫人道，"你知道他们的名字吗？"

"以前知道……很久以前。"席恩指点，"这边都是北境之王。最后一位是托伦。"

"降服王。"

"是的，夫人。在他之后只有公爵。"

"直到少狼主为止。奈德•史塔克的坟墓在哪儿？"

"在末尾。请跟我来，夫人。"

他们走在两排石柱间，脚步声于墓窖里回荡，死人和石头冰原狼的眼睛似乎追随着他们。那些面孔唤醒了模糊的记忆，那些名字不由自主地浮现，他似乎听见鲁温师傅的鬼魂在轻声细语：这位是统治北境长达百年之久的雪胡王艾德利克，这位是乘船横渡落日之海的造船者布兰登，这位是饿狼席恩•史塔克。他与我同名。这位是伯隆•史塔克公爵，他与凯岩城联手对抗派克岛的达衮•葛雷乔伊，当时七大王国实际上由外号"血鸦"的王族私生子统治，那人同时还是位巫师。

"那个国王膝上没有铁剑。"达斯丁伯爵夫人发现。

她说得没错。席恩不记得那是哪位国王，但本该放在他膝上的宝剑已不见踪影。膝上铁锈斑斑，显示出不久之前是有剑的。这个场面让他更为不安了，因为他总听说剑是用来确保这些含恨的复仇怨灵被封印在陵墓里，不致到阳间肆虐，如果没有了剑……

临冬城里处处鬼魂，而我正是其中之一。

他们继续前进，芭芭蕾·达斯丁的表情随着步步前行变得越发僵硬。她和我一样不喜欢这里。席恩听见自己问道："夫人，您为何如此仇恨史塔克家？"

她盯着他。"和你爱他们的理由一样。"

席恩差点绊个跟头，"爱他们？我从未……我夺取了他们的家堡，夫人。我还……还处决了布兰与瑞肯，把他们的头插在枪上，我……"

"……随罗柏·史塔克一起南征，在呓语森林和奔流城下与他并肩作战，并带着他的亲笔信返回铁群岛去跟你父亲交涉。少狼主的大军中有荒冢屯的人马，我尽了最大可能少给他支持，但我或多或少必须派遣部队，以免招惹临冬城的怒火。这些人就是我的耳目，我的消息十分灵通。我知道你是谁，知道你是什么德行。现在回答我的问题：你为何热爱史塔克家？"

"我……"席恩用一只戴手套的手扶住花岗石柱，"……我曾渴望成为他们中的一员……"

"但你的愿望没能实现。大人，我们的共通点比你以为的要多得多。走吧。"

前方不远处，三座石棺并肩排列。他们就在这里停下。"瑞卡德公爵。"达斯丁伯爵夫人看着中间那个形体，若有所思地说。这座雕像高高在上，有张严峻的长脸，脸上蓄了胡子。他像其他雕像一样有石眼睛,只是目光特别悲伤。"他的剑也没了。"

确实如此。"看来有人下墓窖偷剑。布兰登的剑也被偷走。"

"布兰登会恨死那小偷的。"她摘下手套,去碰石像的膝盖,苍白的肌肤与暗淡的石头接触。"他最爱他的剑,经常打磨。'等我把它磨锋利,说不定哪天可以为女人的下身剃毛哟,'他老这么讲,而且他喜欢使剑。'染血的剑才是美丽的剑。'他有一回跟我说。"

"您认识他。"席恩道。

烛光映照在她眼中,好似两团火。"布兰登是荒冢屯达斯丁老伯爵的养子——我后来嫁给了老伯爵的儿子——但他把时间都花在去溪流地骑马上。他太热衷骑马了,他的小妹也有样学样。那两位简直是对半人马。我父亲大人很乐意招待临冬城的继承人,为着莱斯威尔家族将来的权势,他愿把我的贞操献给任何一位路过的史塔克。其实他根本不用急,布兰登想要什么自己会取,决不客气。我现今是个老妇人,多年寡居让我的激情随之而去,但我依然记得他夺去我贞洁那天晚上,我的血流在他的命根子上。我相信布兰登也很欣赏那一幕。染血的剑才是美丽的剑,是啊,那很痛,但也很甜美。

"不过,当布兰登与凯特琳·徒利的婚约传来……那种痛苦就一点也不甜美了。我跟你保证,他没想过要她。他亲口对我说过,就在我俩的最后一夜……但瑞卡德·史塔克也要为将来的权势打算,他的野心在南方,所以不愿让自己的继承人迎娶自家封臣的女儿。我父亲退而求其次,指望把我许配给布兰登的弟弟艾德,结果凯特琳·徒利把他也夺走了。我只能跟年轻的达斯丁伯爵成亲,直到奈德·史塔克让我们分离。"

"劳勃叛乱……"

"劳勃叛乱,奈德·史塔克返回北境召集封臣时,我和达斯丁伯爵结婚尚不满半年。我恳求丈夫别去,让亲戚代他去,他有个使斧著称的叔叔,还有个参加过九铜板王之战的叔祖。但他是个骄傲的男人,非要亲率荒冢屯的部队不可,不愿让任何人代替自己履行义务。出发那天,我送给他一匹马,一匹有火红鬃毛的红色骏马,那是我父亲大人的马群里最好的马。我夫君指天发誓,等战争结束,会骑着它回家。"

"奈德·史塔克在返回临冬城途中把那匹马还给了我。他说我夫君死得很壮烈,现在长眠于多恩边疆的赤红山脊下。他却把自己妹妹的尸骨带了回来,现在她就睡在这里……但我跟你保证,艾德公爵决不可能与他妹妹睡在一起。我要拿他去喂狗。"

席恩糊涂了。"拿他……他的骨头……?"

她嘴唇扭曲。一个丑陋的微笑,让他想起了拉姆斯。"凯特琳·徒利在红色婚礼前就派人送艾德公爵的尸骨北归,但你那铁民叔叔占领了卡林湾,队伍过不来。我一直监视着这事,他的尸骨过得了颈泽,但休想通过荒冢屯。"他朝艾德·史塔克的雕像瞥了最后一眼。"我们的事办完了。"

爬出墓窖,暴风雪仍在肆虐。达斯丁伯爵夫人回来的路上一言不发,但等走到首堡废墟的阴影下,她被寒风刺得抖了个激灵,随即发话:"我在下面讲的那些,你一个字也不许说出去,明白吗?"

他明白。"否则我就保不住舌头。"

"卢斯把你调教得很好。"她在这里与他分手。

国王的战利品

借着破晓的晨光,国王的军队离开深林堡,犹如一条爬出巢穴的钢铁长蛇,从原木栅栏后蜿蜒而出。

南方骑士披上锁甲板甲,甲上布满战斗留下的坑洼和凹痕,但迎着朝阳依然闪闪发光。冬日森林里,反复漂染、缝补的褪色旗帜和外套交织成五颜六色的溪流——天蓝和橙色,红色与绿色,紫色、蓝色还有金黄色,与光秃秃的褐色树干、灰绿色松树、哨兵树以及散乱的脏雪形成鲜明对比。

骑士们各有侍从、仆人和亲兵。随后是武器师傅、厨子和马夫,然后是整队整队长矛兵、斧手和弓箭手,其中既有身经百战、两鬓斑白的老兵,也有初上战场、仍显稚嫩的新手。山地氏族民走在南方人前面,他们的首领和氏族勇士骑着毛发蓬乱的矮种马,体毛浓密的战士们穿着毛皮、熟皮革和老旧锁甲,跟着一路小跑。有些人把脸涂得棕绿相间,身上还绑了许多树枝,作为伪装。

主队后方是辎重队:骡子、马、公牛,一长串货车和推车载着食物、草料、帐篷及其他补给。最后是后卫——大批穿板甲锁甲的骑士,另有一大队骑兵呈扇形悄然展开,以防敌人从后偷袭。

阿莎·葛雷乔伊被囚禁在辎重队里一辆装有两个铁箍大轮子的封闭行李车中,手脚都戴上镣铐,由鼾声震天的"母熊"日夜看守。史坦尼斯国王陛下不给战利品任何可趁之机。他打算把她带到临冬城,戴上镣铐向北方诸侯展示:海怪之女被他打败俘虏了,这足以证明他的实力。

喇叭声指引队伍行进,如林的长矛尖在旭日映照下闪闪发亮,草叶边缘的晨露折射着阳光。深林堡到临冬城只有一百里格的森林,乌鸦飞上三百里就到。"十五天。"骑士们互相转告。

"劳勃十天能到。"阿莎听见费尔大人吹嘘。他爷爷在盛夏厅死于劳勃之手,不知为何仇人在孙子眼中反倒成了神。"劳勃半月前就进临冬城了,他会站在城垛边对波顿嗤之以鼻。"

"最好别在史坦尼斯面前提这个。"朱斯丁•马赛劝他,"不然他也会要我们日夜兼程。"

国王始终活在兄长的阴影下,阿莎心想。

她的一边脚踝只要放上重心就会剧痛,肯定是哪里骨折了。脚踝在深林堡就消了肿,但还痛,如果只是扭伤,现在早该痊愈。此外,她每动弹一下,铁镣就哗哗作响。镣铐不仅磨破了她的手脚,也磨损着她的骄傲。这是屈服的代价。

"弯弯膝盖死不了人,"父亲教导她,"屈膝尚能提刀再起,宁折不弯蹬腿挺尸。"巴隆•葛雷乔伊第一次叛乱失败后,亲身证明了这条真理。他先向雄鹿和冰原狼屈膝,却在劳勃•拜拉席恩和艾德•史塔克死后卷土重来。

所以这次在深林堡,海怪之女被绑着、一瘸一拐地跪在国王面前时(所幸未被强奸),也如法炮制。"我投降,陛下,我任您处置。只求您饶恕我的手下。"科尔、特里斯及其他在狼林活下来的人是她当时关心的。只有九个。九个残兵败将,伤得最重的科洛姆自嘲道。

史坦尼斯饶了他们的性命,然而阿莎觉得国王心中并无真正的慈悲。毫无疑问,他很果断,也不缺乏勇气,只是人们说他……算了,就算他遵循律法到毫无变通余地的严苛地步,铁群岛长大的阿莎•葛雷乔伊也能忍受。可她不喜欢这个国王,那双深邃的蓝眼总闪烁着猜忌，冰冷的怒火一触即发。他毫不在意她的性命，只把她当人质和战利品，用于向北境展示他击溃铁民的战绩。

他也很蠢。若她对北方佬的了解没错，制服女人不会让他们敬畏，用她做人质更是一文不值。现下她叔叔鸦眼统治着铁群岛，而他不关心她死活。或许攸伦指给她的偏瘫丈夫会觉得这是个损失，但艾里·艾枚克没那么多钱来赎她。

她没法跟史坦尼斯·拜拉席恩解释这些，她身为女人这件事似乎已足以令他嫌恶。她知道，青绿之地的男人习惯女人穿戴丝绸，温柔可人，而非披坚执锐，手执飞斧。但在深林堡的短暂接触，使她明白就算穿着裙服，史坦尼斯依然不会对她产生兴趣。即便和罗贝特·葛洛佛虔诚的妻子希贝娜夫人在一起时，他尽管表现得客气有礼，但仍颇感不适。对这个南方国王来说，女人似乎是另一个物种，与巨人、古灵精怪和森林之子一样莫测高深。连母熊都能让他磨牙。

史坦尼斯只听一个女人的话，不过他把她留在了长城。"我宁愿她在，"统领辎重队的金发骑士朱斯丁·马赛爵士坦言，"梅丽珊卓女士上次缺席是黑水河之战，结果蓝礼大人的影子从天而降，一半军队被河水吞没。"

"上次？"阿莎说，"难道这女巫来深林堡了？我可没见到她。"

"那算不上战斗。"朱斯丁爵士笑道，"你们铁民英勇善战，夫人，但力量对比太悬殊，况且我们还占了突袭的便宜。这回临冬城事先有所准备，卢斯·波顿的人也和我们不相上下。"

或许更多。阿莎想。

俘房也有耳朵，史坦尼斯国王和他手下的军官在深林堡争论进军与否，她都听到了。以朱斯丁爵士为首的许多自南方追随史坦尼斯而来的骑士、领主打一开始就反对进军，但狼仔们坚持要打，他们不能容忍卢斯·波顿占据临冬城，还要从波顿私生子的魔爪中救出奈德的女儿。莫甘·里德尔、布兰登·诺瑞、大酒桶渥尔、菲林特氏族的人，甚至母熊都这样说。"深林堡到临冬城只有一百里格，"盖伯特·葛洛佛的长厅里吵得最激烈的那个晚上，阿托斯·菲林特宣称，"乌鸦飞上三百里就到。"

"一场长征。"名叫科里斯·彭尼的骑士说。

"没有多长。"高迪爵士坚持，这位高大的骑士人称巨人杀手，"我们已走了这么远，光之王会为我们指明前路。"

"到了临冬城下又如何？"朱斯丁·马赛反问，"两道高墙夹着护城河，内墙足有一百尺高。波顿决不会出城野战，我们的补给又不够围城。"

"你别忘了，阿尔夫·卡史塔克会加入我军，"海伍德·费尔道，"还有莫斯·安伯。我军的北方人人数可与波顿大人抗衡。城北森林茂密，可搭建攻城塔，建造撞锤……"

然后成千地去送死，阿莎心想。

"不如在此过冬。"比兹伯利伯爵建议。

"在此过冬？"大酒桶高声反对，"你以为盖伯特·葛洛佛存了多少粮草？"

满脸伤疤、外套上绣着骷髅飞蛾的里查德·霍普爵士转向史坦尼斯："陛下，您的兄长会——"

国王打断他。"我们都知道我兄长会怎么做。劳勃会单枪匹马冲到临冬城下，威风凛凛地一锤砸碎大门，然后拳打卢斯·波顿，脚踹他的野种。"史坦尼斯站起来，"我不是劳勃，但我会出兵解放临冬城……不成功便成仁。"

上面的人心存疑虑，下面的兵却似乎对国王充满信心。史坦尼斯曾在长城脚下击溃曼斯·雷德的野人大军，又在深林堡肃清了阿莎的铁民。他是劳勃的二弟，著名的仙女岛海战的胜利者，在劳勃起义时坚守风息堡,他还持有英雄之红剑——魔法加持的光明使者——其火焰能点亮黑夜。

"敌人外强中干。"行军第一天,朱斯丁爵士向阿莎保证,"人们对卢斯·波顿敬畏有余,爱戴不足,至于他的佛雷盟友……北境从未遗忘红色婚礼,此刻聚集在临冬城的诸侯个个都在婚礼上失去了亲人。史坦尼斯全力对付波顿就好,其他北方佬自会倒戈易帜。"

你想得倒美,阿莎想,国王首先得对付得了波顿。傻瓜才支持输家。

行军第一天,朱斯丁爵士到她车里来了六次,送来吃喝及行军途中的消息。他很爱笑,讲不完的笑话,身材高大,体格健壮,有粉色的脸颊和蓝色的双眼,以及一头被风吹乱的白金色头发。他是位体贴的狱卒,时刻关心俘虏是否舒适。

"他想上你。"在他第三次拜访后,母熊说。

母熊的真名是莫尔蒙家族的亚莉珊,但她像习惯穿锁甲一样习惯了外号。这位熊岛继承人矮小敦实,肌肉虬结,有粗壮的大腿、丰满的胸脯和长满老茧的大手。她睡觉时,毛皮下还穿着锁甲,锁甲下是熟皮甲,最后才是一件为保暖翻了面的旧羊皮衣。层层包裹下的她看起来像个圆球。但她极度凶狠。阿莎·葛雷乔伊很难想象自己和母熊差不多年纪。

"他想要我的领地。"阿莎回应,"他想要铁群岛。"对方善举的含义她心知肚明,其他求婚者也曾这样做。马赛家祖传的要塞远在南方,且已被剥夺,他必须争取一桩有利可图的婚姻,否则只能做国王的随从骑士。阿莎听很多人说,史坦尼斯回绝了朱斯丁爵士娶野人公主的请求。他把主意打到她身上是顺理成章的。他肯定做着将她推上派克岛的海石之位,然后身为她的夫主,通过她统治铁群岛的美梦。当然,这需要摆脱她现在的夫主……以及把她指给那家伙的叔叔。他没机会,阿莎估量,鸦眼能把朱斯丁爵士当早餐吃,嗝都不打一个。

没关系。无论她嫁给谁,都不可能继承父亲的领地。铁民不是宽容的民族,而阿莎短短时日里已失败两次:一次在选王会输给攸伦叔叔,旋即又在深林堡被史坦尼斯打败。这足以证明她不适合统治。嫁给朱斯丁·马赛或史坦尼斯·拜拉席恩手下的其他诸侯,对她更是有损无益。海怪之女也不过是个女人,船长和头领们会这么说,瞧她如何为青绿之地的软弱领主张开大腿!

不过,朱斯丁爵士想用食物、酒水和言辞来献殷勤,她不打算拒绝。相比沉默寡言的母熊,他是个好伴儿,她可不想孤独地待在五千敌人中间。特里斯·波特利、少女科尔、科洛姆、罗衮等与她出生入死的伙伴目前被关在深林堡盖伯特·葛洛佛的地牢里。

根据希贝娜夫人提供的向导们估计,军队第一天行了大概二十二里。这些向导是效忠深林堡的猎人和追踪者,以森林、树木、树枝和树干作氏族名。第二天行了二十四里,前锋部队已走出葛洛佛家的领地,进入茂密的狼林。"拉赫洛,赐予我们穿越黑暗的光芒。"当晚,信徒们聚集在国王大帐前,对着熊熊烈火祈祷。这些都是南方骑士和士兵,阿莎以为是国王的人,但来自风暴之地和王领的其他人称他们为后党……他们追随黑城堡中的红王后,而非被史坦尼斯·拜拉席恩留在东海望的妻子。"噢,光之王,我们恳求您,用您的火眼金睛,为我们带来安全和温暖,"他们对着火焰唱诵,"只因长夜漫漫,处处险恶。"

大个子骑士高迪·法林爵士引领大家。巨人杀手高迪,名不副实。法林胸膛宽阔,板甲下肌肉壮实。但在阿莎看来,他自大虚荣,渴望荣誉却不听劝告,好听赞扬而看不起平民、狼仔和女人。反正,他像极了他的国王。

"给我匹马吧。"朱斯丁爵士带着半块火腿骑到车厢旁,阿莎趁势请求,"这些镣铐快把我铐疯了。我不会跑的,我保证。"

"能给的话我一定给,好夫人。但您是国王的俘虏,不是我的。"

"你的国王不听女人的话。"

母熊吼着反驳:"看看你弟弟在临冬城的所作所为,谁还敢信铁民的话?"

"我不是席恩。"阿莎强调……但她依然没能摆脱镣铐。

朱斯丁爵士沿队列飞驰而去,阿莎想起最后一次见到母亲的情境。哈尔洛岛的十塔城。母亲屋内点了一根蜡烛,雕花大床在落满灰尘的华盖下显得如此空荡。亚拉妮丝夫人坐在窗边,遥望大海彼方。"你有没有把我的小宝贝儿带回来啊?"她嘴唇颤抖。"席恩来不了。"阿莎低头看着由于两个儿子的死而崩溃的母亲,看着这个给她生命的女人。而她的第三个儿子……

随信均奉上王子的一部分。

若战斗在临冬城打响,无论鹿死谁手,弟弟都没法活命。变色龙席恩。连母熊都想把他脑袋插在枪上。

"你有兄弟么?"阿莎·葛雷乔伊问了看守一句。

"我有姐妹,"亚莉珊·莫尔蒙一如既往地粗声答道,"我娘生了五胎,都是女孩。莱安娜留守熊岛,莱拉、乔蕊儿和母亲在一起,黛西被谋害了。"

"在红色婚礼上。"

"是的。"亚莉珊盯着阿莎看了一会儿,"我有个儿子,两岁大。女儿九岁了。"

"你生育好早。"

"早是早,但总比晚了好。"

她在讽刺我,阿莎想,随便吧。"你结婚了。"

"才没有,我孩子的爹是头熊。"亚莉珊笑了。她牙齿参差不齐,笑起来却别有风韵。"莫尔蒙家的女人都是易形者。我们变成熊,去森林里交配。大家都知道。"

阿莎也笑了。"莫尔蒙家的女人都是战士。"

对方笑容消退。"这多亏了你们,熊岛上每个孩子都得警惕海怪浮起。"

古道。阿莎别过头,锁链轻响。行军第三天,周围树木愈发茂密,车行大路慢慢变成猎物小径,很快较大的货车就无法通过了。熟悉的地标依次出现——一座从特定角度看有些像狼头的石山,一座半冻的瀑布,一座天然的石拱桥,上面垂下灰绿苔藓。这些地标阿莎都记得,她走过这条路,骑马到临冬城劝说弟弟席恩放弃战利品,与她一起安全地回深林堡。那次我也失败了。

那天走了十四里,众人颇为满足。

暮色降临时,车夫将车拉到树下。他帮马匹卸鞍,朱斯丁爵士驱马过来,松开阿莎脚上的镣铐。然后他和母熊一起押她穿过营地,去国王的大帐。她虽为俘房,毕竟是派克岛的葛雷乔伊,史坦尼斯·拜拉席恩和他的队长、军官们晚宴时,还是乐意打赏她残羹冷炙的。

国王的大帐差不多有深林堡的长厅大小,但完全谈不上舒适。浆硬的黄帆布褪色严重,溅满泥水,还长着点点霉斑。大帐中央的柱子上飘扬着金色王旗,雄鹿头裹在烈焰红心之中。随史坦尼斯北上的南方领主们围住大帐的三个方向驻扎,只在大帐前方,夜火熊熊燃烧,翻卷的火舌直冲黑暗的天际。

阿莎在看守的陪同下蹒跚着走来时,正有十几个人在为夜火劈柴。后党人士。他们信仰的红神拉赫洛是个贪婪霸道的神。她自己的神——铁群岛的淹神——在他们眼里是恶魔,而她若不改信光之王,必永堕黑暗,无法翻身。他们很乐意像烧木头树枝一样烧我。狼林之战后,有人当着她的面如此建议。史坦尼斯拒绝了。

国王站在大帐外，凝视夜火。他看到了什么？胜利？末日？那位贪婪的红神的面孔？他双眼深陷，剪得很短的胡须犹如一圈阴影，覆在凹陷的双颊和瘦削的下颌上。然而他目光中有钢铁般的决绝，让阿莎知道这个男人永远、永远不会回头。

她单膝跪在他面前。"陛下啊。"陛下啊，我在您面前是否足够谦卑？我是否做到了灰心丧气、卑躬屈膝、服服帖帖？"我恳请您，解开我双手的锁链，让我骑马吧。我决不会逃跑。"

史坦尼斯像看一只想扑到他腿上的狗一样看着她。"这是你应得的。"

"的确是。但现在我愿奉献我的手下、我的船只和我的智慧。"

"你的船要么被我俘获，要么被我烧掉。你的手下……还剩几个？十个？十二个？"

九个。还能作战的则只剩六个。"裂颚达格摩盘踞托伦方城，他是一员悍将，对葛雷乔伊家绝对忠诚。我能将那座城堡及其中的部队献给您。"她想加上"也许"，但在国王面前含糊其辞只能起反效果。

"托伦方城还不如我脚下的泥巴。我要临冬城。"

"那就请击碎镣铐，让我帮您夺取它，陛下。您的王兄以化敌为友闻名，我又如何不能为您效犬马之劳。"

"你是犬还是马？效什么劳？"史坦尼斯转头望向夜火，不知在舞蹈的橙焰中看什么。

朱斯丁·马赛爵士抓住阿莎的胳膊，把她拉进国王大帐。"您太失策了，夫人，"他说，"决不要在他面前提劳勃。"

我早该明白。阿莎知道身为弟弟的这种情结。她想起小时候害羞的席恩，如何活在对罗德利克和马伦的惧怕之中。他们永远不能摆脱这种情结，她明白了，即便活到第一百岁，也仍然是弟弟。

她晃着铁手镯，想象要是从后面接近史坦尼斯，勒死他，该有多愉快。

他们那晚喝了由斥候班吉寇·树枝打回来的一只骨瘦如柴的雄鹿炖的汤，但只有国王大帐内的人有权分享。没资格进帐的人分到一小块面包和一根不及手指长的黑香肠，就着所剩无几的盖伯特·葛洛佛的麦酒冲下肚。

深林堡到临冬城只有一百里格，乌鸦飞上三百里就到。"我们要是乌鸦就好了。"行军第四天，天空开始飘雪，朱斯丁·马赛说。只是零星小雪，尽管潮湿阴冷，还能轻松应付。

可次日继续下雪，第三天也下，第四天也下。狼仔们呼出的气把厚胡子冻结成冰，平素修面整洁的南方孩子也开始留长胡须，好给脸部保暖。没过多久，队伍前方的土地成了白茫茫一片，遮掩了石块、扭曲树根和落木，每一步都危机重重。寒风吹来，裹挟着翻卷雪花。国王的军队成了一堆雪人，在齐膝深的积雪中艰难跋涉。

下雪的第三天，国王的军队开始走散。南方骑士和贵族难以适应冰雪，北方的山地氏族民却行进得快。他们的矮种马踏实稳健，而且吃得比驯马少，比战马更少得多。矮种马上的骑手习惯了冒雪行进。很多狼仔穿着古怪的鞋子，这种用弯曲的木头和皮带绑成的长条状怪东西被他们称作熊掌，他们把熊掌套在靴底。她瞠目结舌地看着他们在雪面上行走，却不会踩碎雪壳，把大腿陷进去。

有些人给马也戴上熊掌，毛发蓬松的矮种马戴这个和其他马戴马掌一样轻松……但驯马和军马不喜欢戴这东西。有些国王的骑士硬把熊掌绑在马蹄上，结果高大的南方马嘶叫个不休，拒绝前进，甚至想把那东西甩掉。有匹战马戴熊掌行走时扭断了蹄子。

穿熊掌的北方人很快甩开了其他部队。他们先追上主队的骑士，然后又超过高迪·法林爵士的前锋部队。与此同时，辎重队的货车和推车越落越远，以至于后卫部队不得不经常回头催促。

暴风雪的第五天，辎重队经过一片起伏不定、齐腰深的雪原，下面暗藏着冻结的池塘。结果冰层承受不住货车的重量，突然碎裂，冰水吞噬了三名车夫和四匹马，连带两位上前救援的人——其中包括海伍德·费尔。他的骑士在他淹死前把他拖出了池塘，但他冻得双唇发紫，皮肤白得跟牛奶一样。人们想尽办法也没能让他暖和起来，他们剪掉湿透的衣服，用暖和的毛皮裹住他，把他安置在火堆旁。他剧烈地哆嗦了几小时后，晚上发着高烧陷入昏迷，再也没醒来。

那晚，阿莎头一次听到后党悄声谈论祭品——献给红神的祭品，请求真主终结暴风雪。"北方诸神降下这场大雪。"科里斯·彭尼爵士说。

"他们是伪神。"巨人杀手高迪爵士强调。

"拉赫洛与我们同在。"克莱顿·宋格爵士道。

"可梅丽珊卓不在。"朱斯丁·马赛爵士说。

国王一言未发，但全听见了，这点阿莎十分确定。他坐在高桌旁，面前没怎么喝的洋葱汤凉了，那双凹陷的眼睛出神盯着最近一根蜡烛的火焰，无视周围的谈话。身材颀长的副指挥官里查德·霍普代表他发言。"暴风雪很快会平息。"霍普断言。

结果事与愿违，暴风雪越来越强，风比奴隶贩子抽打的鞭子更残忍。阿莎本以为当狂风呼啸着从海上席卷派克岛时，她已见识过寒冷，现在发现那简直太温和。这是一种让人发狂的冷。

即便扎营令沿队伍一路传递了下去，取暖也非易事。帐篷潮湿沉重，既不好搭也不好拆，积雪太多的话，还随时可能倒塌。国王的军队在七国最广袤的森林腹地蠕蠕而行，干木头却遍地难寻。每次扎营燃起的篝火都在变少，而且火堆通常只见冒烟，感受不到暖意。大家往往得吃冷东西，甚至是生的。

连夜火也在萎缩，气势减弱，这让后党人士十分沮丧。"光之王,请为我们驱逐邪恶,"在巨人杀手高迪爵士低沉的嗓音带领下,他们祈祷,"请您重现璀璨太阳,平息风暴,融化冰雪,让我们长驱直入,消灭您的敌人。长夜漫漫,寒冷晦暗,处处险恶,但您是力量、荣耀和光芒之源,拉赫洛,请把您的火焰灌注我们体内。"

后来,科里斯•彭尼爵士大声询问一整支军队会不会被冬季风暴冻死,狼仔们听了哈哈大笑。"还没到冬天呢,"大酒桶渥尔宣称,"山里人都知道,秋天会亲你,冬天才会干你。这只是秋天的吻。"

天哪,愿真主保佑我永远别见识冬天。阿莎的境况不算最糟,毕竟她是国王的战利品。其他人饥肠辘辘,她有的吃;其他人颤抖受冻,她住得暖。其他人骑着疲惫的马在雪上艰难跋涉,她却躺在车里堆满毛皮的床上,有帆布棚顶遮风挡雪。戴着镣铐还是有点好处。

马匹和普通士兵最遭罪。为争夺靠近篝火的位置,两名风暴之地的侍从刺死了一个兵。隔天晚上,几个弓箭手不顾一切地取暖,乃至把帐篷点着了——这倒是暖和了周围的帐篷。军马接连冻累而死。"没马的骑士算什么?"人们自嘲,"拿剑的雪人呗。"倒下的马被就地宰杀取肉,因为补给也开始短缺。

比兹伯利、科伯、福克斯伍及其他南方领主劝国王安营扎寨,直到暴风雪过去。史坦尼斯不肯,他也没理会后党人士为饥饿的红神献祭的建议。

消息是朱斯丁•马赛向她透漏的,他不像其他后党那么虔诚。"祭品能证明我们的信念仍然炽烈纯粹,陛下。"克莱顿•宋格劝谏国王。巨人杀手高迪则说,"北境的旧神降下这场暴风雪,只有拉赫洛能够终结。我们必须奉献一位不信者。"

"我的军队里半数人是不信者,"史坦尼斯回应,"我不会烧死谁。继续祈祷。"

今日不烧,明日也不……但若风雪不停,国王能坚持多久呢?对于淹神,阿莎从未像伊伦叔叔那么狂热,但那晚她跟"湿发"一样,真心诚意地对波涛下的主人祈祷。可惜暴风雪毫无衰减之势。行军依然缓慢,从步履蹒跚演变成爬行。一整天走五里,然后三里,最后两里。

暴风雪的第九天,每个人都看见队长和军官们浑身湿透、疲惫不堪地来到国王的大帐,单膝跪下,报告损失。

"死了一个,失踪三人。"

"损失六匹马,包括我自己的。"

"死了两个,一个是骑士。四匹马倒下,我们救回一匹,损失了其他三匹,包括一匹驯马和两匹战马。"

阿莎听人们管这叫"冻损"。辎重队损失最惨重:死了不少马,数人失踪,车辆翻倒损坏。"有的马在雪地里失足,"朱斯丁·马赛向国王汇报,"有的人走散了,甚至坐在原地等死。"

"不管他们。"史坦尼斯国王嚷道,"继续前进。"

北方人有矮种马和熊掌,状况好得多。黑唐纳·菲林特和他同父异母的弟弟阿托斯总共只损失了一个人。林德尔、渥尔与诺瑞氏族一人未损。莫甘·林德尔走丢了一头骡子,但他认为是菲林特氏族偷的。

深林堡到临冬城只有一百里格,乌鸦飞上三百里就到。十五天路程。十五天来了又去,路却没走完一半,还留下一连串损坏的货车和冻结的尸体,被飞雪掩埋。日月星辰许久不曾出现,阿莎甚至怀疑这是不是一场大梦。

行军第二十天,她终于除掉了脚上的镣铐。那天午后,拉她那辆车的一匹马死掉了,没法替换,仅存的驮马都要负责拉载装满粮草的货车。朱斯丁·马赛爵士策马过来,命大家屠宰死马分肉,将车子劈开做木柴,然后他解开阿莎的脚镣,替她揉揉僵硬的小腿。

"我没有多余的马给您,夫人。"他说,"与您共骑我的马也会死。您只能走路。"

阿莎每迈一步,脚踝都被身体压得抽搐般地疼。它们很快会冻麻木的,她安慰自己,一小时后,我就完全感觉不到双脚了。她只想错了一点——这不需要一小时。当夜幕降临,队伍停止前进时,她已几乎站不住,万分怀念移动牢房的舒适了。镣铐让我变得虚弱。晚餐时她筋疲力尽,直接在桌上睡着了。

预计十五天行军的第二十六天,蔬菜全部告罄。第三十二天,谷物和草料也没了。阿莎不仅思忖靠半冻的生马肉,人能活多久。

"树枝发誓说我们离临冬城只有三日骑程。"当晚清点完冻损后,里查德·霍普爵士告诉国王。

"只需把最虚弱的人留下。"科里斯·彭尼接口。

"那些人反正没救了。"霍普强调,"还有力气的人若不赶紧前往临冬城,留下来只是白白送命。"

"光之王会把城堡给我们。"高迪·法林爵士说,"若是梅丽珊卓女士在——"

最终,经过一整天噩梦般的行军之后——他们勉强走了一里,损失十二匹马和四个人——比兹伯利伯爵忍不住对北方人发难:"这么行军太疯狂了。人越死越多,为什么啊?为一个女孩?"

"为奈德的女儿。"莫甘·林德尔道。他在三兄弟中排行老二,其他狼仔管他叫"中林德尔",不过很少当他面叫。深林堡之战中差点杀死阿莎的正是莫甘。后来行军途中,他专程来见阿莎请求原谅……为的是杀得兴起时喊她"贱人",而非差点用斧子把她脑袋劈成两半。

"为奈德的女儿。"大酒桶渥尔赞同。"要不是你们这帮上蹿下跳的南方猴子一点儿小雪就吓尿了绸裤子,我们已经救下女孩,夺回了城堡。"

"一点儿小雪？"比兹伯利少女般柔软的嘴唇在愤怒中扭曲，"是你错误地建议我们出兵的，渥尔，我甚至怀疑你是不是波顿的爪牙。是不是啊？他是不是派你来陛下耳边进献谗言？"

大酒桶反唇相讥，"豌豆荚，冲你刚才那些话，要你是个男人，我早砍了你。不过我的剑是好钢打造，不能被懦夫的血弄脏。"他喝口麦酒，擦擦嘴，"是，每天都在死人，我们看到临冬城之前会死更多的人。那又如何？这是战争，战争就得死人。事实如此，天经地义。"

科里斯·彭尼爵士难以置信地看着这位氏族首领。"你想死吗，渥尔？"

北方佬似乎觉得很好笑。"我想在千年长夏的地方永生不死；我想住进云端的城堡，俯视众生；我想回到二十六岁——我二十六岁时能整天打架整晚鬼混。人们怎么想根本无关紧要。"

"冬天近在眼前，小子，冬天意味着死亡。我宁愿我的人为营救奈德的小女儿而死，也不要他们孤独饥饿地倒在雪地里，任泪水在脸上冻结。这样死去没有歌谣传唱。至于我，我老了，这是我最后一个冬天，能沐浴波顿的血我死而瞑目。我想要感受斧子劈开波顿家人的脑袋，热血溅在脸上的滋味，我要用舌头品尝鲜血，在回味中死去。"

"没错！"莫甘·林德尔高喊，"鲜血和战斗！"所有氏族民齐声呐喊，用杯子和角杯使劲敲桌子，国王的大帐里咚咚作响。

阿莎·葛雷乔伊也宁愿赶赴战场。用战斗为眼下的悲惨境遇作个了断。刀刃相见，雪白雪红，破损的盾牌和散落的肢体，一切终结。

第二天，国王的侦察兵在两个湖泊间发现了佃农的废弃村落——那里很贫瘠，只有几间农舍、一座长厅和一个瞭望塔。尽管今天只行军了不到半里,天色也还早,里查德·霍普仍命令在此扎营。等辎重队和后卫一点点挪进村,月已高挂,阿莎走在他们之中。

"湖里有鱼。"霍普报告国王,"我们可以在冰上凿些洞。北方人知道怎么做。"

尽管史坦尼斯穿着厚厚的毛皮斗篷和沉重的铠甲,看起来仍是一副行将就木的模样。他高大瘦削的骨架上本没有几两肉,现在更被深林堡到此的行军消磨殆尽。透过皮肤,能看到头骨的轮廓,而他下巴闭得那么紧,阿莎怕他把自己的牙都咬碎了。"那就去打鱼吧。"他一字一顿地说,"但天一亮就出发。"

然而天亮时,营地白雪皑皑,万籁俱寂。天空由黑转白,却无亮光。阿莎·葛雷乔伊躺在厚厚的毛皮底下,却冷得抽筋。她听到母熊的鼾声——女人的鼾声居然这么大,但她已在行军途中逐渐习惯了,甚至觉得这能带来安全感——让她担忧的是外面的寂静。唤醒人们上马、集合、准备行军的喇叭没有响起。召唤北方人的号角也没有响起。情况不妙。

于是阿莎从毛皮下钻出来,努力爬向帐外,一边敲掉晚上帐篷前堆起的雪墙。她手上的镣铐叮当作响。等她终于站起来,呼吸了一口清晨冰冷的空气,发现雪还在下,甚至比昨晚爬进帐篷前更大。湖泊消失,森林也不见,她能看见其他帐篷和小屋的轮廓,以及瞭望塔上的烽火发出的黯淡橙光。但她看不到瞭望塔,暴风雪吞没了一切。

前方不远处,卢斯·波顿在临冬城中严阵以待;史坦尼斯·拜拉席恩的军队却被大雪封困,寸步难行,号寒啼饥。

275

丹妮莉丝

蜡烛将尽，只剩一寸残梗，兀立在温暖的融蜡中，照亮了女王的床榻。火苗闪烁。

它快灭了，丹妮知道，它在为另一个夜晚送终。

春宵苦短。

她彻夜不眠，睡不着，也不想睡，甚至害怕阖眼，唯恐睁眼已是黎明。若能让夜晚永驻该多好，但她能做的只有清醒着享受每一刻温存。在黎明来临、将一切化为慢慢淡去的回忆前，尽情享受。

在她身旁，达里奥·纳哈里斯酣睡得像个婴儿。达里奥挂着一贯的自信笑容吹嘘自己很会睡觉，甚至打仗时坐马鞍上也能入睡，随时养足精神，投入战斗。寒风烈日都影响不了他。"睡不好就打不好。"这是他的口头禅。他从未被噩梦困扰。丹妮跟他说起镜盾萨文被死于其手下的骑士们的鬼魂困扰，达里奥却大笑："要是被我杀了的人敢来缠我，我就再杀他一次。"他毕竟只是个佣兵，丹妮意识到，也就是说，恬不知耻。

达里奥趴着睡，轻便的亚麻薄被缠在他的长腿上，他的脸半埋在枕头中。

丹妮一只手顺着他脊柱游走，只觉皮肤光洁柔滑，毛发稀少。就像丝绸锦缎。丹妮喜欢这种触感，也喜欢让手指穿梭于阴毛中，按摩他因一天鞍马劳顿而疲惫不堪的腿，再环住他的下体，感觉那话儿在她掌间变得坚挺。

若丹妮是普通女人，情愿一生就这样抚摸达里奥，细数他身上每一道伤疤，让他讲述它们的来历。只要他开口，我可以放弃王位,丹妮心想……但他没开口,也不会开口。两人如胶似漆时,达里奥会说种种甜言蜜语,但丹妮知道他爱的是真龙女王。若我放弃王位,他就不要我了。何况,国王丢王位就等于掉脑袋,丹妮不觉得女王能逃过一劫。

烛火闪烁了最后一下,终于湮灭在蜡泪之中。黑暗吞噬了羽毛床上的两人,以及屋内各个角落。丹妮双手环住团长,紧贴在他背上,呼吸他的体味,沉溺于他身体的温暖,感受着他肌肤的气息。要记住,她提醒自己,记住他的感觉。她吻了他的肩膀。

达里奥翻过身,面对丹妮睁开眼睛。"丹妮莉丝。"他脸上挂着慵懒的笑容。这是他的另一项天赋——像猫一样随时能醒,"天亮了?"

"还没。我们可以再待一会儿。"

"说谎。我能看见你的眼睛,夜里怎能做到?"达里奥踢开薄被,坐起来,"天已微明,马上就是白天。"

"我真不希望白天到来。"

"不希望?为什么呢,我的女王?"

"你知道的。"

"婚礼?"他大笑,"干脆嫁给我吧。"

"你知道我不能。"

"你是女王,你可以随心所欲。"他一只手抚上丹妮的大腿,"我俩还剩几夜?"

两夜。只剩两夜,"你我都清楚。过了今夜与明夜,一切就将结束。"

"嫁给我,这样所有夜晚都属于我俩。"

要能就好了。卓戈卡奥曾是她的日和星,但他离开得太久,丹妮莉丝几乎忘记爱和被爱的感觉了。是达里奥帮她记起这一切。我原本是个死人,而他让我重生;我原本沉沉睡去,而他将我唤醒。

我英勇的团长。但他近来愈发胆大妄为。他上次出城袭敌，回来时将一颗渊凯将领的头扔在丹妮脚下，并在大厅中众目睽睽之下吻她，最后还是巴利斯坦爵士将他们拉开。祖父爵士大怒若狂，丹妮真以为他会当场格杀达里奥。"我们不能结婚，亲爱的，你知道原因。"

达里奥爬下床。"那就嫁给西茨达拉吧，我会送他一套精美的号角作结婚礼物。吉斯卡利人对号角特别着迷，他们会用梳子、发蜡和铁发卡把头发弄成号角。"他找到长裤套上，但没费神穿内衣。

"我结婚后，再来找我就是叛国。"丹妮拽起被单，遮住双乳。

"那我肯定会叛国。"他从头套上蓝丝绸外套，用指头捋直三叉胡。为了丹妮，他将胡子重新染色，从紫色变回蓝色——跟他们初遇时一样。"你的味道。"他嗅嗅自己的手指，咧嘴笑道。

丹妮喜欢他笑起来时金牙闪闪的样子，喜欢他胸前的绒毛，喜欢他坚实的双臂，喜欢他大笑的声音，还有他进入她体内时看她的眼神和轻声呼唤她名字的方式。"你真俊。"她看他穿马靴时脱口而出。有时他会让丹妮帮他穿，但今天似乎没这打算。以后就没机会了。

"没俊到能娶您。"达里奥从钩子上摘下剑带。

"你要去哪儿呢？"

"去您的城市里，"他回答，"喝上一两桶，再找人打一架。好长时间没杀人啦，兴许我能找上您的未婚夫。"

丹妮朝他扔了个枕头。"你离西茨达拉远点！"

"谨遵圣谕。您今天要上朝么？"

"才不。我后天就结婚了，西茨达拉将成为国王。让他主持朝政吧。这些是他的人民。"

"有些是他的，有些是您的。您解放的那些属于您。"

"你是在责备我？"

"您称他们为您的孩子。孩子需要母亲。"

"你就是，你就是在责备我。"

"只有一点点，聪明的小心肝儿。您会上朝么？"

"或许婚礼之后会。在和平到来之后。"

"您说的'和平'永远不会到来。您应当上朝。新入团的家伙不相信您真的存在，就是风吹团来的那些。他们大多在维斯特洛出生长大，从小听着坦格利安家的故事。他们想亲眼见您。青蛙还有礼物要献给您。"

"青蛙？"丹妮嘻嘻笑道，"他是谁？"

他耸耸肩。"一个多恩男孩，为一位外号'愁肠'的大个骑士当侍从。我让他把礼物给我，我代为转交，但他不肯。"

"哦，聪明的青蛙。把礼物给你？"她又朝他扔了个枕头，"我还见得到它吗？"

达里奥摸了摸华丽的胡子。"我会偷甜美的女王的东西？若是配得上您的礼物，我自会交到您柔软的掌心。"

"作为你爱的信物？"

"我没那么无耻啦。总之我告诉他可以亲自献上礼物，您不会让您的达里奥•纳哈里斯变成骗子吧？"

丹妮没法拒绝。"如你所愿。明天带你的青蛙上朝。其他人也带上，那些维斯特洛人。"能听到巴利斯坦爵士之外的乡音总归是好事。

"谨遵圣谕。"达里奥深鞠一躬，微微一笑，转身离开，披风在后翻飞。

丹妮坐在凌乱的床上，抱紧双膝，觉得十分孤独无助，以至于没注意到弥桑黛端着面包、牛奶和无花果蹑足进来。"陛下？不舒服么？小人听见您晚上尖叫。"

丹妮拿了一个无花果。果实乌黑饱满，沾满晨露的滋润。西茨达拉会让我尖叫么？"你听见的只是风声。"她咬了一口，但达里奥走后，只觉食不知味。她叹口气，站起来召唤伊丽拿袍子，随后漫步到露台上。

强敌环伺，海边停靠的船从未少于一打，赶上士兵登陆，数量甚至上百。渊凯人还通过海运搞来木头，在壕沟后建造弩炮、蝎子弩及投石机。宁静的夜晚，丹妮可以听见锤子敲打声在干燥温热的空气中回荡。但没有攻城塔，也没有撞锤。他们不想强攻弥林，只是封锁等待，不时往城内丢石头，直到饥饿和疾病让她的人民屈服。

西茨达拉会为我带来和平。他一定会。

当晚，厨师用大枣和胡萝卜为她烤了一只羊羔，但丹妮只吃了一口。即将与弥林人再次博弈让她顿感疲惫，难以入眠。喝得东倒西歪的达里奥回来，睡在她身旁。她在被单下辗转反侧，梦见西茨达拉吻她……但他的嘴唇是蓝色瘀青，当他进入丹妮时，命根子寒冷如冰。丹妮披头散发、衣冠不整地坐起来，她的团长就睡在身边，但她依然孤独。她想摇晃他、叫醒他，让他抱住她，和她做爱，帮她忘记一切烦恼。但丹妮知道就算这样做，达里奥也只会微微一笑，打个哈欠说："只是个梦，我的女王，继续睡吧。"

于是她没叫醒达里奥，而是穿上一件兜帽长袍，走到露台上。她来到扶手旁，一如之前无数次那样俯瞰城市。这永不是我的城市，永不是我的家。

淡粉色朝霞照上丹妮时，她已在露台草坪上睡着了，身上盖了一层细小的露珠。"我答应达里奥今日会上朝。"侍女们叫醒她后，她说，"帮我把王冠拿来，噢，还有衣服，要轻便凉爽的。"

一个小时后，她梳洗整齐。"跪迎弥林女王，安达尔人、洛伊拿人和先民的女王,大草原的卡丽熙,解放者,龙之母,不焚者,风暴降生丹妮莉丝。"弥桑黛唱道。

瑞茨纳克·莫·瑞茨纳克鞠躬时满脸堆笑。"圣主,您每天都变得更光彩动人,这定是出于婚姻的美好愿景。噢,我光彩夺目的女王!"

丹妮叹口气:"宣第一名请愿者。"

丹妮太久没上朝,积压的请愿者人山人海,大厅后面全是人,不时爆发争夺扭打。但不出意料,格拉茨旦·卡拉勒仍第一个上前。她高昂着头,脸孔隐藏在闪亮的绿面纱后。"我的明光,我们最好私下谈。"

"有空的话,"丹妮甜甜地回答,"我明日就将结婚。"她上次与绿圣女会面不欢而散,"你想对我说什么?"

"我想跟您谈谈某位放肆无礼的佣兵团长。"

她胆敢在大庭广众下提这事?丹妮怒火中烧。我承认,她很勇敢,但若她认为还能把我教训一通,那就大错特错了。"棕人本·普棱的背叛让我们震惊,"她说,"但现在说什么也晚了。我想你应该回神庙去,继续为和平祈祷。"

绿圣女鞠躬退下。"我也会为您祈祷。"

又一巴掌,想到这,丹妮脸红了。

余下的进程丹妮已驾轻就熟。她坐在靠枕上,听他们陈述,一只脚不耐烦地晃荡。中午,姬琪端来一大盘无花果和火腿。请愿者似乎无穷无尽,三停之中有二停满意离去,但剩下的一停要么哭红了眼、要么低声抱怨。

将近黄昏时,达里奥才带着从风吹团叛到暴鸦团的维斯特洛人来上朝。丹妮听另一位请愿者低声陈述时一直不停地瞟他们。那些是我的人民,我是他们合法的女王。他们看起来衣衫褴褛,不过佣兵大抵也就这样了。其中最小的大概比丹妮大不了一岁,最年长的

281

则应该过了六十个命名日。有几人身上披挂着一些值钱家什：黄金臂环，丝质上衣，银钉剑带。都是抢来的战利品。但大部分人衣衫廉价，且磨损得厉害。

达里奥带他们上前，丹妮注意到其中有个女人，高大，金发，全身锁甲。团长称她为"美女梅里丝"，但丹妮觉得她跟"美女"半点不沾边。她身高近六尺，没有耳朵，鼻子破了，双颊都有很深的疤痕，她还有一双丹妮毕生所见最冷酷的眼睛。至于其他人……

修夫·亨格福德身材苗条，沉默寡言，长腿长脸，穿着褪色的华服。维伯身材矮小，肌肉发达，头、胸和胳膊上刺有蜘蛛文身。红脸孔的奥森·石东和麻杆似的路西法·朗都自称是骑士。林地的威尔在下跪时还向丹妮抛媚眼。稻草迪克生着菊蓝色眼睛和亚麻白头发，一脸局促笑容。姜杰克的脸被一把粗硬的橘黄胡子遮住，说话含混不清。"他初阵时咬掉半个舌头。"亨格福德向丹妮解释。

多恩人看起来与众不同。"请允许我向陛下介绍，"达里奥道，"这三位是愁肠、杰罗德和青蛙。"

愁肠身形庞大，有颗卵石样的秃头，粗胳膊堪比壮汉贝沃斯。杰罗德则是高挑的年轻人，头发里有阳光般的金丝，碧蓝色眼睛里满是笑意。我敢打赌，那抹微笑俘虏了许多少女的芳心。他穿着柔软的棕羊毛斗篷，边沿缝有沙丝，做工精良。

侍从青蛙在三人中最年轻，也最不引人注目。他是个严肃的矮壮青年，棕发棕眼。他生着一张方脸，高额头，粗下巴，鼻梁宽阔，脸颊和下巴上的胡碴让他看起来像个才长毛的男孩。丹妮想不通他为何被称作青蛙。也许跳得比别人远吧。

"都起来。"丹妮说，"达里奥说你们从多恩来，我的朝廷永远欢迎多恩人。篡夺者夺取我父王的王位时，阳戟城始终忠于我们家族。你们来此想必经历了重重磨难。"

"太多磨难了，"金发的帅气小伙杰罗德说，"我们离开多恩时本是六人，陛下。"

"我为你们死去的同伴感到悲伤。"女王转向他的大个同伴，"愁肠还真是个怪名字。"

"只是个绰号，陛下，船上给起的。从瓦兰提斯来此，我一路吐到尾，天翻地……唔，这不好说。"

丹妮被逗乐了。"我能想象，爵士先生。你是爵士，对么？达里奥说你是骑士。"

"禀告陛下，我们三人都是骑士。"

丹妮看向达里奥，发现他脸上闪过一丝愤怒。他不知情。"我正需要骑士。"她说。

巴利斯坦爵士疑心又起。"此地离维斯特洛甚远，自称骑士轻而易举。你可愿用长剑或长枪来捍卫你的声明？"

"若有必要的话。"杰罗德说，"但我们中没人能与无畏的巴利斯坦匹敌。陛下，请您原谅，我们之前用了化名。"

"某人也这么做过，"丹妮说，"某人曾化名为白胡子阿斯。现在，把你们的真名告诉我。"

"乐意之至……不过，我想再提一个不情之请，可否借个僻静地方说话？"

真是戏中有戏。"好吧，斯卡拉茨，让他们退下。"

圆颅大人吼出命令，兽面军便将其他维斯特洛人和剩下的请愿者统统赶出大厅。丹妮的顾问们留了下来。

"现在，"丹妮道，"报上名字。"

年轻帅气的杰罗德鞠了一躬。"盖里斯·丁瓦特爵士，陛下，我的剑属于您。"

愁肠双手交叠胸前。"我的战锤也属于您，我是阿奇巴德·伊伦伍德爵士。"

"你呢，爵士？"女王转向那个青蛙男孩。

"陛下,能否允许我先献上礼物?"

"好吧。"丹妮莉丝很好奇,但达里奥·纳哈里斯抢先拦住青蛙,伸出一只戴手套的手:"把礼物给我。"

矮壮的青年面无表情地弯腰解开靴子,从最隐秘的地方抽出一卷泛黄的羊皮纸。

"这是礼物?手写的纸片儿?"达里奥从多恩人手中一把夺过羊皮纸,展开来,不屑地看着上面的印章和签名,"很漂亮,金灿灿还勾了丝带,但我读不懂你们维斯特洛的鬼画符。"

"把它交给女王。"巴利斯坦爵士命令,"马上。"

丹妮察觉到大厅中蔓延的怒气。"我只是个年轻女子,年轻女子喜欢礼物。"她轻声说,"达里奥,拜托,别闹了。把它给我。"

羊皮纸上写的是通用语,女王缓缓地打开它,仔细检查上面的印章和签名。当她看到威廉·戴瑞爵士的名字时,不禁心跳加速。她读完又重新读了一遍,随后又一遍。

"能告诉我们上面写了什么吗,陛下?"巴利斯坦爵士问。

"这是一份秘密协议,"丹妮说,"在我还是小女孩时于布拉佛斯达成的。威廉·戴瑞爵士代表我们兄妹签名,当年正是他抢在篡夺者的走狗之前将我们救出龙石岛;奥伯伦·马泰尔亲王代表多恩领签名,由布拉佛斯的海王见证。"她将羊皮纸递给巴利斯坦爵士,让他自己看,"上面说,经由联姻达成结盟,作为多恩领帮我们推翻篡夺者的回报,我哥哥韦赛里斯应当迎娶道朗亲王的女儿亚莲恩为王后。"

老骑士仔细阅读协议。"要是劳勃得知此事,他会像粉碎派克城那样粉碎阳戟城,取下道朗亲王和红毒蛇的项上人头……多半连多恩公主也不放过。"

"毫无疑问,这是道朗亲王一直没公开这份协议的原因。"丹妮意识到,"要是我哥韦赛里斯早知道有一位多恩公主在等他,肯定一到婚龄就漂洋过海投奔阳戟城了。"

"然后引来劳勃的战锤,给多恩带来毁灭。"青蛙说,"家父一直在耐心等待韦赛里斯王子组建好军队的那一天。"

"家父?"

"道朗亲王。"他单膝跪下,"陛下,很荣幸,我便是昆廷·马泰尔,多恩的王子,您最忠实的臣仆。"

丹妮笑起来。

多恩王子的脸瞬间通红,丹妮的顾问们也不解地看着她。"明光?"圆颅大人斯卡拉茨用吉斯卡利语问,"您笑什么?"

"他们叫他青蛙,"丹妮说,"我终于知道为什么了。在七大王国,有一个童话故事,讲的是被施了魔法的王子变成青蛙,只有得到真爱一吻后,才能重新变回王子。"她微笑着望向多恩骑士,又换回通用语,"昆廷王子,请告诉我,你被施过法吗?"

"没有,陛下。"

"我看也是。"没被施法,也没有什么勾人魔术。唉,为何他是王子,要是旁边那位肩膀宽阔、沙色头发的男人就好了。"但你为求一吻而来,想要迎娶我,对吗?你要献上的礼物正是你可爱的自己,若我想得到多恩领支持,你我就必须代替韦赛里斯和你姐姐来履行协议。"

"家父希望我能得到您的认可。"

达里奥·纳哈里斯轻蔑地一笑。"你是个雏儿,而女王陛下需要男人陪伴,她对毛头小子没兴趣。你配不上做她丈夫,舔舔自个儿嘴唇,有没有奶味啊?"

他的话让盖里斯·丁瓦特黑了脸。"住嘴,佣兵,你在和多恩王子讲话。"

"还有他奶妈是吧?"达里奥的拇指划过剑柄,露出危险的笑容。

斯卡拉茨皱皱眉,他总是在皱眉。"这男孩可以带来多恩人的支持,但弥林需要一位吉斯卡利血统的国王。"

"我知道多恩,"瑞茨纳克·莫·瑞茨纳克说,"遍地沙漠跟蝎子,那是太阳烘烤下赤红色的荒凉山地。"

昆廷王子不为所动:"多恩有五万整装待发的战士,任凭女王差遣。"

"五万?"达里奥嗤笑,"我只看到仨。"

"够了。"丹妮莉丝制止,"昆廷王子横越半个世界献上礼物,你们不可无礼。"她转向多恩人,"你们一年前就该来,我现在答应嫁给高贵的西茨达拉·佐·洛拉克了。"

盖里斯爵士道:"现在还不晚——"

"我会权衡。"丹妮莉丝说,"瑞茨纳克,给王子和他的同伴安排与其身份相符的住所,尽力满足他们的需求。"

"遵命,明光。"

女王起身。"那么,到此为止。"

达里奥和巴利斯坦爵士跟着丹妮走上通向她寝宫的阶梯。"一切都已改变。"老骑士说。

"什么都没改变。"丹妮一边让伊丽帮她除下王冠,一边说,"三个人有什么用?"

"三名骑士。"赛尔弥道。

"三个骗子,"达里奥恨恨地说,"他们欺骗了我。"

"他们买通了你,这毫无疑问。"达里奥并未否认。丹妮展开羊皮纸,仔细查看。布拉佛斯。在布拉佛斯签订。当时我们还住在红门的大宅里。为何这让她感觉蹊跷?

她想起自己的噩梦。有时梦中亦有真实。梦的含义是不是指西茨达拉·佐·洛拉克是男巫的走狗?那个梦是不是警示?是不是诸神要她放弃西茨达拉,嫁给多恩王子?丹妮突然想起了什么,"巴利斯坦爵士,马泰尔家族的家徽是?"

"一柄长矛贯穿光辉的太阳。"

太阳之子。丹妮全身战栗。"阴影中的暗语。"魁蜥还说了什么?苍白母马和太阳之子。还有狮子,还有龙。龙是指我吗?"留心芬香的总管。"丹妮想起来,"这些梦,这些预言,干吗总弄成谜语?我恨这个!噢,爵士,你下去吧,明天是我大婚的日子。"

当晚,达里奥尝试了所有姿势,丹妮也欣然献上自己。最后当太阳即将升起时,丹妮照着很久以前多莉亚教的方法,用嘴让他再次坚挺,随后疯狂地骑他,剧烈的动作让他的伤口破裂渗血。在那美妙的瞬间,丹妮觉得两人已水乳交融,不可分离。

但婚礼的太阳终将升起,达里奥·纳哈里斯也终于起身。他穿好衣服,扣上露出闪光的黄金裸女像的剑带。"你去哪儿?"丹妮问,"今天不许出击。"

"我的女王啊,您真残忍。"团长说,"若不能为您杀敌,您结婚时我去哪儿找乐子呢?"

"到了黄昏,我就没有敌人了。"

"现在还是黎明呢,甜美的女王。漫长的白昼,足够作最后一次出击。我要带回棕人本·普棱的脑袋,给您当结婚礼物。"

"不要脑袋,"丹妮坚决反对,"你曾经送我鲜花。"

"让西茨达拉送您鲜花吧。他可能不会屈尊降贵去摘蒲公英,不过他手下有的是人帮忙。我可以走了吗?"

"不要。"丹妮想要他留下,抱着她。终有一天,他会一去不还,丹妮心想,终有一天,某个弓箭手会将他一箭穿胸,或是十个手持长矛长剑战斧的敌人包围他,十个将成为英雄的人。达里奥或许能干掉五个敌人,但这没法减轻丹妮的哀伤。终有一天,我会失去他,就如失去我的日和星那样。但诸神保佑,不要是今天。"回床上去,吻我。"没人像达里奥·纳哈里斯那样吻她,"我是你的女王,我命令你干我。"

丹妮说得欢快,达里奥听了却目光冷硬。"干女王是国王的活。大婚后,您高贵的西茨达拉会专注于此的。假使他觉得自己出身高贵,干不了这么吃力的活,手下也有的是人乐意代劳。您还可以拉多恩小子上床,外加他那俊友,为什么不呢?"他大步走出寝宫。

他还是出去了,丹妮知道,若能砍下本·普棱的头,他肯定会冲进婚宴,把它扔在我脚下。七神救我,他为何没个好出身?

达里奥离开后,弥桑黛给丹妮端来简单的早餐,包括山羊奶酪、橄榄和作甜品的葡萄干。"陛下早餐不能只喝酒。您太瘦弱了,今天需要充足的能量。"

这话从这么个小女孩儿嘴里说出来,让丹妮忍俊不禁。她一直依赖小文书,以至常常忘记弥桑黛不过刚满十一岁。她们在露台上一起进餐。丹妮小口咬着一颗橄榄,纳斯女孩突然用熔金般的眼睛盯着她。"您现在悔婚还不晚。"

的确不晚,女王伤感地想。"西茨达拉的血统古老高贵,我们的结合将使自由民和他的人民结合。我们合为一体,城市也会如此。"

"可陛下并不爱高贵的西茨达拉,小人觉得您宁愿让另一位做您丈夫。"

我今天不能想达里奥。"女王爱她必须爱的人,而不是她想爱的人。"她没了胃口。"把食物撤下去吧,"她吩咐弥桑黛,"我该沐浴了。"

随后,姬琪帮丹妮莉丝擦干身体时,伊丽拿来托卡长袍。丹妮真心嫉妒侍女们可以穿着轻便的沙丝长裤和彩绘背心,那比她身上缀着沉重的婴孩珍珠的托卡长袍凉快多了。"帮我把这东西裹上,这么多珍珠我可弄不好。"

丹妮本该对婚礼和新婚之夜充满期待。她想起自己第一次结婚那晚，卓戈卡奥在异乡的繁星下夺走她的童贞。她记得自己有多害怕，又有多兴奋。西茨达拉会让她产生这种感觉么？不会，我不再是当初的女孩，他也不是我的日和星。

弥桑黛从金字塔下走上来报告："瑞茨纳克和斯卡拉茨希望能获得护卫您前往圣恩神庙的荣誉。瑞茨纳克已把轿子备妥了。"

弥林人在城内很少骑马，更喜欢乘坐奴隶扛的轿子、肩舆和步辇。"马会弄脏街道，"某位扎克家的人曾告诉她，"奴隶却不会。"丹妮解放了奴隶，但街道里川流不息的轿子、肩舆和步辇一如既往，他们当然不是凭借魔法悬空的。

"白天关在轿子里太热了。"丹妮说，"给我的银马备鞍。我不会坐在奴隶背上去见我夫君。"

"陛下，"弥桑黛道，"恕小人冒昧，但您没法穿着托卡长袍骑马。"

一如既往，小文书说得没错，托卡长袍不是骑装。丹妮扮个鬼脸。"好吧，但不要轿子，我会被帘幕闷死的。他们没准备步辇？"如果她必须戴上兔耳朵，那就让所有兔子都看见。

丹妮走下金字塔，瑞茨纳克和斯卡拉茨跪地迎接。"主子如此光彩夺目，敢直视您的人都会被晃花眼睛。"瑞茨纳克恭维道。总管穿一件缀金流苏的栗色锦缎托卡长袍。"西茨达拉·佐·洛拉克幸何如哉，能娶到您……恕我冒昧，您能嫁给他也是十分幸运的。您会看到，这次结合将拯救我们的城市。"

"让我们如此祈祷吧。我只想种下橄榄树，收获累累果实。"西茨达拉的吻不能取悦我又怎样？我要的是和平。我是女王，不是普通女人。

"今天的人潮会和苍蝇一样。"圆颅大人穿着百褶黑战裙和加厚胸甲，腋下夹着一顶蛇头形状的青铜盔。

"我难道会怕苍蝇？你的兽面军会保护我。"

大金字塔底层内部总是一片昏暗。三十尺厚的墙将街上的喧嚣和热气全部隔绝，里头漆黑凉爽。丹妮的护卫已在门内集结，马、骡和驴在西墙下的马厩，大象则在东面——丹妮的金字塔里有三只这种奇特的庞然大物。它们看起来像没毛的灰色长毛象，只是獠牙被锯短镀了金，眼里满是哀怨。

壮汉贝沃斯在吃葡萄，巴利斯坦·赛尔弥盯着马童给他的斑点灰马上鞍，三名多恩人围着他说话，但看到女王马上住口。王子单膝跪下。"陛下，我再次恳求您。家父的身体虽大不如前，对您的事业却矢志不渝。若我的行为或我个人没给您留下好印象，责任全在于我，可——"

"你想给我留下好印象，爵士，就为我祝福吧。"丹妮莉丝说，"今天是我大婚之日，毫无疑问，城内会载歌载舞。"她叹口气，"起来，王子殿下，笑一笑。总有一天，我会返回维斯特洛，夺回我父亲的王位，那时自会寻求多恩的帮助。但眼下，渊凯人把我的城市围得如铁桶一般，这样下去，我可能根本熬不到回国之日。世事无常，也许西茨达拉会死，也许维斯特洛会消失在波涛之下。"丹妮吻了他的脸，"好了。我该去参加婚礼了。"

巴利斯坦爵士扶她登上步辇。昆廷回到两位多恩同伴身旁。壮汉贝沃斯一声低吼，大门打开，丹妮莉丝·坦格利安在众人簇拥中来到阳光下，赛尔弥骑着斑点灰马跟在她旁边。

"告诉我，"队伍向圣恩神庙行进途中，丹妮问，"如果当初我父母能够自由选择，他们会和谁结婚？"

"事情过去太久了，陛下您不认识那些人。"

"但你认识啊。说说吧。"

老骑士低下头。"您的母后恪守妇道。"他穿着金银铠甲，白披风在肩头飞舞，看起来潇洒倜傥，声音里却充满痛苦，似乎每个字都是一座山，"但她少女时代……曾对一位风暴之地的年轻骑士动过心。那骑士在比武大会上赢得她的芳心，还将她命名为爱与美的皇后。大致如此。"

"那骑士后来呢？"

"你母后嫁给你父王那日，他收起了长枪，此后变得异常虔诚，说只有少女方可替代雷拉王后在他心中的地位。不过，他的爱是不可能的，有产骑士怎配得上王家公主？"

而达里奥只是一介佣兵，还不如有产骑士。"我父亲呢？除了母后，他是否爱过别的女人？"

巴利斯坦爵士在马鞍上不安地挪了挪。"不……那不是爱，或许用'企图'这个词更准确，那……那不过是厨房的流言，洗衣妇和马童的闲话……"

"但我想知道。我不了解我父王。我想知道他的方方面面。好的和……其他的。"

"遵命。"白发骑士小心斟酌字眼，"伊里斯国王……年轻时，迷上了一位凯岩城的女士，亦即泰温·兰尼斯特的表妹。那位女士和泰温结婚当日，您父王喝多了，据说在婚宴上公然宣称废黜初夜权是一大遗憾。那是醉话，没别的意思，但泰温·兰尼斯特却不会忘……他也不会忘……洞房时您父王肆意……"老骑士脸涨得通红，"我说得太多了，陛下，我——"

"光辉的女王，向您致敬！"另一列队伍来到旁边，西茨达拉坐在步辇上朝她微笑。他是我的国王。丹妮想知道达里奥·纳哈里斯上哪儿去了，在做什么。如果这是个故事，他会在我到达神庙时飞驰而至，挑战西茨达拉，迎来幸福美满的高潮。

女王和西茨达拉的队伍并排而行，缓缓穿越弥林。圣恩神庙终于出现在面前，金色圆顶在阳光下闪闪发亮。好漂亮啊，女王试图说服自己，但她内心深处那个愚蠢的小女孩，仍旧无法抑制地期盼达里奥到来。如果他爱你，一定会仗剑来带你私奔，如同雷加抢走他的北方女孩。她心中的小女孩如此坚持，但女王知道这太荒唐了。即便她的团长疯狂到前来抢婚，兽面军也会在百码之外将他剁成肉泥。

格拉茨旦·卡拉勒在庙门外等候，周围是她的姐妹们，身着白、粉、红、蓝、金、紫等各色长袍。她们的人数变少了。丹妮搜寻札拉，却无果而终。血瘟把她也带走了？女王已将阿斯塔波人隔绝在城外挨饿，以防血瘟传播，但疾病还是扩散开来。无数人染疾：自由民、佣兵、兽面军，甚至多斯拉克人也不能幸免，幸好迄今为止无垢者没被传染。丹妮暗自祈祷最艰难的时刻已经过去。

圣女们抬出一把象牙椅和一只金碗。丹妮莉丝·坦格利安尽可能优雅地提起托卡长袍，以防坐在柔软的天鹅绒椅面上压到流苏。西茨达拉·佐·洛拉克双膝跪地，解开丹妮的凉鞋，在五十名太监的吟唱中和一万只眼睛的注视下，为她洗脚。他的手很温柔，温暖的香油流过丹妮的脚趾时，她暗想，如果他的心也同样温柔，我最终也许会喜欢上他。

洗完脚后，西茨达拉用软毛巾帮丹妮擦干，重新绑好凉鞋，扶她站起。他们手挽手，随绿圣女走进神庙。神庙里的空气弥漫着浓重的熏香，吉斯众神在神龛阴影中隐隐矗立。

四小时后，他们手腕脚踝间连系着黄金锁链，身为夫妇重新露面。

琼恩

赛丽丝王后大驾光临黑城堡，同行有她女儿、女儿的弄臣、女仆、宫廷贵妇以及骑士、誓言骑士和五十名士兵。全是后党，琼恩•雪诺知道，他们侍奉赛丽丝，但效忠梅丽珊卓。红袍女祭司在东海望的乌鸦到来的近一天前，就通知他了。

琼恩带着纱丁、波文•马尔锡和六名黑衣守卫在马厩迎接王后一行。关于王后的传言哪怕仅有一半是真，那不带随从来见她就绝对行不通。她可能会把琼恩当马童小弟，把坐骑交给他照看。

风雪终于向南方转移，给了长城喘息之机。琼恩•雪诺单膝跪在南方王后面前时，空气中甚至还有点暖意。"陛下，你们的到来让黑城堡蓬荜生辉。"

赛丽丝王后俯视他。"谢谢，请护送我去见你们的总司令。"

"蒙弟兄们厚爱，我有幸担任此职。我是琼恩•雪诺。"

"你？都说你年轻，但……"赛丽丝王后的脸白得病恹恹的，头上红金铸成的火焰王冠与史坦尼斯的倒是一对。"……请起吧，雪诺大人。这是我女儿，希琳。"

"公主殿下。"琼恩低下头。希琳本就相貌平庸，灰鳞病更让她显得丑陋，她脖子和半边脸颊上皮肤僵硬、发灰、干裂。"我和我的弟兄们听候您差遣。"他对女孩说。

希琳脸红了。"谢谢您，大人。"

"您应该认识我伯父亚赛尔•佛罗伦爵士吧？"王后继续介绍。

"通过书信，略有了解。"还通过报告。东海望的报告中经常提及亚赛尔•佛罗伦,没几句好话。"亚赛尔爵士。"

"雪诺大人。"佛罗伦矮胖结实,短腿厚胸,毛发密集,不仅覆盖了脸颊颧骨,还从耳朵和鼻孔里冒出来。

"我忠诚的骑士们。"赛丽丝王后续道,"纳伯特爵士、贝内索恩爵士、布鲁斯爵士、派崔克爵士、多尔顿爵士、梅格罗恩爵士、蓝柏特爵士、佩金爵士。"这些骑士依次鞠躬致敬。王后没费心介绍弄臣,但弄臣鹿角帽上叮当作响的牛铃和他花纹满布的胖脸实在引人注目。补丁脸。卡特•派克的信上也提到了他。派克断定他是个白痴。

王后朝一名奇怪的随从挥手:此人像竹竿一样高高瘦瘦,奇异的紫色毛毡三层帽还让他显得更高了。"可敬的泰楚•奈斯托斯,布拉佛斯铁金库的使节,特来与史坦尼斯国王陛下协商事务。"

银行家脱帽鞠躬。"司令大人,感谢您和您弟兄们的盛情接待。"他的通用语圆润自如,只隐约带有一丝口音。他比琼恩还高半尺,留着一把稀疏的长胡子,像根绳子一样几乎垂到腰间。他穿着貂皮镶边的暗紫色袍子,高高的硬领衬出窄脸。"希望没太麻烦您。"

"当然没有,大人,欢迎之至。"如果照实说,你比王后更受欢迎。卡特•派克让乌鸦知会过银行家的到来,但那时起琼恩就开始盘算了。

琼恩转向王后。"自得知陛下前来莅临视察后,国王塔上的王家居室就为陛下布置妥当了。这是我们的总务长波文•马尔锡,他负责为您手下安排住所。"

"你真周到。"王后言辞得体,但语气分明在说:这是你该干的,你准备的房间最好别让我失望。"我们不会叨扰太久,最多几天。我们打算稍事歇息后,便赶去新居城长夜堡,一路从东海望赶来实在疲累。"

"如你所愿，陛下。"琼恩说，"您肯定又冷又饿，大厅中为您备了热饭热菜。"

"很好。"王后扫视广场，"但我想先跟梅丽珊卓女士谈。"

"当然，陛下。她也住在国王塔，您想见她的话，请随我来？"赛丽丝王后点点头，牵起女儿，允许琼恩引领她走出马厩。亚赛尔爵士、布拉佛斯银行家及其他随从鱼贯而出，活像身穿羊毛皮革、跟着鸭妈妈的一群小鸭子。

"陛下。"琼恩•雪诺道，"为招待您，我们的工匠已尽可能地修葺长夜堡……但它很大部分仍是废墟。它太大了，是长城上最大的城堡，我们只来得及部分重建。或许您回东海望会住得舒服些。"

赛丽丝王后嗤之以鼻。"我们受够了东海望，不喜欢那地方。王后应当住在自家屋檐下，你们那位卡特•派克不仅粗鄙庸俗，斤斤计较，还动不动就吵架。"

您该听听卡特怎么评价您的。"很遗憾，但恐怕陛下会觉得长夜堡的条件比想象中差。那是座堡垒，不是宫殿。那里装修简陋，气候寒冷，而东海望——"

"东海望不安全。"王后一只手搭在女儿肩上，"这是国王唯一的继承人，总有一天，希琳会坐上铁王座，君临七大王国。必须保证她绝对安全，而东海望会遭到攻打。长夜堡是我丈夫选定的居城，我们一定要住进去，我们——啵！"

一个巨影从司令塔的空壳后冒出来。希琳厉声尖叫，王后的三名骑士一齐倒抽冷气，另一名骑士吓得嚷道："七神保佑！"甚至忘了自己已经改信红神。

"别怕。"琼恩说，"他没有恶意。陛下，这是旺旺。"

"温旺•威格•温旺•铎迩•温旺。"巨人的声音犹如巨石从山腰滚落。他跪在众人面前，但仍比他们高。"跪迎王后。小王后。"

这些话无疑是皮革教的。

希琳的眼睛瞪得像盘子那么大。"这是个巨人！真正的真正的巨人，和故事里讲的一模一样。他说起话来怎么这么搞笑？"

"他目前只学会几个通用语单词。"琼恩说，"他们在家乡说古语。"

"我能摸摸他么？"

"最好别摸。"母亲警告她，"你看，这东西多脏。"王后对琼恩皱紧眉，"雪诺大人，这野东西跑到长城里面做什么？"

"和您一样，旺旺是守夜人的客人。"

王后不喜欢这答案，她手下的骑士也不喜欢。亚赛尔爵士一脸厌恶，布鲁斯爵士勉强笑笑，纳伯特爵士开口："我听说巨人死绝了。"

"几乎。"耶哥蕊特曾为他们哭泣。

"黑不隆咚，死人来跳舞啊。"补丁脸拖着古怪的舞步，"我知道，我知道，噢噢噢。"东海望的人用海狸皮、绵羊皮和兔子皮给他缝了件小丑斗篷，他帽子上带着挂铃铛的鹿角和垂至耳旁的棕色松鼠皮长绦，每走一步，都响个不停。

旺旺入迷地盯着他，接着伸手来抓，弄臣一下子叮叮当当地跳回去。"噢不，噢不，噢不。"旺旺吓得站了起来。王后一把拽回希琳公主，骑士们按住剑柄，补丁脸慌不择路，失去了平衡，一屁股坐在雪堆中。

旺旺哈哈大笑——巨人的笑声让龙吼都相形见绌。补丁脸捂住了耳朵，希琳公主埋首在母亲的毛皮外套里，王后手下几个最胆大的骑士握剑挺进，却被琼恩伸出一只胳膊拦下。"最好别惹他。收起武器，爵士。皮革，带旺旺回哈丁塔。"

"旺旺吃饭？"巨人问。"吃饭。"琼恩允诺。他对皮革说，"一会儿我给他送桶蔬菜，给你送些肉。你先生火。"

皮革咧嘴一笑。"好的,大人,不过哈丁塔实在寒冷彻骨。大人能再送些酒给我们暖身子么?"

"给你一份,没他的。"旺旺来黑城堡之前没喝过葡萄酒,一喝就入了迷。太入迷了。琼恩现在要操心的事已够多,实不想再弄出个酒鬼巨人来添乱。他转身面向王后的骑士,"我父亲大人曾说,不到万不得已,不可随意亮剑。"

"我就打算亮剑。"这位骑士刮得干干净净的脸上饱经风霜,他身披白色毛皮披风,下面穿一件绣有蓝色五芒星的银丝外套。"从来只听说守夜人军团的职责是保护王国抗击怪物,没曾想你们还养他们做宠物。"

又一个该死的南方傻瓜。"您是……"

"大人,我是国王山的派崔克爵士。"

"爵士,我不知道你们山上如何看待宾客权利,但在北境,我们认为它神圣不可侵犯。旺旺是这里的客人。"

派崔克爵士笑了。"告诉我,司令大人,等异鬼光临,您也打算捍卫他们的宾客权利吗?"骑士又对王后道,"陛下,没认错的话,这就是国王塔。我可有幸护送您?"

"好的。"王后径直挽起他的手,从这群守夜人面前走过,没再多看他们一眼。

除了火焰王冠,她整个冷冰冰的。"泰楚大人,"琼恩招呼,"请留步。"

布拉佛斯人停步。"不敢称大人,我只是布拉佛斯铁金库的小雇员。"

"卡特·派克说,你带了三艘船到东海望:一艘大帆船,一艘划桨船,还有一艘平底船。"

"就是这样,大人。这个季节漂洋过海很危险,一艘船出个状况呼天不灵,三艘一起可互相照应。铁金库在这种事上一向谨慎。"

"您离开前，我们能否私下谈一次？"

"乐意为您效劳，司令大人。布拉佛斯有句俗话：择日不如撞日。您觉得呢？"

"那敢情好。去我的房间？或者您想去长城顶上参观？"

银行家抬头看去，只见头顶的苍白冰墙映衬着天空，绵延不绝。"恐怕长城顶上太冷了。"

"确实很冷，狂风呼啸，走在上面得注意别靠边，有不少人被吹下去。长城在世间独一无二，日后未必再有机会参观。"

"毫无疑问，临终前我会为自己的谨小慎微后悔不迭。但经过一整天鞍马劳顿，我更欣赏暖和安静的房间。"

"那就去我书房。纱丁，请给我们拿些热葡萄酒。"

兵器库后琼恩的房间非常安静，就是不怎么暖和。火炉已熄了一段时间，因为纱丁不像忧郁的艾迪那样勤于添柴。熊老的乌鸦高喊"玉米！"来欢迎他们。琼恩挂起斗篷。"你是来找史坦尼斯的，对吗？"

"是的，大人。赛丽丝王后建议用乌鸦送信给深林堡，通知陛下我在长夜堡等待接见。但我要和他谈的事太过微妙，很难诉诸笔端。"

"债务问题。"还能是什么？"他的债务？还是他兄长的？"

银行家绞着手指。"史坦尼斯大人是否负债，我不方便透露。至于劳勃国王……能为他效劳是我们的荣幸。劳勃生前一切都运转良好。但现在，铁王座拒绝还债。"

兰尼斯特会这么蠢？"你不能要求史坦尼斯兄债弟偿。"

"债务属于铁王座，"泰楚更正，"谁坐上王位都得还债。既然年幼的托曼国王和他的重臣们不通情理，我们认为有必要和史坦尼斯国王讨论这个问题。一旦他证明自己值得信任，我们当然很乐意提供他需要的任何援助。"

"援助,"乌鸦尖叫,"援助,援助,援助。"

这些事琼恩在得知铁金库派使节来长城时就料到了。"据最新报告,陛下正向临冬城进军,要与波顿大人及其盟军一决雌雄。您可以上那儿去找他,就是要冒些风险,或许会卷进战团。"

泰楚低下头。"为铁金库服务的我们所面临的生死考验,一点不比为铁王座服务的你们少。"

我是为铁王座服务的吗?琼恩·雪诺已不再觉得理所当然了。"我可以提供马匹、补给、向导,确保您走到深林堡。在那之后,您得自己去找史坦尼斯。"很可能找到他插在枪上的头。"当然,这有代价。"

"代价,"莫尔蒙的乌鸦尖叫,"代价,代价。"

"凡事皆有代价,不是么?"布拉佛斯人笑了,"守夜人想要什么?"

"首先是您的船,包括上面的船员。"

"三艘都要?那我怎么回去?"

"我只借它们做一次航行。"

"想必是一次危险的航行。您说'首先'?"

"我们需要贷款来撑到春天。这些金子将用于购买食物,并雇船运到这里。"

"春天?"泰楚叹口气,"这不可能,大人。"

史坦尼斯怎么说来着?你讨价还价的本事比得上卖鱼的老太婆,雪诺大人。你爹奈德·史塔克难道跟渔妇生出了你?或许他说对了。

他们花了大半个钟头把不可能变成可能,又花了一个钟头就条款达成一致。纱丁端来的那壶热葡萄酒帮他们解决了几处棘手争执。等琼恩·雪诺在布拉佛斯人起草的羊皮纸上签字时,两人都喝得微醺，各自心头都不太舒畅。琼恩觉得这倒是个好兆头。

加上这三艘布拉佛斯船，东海望的舰队就有十一艘船了。他已让卡特·派克征用了一艘伊班捕鲸船、一艘从潘托斯驶出的贸易划桨船，外加三艘破损的里斯战舰——被秋季风暴卷回来的萨拉多·桑恩舰队的残部。桑恩的三艘船都亟需大修，不过到现在应该完工了。

十一艘船远远不够，但再拖下去，艰难屯的自由民估计等不到救援。要么即刻起航，要么干脆别去。还有，鼹鼠妈妈和她的信徒是否绝望到愿将性命交于守夜人之手呢？……

琼恩和泰楚·奈斯特斯离开书房时，天色已暗，空中又飘起雪花。"看来缓解是暂时的。"琼恩把斗篷裹得更紧。

"凛冬近在咫尺。我离开布拉佛斯那天，运河已开始结冰。"

"不久前，有三名我们的人路过布拉佛斯。"琼恩告诉他，"一名老学士、一名歌手和一名年轻事务官。他们护送一个野人女孩和她的孩子去旧镇。你大概没碰见他们吧？"

"恐怕没有，大人。每天都有维斯特洛人路过布拉佛斯，但大部分走旧衣贩码头。铁金库的船停在紫港。不过您要是想知道，我回去后可以打听一下。"

"没必要，他们现在应该安全抵达旧镇了。"

"希望如此。这个季节的狭海最是危险，近来还有令人担忧的报告，说在石阶列岛有陌生船只出没。"

"萨拉多·桑恩？"

"那里斯海盗？可靠情报说他回老巢了，另外雷德温大人的战舰也穿过了断臂角，无疑在回家途中。这些人和他们的船都为我们了解，不是他们。陌生船只……可能来自更远的东方……有种奇怪的传言提到了龙。"

"我倒希望这里有条龙，那样暖和点儿。"

"大人说笑，但请原谅我笑不出来。我们布拉佛斯人的祖先乃是从瓦雷利亚和龙王的怒火下逃出来的。我们从不拿龙开玩笑。"

我想也是。"抱歉，泰楚大人。"

"没关系，司令大人。我有些饿，借出这么大一笔款子让人胃口大开。能告诉我餐厅怎么走么？"

"我带您去。"琼恩做个手势，"这边请。"

到了大厅，琼恩觉得不陪银行家用餐实在失礼，便让纱丁去取食物。客人的到来勾起了守夜人弟兄们的好奇心，没当值没睡觉全都跑来，把地窖挤得暖暖和和。

王后和她女儿没出席——可能正在适应国王塔的居住环境——但布鲁斯爵士和梅格罗恩爵士在，他们向聚在周围的弟兄们讲述东海望和海对面的新闻。王后的三名宫廷贵妇坐在一起，旁边有女仆和十来个仰慕她们的守夜人。

更靠门一点的地方，王后之手正朝两只阉鸡发起攻击。他吸吮着骨头上的残肉，吃一口配一口麦酒。看到琼恩·雪诺，亚赛尔·佛罗伦扔掉一根骨头，用手背蹭蹭嘴，懒洋洋地起身。他腿脚弯曲，酒桶一样的胸膛，又生了对招风耳，模样十分滑稽，但琼恩知道最好别嘲笑他。他是赛丽丝王后的伯父，也是首批随她皈依梅丽珊卓的红神的人。他就算不是个弑亲者，也相去不远。伊蒙学士曾告诉琼恩，亚赛尔爵士坐视自己的亲哥哥被梅丽珊卓烧死。什么样的人会眼睁睁看着自己的亲哥哥被烧死而袖手旁观呢？

"奈斯特斯，"亚赛尔爵士说，"司令大人。我能加入你们么？"他没等他们回答就坐到长凳上。"雪诺大人，恕我冒昧……史坦尼斯国王陛下信中提到的野人公主……她在哪里，大人？"

她在很远的地方，琼恩想，若诺神保佑，她应该已找到"巨人克星"托蒙德了。"瓦迩是曼斯·雷德的妻子姐娜之妹。姐娜难产死后，史坦尼斯国王俘虏了瓦迩及姐娜的儿子。但她不是公主，不是你指的那种。"

亚赛尔爵士耸耸肩。"管她是什么呢，东海望的人都说这娘门儿长得挺标致，我想亲眼看看。呃，女野人中有好些偏种，男人得把她们翻过来才能履行丈夫的职责。大人若不介意，就带她出来，让大伙儿开开眼。"

"她不是任人参观的马，爵士。"

"我也保证不数她的牙。"佛罗伦咧嘴一笑，"哦，别担心，我会按应有的礼仪对待她。"

他知道她不在这。黑城堡像个村，没有不透风的墙。人们虽未公开议论瓦迩的失踪，但有些弟兄晚上会在公共大厅里说闲话。他听到些什么？琼恩揣测，又信了多少？"抱歉，爵士，瓦迩不会客。"

"那我去见她。你把这娘儿们藏哪儿了？"

远离你的地方。"安全的地方。这事到此为止，爵士。"

骑士脸涨得通红。"大人，您忘了我是谁？"他的呼吸混着麦酒和洋葱的臭味，"要我报告王后么？只需陛下一句话，我就能剥光这女野人的衣服，扔到大厅来给大家参观。"

就算对于王后，这样干也太过分了。"王后不会辜负我们的款待。"琼恩希望自己说对了，"现在，恐怕我得在没忘记待客之道以前离开。泰楚大人，不好意思。"

"哦，当然，"银行家道，"请随意。"

外面雪下得更大。校场对面，国王塔成了一片臃肿的剪影，窗内的灯光在飞雪中模糊难辨。

琼恩回到书房，发现熊老的乌鸦站在搁板桌后的包皮橡木椅背上。乌鸦一看他进来，就尖叫着索要食物。琼恩从门边麻袋里抓了把干谷粒撒在地上，然后夺回椅子。

泰楚·奈斯特斯留下一份协议复件。琼恩再三研读。太顺利了，他回想，难以置信，顺利得不真实。

这让他不安。守夜人军团补给用尽后，布拉佛斯人的金币能让他们从南方购买食物，一直撑过冬天，无论这个冬天有多漫长。漫长的寒冬会让守夜人深陷债务，永世不得翻身，琼恩提醒自己，但在死亡和欠债之间选，宁肯欠债。

他并不喜欢自己的选择。等春天还金子的时候，他会更受不了的。泰楚·奈斯特斯的彬彬有礼让人印象深刻，但布拉佛斯人在收债方面的恶名也众所周知。九大自由贸易城邦都开有银行，有些还不止一家，他们像狗抢骨头争夺每一枚硬币，但铁金库比其他所有银行加起来还富有、还有权势。当权者在其他银行赖债不还，破产的银行家只能卖掉妻儿为奴，然后割脉自杀；但若哪位国王敢拒绝偿还铁金库的债务，国内将遍生出篡夺者，来争夺王位。

可怜的胖托曼即将亲身体会这一切。兰尼斯特无疑有理由拒付劳勃国王的债务，但这依然是愚行。只要史坦尼斯不顽固到拒不接受条款，布拉佛斯人便会提供取之不尽的金钱，足够他雇佣十几个自由佣兵团，收买上百位诸侯，还让自己的手下衣食无忧，兵马齐备。只要史坦尼斯没死在临冬城下，他们就会把铁王座奉上。他很好奇梅丽珊卓是否在圣火中看到了这一切。

琼恩往椅子上一靠，打个哈欠，伸着懒腰。明天，他要草拟给卡特·派克的命令。十一艘船驶往艰难屯，尽可能多带人回来，女人和孩子优先。该起航了。我是亲自去，还是让卡特负责？熊老曾经亲自出马。是啊，并且有去无回。

琼恩阖上眼，就一小会儿……醒来时，身体僵得像块木板，熊老的乌鸦还在嘀咕："雪诺，雪诺。"穆利正摇醒他，"大人，有急事。抱歉，大人。他们发现一名女孩。"

"女孩？"琼恩坐起来，用手背揉着惺忪睡眼，"瓦迩？瓦迩回来了？"

"不是瓦迩，大人，是在长城这边发现的。"

艾莉亚。琼恩一下子清醒了。肯定是她。"女孩。"乌鸦尖叫,"女孩,女孩。""泰和丹纳在鼹鼠村以南两里格的地方遇上她,他们当时在追捕几个沿国王大道南逃的野人。他们抓住了野人,回来的路上遇到这个女孩。大人,她是贵族出身,一直说要见您。"

"她带了多少人?"琼恩把脸盆里的水浇到脸上。诸神啊,他累坏了。

"一个也没有,大人,她独自骑在奄奄一息的马上。那马瘦得皮包骨头,一瘸一拐,口吐白沫。他们放走了马,把女孩带回来盘问。"

垂死的马驮着灰衣女孩。看来梅丽珊卓的圣火没说谎。但曼斯·雷德和他的矛妇怎样了?"女孩在哪儿?"

"在伊蒙师傅的房子,大人。"老学士很可能已到了温暖安全的旧镇,黑城堡的人们却依然习惯这样称呼那些房间。"女孩冻得浑身发青,颤抖得厉害,泰叫克莱达斯去给她瞧瞧。"

"很好。"琼恩觉得自己又回到十五岁那年。我的小妹。他起身披上斗篷。

他和穆利穿过场子时,天空还在飘雪,金色的曙光划破了东方的黑暗。国王塔上,梅丽珊卓女士的窗内依然红光摇曳。从不睡觉?女祭司,你又在玩什么把戏?你是不是给了曼斯其他任务?

他希望这女孩是艾莉亚。他想再见到她的面庞,对她微笑,揉乱她的头发,告诉她她安全了。但她并不安全。临冬城已经焚毁破碎,化为废墟,再没有安全之地。

不论他多想,他都不能把艾莉亚留在身边。长城不是女人待的地方,更别提贵族少女。他也不能把她交给史坦尼斯或梅丽珊卓。国王只会把她嫁给自己的手下——霍普或马赛或巨人杀手高迪——而天晓得红袍女会对艾莉亚做什么。

他能想到的最好解决办法是送她去东海望,让卡特·派克派船载她漂洋过海,远离列王的纷争。诚然,这得等那些船从艰难屯返航。她可以和泰楚·奈斯特斯一起去布拉佛斯,兴许铁金库能找个好人家收养她。布拉佛斯是最近的自由贸易城邦……这既是优点也是缺陷。罗拉斯或伊班港可能更安全。但无论送艾莉亚去哪儿,她都需要钱,还需要遮风挡雨的住处以及保护者。

她还是个孩子啊。

伊蒙师傅的老房子非常温暖,穆利突然推开门,一股热气让他们什么都看不清。屋内,壁炉火焰熊熊,木柴噼啪作响。琼恩跨过一摊湿衣服。"雪诺,雪诺,雪诺。"乌鸦们在上方尖叫。女孩盖着有她三倍大的黑羊毛斗篷,蜷在炉火边睡着了。

她的确很像艾莉亚,甚至让琼恩迟疑,但只是一下。她高挑消瘦,像匹小马,四肢瘦长,棕发编成大辫子,用皮带扎好。她长着长脸、尖下巴和小耳朵。

但她年龄太大,大多了。这女孩差不多跟我同岁。"她吃过吗?"琼恩问穆利。

"只吃了点面包和肉汤,大人。"克莱达斯从椅子上起身,"伊蒙师傅常说最好慢慢来。吃太多她可能消化不了。"

穆利点点头。"丹纳带了根哈布的香肠,她似乎没兴趣。"

琼恩不怪她,哈布的香肠是油脂、盐混上某些不堪设想的东西做的。"或许我们该让她先休息会儿。"

女孩坐了起来,拉紧斗篷,遮住苍白的小乳头,表情迷惑。"我在……?"

"黑城堡,女士。"

"长城。"她眼里涌出泪水。"我终于到了。"

克莱达斯靠近了些。"可怜的孩子。你多大?"

"下个命名日就满十六。我不是孩子,我是个成熟的女人。"

她打个哈欠,用斗篷遮住嘴,一只赤裸的膝盖在下面若隐若现。"你没戴颈链。你是学士么?"

"不是。"克莱达斯道,"但我服侍过学士。"

她看起来真像艾莉亚,琼恩想,尽管面黄肌瘦,发色却是相同,还有眼睛的颜色。"听说你想见我,我就是——"

"——琼恩•雪诺。"女孩把辫子甩到脑后,"我们两家同出一脉,荣辱与共。听我说,表亲,我叔叔克雷根在我后面穷追不舍,你一定不能让他把我抓回卡霍城。"

琼恩盯着她。我认识她。她的眼神、举止和讲话方式都似曾相识。他在记忆中搜了一会儿,然后想起来:"亚丽•卡史塔克。"

女孩嘴角绽放出一抹熟悉的笑容。"我真怕你不记得我,上次见面我才六岁。"

"你和你父亲一起造访临冬城。"那个被罗柏砍头的父亲。

"我不记得为什么了。"

女孩脸红了。"是为了让我跟你哥哥见面,噢,当时编了个借口,但真正原因是这个。我和你哥罗柏差不多大,我父亲觉得我们很配。当时办了场宴会,我和你还有你哥都跳了舞。他彬彬有礼,还夸我舞跳得好。你却拒人千里。我父亲说私生子都这样。"

"我想起来了。"这话并不全错。

"你现在还是有点拒人千里。"女孩说,"但你要是保护我,不让我叔叔抓我的话,我会原谅你。"

"你叔叔……阿尔夫大人?"

"他算哪门子大人。"亚丽轻蔑地说,"我哥哈利昂才是真正的卡霍城伯爵,而我是他的合法继承人。女儿的继承权优先于叔叔,阿尔夫不过是个代理城主——准确地说,他是我叔祖,我父亲的叔叔。克雷根是他儿子,跟我同出一门,我一直叫作叔叔,现在还想作我丈夫。"她单手握拳,"战前我和戴林恩•霍伍德订过婚,只等我来潮便圆房。但弑君者在呓语森林杀了戴林恩。我父亲来信说会给我找个南方领主,但没来得及找,你哥便为他杀兰尼斯特的事砍了他的头。"她咬着嘴唇,"我还以为大伙儿南征就是去杀兰尼斯特的呢。"

"事情……没那么简单。卡史塔克伯爵杀了两名俘虏,女士,手无寸铁、关在监牢里的男孩。"

女孩似乎并不意外。"我父亲平时不像大琼恩那样大喊大叫,但发起怒来同样危险。算了,他死了,你哥哥也死了,我们还得活下去。我们之间算有血仇么,雪诺大人?"

"披上黑衣,家族纷争就置之度外了。守夜人军团跟卡霍城或您没有任何纠纷。"

"好极了。我还担心……我求父亲留个哥哥作代理城主,但他们都不肯错过去南方建功立业的机会。现在托伦和艾德死了,据说哈利昂在女泉城作阶下囚,但这几乎是一年前的消息,他可能也死了。除了投奔艾德•史塔克最后的子嗣,我真是无处可去。"

"何不投奔国王?卡霍城宣布支持史坦尼斯了啊。"

"我叔祖宣布支持史坦尼斯,意图激怒兰尼斯特砍下可怜的哈利昂的头。我哥一死,卡霍城就归我所有,而我叔祖想侵占我的继承权。等我给克雷根生下孩子,他们就不需要我了。要知道,他已害死两个老婆。"她使劲抹眼泪,动作像极了艾莉亚,"你会帮我么?"

"联姻和继承是国王过问的事,女士。我会写信给史坦尼斯为您争取权利,但——"

亚丽•卡史塔克大笑,笑声里充满绝望。"写吧,但别指望回信。史坦尼斯在收到你的信前就会掉脑袋,我叔祖不会让他活着。"

"什么意思?"

"阿尔夫正火速赶往临冬城,一点没错,但他只为在国王背后捅刀子。他早已投靠卢斯·波顿……以换取金子、赦免和哈利昂的人头。迎接史坦尼斯大人的将是一场屠杀。所以他帮不了我,就算能帮也没用。"亚丽抓着琼恩的黑斗篷,跪在他面前,"你是我唯一的希望,雪诺大人。以你父亲之名,我请求你保护我。"

盲眼女孩

她的夜晚被遥远的星辰和雪上的月光点亮，醒来后却只有无边的黑暗。

她睁开双眼，空洞地瞪着覆住她的黑暗，梦境快速淡去。如此美梦。她舔舔嘴唇，意犹未尽。绵羊咩咩叫，牧羊人眼中的恐惧，被她一只又一只咬死的狗发出的哀号，她族群的咆哮。下雪以来，猎物逐渐减少，但昨晚他们饱餐一顿，享用了羔羊肉、狗肉、绵羊肉和人肉。她的某些灰色小表亲很怕人，甚至怕死人，但她不怕。肉是肉，人是猎物，而她是统治夜晚的狼。

但只在梦中。

盲眼女孩翻身坐起，一跃下地，伸了个懒腰。她睡在一整块冷石头上，上面只有塞满破布的床垫，每次醒来全身僵硬紧绷。她光着长满茧的小脚来到脸盆旁。静如影。她将冷水扑在脸上，拍干。格雷果爵士，她想，邓森，甜嘴拉夫，伊林爵士，马林爵士，瑟曦太后。这是她的晨祷。是吗？不，她想，这不是。我是无名之辈。这是夜狼的祈祷。总有一天，她会找到他们，狩猎他们，享受他们的恐惧，品尝他们的鲜血。总有一天。

她在一堆东西中翻到内衣，闻了闻，确定味道还能穿，然后在黑暗中套上。她的仆人衣服还在昨夜挂的地方——未经染色的羊毛上衣，又糙又痒。她把衣服扯下，熟练流畅地从头套好。最后是袜子，一只黑，一只白。黑袜子顶端缝了一圈线，白袜子没有，所以她能分清哪只是哪只，不会穿错。她的腿虽然还瘦，但每天都在变壮、变强、变长。

这让她很开心。水舞者需要强健的腿。盲眼贝丝不是水舞者，但她不会永远做贝丝。

她知道去厨房的路，就算不知道，她的鼻子也能领她去。辣椒和炸鱼，她顺着大厅闻过去，还有刚从乌玛的烤炉里取出的面包。香味让她肚子咕咕作响。夜狼享受过盛宴，但盲眼女孩肚子饿。她早就明白，梦中的肉不能当真。

她的早餐是用辣椒油炸得焦脆滚烫的沙丁鱼，鱼太烫，伤着了手指。她从乌玛的早餐面包上撕下一大块，擦掉残余的油，就着一杯掺水的葡萄酒吃完。她品味着味道和气息，感受着手指下面包渣粗糙的触觉，油脂的滑腻，辣椒溅到手背半愈合的擦伤时的刺痛。听觉、嗅觉、味觉、触觉，她提醒自己，没有视觉，感知世界的方式也很多。

有人穿着软底加垫拖鞋进了屋，像老鼠般安静地走在她身后。她鼻孔翕张。慈祥的人。男人的味道和女人不同，空气中还有少许橙子味。只要能搞到橙子，牧师就会咀嚼橙子皮来清新口气。

"今早你是谁？"她听见他在桌首落座，发问道。啪嗒，啪嗒，她听见，然后是一声微弱的咔哒声。他敲碎了第一颗鸡蛋。

"无名之辈。"她回答。

"你撒谎。我认识你。你是那个盲眼女乞丐。"

"贝丝。"在临冬城，身为艾莉亚·史塔克的她见过贝丝。她或是因此重拾这个名字，抑或是觉得这个名字适合盲人。

"可怜的孩子，"慈祥的人说，"你想要回双眼么？你只需请求，就能重见光明。"

他每天早上都问同样的问题。"或许我明天想要，但今天不想。"她面如止水，波澜不惊。

"随你吧。"她听见他剥蛋壳，然后是拾起盐勺的一声清鸣。他喜欢给鸡蛋加很多盐。"昨晚可怜的盲眼女孩在哪儿乞讨？"

"绿鳗客栈。"

"跟离开我们时相比,你多了解到些什么?"

"海王还在生病。"

"这不算新闻。海王昨天就病了,明天还会病。"

"或者死掉。"

"他若死掉,才算新闻。"

他若死掉,会有一场选举,还会爆发流血冲突。布拉佛斯就是这样。在维斯特洛,国王死了就由长子继承,但布拉佛斯人没有国王。"托尔莫•弗雷加将成为新任海王。"

"这是绿鳗客栈谈论的?"

"是。"

慈祥的人咬了一口鸡蛋。女孩儿听见他咀嚼。他从不在嘴里有食物时说话,待吞下鸡蛋,才道:"有人说'贤圣既已饮,何必求神仙',简直一派胡言。不用想,别的客栈传扬着别的名字。"他又咬了一口蛋,咀嚼,吞咽。"跟离开我们时相比,你'多'了解到哪三件事?"

"我了解到某些人认定托尔莫•弗雷加会成为新任海王,"她回答,"某些醉鬼。"

"不错。有别的吗?"

维斯特洛的河间地下雪了,她差点说出来,但他会问她怎么知道的,她觉得他不会喜欢答案。于是她咬紧嘴唇,回忆昨晚的事。"妓女丝芙蓉怀了孩子,她不确定孩子的父亲是谁,她觉得可能是被她杀掉的那个泰洛西佣兵。"

"了解这件事有好处。第三件事呢?"

"美人鱼女王选了一位新的美人鱼,来取代之前淹死那位。她是普莱斯坦家女仆的女儿,十三岁,没钱但很可爱。"

"她们刚开始都很可爱。"牧师说,"但可不可爱得眼见为实，而你看不见。你是谁，孩子？"

"无名之辈。"

"我只看到盲眼女乞丐贝丝，她是个可悲的骗子。去干活吧，Valar morghulis。"

"Valar dohaeris。"她收好碗杯刀勺，站起来握住手杖。手杖五尺长，修长柔软，约有她拇指般粗细，自顶端一尺以下缠有皮革。等你掌握，它比眼睛更好用，流浪儿告诉她。

撒谎。他们总是撒谎来测试她。手杖不可能替换眼睛，但有好过没有，因而她随身携带。乌玛开始叫她"手杖"，不过名字无关紧要。她就是她。无名之辈。盲眼女孩。千面之神的仆从。

每晚晚餐时，流浪儿会拿来一杯牛奶，让她喝。牛奶有股奇怪的苦味，盲眼女孩十分讨厌。在接触到舌头之前，那淡淡的味道已让她警觉。她有想吐的冲动，但仍然干了杯子。

"我要失明多久？"她总是询问。

"直到你觉得黑暗和光明一样甜美。"流浪儿总是回答，"或者请求我们，要回你的双眼。只需请求，你就能重见光明。"

然后你们就会把我赶走。当瞎子也比被赶走强。她不会屈服的。

她第一次在黑暗中醒来那天，流浪儿拉着她的手，带她穿过黑白之院底下的岩石地窖和甬道，再登上深入神庙的陡峭石阶。"边走边数阶梯。"流浪儿告诫，"用手指摸墙壁。那上面有眼睛看不见的记号，却能轻易摸出来。"

那是她的第一课。之后她学到更多。

下午的课程是毒药和药水。她用嗅觉、触觉和味觉来感知它们，但触碰和品尝毒药十分危险，而流浪儿调和的某些药剂连闻闻都伤人。指尖烧红和嘴唇起泡早已成家常便饭，有一次她中毒太深，几天吃不下东西。

晚餐时间是语言课。盲眼女孩已听得懂布拉佛斯语，对话也还将就，她甚至改掉了大部分粗鄙的口音，但慈祥的人仍不满意。他坚持要她钻研高等瓦雷利亚语，还要学习里斯和潘托斯的语言。

晚上，她和流浪儿玩撒谎游戏，但看不见让游戏变得极度困难。很多时候，她只能依靠语气和措辞；另一些时候，流浪儿允许她把手放在自己脸上。最初游戏进行得非常艰苦，几乎是不可能的事……就在她被折磨得快要尖叫时，一切突然简单起来。她学会了听辨谎言，也学会了通过嘴眼周围的肌肉运动来感觉谎言。

她的其他职责一如既往，只不过做事时会绊到家具，撞到墙壁，摔掉盘子，乃至在神庙里无助绝望地迷路。有次她差点一头滚下阶梯，幸好在另一个人生中，在她还是女孩艾莉亚时，西利欧·佛瑞尔教过她平衡之道。她及时回忆起来，救了自己。

有的晚上，若她还是阿利、或是黄鼠狼、或是猫儿，甚至史塔克家的艾莉亚，她都会哭着入眠……但无名之辈没有眼泪。看不见，连最简单的任务也充满危险。她在厨房给乌玛打下手被烧伤了十几次，还有次切洋葱切到手指，伤口深可见骨。有两回，她找不到回地窖中自己房间的路，只能睡台阶底部的地板。盲眼女孩已学会使用耳朵，但神庙的拐角和壁龛依然诡秘难测。她的脚步声在天花板和三十座高大神像的腿间回荡，听起来似乎墙壁都在动。平静的黑水池也会奇特地干扰声音。

"人有五感。"慈祥的人说，"学会使用另外四感，就会少受点苦。"

她能体会肌肤上的气流，能根据嗅觉寻找厨房，能通过气味分辨男女。凭借步子的节奏，她区分出乌玛、仆人和侍僧，甚至在他们的气味传来前就知道谁是谁（除了流浪儿和慈祥之人——这两人除非有意，否则走路没有声音）。神庙里燃烧的蜡烛也有气味，不是香烛的那些，也会从烛心散发出缕缕轻烟。当她学会使用鼻子以后，她发现它们都在呐喊。

死人也有气味。她的职责之一就是每个清晨在神庙里寻找死人，无论他们喝下池中水后，选择在哪里躺下，在哪里闭上双眼。

今晨她找到两人。

一个男人死在陌客脚下，一支孤零零的蜡烛在他上方摇曳。她感觉到蜡烛的热度，而蜡烛的气味让她鼻子发痒。她知道，蜡烛燃着深红火光，用眼睛去看会发现尸体沐浴在跃动的红光中。把尸体交给仆人处理前，她跪下触摸他的脸，手指经过下颌的轮廓，抚过脸颊和鼻子，穿过头发。浓密的鬓发。没有皱纹的英俊的脸。他很年轻。她猜想他为什么来这，寻求死亡的恩赐。垂死的刺客通常会来黑白之院，以求速死，但这人身上没有伤口。

第二具尸体是个老妇人。她在一个隐藏空穴的睡椅上睡去，那里的特制蜡烛会唤起所爱与所失的幻象。甜蜜而温柔的死亡，慈祥的人经常这样说。她的指尖感觉到，老妇人是面带微笑死去的，没死多久，尸体还有余温。她的皮肤如此柔软，像被折叠了上千次、薄薄的老皮革。

仆人抬走尸体，盲眼女孩跟在后面，以脚步声为向导。他们下楼时她数着脚步，所有台阶数她都谨记在心。神庙下是无数地窖和甬道连成的迷宫，双眼正常的人也经常迷路，但盲眼女孩熟知每块地方，偶尔记不清还可依靠手杖。

尸体被抬进地窖，盲眼女孩在黑暗中工作。她脱掉死者的靴子、衣服及其他穿戴，掏空钱包，计点钱币。夺去她的视觉后，流浪儿教她的第一件事就是用触觉分辨不同钱币。布拉佛斯硬币是老朋友，指尖划过就能认出来。其他大陆和城邦的钱要难一些，尤其是遥远地方的。瓦兰提斯辉币最常见，那是还没铜分大的小硬币，一面是王冠，一面是头骨。里斯的钱是椭圆形，刻着一个裸女。其他硬币上刻有船、大象或山羊。维斯特洛硬币正面是国王头像，背面是龙。

老妇人没有钱包,除了戴在一根枯瘦手指上的戒指,也没有其他财产。在英俊青年身上,她找到四枚维斯特洛金龙。她用拇指肚抚摸着磨损十分严重的硬币,想要分辨上面刻的是哪位国王,这时听到身后微弱的开门声。

"谁?"她问。

"无名之辈。"一个低沉、刺耳、冰冷的声音。

他在动。她侧跨一步,抓住手杖,举起护脸。木头与木头碰撞,这一击的力道几乎震飞她的手杖。但她挡住了,并开始反击……却只劈到空气。"不在那儿。"声音又响起,"你瞎了吗?"

她没回答,因为言语只会掩盖他的声音。他还在动,她知道。左还是右?她跳到左边,向右挥击,仍然一无所获。一记猛斩从后袭来,击在她右腿后部。"你聋了吗?"她转身,手杖换到左手,挥击,落空。左边传来笑声,于是她劈向右边。

有收获。手杖打到对手的武器,震得虎口发麻。"不错。"声音又响起。

盲眼女孩不知这是谁的声音。可能是某位侍僧,她没听过,但谁说千面之神的仆人不能像变脸那样轻易变声呢?除了她,黑白之院还住着两名仆人、三名侍僧、厨子乌玛,以及被她称作流浪儿和慈祥的人的两位牧师。其他人来来去去,有时走暗道,但只有这些人常住。她的对手可能是其中任何一人。

盲眼女孩挥舞手杖冲向侧面,听到后方传来声音,旋身劈去,却又砍到空气。对手的手杖突然出现她双腿间,她试图转身,手杖已打在她胫骨上。她踉跄一下,立足不稳,单膝跪地,咬到了舌头。

她没再动。不动如石。他究竟在哪儿?

他在她身后大笑,在她一只耳朵上留下火辣辣的疼。她想起来,他又打中她的指关节,让她的手杖"咣当"一声掉在石地上。她愤怒得嘶吼。

"去吧。捡起来。我今天已打倒你了。"

"没人能打倒我。"女孩手脚并用,爬行找到手杖,带着满身瘀伤和灰尘一跃而起。地窖内波澜不惊。他走了?还在?她不知道。或许他就在她身边。倾听呼吸,她告诉自己,但什么也听不到。她又等了一会儿,才放开手杖,继续工作。要是看得见,我会狠狠打倒他。总有一天,慈祥的人会让她重见光明,到时候这人就有得好受了。

现在老妇人的尸体已变冷,刺客的尸体开始僵硬,但女孩对此习以为常。大部分日子,她与尸体相处的时间比跟活人要长。她想念做运河边的猫儿时结识的朋友:脊背不好的老布鲁斯科、他女儿泰丽亚和布瑞亚、戏子船的戏班、快乐码头的梅丽和她的姑娘们,以及其他流氓和码头混混。她最想念的是做猫儿的自己,甚至超过了对双眼的想念。她喜欢做猫儿,猫儿比阿盐或乳鸽或黄鼠狼或阿利都好。杀死歌手,我也杀死了猫儿。虽然慈祥的人说,他们无论如何都会拿走她的双眼,帮她学习使用其他感官,但本来要再等半年才会进入这一阶段。黑白之院里常见盲眼侍僧,却少有她这么小的。

女孩不后悔。戴利恩是守夜人军团的逃兵,他该死。

这话她对慈祥的人说过很多次。"你是神吗,能决定生死?"他反问,"在他们祈祷和祭献后,我们将恩赐给予那些千面之神选中的人。从古到今,一如既往。我给你讲过我们的起源,讲过第一位无面者如何回应奴隶们祈求解脱的祷告。最开始,恩赐只给予渴求死亡的人……但某一天,第一位无面者听到一名奴隶祈求的不是自己的死,而是主人的死。他的愿望如此强烈,乃至献出了自己的所有,这个祈求必须回应。第一位无面者觉得这个祭献足以取悦千面之神,便在当夜满足了祈求。完事后,他找到奴隶:'你为此人之死献出了一切,但奴隶除了生命一无所有。神想要你的生命,你的余生都必须侍奉神。'从那以后,我们就有了两个人。"他的手温柔而坚定地抓住她的胳膊,"凡人皆有一死。我们是死亡的工具,并非死亡本身。你取歌手性命,乃是擅行神职。我们杀人,但无权作评判。你懂吗?"

不懂,她想。"懂。"她说。

"你撒谎。正因如此,你必须继续在黑暗中行走,直到想明白这点。你也可以离开我们。你只需请求,就能重见光明。"

不,她想。"不。"她说。

那晚吃过晚餐,进行了短暂的说谎游戏后,盲眼女孩把一条破布绑在头上,遮住无用的双眼,然后找到讨饭碗,请流浪儿帮她换上贝丝的脸。拿走她双眼时,流浪儿就剃了她的头——流浪儿管这叫戏子头,因为许多戏子剪成这样好让假发更服帖。乞丐剪成这样倒不是为戴假发,而是为远离跳蚤虱子。"我可以给你安上脓疮,"流浪儿说,"但那样客栈和旅店的老板会把你撵出去。"于是便给她装了痘疤,并在一侧脸颊安上一颗长黑毛的痣。"是不是很丑?"盲眼女孩问。

"不漂亮。"

"好的。"她还是笨蛋艾莉亚·史塔克时,也没在意自己漂不漂亮。只有父亲说她漂亮。父亲这么说,有时琼恩·雪诺也这么说。根据母亲的说法,若她肯像姐姐那样经常梳洗打理头发,细心挑选穿着,她可以变得很漂亮。但对姐姐、姐姐的朋友和其他所有人来说,她不过是马脸艾莉亚。他们现在都死了,连同艾莉亚在内。每个人都死了,除了她的私生哥哥琼恩。有些晚上,她在旧衣贩码头的旅店和妓院中听到他的传闻。长城的黑衣野种,有人这么叫他。

我敢打赌,琼恩永远不认识盲眼贝丝。想到这她就伤心。

她穿着褪色磨损、但温暖干净的破布衣服,衣服下藏着三把匕首——一把在靴子里,一把在袖管里,还有一把带刀鞘的贴身藏在背后。总体来说,布拉佛斯人还算友善,愿意帮助可怜的盲眼乞女,而不是伤害她。但总有人渣觉得她是个抢劫或强奸的便捷目标,匕首便是为这些人准备的,好在到目前为止,盲眼女孩还没被迫使用它们。她拿上一个破烂的讨饭木碗,腰间系上麻绳,装束齐备。

泰坦巨人咆哮着宣告日落,她数着神庙门口的阶梯出发,踏上穿过运河的桥梁,走向列神岛。通过黏在身上的衣服和双手感受的潮气,她知道现在雾一定很浓。她早就发现,布拉佛斯的雾对声音有奇特的影响。今夜半个城市朦朦胧胧。

经过神庙群时,她听到群星就位教的侍僧们在占卜塔顶,朝夜晚的繁星吟唱。循着一缕蔓延的芬芳,她来到光之王的庙宇门外,红袍僧燃起的巨大铁火盆很快让她感到了热度。红神拉赫洛的信众们放声祈祷:"长夜漫漫,处处险恶。"

对我来说可不是。她的夜晚沐浴在月光的清辉中,沐浴在族群的颂歌中,沐浴在撕开骨肉喷出的鲜血中,沐浴在灰色表亲温暖熟悉的体味中。只有在白天,她才又瞎又孤独。

她熟悉水滨地带。猫儿曾在港口和旧衣贩码头的小巷中讨生活,为布鲁斯科出售牡蛎、蛤蜊和扇贝。现在她穿着破布,剃了头,点了痣,和以前大不一样。但以防万一,她还是远离戏子船、快乐码头及其他猫儿出没的地方。

她通过气味分辨每家旅店和客栈。黑船工带着海水的咸味。番拓的店散发出酸酒、馊奶酪外加从不换衣服不洗头的番拓本人的臭味。补帆工烟雾缭绕,充满烤肉的香气。七灯之院是香薰味道。锦宫则充斥着梦想成为交际花的年轻美女的香水味。

每家店的声音也各不相同。摩洛戈的店和绿鳗客栈每晚都有歌手表演。放逐者旅馆的客人会带着醉意、用几十种不同语言唱歌。雾宅总是挤满了蛇舟的撑船手，他们就神明、交际花及海王到底是不是傻瓜这类问题争论不休。锦宫安静得多，那里充斥着轻声软语，丝裙摩擦，还有女孩儿的嬉笑。

贝丝每晚都在不同的地方乞讨。她早就发现，只要不赖在一个地方，旅店和客栈的老板便会默许她的存在。昨晚她在绿鳗客栈外度过，于是今晚过了血桥后，她向右转，前往旧衣贩码头另一端，刚好位于水淹镇边缘的番拓旅店。番拓虽然粗声粗气又浑身臭烘烘，但那身从来不洗的脏衣服和粗鲁的声线下有颗柔软的心。店里不拥挤的话，他通常会让她进去取暖，偶尔甚至给她一杯酒，一些吃的，并在她身边讲自己的故事。按番拓的说法，他年轻时是石阶列岛最臭名昭著的海盗——现在他最喜欢长篇大论回忆自己的光辉事迹。

今晚她很幸运，旅店几乎是空的，她可以在火边找个安静温暖的角落。她刚盘腿坐下，就有东西窜过她大腿。"又是你啊？"盲眼女孩说，一边用手挠它耳根。猫咪跳上她膝盖，发出满足的呜呜声。布拉佛斯城到处是猫，番拓这里最多。老海盗相信猫能带来好运，并防止鼠害。"你认识我，对吧？"她轻声说。猫咪不会被一颗痣蒙混过去，它们都记得运河边的猫儿。

对盲眼女孩来说，这是美好的一晚。番拓心情不错，给了她一杯兑水的葡萄酒、一块发臭的奶酪和半块鳝鱼派。"番拓是个大好人。"他大声吹嘘，然后坐下来讲他虏获香料船的故事——这故事她听过十几遍了。

随着时间流逝，客人慢慢多起来，番拓忙得不可开交，没空再理她。这里的常客会朝她的讨饭碗扔几枚硬币。其他桌子被陌生人占据：散发着鲜血和鲸油气味的伊班捕鲸人；两名头发抹香油的刺客；一个不停抱怨番拓的桌椅距离太窄，容不下肚子的罗拉斯胖子。随后又来了三名"好心号"的里斯水手。"好心号"是一艘饱经风暴蹂躏的划桨船，昨晚勉强开进布拉佛斯，今早便被海王的卫兵扣留。

里斯人占据了离炉火最近的桌子，喝着黑朗姆酒，觥筹间用旁人听不见的低声交谈。但她是无名之辈，所以每个字都听得清清楚楚，她甚至能通过趴在她膝上的公猫那狭长的黄眼睛看到他们：一位老人、一位青年，还有一人缺只耳朵。三人都有白金色头发和里斯人特有的光滑白皙皮肤——这是古自由堡垒血统强劲的证明。

次日清晨，慈祥的人问她多了解到哪三件事时，她准备好了。

"我了解到海王为什么要扣留'好心号'。她是艘奴隶船，船舱里绑着几百名女人和孩子。"布拉佛斯由逃亡奴隶建立，故而严禁奴隶贸易。

"我了解到奴隶来自何处。他们是维斯特洛的野人，从一个叫艰难屯的地方来，那是座被诅咒的古老废墟。"在临冬城，她还是艾莉亚·史塔克时，老奶妈讲过艰难屯的故事。"一场大战后，塞外之王被杀，野人们四处逃散。有个森林女巫说若去艰难屯，便会有船带他们去温暖的地方。结果只来了两艘里斯海盗船：'好心号'和'大象号'。它们是被风暴吹到北方，在艰难屯抛锚修理的，不料却发现了野人。野人有好几千，船上却没那么大地方，于是他们说只带女人和孩子。野人们已山穷水尽，只能先送走妻子和女儿，但船一出海，里斯人就把她们赶到船底，用绳子拴起来。他们打算运到里斯贩卖，却遇上另一场风暴，两艘船也在风暴中走散。'好心号'受损太重，船长别无选择，只能来此休整；'大象号'可能已返回里斯了——番拓旅店的里斯人认为'大象号'会带更多的船回去。据说奴隶价格看涨，而艰难屯还剩下几千女人和孩子。"

"了解这两件事有好处。第三件事呢？"

"是的,我知道袭击我的就是你。"她的手杖骤然发难,击在他手指上,将他的手杖打落在地。

牧师一缩,闪电般抽回手。"盲眼女孩怎么知道这个?"

因为我看见你了。"我告诉了你三件事,无须再说第四件。"或许明天她会告诉他昨晚有只猫跟她从番拓旅店回了家,那只猫正躲在房梁上,注视着他们。或许不会。既然他有秘密,她也可以有。

当晚,乌玛做了盐焗蟹当晚餐。杯子递给她时,盲眼女孩皱着鼻孔,三口喝完里面的东西。之后她喘起粗气,杯子也掉到地上,舌头像着了火。她饮下一杯酒,喉咙和鼻子也像火烧。

"酒没用,只会让火焰更盛。"流浪儿告诉她,"得吃这个。"她把一块面包放进盲眼女孩手中。女孩将面包塞进嘴,咀嚼,吞咽。效果不错。第二块效果更好。

第二天早晨,当夜狼离开她时,她睁开眼睛,看到往常的夜晚没有蜡烛的地方有一支牛脂蜡烛在燃烧,飘渺的火苗前后摇摆,犹如快乐码头的妓女。

她从未见过如此美景。

临冬城的鬼魂

他们在内城墙根找到死者。

那人脖子折断,只有左脚伸出积雪外——雪下了一整夜,死者几乎全身被埋,若非拉姆斯的母狗鼻子灵,很可能在雪下一直埋到春天。等骨头本挖出死者,灰简妮已吃掉尸体大半张脸,结果花了半天时间才查清此人身份:一位随罗杰·莱斯威尔北上的四十四岁老兵。"是个酒鬼,"莱斯威尔声明,"我敢打赌,他在城上撒尿时摔了下去,踩滑了摔下去的。"没人质疑,席恩·葛雷乔伊只是很好奇:乌七八黑的夜里,谁会爬上被雪弄得滑不溜秋的台阶到城头去撒尿?

当天早上,守卫们在长凳上吃培根油(培根当然被老爷和骑士们吃掉了)煎陈面包时,话题就围绕着尸体展开。

"史坦尼斯在城里有朋友。"席恩听见有个士官嘀咕。那是陶哈家的老兵,磨旧的外套胸前绣有三棵树。守卫刚刚换岗,在外冻了一上午的士兵们进门后重重跺脚,抖掉靴子和裤子上的雪。午餐随后送上——血肠、大葱和刚出炉热腾腾的褐色面包。

"史坦尼斯?"一个卢斯·莱斯威尔麾下的骑兵笑道,"史坦尼斯现在该被大雪淹死了才对,要不就是夹着尾巴逃回长城啦。"

"他可能带着十万大军驻扎在城墙五尺开外的地方,"一个身穿赛文家服饰的弓箭手说,"这么大的雪,啥也瞧不见。"

大雪无情、残忍、没有尽头地日夜降下。积雪塞满了城齿间所有空隙，为每个房顶盖上了白毯子，广场里的帐篷更是不堪重负。厅堂与厅堂间拉起了绳子，以防人们迷路。哨兵群聚到守卫塔中，伸出半冻僵的手在烧红的火盆上取暖，将城防扔给侍从们堆的那些雪人哨兵——雪人在风雪随心所欲的塑造下越变越大，身形却越来越古怪，雪拳头里握着的长矛长出了参差不齐的冰凌。他们的英姿直逼霍斯丁·佛雷爵士——霍斯丁自吹是钢筋铁骨，却很快因冻疮失去了一只耳朵。

广场里的马最惨，盖在它们身上的毯子若不勤换，很快会被雪浸透冻硬。想生火给它们取暖行不通，战马最怕火，拼了老命也要逃开，剧烈挣扎中会把自己和其他马都弄伤。只有待在马厩的马才是安全又暖和，可惜马厩早被挤满了。

"诸神对我们不满，"洛克老伯爵在大厅里说，"这是神怒。地狱吹来的狂风和永不休止的暴雪。我们被诅咒了。"

"史坦尼斯才被诅咒了，"一个恐怖堡的人坚持，"他才在外头顶风冒雪。"

"史坦尼斯大人或许比我们暖和咧，"一个愚蠢的自由骑手争辩，"他身边的女巫能召唤火。或许她的红神能把雪都融化。"

这样说太不明智了，席恩立刻意识到。这人说得太大声，结果被黄迪克、酸埃林、骨头本这帮人听见，他们马上报告给拉姆斯老爷。于是老爷派他的好小子们抓住那个兵，拖到雪地里。"你这么喜欢史坦尼斯，我就送你去见他好了。"拉姆斯宣布。舞蹈师达蒙用上好油的长鞭狠抽了骑兵几下。接着，当剥皮人和黄迪克打赌骑兵的血凝固得有多快时，拉姆斯命人将他拖到城垛门。

临冬城的主城门业已关闭上闩，铁闸被冰雪堵住，若想升起来，恐怕得着力清理一番；猎人门也上了锁，虽然那道门最近使用过，结冰状况没那么严重；国王门则是封闭已久，冰雪把吊桥铁链冻得跟石头一样硬——这样就只剩城垛门。那是内墙上一道狭小的拱形边门，实际只能算半道门，因为门外虽有吊桥横跨结冰的护城河，在外墙上却没有对应的出口。通过它只能登上外墙，却无法出城。

浑身是血的骑兵就这么被一路拖过吊桥、拖上城墙，他还大声抗议着。剥皮人和酸埃林抓住四肢，将其直接抛下八十尺高的城墙。城外的雪堆得老高，所以骑兵整个儿摔在了雪堆里……城上的弓箭手说之后看见那骑兵拖着一条断腿在雪地里爬行，有人给了他屁股一箭，以终止挣扎。"他活不过一小时。"拉姆斯老爷保证。

"也或许不等太阳落山，他就在帮史坦尼斯大人吹箫了。"妓魔安柏吼回去。

"那他可得小心点，别把老爷的命根子咬断。"瑞卡德·莱斯威尔笑道，"外面那帮家伙的命根子这会儿恐怕都冻得硬邦邦的喽。"

"史坦尼斯大人应是迷失在暴风雪中了，"达斯丁伯爵夫人认为，"他离城堡还有很远距离。他可能死了，不然也相去不远。就让冬将军替咱们办事吧，假以时日，大雪必将他和他的军队尽数埋葬。"

也将我们掩埋，席恩惊讶于夫人的愚蠢。芭芭蕾夫人是土生土长的北境人，按理应该更了解这片土地才对。旧神正在倾听呢。

晚餐是豌豆粥和昨天的面包，士兵们开始嘀咕不满——至于高台上的领主骑士，照例享用火腿。

席恩正俯就着木碗喝完自己那份豌豆粥，忽有人轻拍他肩膀，吓得他丢掉勺子。"别碰我，"他扭身弯腰去拣勺子，以防拉姆斯的娘门儿们把它叼走，"不许碰我。"

她在他身边坐下，靠得很近。她是尔贝的另一位洗衣妇，比之前找他说话那位更年轻，才十五或十六岁，一头纠结的金发急需梳洗，一对饱满的嘴唇吸引着亲吻。"有的女孩就喜欢被人碰，"她浅浅一笑,"打扰大人了,我是霍莉。"

婊子霍莉,他心想,但她真挺漂亮。曾几何时,他会笑呵呵地把这样的女人拉到膝上,但那些日子一去不复返。"你想干什么?"

"我想去墓窖瞧瞧。它在哪儿呢,大人?您会带我去看吗?"霍莉把玩着一束头发,绕在自己的小指头上。"他们说里面幽深漆黑,是个触碰彼此的好地方。那些死去的国王会欣赏呢。"

"尔贝派你来找我?"

"没准是吧。也没准是我自己派自己来的。不过大人您若想听尔贝唱歌,我倒可以把他找来,让他为大人唱一首甜美的歌谣。"

她越往下说,席恩就越确信这是个圈套。她什么意思?想达到什么目的?尔贝要他何用?那人是个歌手,是个拿竖琴当幌子、满脸假笑的皮条客。他想弄明白我怎么夺取城堡的,但决不是为了给我写首歌。他恍然大悟。他想知道我们偷袭城堡的路线,以此作为逃跑路线。波顿公爵像给婴儿裹襁褓似的将临冬城紧紧封闭,没有他的手令,谁也不能进出。他想跑,想带着洗衣妇们逃出去。席恩对此深表同情,嘴上说的却是:"我不想跟尔贝、跟你,或跟你的姐妹们有任何瓜葛。别来烦我。"

厅外的大雪还在盘旋下降。席恩走到城墙边,又沿城墙走到城垛门。城门口的两个卫兵若非吐着白息,他肯定将其当成小瓦德堆的雪人。"我想上城墙走走。"他告诉他们,他自己的呼吸也立刻结霜。

"上面冷得要命。"一个卫兵警告。

"下面也冷得要命。"另一个卫兵接口,"不过我才懒得管你,变色龙。"他挥手放席恩出城门。

积满冰雪的梯级滑溜溜的,夜里可能有致命的危险。他爬上城墙走道,不一会儿就找到了自由骑手被抛下去的地方。他把城齿间新积的雪推开，俯身出去查看。我可以跳，他判断，他摔下去能活命，我为什么不行？我可以跳，但……但跳下去之后呢？摔断一条腿，在雪地慢慢死去？或是爬啊爬，直到冻死？

这是发疯。拉姆斯会带着姑娘们出城追猎他。若诸神慈悲，红简妮、杰兹和海森特会将他撕成碎片；假如被生擒，后果不堪设想。"我必须记住自己的名字。"他喏嚅着。

第二天早晨，伊尼斯·佛雷爵士的灰发侍从被人发现赤条条地躺在城堡的老墓地里，冻死了。侍从脸上霜冻得厉害，简直像戴了张面具。伊尼斯爵士认为自己这位侍从喝得太多，在风雪中走丢了，但没人能解释他为何在户外脱光衣服。酒总是替罪羊，席恩心想，帮人们抚平猜疑。

那天结束之前，又有一个菲林特家的十字弓手死在马厩里，被砸破了脑袋。拉姆斯老爷公布的死因是马蹄所为。更像是棍子打的，席恩认定。

这戏码他再熟悉不过，跟他亲身经历的另一出戏何其相识，只不过换了演员。卢斯·波顿取代席恩成为戏里的主角，这些死人则取代了阿加、红鼻加尼和严厉的葛马的位置。那出戏里也有臭佬，他记得，但那是另一个臭佬，一个满手鲜血、口蜜腹剑的臭佬。臭佬臭佬，狡诈取巧。

越来越多的死亡事件让卢斯·波顿麾下的诸侯在大厅里公开争吵起来，许多人失去了耐心。"为什么要在这里坐等那个永不会现身的国王？"霍斯丁·佛雷爵士喝问，"我们应当去讨伐史坦尼斯，取他项上人头。"

"你要我们离开城堡？"独臂的海伍德·史陶粗声反问，听起来他宁可卸了剩下那条胳膊也不愿出城作战。"你要我们盲目地冲进暴风雪里？"

"想讨伐史坦尼斯大人，首先得确定他的位置。"卢斯·莱斯威尔指出,"我们从猎人门派出去的斥候,近来没有一个返回。"

威曼·曼德勒大人拍打着魁伟的肚皮:"白港愿与您并肩作战,霍斯丁爵士。您来打头阵,我的骑士会紧紧跟随。"

霍斯丁爵士转头瞪着胖子,"紧到足以在背后捅我一枪,是吧?我的亲戚到底出了什么事,曼德勒?告诉我实话,他们可是你屋檐下的客人,特意送你儿子回去的。"

"你的意思是,送回我儿子的骨头吧。"曼德勒用匕首戳起一块火腿。"我对他们印象深刻。圆肩膀雷加,伶牙俐齿,舌灿莲花;无畏的杰瑞爵士,拔剑的速度他说是老二,天下没人敢当第一;至于间谍大师赛蒙,做梦我都能听见他使唤钱币的声音。他们让文德尔的遗骨回了家,但释放威里斯的是泰温·兰尼斯特。泰温大人言而有信,让我儿平安无恙返回了白港,七神保佑他的灵魂哟。"威曼大人把火腿送进嘴,大嚼特嚼,发出响亮的咂嘴声。"北境的道路不太平哟,爵士先生。离开白港前,我送给您的兄弟们一人一份客礼,彼此互道珍重,承诺在婚礼时重逢。告别时很多人在场。"

"很多人?"伊尼斯·佛雷讽刺,"恐怕就是你和你的部下吧?"

"你这什么意思,佛雷?"白港伯爵用衣袖抹抹嘴,"我不喜欢你的腔调,爵士。见鬼,简直是一派胡言。"

"跟我下场子见真章,你这坨板油,让我瞧瞧你的大肚子里装了多少无耻谎言!"霍斯丁爵士叫道。

威曼·曼德勒哈哈大笑,他手下顿时有五六名骑士跳起来。罗杰·莱斯威尔和芭芭蕾·达斯丁赶紧上前劝架,这才没见血。卢斯·波顿从始至终什么也没说,但席恩·葛雷乔伊在他的淡色眼珠里瞧出了之前从未见过的神色——不安,甚至有一丝恐惧。

当晚,新盖的马厩被顶上的积雪压塌,死了二十六匹马和二名马夫，他们要么是被房梁砸死，要么是被积雪闷死的。第二天上午的大部分时间花在挖掘尸体上。波顿公爵在外院简单露了个面，稍作检查后下令把内院外院剩下的马统统带进屋。人们好不容易完成挖掘死尸的工作，开始屠宰死马时，却又发现了一具新尸体。

这次再不能归咎于醉酒失足或马蹄所为了。死者是拉姆斯的好小子之一，是那个身材矮胖、淋巴肿大、脾气暴躁的士兵黄迪克。他那话儿究竟是不是黄的已经成谜，因为它被切下来狠狠地塞进了他嘴里，用力之猛以至于弄断了三颗牙。尸体最先是厨子们在厨房外发现的，积雪一直掩到脖子处，命根子和死者本身都冻成了蓝色。"烧掉尸体，"卢斯·波顿下令，"不许讲出去。不得走漏半点风声。"

但消息还是走漏了。到中午，临冬城里绝大多数人知道了这场谋杀，很多人实际上还是听拉姆斯·波顿亲口说的。"我们会严惩凶手，"拉姆斯老爷信誓旦旦，"我会亲手剥了他的皮，烤得香香脆脆再喂他吃下去，让他一口一口吃下去。"他放话出来，凶手的名字值一枚金龙。

入夜时分，大厅里已是臭气熏天。几百匹马、一大群狗和人们挤在同一屋檐下，地板上全是泥巴、融雪、马粪、狗屎、甚至有人的排泄物。空气中弥漫着湿漉漉的狗、湿漉漉的羊毛和湿漉漉的马毯的味道，置身于拥挤的长凳上可说毫无舒适可言，但这里有食物：厨子送上大片大片的新鲜马肉，表面烤焦了内里仍是血红，搭配上烤洋葱和烤萝卜……终于有一回，普通士兵能吃上领主和骑士享用的食物。

可惜席恩那一口碎牙咬不动坚韧的马肉，勉力为之的结果是痛得难以忍受。他只能用匕首刃面把洋葱和萝卜砸碎成泥混着吃，又将马肉切成小颗粒，放在嘴里吮吸之后吐掉——这样他至少能尝到肉味，并从油脂和血液里得到一些营养。至于马骨头他是彻底无能为力，只能扔给狗，眼看着灰简妮一口叼住，拔腿飞奔，萨拉和垂柳在它身后追赶。

波顿公爵指挥尔贝在大家用餐时唱歌助兴。诗人先唱《铁枪》，接着是《冬女》。芭芭蕾·达斯丁要他唱欢快的歌，于是他又唱了《王后脱鞋，国王弃冠》和《狗熊与美少女》。佛雷家的人加入合唱，有几个北方人也用拳头砸桌子，大吼道："这只狗熊！狗熊！"但合唱吓着了马，所以很快停止，音乐也随之终结。

私生子的好小子们围坐在墙边一支烟雾缭绕的火炬下。路顿和剥皮人在赌骰子。咕噜膝上坐了个女孩，他抓着女孩的一边奶子。舞蹈师达蒙在给鞭子上油。"臭佬。"他拿鞭子轻拍腿肚，像主人唤狗，"你又开始发臭了，臭佬。"

席恩找不到合适的回答，只能低声应道："是。"

"等一切结束后，拉姆斯老爷打算割掉你的嘴唇。"达蒙边说，边用一块油腻的破布擦拭鞭子。

我的嘴唇舔过他老婆的双腿之间，他当然要惩罚我的非礼举动。"是。"

路顿哄笑。"瞧他那怂样，怕是求之不得咧。"

"滚，臭佬，"剥皮人说，"熏得老子胃痛。"其他人跟着大笑。

他赶在他们改变主意前逃开。他知道，只要厅里有吃有喝有女人有火，折磨他的人就决不会出门找他。离开大厅时，尔贝正在唱《春天绽放的春花》。

门外的雪大得怕人，三尺之外席恩就看不清。他发现自己在白茫茫的世界里茕茕孑立，左右两边都是齐胸高的雪墙。他抬起头，雪花扫过双颊，犹如漫长不绝的冰冷轻吻。音乐声从身后的大厅传出，现在是一首温柔伤感的歌，刹那间，几乎令他平和下来。

他走了一段，突然撞见有人从反方向踏步而来，拉起兜帽的斗篷迎风飞舞。他们面对面注视了半晌，来人手按匕首。"变色龙席恩，弑亲者席恩。"

"我不……我没……我是铁种。"

"你狗屁不是。你为什么要死乞白赖地活着？"

"诸神不让我死。"席恩回答。他怀疑此人正是那神秘杀手，那个在夜色掩护下神出鬼没，让黄迪克吞下自己的命根子、把罗杰·莱斯威尔的部下推下城墙的人。奇特的是，他并不害怕，只是摘下左手手套。"拉姆斯老爷不让我死。"

那人看着他的手，嘻嘻笑道："那我把你留给他。"

于是席恩在暴风雪中继续跋涉，等爬上内墙城垛，手脚外头都结了层冰，冻得麻木。一百尺高的城墙上，几许微风搅动了雪，城齿间全被填满，席恩花了些力气才打穿雪墙挖出一个洞……结果发现连护城河对岸都看不清，外墙成了一道朦胧轮廓，几点阴郁的亮光在黑暗中漂移。

这便是世界末日。君临、奔流城、派克岛、铁群岛，整个七大王国、所有他知道的地方，所有他读到过梦想过的地方，统统逝去，统统走到了时间尽头。只有临冬城孤立雪原，形影相吊。

而他被困在城中，与鬼魂为伍。这里既有从坟墓爬出的古老鬼魂，也有他亲手制造的年轻鬼魂：密肯、法兰、红鼻加尼、阿加、严厉的葛马、橡果河边磨坊主的老婆和她的两个儿子，等等等等。他们是我的杰作，是属于我的鬼魂啊。如今他们在这里，满腔怒火。他再次想起墓窖中消失的铁剑。

当席恩回到房间，正脱下湿衣服时，铁腿沃顿来找他，"跟我走，变色龙，大人有话对你说。"

他没干净衣服穿，只好又套上那身湿漉漉的破布。铁腿领他回主堡，来到从前艾德·史塔克的书房。书房里不止波顿公爵在场，面色苍白严峻的达斯丁伯爵夫人坐在他身边，一旁还有罗杰·莱斯威尔，他斗篷上扣着铁制马头搭扣。伊尼斯·佛雷站在壁炉边，瘦削的脸孔冻得通红。

"听说你在城里游荡。"波顿公爵开口，"马厩、厨房、军营、城垛等各处都有人见过你。有报告说你还去查看过倒塌的堡垒和凯特琳夫人旧时的圣堂，并频繁进出神木林。对此，你否认吗？"

"不，佬爷。"席恩确保自己吐词含糊，因为这是波顿公爵喜欢的方式。"我睡不着，佬爷，所以到处走走。"他一直低头盯着地板上陈旧的灯芯草。当面直视公爵大人是不明智的。"战前我生活在这里，那时我还是个孩子，是艾德·史塔克的养子。"

"你是个人质。"波顿纠正。

"是，佬爷，我是人质。"但这里确实是我的家。不是真正的家，但是最接近家的地方。

"有人在谋杀我的人。"

"是，佬爷。"

"这么说，我可以信任你了？"波顿的声音愈发轻细，"你不会用背叛来回报我的恩典。"

"不会，佬爷，那不是我干的。我不会……我……我只是走走，走走而已。"

达斯丁伯爵夫人道："把手套摘下来。"

席恩猛然抬头。"求求您，不，我……我……"

"照她说的做，"伊尼斯爵士说，"把手亮出来。"

席恩摘下手套，举起双手让他们检查。至少没让我赤身裸体，至少没那么糟。他的左手只剩三根手指，右手剩下四根。拉姆斯夺去了他右手的小指，左手的无名指和食指。

"野种把你弄成这样，"达斯丁伯爵夫人评论。

"佛人明鉴，实际上是我……我请求他这么做的。"拉姆斯让我求他。他就爱听我苦苦哀求。

"你为什么要请求他?"

"因……因为我不需要这么多手指。"

"四根也能作案,"伊尼斯·佛雷爵士捻着从满是软肉的下巴长出的那束老鼠尾巴似的棕色胡须,"他右手还有四根手指,握得住剑。至少握得住匕首。"

达斯丁伯爵夫人呵呵笑道:"姓佛雷的莫非都是傻瓜不成?瞧他这副德行,握得住匕首?恐怕连勺子都握不稳。你真的相信他能打倒野种的怪胎宠物,再割下那家伙的命根子往嘴里塞吗?"

"几名死者身强体壮,"罗杰·莱斯威尔说,"且没有一个是被刀捅死的。显然,凶手不是这变色龙。"

卢斯·波顿的淡色眼珠紧盯着席恩不放,目光跟剥皮人的剥皮刀一样锋利。"看来我不得不同意你们的结论。有没有力气姑且不论,他首先就缺乏背叛犬子的胆量。"

罗杰·莱斯威尔咕哝一声:"不是他,会是谁呢?史坦尼斯在城内有人,这是确凿无疑的。"

臭佬不是人,所以臭佬很安全。我很安全。他不知达斯丁伯爵夫人把墓窖里的事告诉他们没有,关于那些失踪的铁剑。

"必须盯紧曼德勒,"伊尼斯·佛雷爵士低声说,"威曼大人对我们没有好感。"

莱斯威尔不这么想。"他对牛排、猪排和肉派最有好感,要他离开饭桌,在乌七八黑的夜里出去杀人,那不要了他老命?唯一能让他跟饭桌分家的事是找茅房拉个把小时屎,然后回来继续吃。"

"我当然不是指威曼大人亲自动手。他带来三百人,包括一百位骑士。其中任何一位都有可能——"

"夜里搞暗杀不合骑士规范,"达斯丁伯爵夫人指出,"况且威曼大人并非唯一在你们的红色婚礼上失去至亲的人。佛雷,你以为'妓魔'更喜欢你们？若非大琼恩落在你们手中，他早就掏出你的肠子，逼你吃下去了，就像霍伍德伯爵夫人啃手指那样。其他家族也一样，菲林特、赛文、陶哈、史拉特……少狼主身边都有他们的人。"

"包括我们莱斯威尔家。"罗杰·莱斯威尔声明。

"以及荒冢屯达斯丁家。"达斯丁伯爵夫人的双唇绽放出野兽般的浅笑，"北境永不遗忘，佛雷。"

伊尼斯·佛雷气得嘴巴颤抖。"史塔克羞辱了我们！你们北境人别忘记这个才对！"

卢斯·波顿揉了揉自己的薄嘴唇。"这样争吵下去毫无意义。"他朝席恩一挥指头，"你走吧。散步时当心点，我们可不想明天找到你挂着血淋淋笑容的尸体。"

"遵命，佬爷。"席恩把手套戴回残废的手上，用残废的脚一瘸一拐地离开。

但直到狼时他仍睡不着，于是裹了几层厚羊毛和油腻的毛皮，沿内墙又走了一圈，希望筋疲力尽后能入睡。他腿部自膝盖以下结满冰，脑袋和肩膀是白茫茫一片。站在城墙上，狂风拍面，融雪流下。

宛如眼泪。

就在这时，他听见了号角声。

那是一声悠长压抑的悲叹，逗留在城垛之上，盘旋在夜空之中，令每一个听到它的人打骨髓里发冷。城墙沿线所有哨兵全都转头望向号声传来的方向，不由自主地攥紧长矛。在临冬城毁弃的厅堂和堡垒中，领主们屏气凝神，马儿嘶叫不安，睡觉的士兵在黑暗的角落里辗转反侧。号声刚刚平息，鼓声却又响起：砰——咚、砰——咚、砰——咚。一个名字顷刻间在城中口耳相传，就着寒气里微弱的白色吐息，低沉但迅速地扩散开去：史坦尼斯、史坦尼

斯、史坦尼斯、史坦尼斯、史坦尼斯来了、史坦尼斯兵临城下。

席恩浑身发抖。拜拉席恩还是波顿,对他来说毫无区别。史坦尼斯和长城上的琼恩·雪诺达成了谅解,而琼恩会毫不迟疑砍他脑袋。从一个野种手里落到另一个野种手里,真是太讽刺了。如果席恩记得怎么笑的话,铁定会哈哈大笑。

鼓声似从猎人门外的狼林传来。他们就在城外。席恩匆匆地沿城墙走向猎人门,一路遇上二十来个同路人。他们走到城门楼却失望地发现,城外白茫茫的什么也看不见。

"他想把城墙吹倒还是咋地?"战号再度响起时,一个菲林特家的人打趣道,"搞不好他挖出了乔曼的号角咧。"

"史坦尼斯会不会傻乎乎地直接攻城啊?"一个哨兵问。

"他又不是劳勃。"一个荒冢屯的兵宣称,"瞧着吧,他会在城外坐等,等着把我们饿死困死。"

"我看他会先冻掉自个儿的卵蛋。"另一个哨兵接口。

"我们应该出城决战。"一个佛雷认为。

这样最好不过,席恩心想,你们赶紧出城打仗,到冰天雪地里送死去吧,把临冬城留给我们这些鬼魂。他察觉到卢斯·波顿有意一战。公爵大人必须尽快了结当前的尴尬局面。城里人太多,经不起长期围困,而城内诸侯各怀鬼胎。胖子威曼·曼德勒、妓魇安柏、霍伍德家和陶哈家的人、洛克、菲林特与莱斯威尔,这些统统是北方人,在数不清的世代里效忠于史塔克家族。维系他们的唯一纽带是那个女孩,艾德公爵的血脉。可惜她是个冒牌货,是一只披着狼皮的羔羊。所以公爵干吗不赶在麾下势力土崩瓦解之前,驱使北方人去跟史坦尼斯拼个你死我活呢?一场雪地里的屠杀,无论谁倒下,都为恐怖堡减轻了压力。

席恩不知公爵会不会让他也上战场。那样的话,他至少可以长剑在手,死得像个男人。拉姆斯不会给他这份解脱,但卢斯公爵会。如果我恳求他的话。我做到了他要求的一切,扮演了自己的角色,献出了那个女孩。

战死是最甜美的解脱。

神木林里,雪仍旧触地融化。蒸汽从温泉池升起,混杂着苔藓、泥土和腐殖质的气息。空中悬挂的温暖迷雾,为树木披上了深色长袍,令它们看起来像是高大哨兵。太阳出来以后,蒸汽腾腾的树林往往挤满了前来向旧神祈祷的北方人,但现在时间还早,这里只属于席恩·葛雷乔伊一人。

树林中央的鱼梁木用那双洞悉一切的红眼睛看着他。席恩站在黑水池畔,在那张雕刻的红色人脸前垂下头。他依旧能听见鼓声:砰——咚、砰——咚、砰——咚、砰——咚。犹如遥远的闷雷,从四面八方席卷而来。

这里的夜没有风,雪花从黑暗冰冷的长天垂直坠落,心树的叶子却沙沙响,似乎在一遍又一遍诉说他的名字。"席恩,"他们低声呼唤,"席恩。"

这是旧神的呼唤啊,他心想,他们认识我。他们知道我的名字。我是葛雷乔伊家族的席恩,艾德·史塔克的养子,曾是他孩子们的朋友和兄弟。"求求您们,"他跪倒在地,"给我一把剑,我只要这个。让我身为席恩而死,而不是臭佬。"热泪滚下脸颊,温暖得难以置信。"我是铁种,来自群屿,是……是派克岛的传人。"

一片孤单的落叶飘零而下,扫过额头,落进水池。红红的叶子有五根手指,好似一只血淋淋的手。"……布兰。"心树呐呐低语。

他们知道,诸神真的知道,他们目睹了我的所作所为。在那奇妙的瞬间,他仿佛看到布兰的脸被刻在鱼梁木的苍白树干上,布兰正用那双红色的眼睛俯视他,目光睿智但却忧伤。布兰的鬼魂附在树上,他心想,可这太疯狂。布兰为何要缠着他不放?他很喜欢那孩子，从没伤害他。我杀的不是布兰，不是瑞肯啊，只是磨坊主的孩子，在那橡果河边的磨坊。"我必须取回两颗人头，否则大家会嘲讽我……取笑我……他们会……"

有人问："你在跟谁讲话？"

席恩骤然转身，惧怕是拉姆斯找到了他，结果只是几个洗衣妇——霍莉、罗宛和一个他不知名字的女人。"是鬼魂，"他口不择言、慌忙地说，"鬼魂在跟我说悄悄话。他们……他们知道我的名字。"

"变色龙席恩。"罗宛揪住他耳朵，用力地拧。"你必须取回两颗人头，是吗？"

"否则大家会嘲讽他。"霍莉道。

她们根本不明白。席恩挣脱开。"你们要干什么？"他质问。

"我们要你。"第三个女人用深沉的嗓音说。她年纪更大，头发里有了灰丝。

"我不是告诉你了吗，我想碰你，变色龙。"霍莉微笑道。她握着一把刀。

我可以尖叫呼救，席恩想，一定会有人听见。城里到处是全副武装的士兵。当然，在有人施以援手前他就会死，他的血会浸进土壤，滋养这棵古老的心树。这不挺好的吗？"那就来吧，"他说，"杀我吧。"他声音里的绝望多过挑衅。"来吧，动手啊，像杀其他人那样杀了我。就像杀黄迪克那样。我知道是你们干的。"

霍莉笑道："怎可能是我们呢？我们只是女人，有奶子有洞，等着被人干，绝对不咬人。"

"野种伤害过你？"罗宛问，"砍了你的手指，是吧？剥了你脚趾头的皮？敲碎了你的牙齿？好个可怜孩子。"她拍拍他的脸。"我向你保证，这种事再不会发生了。你向诸神祈祷，而他们派出了我们。你想身为席恩而死？我们可以满足你的愿望，赐予你迅速平静的死亡,不带一丝痛苦。"她脸上也浮现出微笑。"但你首先得为尔贝唱首歌。他正等着你呢。"

提利昂

"第九十七号，"拍卖师凌空一甩鞭子，"一对受过良好训练的娱乐侏儒。"

拍卖场就建在褐色的斯卡扎丹大河注入奴隶湾的河口处。提利昂•兰尼斯特闻到空气中的咸味，混合了奴隶围栏后粪沟散发的恶臭。说实话，他觉得炎热尚可忍耐，但这里的湿气太难受了，空气好像湿漉漉的厚重毛毯般盖在他的头和肩膀上。

"附赠一只猪和一条狗，"拍卖师宣称，"它们是侏儒的坐骑，配套赠送。你可以让他们在宴会上为客人表演，也可以把他们当私人弄臣。"

买家们坐在木制长凳上喝果汁，有些人身边还有奴隶打扇。他们大都穿着托卡长袍，这是奴隶湾内血统高贵的贵族特有的风雅服饰，把他们与其他阶级区分开来。其他人穿得较为普通：男性穿束腰外衣和兜帽斗篷，女性穿彩色丝衣——女祭司和妓女看起来都差不多，在这远东地区，很难将两者区分开来。

长凳后站了群西方人，他们彼此打趣，嬉笑着评论拍卖会。提利昂知道，他们是佣兵。他看见了长剑、小刀、匕首、飞斧及斗篷下的锁甲。就头发、胡子和五官来看，这些大都来自自由贸易城邦，但有少数可能是维斯特洛人。他们也是买家？还是单单来看热闹的？

"哪位先出价？"

"三百。"一位坐在古董样式的肩舆里的主妇叫道。"四百。"一位像海怪一样摊开身子占据了整个轿子的渊凯大胖子

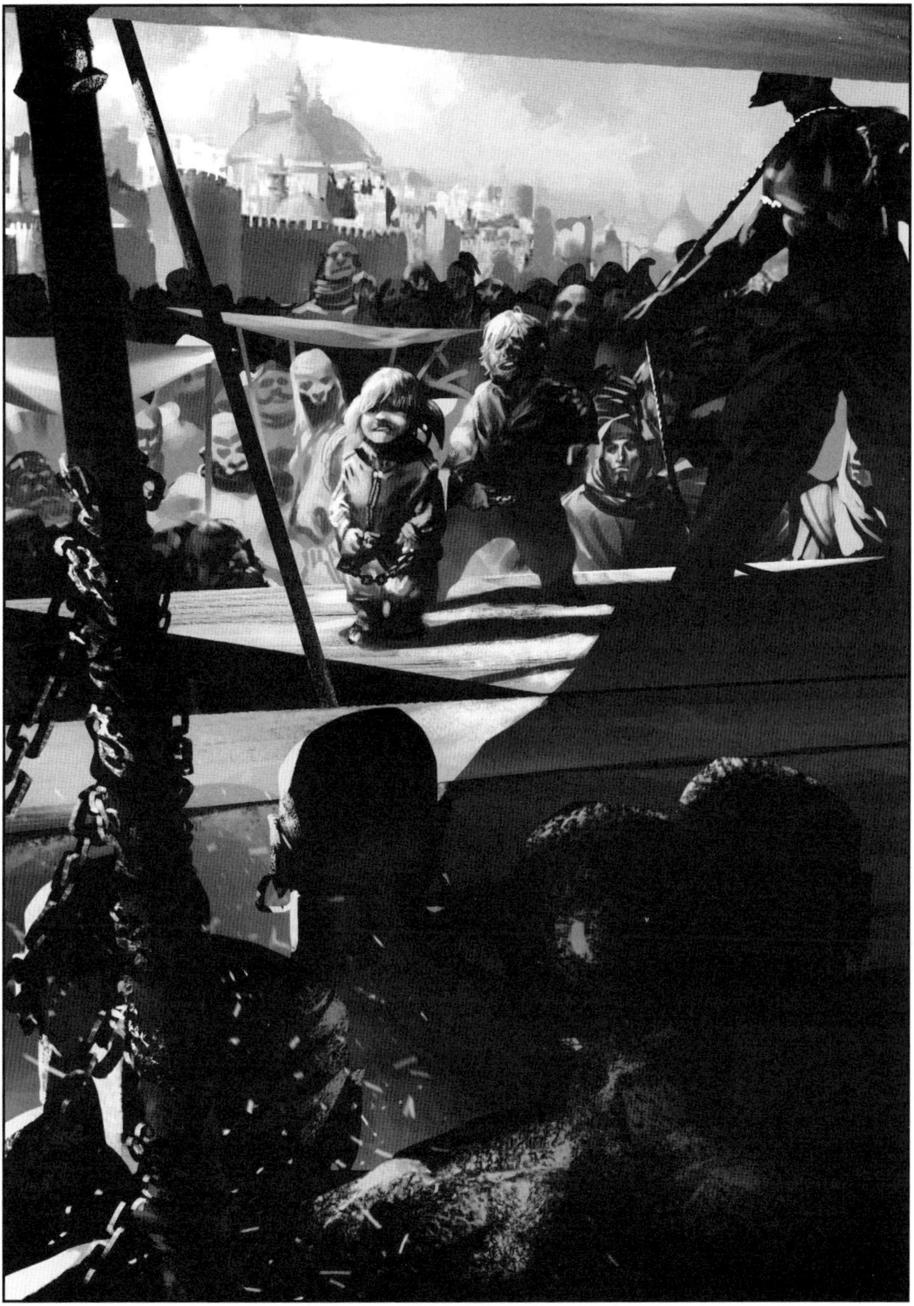

加价。此人裹着带金流苏的黄丝袍,看起来有四个伊利里欧那么肥。提利昂怜悯那些抬他轿子的奴隶。至少我不用干这个,身为侏儒还是有光可沾。

"再加一枚。"穿紫色托卡长袍的老太婆说。拍卖师厌烦地瞪了她一眼,但没拒绝报价。

"赛斯拉·科荷兰号"的船奴已被一一出售,价格从五百到九百银币不等。经验丰富的海员是很有价值的财产,当奴隶贩子们杀上残破的平底商船时,他们都没反抗,因为这不过意味换个主人。几名船副是自由人,之前水边寡妇已分别写过保证书,承诺若有意外发生,会出钱赎回他们,所以他们安然无恙。三名幸存的圣火之手即将被出售,但身为光之王的奴仆,他们将来也可指望被红神庙赎回。他们脸上的火焰刺青就是保证书。

没人关心提利昂和分妮的死活。

"四百五十。"有人叫道。

"四百八十。"

"五百。"

有的买家用高等瓦雷利亚语出价,有的则用混杂了瓦雷利亚语的吉斯话,还有少数几个人只是伸出一根指头、扭扭手腕或挥挥彩绘折扇示意。

"还好他们让我俩待在一起。"分妮低声说。

奴隶贩子恶狠狠地瞪着他们。"不许说话。"

提利昂挤了分妮的肩膀一下。他浅金和黑色相间的头发纠结起来,贴在额上,也垂到后背破烂的衣服上,被汗水和干血凝结。他没蠢到像乔拉·莫尔蒙那样跟奴隶贩子对着干,却也不免于受鞭子的惩罚——原因自是祸从口出。

"八百。"

"再加五十。"

"再加一枚。"

啧啧，我俩加起来差不多跟水手等价了，提利昂饶有兴味地想，按体重计算，说不定还更值钱咧。不过买家想要的也许只是美女猪罢。训练有素的猪可稀罕得很。

越过九百枚银币的关口后，竞价慢了下来。到九百五十一（仍出自那老太婆之口），没人再加价。不过拍卖师自有办法，他认定只要侏儒们当众露一手，价格自会抬上去。于是嘎吱和美女猪被领上平台。在既无鞍配又无缰绳的情况下驱使它们是个棘手活，母猪刚撒腿开跑，提利昂就从它背上摔下来，摔了个狗啃泥。买家们哄堂大笑。

"一千。"巨胖率先加价。

"再加一枚。"老太婆跟进。

分妮笑得合不拢嘴。受过良好训练的娱乐侏儒。她父亲一定在某个专为侏儒设立的小号地狱里赞许她。

"一千二百。"黄衣巨胖叫道。他身边的奴隶递给他一杯饮料。他是喝柠檬水长大的吧。那双死盯着拍卖场的黄眼睛让提利昂浑身不自在。

"一千三百。"

"再加一枚。"老太婆说。

家父常说兰尼斯特家的人以一当十，身价不同。

到一千六百枚银币时竞价速度又缓下来，所以奴隶贩子邀请买家们上前查看两名侏儒。"女的很年轻，"奴隶贩子保证，"可以让他俩交配，生下的崽儿也可以卖钱！"

"他缺了半个鼻子，"老太婆一上前就抱怨，爬满皱纹的脸上露出不悦的神情。她有蛆虫般的惨白皮肤，裹在紫色托卡长袍里活像颗发霉的李子。"眼睛也不对称。是个残货。"

"夫人您没发现我最棒的部分。"提利昂握着裤裆，露骨地暗示。

丑老太婆怒得嘶声尖叫，提利昂则背上吃了一鞭，痛得双脚跪地。嘴里又有血味。他咧嘴笑笑，啐了一口。

"二千。"长凳后忽然传来新的报价。

佣兵要个侏儒来干什么？提利昂挣扎着起身，想瞧个清楚。这位新买家年纪颇大，一头白发，但身材高大匀称，有皮革般坚韧的棕肤和剪短了的灰白相间胡须。他褪色的紫袍下挂了把长剑和一排匕首。

"二千五百。"这次是个女孩的声音：一个个子矮小、丰乳粗腰、穿着华丽盔甲的女孩。她精雕细刻的黑钢胸甲上，用金线描绘出一只爪子垂着锁链的鹰身女妖。两名奴兵用盾牌将她抬到齐肩高度。

"三千。"棕肤男人越众而出，他手下的佣兵为他推开买家们，清出道路。来啊，再近点儿。提利昂懂得如何应付佣兵，事情很清楚，此人决非买他来席间作乐。他知道我是谁，想把我买下带回维斯特洛转卖给我老姐。侏儒擦了擦嘴，以掩饰笑容。瑟曦和七大王国远隔重洋，途中有太多事可能发生。我策反过波隆，找准机会，这个人也逃不出我的手掌心。

三千枚银币的价格让老太婆和盾牌上的女孩望而却步，但黄衣巨胖不肯罢休。他用黄灿灿的眼睛掂量着佣兵，从满嘴黄牙里弹出舌头，说："我出五千枚银币。"

佣兵皱紧眉头，耸了耸肩，转身就走。

七层地狱。提利昂很确定自己不想成为这条超级黄腹鱼大人的财产。只消看看他陷在轿子里的样子——蜡黄色肉山长着猪一样的黄眼睛，大如美女猪的乳房在丝衣下起起伏伏——就让他浑身寒毛直竖。对方身上的味道令远在台上的他都无法忍受。

"如果没有更高报——"

"七千。"提利昂大喊。

长凳上的众人又是哄堂大笑。"这侏儒想买下自己耶。"盾牌上的女孩说。

提利昂给了她一个色迷迷的微笑。"没办法呀，聪明的奴隶选择聪明的主人，可你们看上去都像白痴。"

买家们笑得更欢了。拍卖师皱起眉头，犹豫不决地握住鞭子，不知是该打还是不打，怎样更有利。

"五千枚银币对我是天大的侮辱！"提利昂高声宣告，"我会比武、会唱歌、会讲笑话。我可以跟你们的老婆上床，包她爽得浪叫连连。或者上你们敌人的老婆也行，有比这更直接的羞辱吗？此外，给我把十字弓，我摇身一变就成了高级刺客，在席瓦斯棋桌上，三倍于我身材的人我也能杀得他落花流水、片甲不存。我甚至略通厨艺。罢了罢了，我出一万枚银币买我自己！我说话算话，不打诳语，我老爸从小就教育我做人要做到有债必还！"

听到这话，紫袍佣兵猛地回头，目光穿过一排排买家，对上提利昂的眼睛。然后他笑了。他的笑容很温暖，侏儒心想，也很友善。但是天哪，他那双眼睛多么冷酷。或许栖身于他名下不见得是个好主意。

黄胖子在轿子里费力地蠕动了几下，圆饼般的大脸上浮现出不耐烦的神情。他用吉斯卡利语低声说了几句，提利昂虽听不懂，但话中的尖酸语气是明显的。"没人报价吗？"侏儒昂起头，"我给出凯岩城的全部金子！"

这回他听到了鞭子破空声，如此尖细锐利。他闷哼了一声，但没有倒下。他想起旅程开始时，操心的只是选哪种葡萄酒来搭配蜗牛早茶。追逐魔龙落到这步田地。他不自禁地笑出声，喷了前排买家一脸的鲜血和唾沫。

"成交。"拍卖师宣布。之后他又打了侏儒，仅仅是因为可以这么做。这次提利昂被打倒在地。

一名守卫上前把他拽起来，另一名守卫用长矛柄将分妮赶下平台。下一个奴隶已被带上去了。那是个十五六岁的女孩，不是"赛斯拉•科荷兰号"上的人，提利昂不认识。年龄与丹妮莉丝•坦格利安相仿。奴隶贩子三两下便把她扒光。至少我们没受这种羞辱。

提利昂越过渊凯人的营地，望向弥林的城墙。城门看起来好近……如果奴隶围栏里的传言属实，弥林仍是自由民的城市。在那些龟裂的城墙后面，奴隶贸易和奴隶制度被统统废止。他只消跑到城门前，找法子穿过去，便又能成为自由人。

可那样做就不得丢下分妮。即便带上分妮，她也舍不得她的猪和狗。

"还不算太糟，对不？"分妮小声道，"他花大价钱买下我们，他真好心，对不？"

只要我们能让他开心。"我们很值钱，他不会亏待我们的。"他让她安心。刚才那两鞭打得他背上鲜血淋漓。等看腻了我们的表演……我们确实只会两手功夫……

新主人的管家赶着一辆骡车，和两个士兵一起等着接收他们。管家有张长长的窄脸，满下巴的胡子用金线系住，刻板的红黑色头发从额头伸出，打理成两只带爪子的手的模样。"多可爱的小东西，"他说，"让我想起了自己的孩子……可惜啊，小家伙们死得早。我会好好照顾你们的，报上名字吧。"

"分妮。"她怯生生地悄声说。

兰尼斯特家族的提利昂，凯岩城的合法主人，你这鼻涕虫。"耶罗。"

"无畏的耶罗，欢乐的分妮，你们现在属于英勇高贵的亚赞•佐•夸格兹了。你们的主人既是学者也是战士，身居渊凯贤主大人之列，广受尊敬。有这样一位宽厚仁慈的主人，是你们的福气，你们可以把他当成自己的父亲。"

求之不得咧，提利昂心想，但他管住了嘴巴。毫无疑问，他们很快就要在新主人面前献艺，他可不能再挨鞭子。

"你们的父亲最爱他的特殊珍藏，他会宠爱你们的。"管家滔滔不绝，"至于我嘛，就把我当成小时候照顾你们的保姆吧，我的孩子们都管我叫保姆。"

"第九十九号，"拍卖师宣布，"一名战士。"

女孩很快就卖掉了，而且立刻被驱赶到新主人那边，她紧抓着衣服，遮住小胸脯上的粉红乳头。两名奴隶贩子把乔拉·莫尔蒙牵到台上接替她。骑士除了腰布外一丝不挂，背上遍布鞭痕，鼻青脸肿得几乎无法辨认，手腕和脚踝都被铁链锁住。报应，早知今日，当初何苦如此待我。提利昂心想，但他发现大个子骑士的悲惨遭遇并不能让他快慰。

铁链缠身的莫尔蒙依旧是个危险人物。举重若轻的身材、粗壮的胳膊和结实的肩膀，再加上覆满胸膛的粗黑胸毛，让他看起来像头野兽。他瘀青的双眼，在那肿得不成样的脸上成了两个黑幽幽的池塘。他一边脸颊上有个恶魔面具的烙印。

当奴隶贩子们涌上"赛斯拉·科荷兰号"时，乔拉爵士挺剑迎击，在被制服前手刃了三人。奴隶贩子们很乐意杀他偿命，但他们的船长不许，因为厉害的战士能卖个好价钱。船长命人用铁链把莫尔蒙绑在一支桨上，鞭打到半死，又用饥饿来折磨，还给他打上烙印。

"这是条好汉，高大强壮，"拍卖师宣布，"斗志昂扬，在竞技场里干架大有前途。咱们起价三百如何？"

没人出价。

莫尔蒙对台下鱼龙混杂的买家熟视无睹，他的视线越过营垒，紧锁远方的城市，那自远古矗立至今的多彩砖墙。提利昂能读懂他脸上的神情，跟翻书一样容易：咫尺天涯。这可怜虫回来得太晚了。之前围栏边的守卫大笑着告诉奴隶们，丹妮莉丝•坦格利安已经成婚，纳弥林本地的奴隶主为王，新国王富有高贵。等和平协议正式签署后，弥林便会重开竞技场。奴隶们坚持认为守卫说谎，认定丹妮莉丝•坦格利安不可能跟奴隶贩子妥协。他们叫她"弥莎"，别人告诉他这是"母亲"的意思。他们口耳相传，说银女王很快会出城开战，击破渊凯人，解放大家。

是啊，她还会分给我们一人一块柠檬蛋糕，亲吻我们，神奇地治愈所有伤口呢，侏儒心想。对天降神兵的可能性，提利昂不抱任何希望；若情非得已，他宁可自我解脱。藏在他靴子里脚趾间的蘑菇足以毒死他和分妮两人，嘎吱和美女猪则得自求多福了。

保姆还在训诫主人的新财产。"叫你们做什么就做什么，没说过的就不能做，只要乖乖听话，就能活得像小少爷。胖嘟嘟的，人见人羡……"他向他们担保，"如果不听话……但你们是不会不听话的，对不对？我亲爱的孩子。"他伸手捏了捏分妮的脸。

"降到二百，"拍卖师说，"这是条好汉哪，他值三倍这个价！当保镖多合适！没人敢再招惹你！"

"来吧，小朋友们，"保姆说，"让我带你们参观新家。等回到渊凯，你们会住进夸格兹的黄金金字塔，用银盘子进餐；不过在这里我们跟士兵住在一起，生活只能简朴些。"

"有人愿出一百吗？"拍卖师带着哭腔。

价格继续下降，直到五十枚银币才有个穿皮围裙的瘦子报价。

"再加一枚。"穿紫色托卡长袍的老太婆随即跟进。

一个士兵举起分妮，放到骡车后面。"那老女人是谁？"提利昂问士兵。

"扎哈娜，"对方回答，"她手下尽是些用来送死的廉价战士，专给英雄捧场的。你的朋友命不长了。"

他不是我朋友，但提利昂·兰尼斯特发现自己转向保姆："你不能让她得到他。"

保姆眯眼看他。"你在聒噪些啥？"

提利昂伸手一指。"我们的表演缺不了他。这叫《狗熊与美少女》，乔拉是狗熊，分妮是美女，我是去拯救她的英勇骑士。我会在他身边跳来跳去，揍他的蛋蛋。这场戏精彩极了。"

管家眯眼瞧向拍卖台。"他？"乔拉·莫尔蒙的价格已攀回二百枚银币。

"再加一枚。"穿紫色托卡长袍的老太婆高叫。

"你的熊，我知道了。"保姆一溜烟挤过人群，凑到轿上的渊凯黄胖子身边，弯腰附耳报告。他主人听了点点头，满下巴的赘肉抖了抖，接着扬起扇子。"三百。"他气喘吁吁地说。

老太婆扇扇鼻孔，别开了脸。"你干吗这样做呀？"分妮用通用语问他。

问得好，提利昂心想，为什么呢？"你的表演花样太少，戏班子都得有只会跳舞的熊。"

她谴责般看了他一眼，坐回骡车后面，环住嘎吱，当那条狗是全世界她唯一的真心朋友。说不定真的是。

保姆带着乔拉·莫尔蒙回来了，两名奴兵把他丢到骡车上两名侏儒之间的地方。骑士没反抗。听到女王结婚的消息，他崩溃了，提利昂意识到，简单的一句流言，达成了之前拳头、鞭子和棍棒都无法达成的目标——它摧毁了他。*我该让老太婆买走他，他现在就跟胸甲上的乳头一样没用。*

保姆爬到骡车前头，提起缰绳，领大家穿过围城军营，去他们的新主人、高贵的亚赞·佐·夸格兹的住处。四名奴兵跟着车走，一边两个。

分妮没哭，但眼睛红红的，神情凄苦，始终没从嘎吱身上抬头。她以为掩耳盗铃就万事大吉么？乔拉•莫尔蒙倒是戴着铁镣扫视一切，但满腹思绪的他视而不见。

只有提利昂把所有人和事瞧了个仔细。

渊凯人其实没有统一的大营，上百处分散的营地拼凑在一起，大致呈新月形包围了弥林城。这是一座丝绸和帆布之城，城里有大街小巷、旅馆妓院、富人区与贫民窟。在前线和海湾之间，无数帐篷像黄蘑菇从土地中冒出来，有的又小又脏，只是一块用来遮阳挡雨的、污渍斑斑的帆布，但也有足以容纳百人的军营帐篷，以及宫殿般宏大、帐顶杆子上立着闪闪发光的鹰身女妖的丝帐。有的营地秩序井然，以篝火为圆心，呈圆形分布，武器盔甲堆在内圈，马匹拴在外围；但大部分营地一片混乱。

弥林周围是寸草不生的干燥平原，地势一马平川。但渊凯人用船从南方运来木材和兽皮，就地搭建了六座巨大的投石机——除开临河那一面，城市的其他三面每面安置了两座。投石机旁准备了堆积如山的碎石和随时可点燃的沥青桶、树脂桶。一个在车边步行的兵看见提利昂盯着投石机看，便自豪地介绍起它们的名字：屠龙者、老泼妇、女妖之女、邪恶姐妹、阿斯塔波的鬼魂和马兹达罕之拳。这些投石机高达四十尺，是围城营地里最醒目的地标。"龙女王看见它们就屈膝投降了，"那士兵吹嘘道，"靠着吸希茨达拉的老二才保住小命哟，否则我们会把城墙砸个粉碎。"

提利昂看见有奴隶遭到鞭打，一鞭又一鞭，背上血肉模糊。一队人戴着铁镣行军，每走一步都哗啦作响，他们虽然带着长矛短剑，却被铁链连住了手腕脚踝。空气中弥漫着烤肉香味，有人在锅边生剥狗皮。

他还看见了死人，听见垂死之人的呻吟。飘散的烟雾中，在马味和刺鼻的咸味之外，有血和屎的恶臭。这里正流行瘟疫，他眼看着两个佣兵把另一个佣兵抬出帐篷，他的手不禁抽搐了一下。父亲说过，对军队而言，疾病远比战斗可怕。

眼前所见，都在催促他尽快逃跑。

但走出四分之一里后，他不得不再作打算。眼前有群人围住了三个逃亡奴隶。"我知道我的小宝贝们会很乖很听话的，"保姆说，"瞧瞧逃跑是什么下场吧。"

逃亡奴隶被吊在一排梁木上，两个抛石手正拿他们当靶子。"脱罗斯人，"一名守卫向他们介绍，"全世界最好的抛石手。他们用软铅球代替石球。"

提利昂一直怀疑抛石索的功用，弓箭的射程远多了……但他之前没见过脱罗斯人使用抛石索。如今亲眼所见，他们的铅球造成的伤害比其他人用的光滑石球要大得多，弓箭就更不能比了。一颗铅球砸中俘虏的膝盖，骨头爆开，血浆四溅，那人的小腿只剩一条暗红色肌腱与大腿相连。噢，他没法再逃跑了，提利昂看着对方惨叫连连，心里一边想。晨风中的惨叫和营妓的嬉笑，以及那些下注抛石手会失手的人的咒骂混合在一起。分妮别过了头，但保姆抓住她下巴，硬是将她掰回去看。"看好了。"他命令，"你也一样，狗熊。"

乔拉·莫尔蒙抬头冷眼瞪着保姆，提利昂发现他胳膊上青筋暴突。他想掐死这奴隶主，连累我们一起送命。但最终骑士只是苦着脸，转头去看那血腥的惩罚。

东方。隔着晨间的热气，弥林城宏伟的砖墙就在东方闪烁。那是这帮可悲的傻瓜想逃去的地方。可那里以后还会是避难所吗？

在保姆重提缰绳之前，这三个渴求解放的人都已痛苦地死去。骡车吱呀呀地继续前进。

他们主人的营地位于"老泼妇"的东南方，几乎就在投石机的阴影下，占地甚广。所谓亚赞·佐·夸格兹的"简朴营房"结果是座柠檬色丝绸宫殿，由九座大帐相连而成，各帐中央的杆子上都立着一个在阳光下闪耀的镀金鹰身女妖像。许多小帐篷如众星捧月般环绕着大帐。"那些是服侍我们高贵主人的厨子、小妾、战士和他不重视的次要亲戚的住处。"保姆告诉他们,"但小宝贝们你们可有福了,你们可以住进亚赞的帐篷。他要看紧自己的珍藏,这样才能安心。"他朝莫尔蒙皱皱眉,"狗熊,你不能进去。你又大又丑,得用铁链拴在外头。"骑士没答话。"不过首先,要给你们戴项圈。"

项圈是铁制,为装饰效果稍稍镀了金,上面用瓦雷利亚符文刻了亚赞的名字,还在耳朵下对应的位置安了一对小铃铛,好让佩戴者每走一步都发出悦耳铃声。乔拉·莫尔蒙保持着阴郁的沉默,在戴项圈过程中没说什么,但武器师傅给分妮戴项圈时她哭了。"这太沉了。"她抱怨。

提利昂捏捏她的手。"纯金的哟,"他撒谎,"在我们维斯特洛,贵妇人做梦也想拥有这样的首饰。"项圈至少比烙印好,项圈可以摘下来。他不由得又想起雪伊,想起他用金手项链用力勒她喉咙。当项链勒得越来越紧时,就是这样金光闪闪的。

戴完项圈,保姆将乔拉爵士的链子拴在营火旁的木桩上,自己带两个侏儒进了主人的帐篷,去找住处——那是一个用层层黄丝帘与主帐隔开,铺了地毯的小角落。他们跟亚赞的其他珍藏同住,包括一个有扭曲多毛的山羊腿的男孩,一个玛塔里斯来的双头女孩,一个长胡子的女人和一个弱不禁风、外号"甜心"的人,此人的裙服上装饰着月长石和密尔蕾丝。"你们猜咱家是男是女呢?"介绍到甜心时她问侏儒们。接着她掀开裙子,让他们好好瞧瞧她的下身。"咱家又男又女哟,主人最亲咱家了。"

这是个怪物马戏团,提利昂意识到,不知诸神躲在哪里哈哈大笑。"你真可爱,"他赞美紫发紫眼的甜心,"但离我们两个还有点距离。"

甜心听了吃吃傻笑，保姆却没被逗乐。"把你那点笑话留到今晚为高贵的主人表演时再说。若你能逗他开心，自然重重有赏，如若不能……"他扇了提利昂一巴掌。

"你们得防着保姆点儿，"管家离开后，甜心告诫，"他是这儿真正的魔鬼。"长胡子的女人操一口他无法理解的变种吉斯卡利语。山羊男孩用的是水手间的粗嘎喉语，即所谓"贸易黑话"。双头女孩是个弱智——她的一颗头只有橙子大，根本不具备语言能力；另一颗头长着尖牙利齿，无论谁靠近她的笼子，那颗头都会趋前咆哮。但甜心精通四种语言，包括高等瓦雷利亚语。

"主人是什么样的人呀？"分妮急切地追问。

"他长了对黄眼睛，身上很臭。"甜心答道，"十年前他去了索斯罗斯，之后内脏就开始腐烂。只要能让他忘掉自己正慢慢死去的事实，哪怕是一小会儿，他也会重赏你的唷。记住，千万不能拒绝他的任何要求。"

他们只有一下午时间准备。亚赞的贴身奴隶在澡盆里倒满热水，让侏儒们洗澡——分妮先来，然后是提利昂。洗完后，另一名奴隶为他背上的鞭伤敷了一种很刺激的油膏，以防坏疽滋生，上面又盖上一层凉膏。分妮的头发被剪短了，提利昂也修了胡子，他俩还得到软拖鞋和新衣服。衣服样式朴素，但很干净。

夜幕降临后，保姆回来吩咐他们穿上表演用的全身甲。亚赞要宴请渊凯大元帅，高贵的亚克哈兹·佐·亚扎克，而他们将上场表演。"需要我把狗熊放出来吗？"

"今晚不用，"提利昂说，"我们今天先为主人比武，跟狗熊有关的演出留着下次吧。"

"就是这样。你们蹦跶完后，就负责倒酒服侍。千万不能洒在客人身上，否则有你们好受的。"

晚宴上首先上场的是个变戏法的，接着是一组三人翻筋斗，随后是羊腿男孩。他伴随一位亚克哈兹带来的奴隶吹的骨笛，用蹄子跳了段怪舞。提利昂半心半意地想询问那奴隶是否会吹《卡斯特梅的雨季》。在等待期间，他把亚赞及其宴请的客人们瞧了个清楚。

坐在荣誉高位左顾右盼的人形梅干无疑就是渊凯大元帅，此人的威严程度跟一坨稀屎不相上下。他左右有十几位渊凯将领，还有两个佣兵头子列席，这两人都带了十几个佣兵。其中一位是文雅的灰发潘托斯人，一身丝衣，但破烂的披风是由几十条撕扯下来的染血布条缝成；另一位就是今天上午打算买他的棕肤佣兵，有灰白相间的胡子。"棕人本·普棱，"甜心报出他的名字，"次子团团长。"

不仅是维斯特洛人，还是普棱家的，越发妙了。"接下来轮到你们上，"保姆嘱咐，"我的小亲亲呀，制造点气氛哟，不然你们一定会悔不当初。"

提利昂的技巧尚不及已故便特的一半，但至少他懂得如何骑猪，也知道在该摔下去时从猪身上摔下去，打个滚再跳起来。事实证明这就够了。对于这帮名义上指挥大军围困弥林、实际百无聊赖喝得醉醺醺的渊凯将领们而言，欣赏两个小矮人拿木制武器比画，就跟维斯特洛贵族在君临城中乔佛里的婚宴上看到类似表演时一样愉快。把快乐建立在他人的悲惨之上，提利昂心想，算是人类少有的共通语言。

每有侏儒从坐骑上摔下，或吃了一记打，他们的主人亚赞笑得最响也最久，而他一笑整个巨大的身躯就开始颤抖，好似一坨地震中的板油。其他客人会先看亚克哈兹·佐·亚扎克的反应。大元帅如此衰弱，以至于提利昂担心他笑一笑就可能没命。当他打飞分妮的头盔，头盔掉在一位穿着绿金条纹托卡长袍、脸色阴沉的渊凯将领膝上时，亚克哈兹发出小鸡般的咯咯笑声。那将领抓向头盔，结果抓碎了一个大紫瓜，于是更生气了，喘着粗气的脸涨成紫色。他转向东道主，低语了几句，亚赞得意地朝他笑，还舔了舔嘴唇……但提利昂发现，那对狭长的黄眼睛里有一丝怒意闪过。

之后侏儒们脱去木盔甲和里面汗津津的衣服，换上崭新的黄色上衣，担任席间侍酒。提利昂负责倒紫色葡萄酒，分妮倒水。他们端着壶子奔来跑去，拖鞋轻擦在厚厚的地毯上。这工作看起来容易做起来却不简单，没多久他的腿就酸得厉害，背上的某道伤口又开始渗血，鲜血渗透了亚麻布料。提利昂咬住舌头，继续倒酒。

大多数客人当他们是一般奴隶，毫不在意……但某位醉得不轻的渊凯人建议亚赞让两名侏儒当场交配，另一人则要提利昂讲述丢鼻子的故事。我把它插进你老婆那个洞里，却被她夹掉半边，提利昂几乎冲口而出……但船上经历的风暴让他明白自己并不想死，所以他改口答道："是为了惩罚我的傲慢，大人。"

接着一位穿虎眼流苏的蓝色托卡长袍的大人回忆起提利昂曾在拍卖台上自吹席瓦斯棋艺。"让我来测试一下。"这人宣布。于是棋桌棋子很快摆上来，但没下几回合，这人就满脸通红地掀了棋桌。他恼怒地一挥手，撒得棋子满地都是，其他渊凯人哄堂大笑。

"你该让他赢的。"分妮悄悄告诉他。

棕人本·普棱笑呵呵地扶起棋桌。"跟我试试吧，侏儒。我年轻时，次子团和瓦兰提斯有合约，我在那里学会了下棋。"

"我只是个奴隶，我高贵的主人才能决定我何时陪谁下棋，"提利昂转向亚赞，"主人您的意思？"

高贵的黄胖子似乎颇感有趣。"你下什么注，团长？"

"我赢，这奴隶归我。"普棱说。

"不行，"亚赞·佐·夸格兹立刻回答。"但你若战胜我的侏儒，可以获得我买他的价钱。用金币支付。"

"一言为定。"佣兵答应。地上散落的棋子被拾起来，他们坐下对弈。

提利昂赢了第一局，普棱赢了第二局——佣兵在第二局将赌注翻了倍——到第三局摆棋时,提利昂抽空仔细研究了对手。此人一身棕肤,脸颊和下巴被剪得极短的灰白粗硬胡须覆盖,沟壑交错的皱纹和几道伤疤点缀在他脸上,令他看起来面相和蔼,笑起来更显慈祥。他模样就像个忠实的家臣,提利昂意识到,像人人都爱的可靠叔叔,总是态度温和,装满了奇妙的故事和长辈的智慧。可惜全是伪装,微笑并未触及普棱的眼睛,那双眼睛小心翼翼地隐藏着他贪婪的本性。这个人是饥渴而又警觉的。

佣兵的棋艺其实不比刚才的渊凯将领高出多少,但他定力很强,城府极深,不若先前那人鲁莽躁进。他的布局每次都不同,但实质一致——思想保守,被动防御。他下棋并非一心求胜,提利昂发现,首先追求不输。这个策略在第二局奏了效,当时提利昂分散力量轻率出击,结果铩羽而归。但在第三局、第四局和第五局时,提利昂已适应了对方的战术,于是连续获胜。

第五局末尾,提利昂摧毁了对方的要塞,屠杀了对方的龙,又用大象和重骑兵前后包围。普棱抬头笑道:"耶罗又胜一局。四连胜。"

"是三连胜。"提利昂用龙完成致命一击。"我只是比较幸运,团长大人,或许下次比试前您该摸摸我的头,沾上我的好运气。"不过呢,你别想胜过我。他咧嘴笑着从席瓦斯桌边退开,重新拿起酒壶给大家倒酒。比试的结果是亚赞·佐·夸格兹发了笔横财而棕人本·普棱损失惨重,但他那巨胖无比的主人似乎并不在意——黄胖子看到第三局就已醉到不省人事,高脚杯从他黄色的手指中滑落,酒液浸湿了地毯。或许他醒来时会高兴的。

一对魁梧的奴隶扶着亚克哈兹·佐·亚扎克大元帅离席后,其他客人也借机纷纷告辞。等人走空,保姆回来通知奴隶们可以用主人吃剩的饭菜饱餐一顿。"快点儿吃,你们睡觉前要全部打扫干净。"

提利昂跪在地上，努力擦拭高贵的亚赞在他高贵的地毯上留下的那块酒渍。他的腿酸痛得要命，背上的鞭伤更是火辣辣的。管家用鞭柄轻拍他的脸。"耶罗，你干得很好。你和你老婆都是好样的。"

"她不是我老婆。"

"那就是你的婊子喽。你们两个，都给我起来。"

提利昂摇摇晃晃地起身，一只腿不住打颤。又抽筋了，多亏分妮伸手扶住，这才没倒下。"我们做错了什么？"

"你们干得很好，"管家说，"保姆我不是保证过吗，只要你们讨得父亲欢心，就重重有赏？现在机会来了，瞧啊，高贵的亚赞对他的小珍藏一见钟情，但亚克哈兹·佐·亚扎克说，如此滑稽的好物竟由他独享，未免太自私。于是你们欢呼吧！为庆祝和平协议签署，你们有幸在达兹纳克的大竞技场里比武，在数千观众面前演出！不，是数万名！噢，到时候大家该笑成什么样呀！"

詹姆

鸦树城历史悠久，古老的筑城石上覆了厚厚的苔藓，墙上密布的蜘蛛网如老妪腿上的琐碎血管。城堡正门两侧有两座巨型塔楼，城墙的各个角落由较小的塔楼保护。塔楼都是方形结构。近代的塔楼多筑成筒形或半月形，以利用曲面弹开投石机发射的飞石，可惜鸦树城落城太早，尚没有这项创新。

城堡居高临下，统治着肥沃辽阔的峡谷，无论在地图上还是人们口中，这里都被称作布莱伍德谷，意为"黑木谷"。就名称而论，"谷"是毋庸置疑，树木却无从谈起。几千年来，不管黑木头、棕木头还是绿木头，这里一根都没有，人类的斧头早已把峡谷清得干干净净。远古时代橡木矗立之地，如今是磨坊、民居和庄园的所在。光秃秃的土地泥泞不堪，点缀着正在融化的堆堆积雪。

不过城堡墙中，却有一小片树林，因为布莱伍德家族依然崇拜旧神，遵循安达尔人来维斯特洛之前先民们的习俗。据说神木林中有些树的年龄跟那些塔楼一样古老，尤其是那棵参天的鱼梁木大心树，它的枝条十几里外都能看见，好似枯瘦嶙峋的手指抓向天空。

当詹姆·兰尼斯特带着随行卫队逶迤穿过起伏的丘陵、进入峡谷时，环绕鸦树城的田野、农场和果园早已成为焦土——他们只看见泥巴、灰烬和焦黑的断壁残垣。这片废土中长出的不是庄稼，而是野草、荆棘和荨麻。放眼四望，詹姆到处都能欣赏到父亲的杰作。路旁尸骨累累，其中多是羊骨，但也有马骨、牛骨，乃至人的头骨。他还发现了一具无头骷髅，被疯长的野草填满了胸腔。

鸦树城不若奔流城一样遭到大军层层封锁，这里的围城战是若干世纪以来轻车熟路的戏码的又一次上演。杰诺斯•布雷肯麾下顶多有五百名士兵,而詹姆既没看见攻城塔,也没发现撞锤或投石机。布雷肯显然无意攻打鸦树城的城门或强袭那高耸厚实的城墙——既然城堡断了外援,他便乐得用饥饿战术来对付老冤家。围城之初无疑有过各种摩擦交火、箭弩对射,但如今战事拖了半年,没人再有力气做那些事。于是一成不变的例行公事麻木地循环,军纪也逐渐松弛下去。

早该结束了,詹姆•兰尼斯特心想。兰尼斯特军占领奔流城后,鸦树城已成为少狼主那短命王国里最后一个据点。待降服鸦树城,他在河间地的差事也将告一段落,届时他可以返回君临。返回国王身边,他提醒自己,另一个声音却在悄声说:返回瑟曦身边。

他终究会面对她——只要总主教没在他回都城之前就把她处决。"立刻回来吧,"她信中写道,那封信他在奔流城让小派烧了,"帮助我,拯救我,我比任何时候都更需要你。我爱你,我爱你,我爱你。立刻回来吧。"詹姆相信她的确需要他,至于其余的话……就我所知,她和蓝赛尔、奥斯蒙•凯特布莱克,甚至月童上床……况且就算他回去,又有什么用呢?她的罪名桩桩是实,他却没有用剑的手来拯救她。

当他的队伍排成整齐队伍、踏过田野时,哨兵们的目光里好奇多过警惕。没人吹响警号,这倒有助于詹姆的计划。他直奔布雷肯伯爵的帐篷而去,那是营地里最大的帐篷,恰当地搭建在小溪边的平缓丘陵上,可以清楚地监视鸦树城的两道城门。

帐篷和帐篷中央杆子上飘扬的旗帜都是棕色,旗帜中央绣了个金黄色盾牌,盾牌里是布雷肯家族的红色骏马纹章。詹姆命众人下马,交代他们可以自由活动。"你们两个在这等,"他告诉他的掌旗官,"待会跟我去办事。我一会就出来。"詹姆跳下"荣誉",大步迈向布雷肯的帐篷,腰上长剑在剑鞘里摇晃作响。

眼看他径直走来，帐门站岗的两名守卫忧心忡忡地交换了一个眼神。"大人，"其中一名守卫说，"需要我们通报吗？"

"我自己通报，"詹姆用金手掀开帐门，低头闯进去。

他们干得正欢，云雨呻吟间谁也没注意到他。女人紧闭眼睛，双手紧抓布雷肯背上的粗糙棕毛，他插一下她就喘一次；老爷的头则埋进了女人的双乳间，手用力抱住女人的屁股。詹姆清了下喉咙，"杰诺斯大人。"

女人的眼睛应声睁开，她发出受惊的尖叫。杰诺斯•布雷肯从她身上滚下床，一把操起剑带，咒骂着拔出武器。"七层地狱啊！"他叫道，"竟敢——"他看到詹姆的金甲白袍，连忙压低剑尖，"兰尼斯特？"

"抱歉坏了您的好事，大人，"詹姆似笑非笑地说，"但公务在身。我们可以谈谈吗？"

"谈，好啊，"杰诺斯大人收起剑。他没詹姆高，但更魁梧，厚实的胳膊和肩膀甚至能让铁匠嫉妒。棕色胡楂爬满他的脸颊和下巴，他眼睛也是棕色的，其中的怒气掩饰得很差。"您让我措手不及，大人，我没收到您赶来的通知。"

"你们似乎没尽兴啊，"詹姆笑着对床上的女人说。女人用一只手遮住左乳，另一只手挡在双腿间，却把右乳暴露在外。她的乳头颜色比瑟曦的深，尺寸更是后者的三倍。她接触到詹姆的目光后，连忙遮掩右乳，但收效甚微。"营里的女人还这么羞涩，"他奇道，"婆娘卖瓜，还知道自卖自夸呢。"

"你打进门起就没从我的'瓜'上挪过眼睛，爵士。"女人找到毯子，一把拉到腰部，然后伸手拨开眼睛上的头发。"况且我不卖'瓜'。"

詹姆耸耸肩，"如果认错了人，我很抱歉。要知道，虽然我的小弟弟睡过上百个婊子，但我的经验只有一位。"

"她是我抢到手的，"布雷肯捡起地上的裤子抖了抖，"从前是布莱伍德那边某个誓言骑士的姐，直到我把他脑袋劈成两半。把手放下去，臭女人，让兰尼斯特大人好好瞧瞧你的奶子。"

詹姆对这女人没兴趣。"你把裤子穿反了，大人，"他告诉布雷肯。杰诺斯咒骂着穿裤子的当口，女人滑下床寻找散落的衣物，她下蹲、转身、拾捡时，指头还一边拼命遮掩奶子和下体。说来也怪，这场面比她赤条条跑出来要刺激多了。"你叫什么，女人？"他问她。

"我妈叫我希尔蒂，爵士。"她将一件脏裙子套过头，甩甩头发。她的脸和脚一样脏，两腿间毛发茂盛——这使她看起来像是布雷肯的姐妹——但她身上确有诱人之处。是来自那狮子鼻，蓬松头发……还是她穿好裙子后行的小巧屈膝礼？"您看见我另一只鞋了吗，大人？"

这问题惹火了布雷肯大人，"我他妈是你的侍女吗？帮你找鞋？没鞋就打赤脚。快滚。"

"也就是说大人您不打算带我回家，跟您家小夫人一同祈祷啦？"希尔蒂大笑着朝詹姆抛个媚眼，"您也有小夫人吗，爵士？"

不，我只有老姐。"看见我这身袍子没？"

"这是白袍没错，"她说，"但您的手可是真金。我就喜欢男人这点。您喜欢什么样的女人呢，大人？"

"纯洁的。"

"我是说女人，不是女儿。"

他想起了弥赛菈。我要把身世真相告诉她。但多恩人不会喜欢这消息，道朗·马泰尔当她是劳勃的种，才让儿子跟她订婚。一团纠结的乱麻，詹姆好想快刀斩净。"我发过誓，"他不耐烦地告诉希尔蒂。

"那您吃不到瓜了，"女人调皮地说。

"叫你滚出去！"布雷肯大人咆哮道。

她出去了，但她抓着一只鞋和一堆衣服经过詹姆身边时，伸手隔着裤子捏了一下他的老二。"希尔蒂，"她提醒他，然后半裸身子飞快地冲出帐门。

好个希尔蒂，詹姆饶有兴味地想。"尊夫人被你打发到哪去了？"女人走后，他问杰诺斯大人。

"我不知道！你得问修士。你爹烧了我们的城堡，她认定这是神罚，从那以后日夜祈祷个不停。"杰诺斯终于把裤子转到正确的朝向，开始拴裤带。"您来做什么，大人？来找黑鱼？听说他逃了。"

"听说？"詹姆找了把行军折凳坐下，"听黑鱼说？"

"布林登爵士不会傻到来投奔我。我承认自己欣赏他，但他要是敢在我的辖区现身，我一定会把他拿下。他知道我屈膝了——他自己也该这么做，可惜他总是太顽固。这点他哥哥最清楚。"

"泰陀斯•布莱伍德没有屈膝，"詹姆指出，"有没可能黑鱼到鸦树城避难了呢？"

"他可能有这打算，但他没法越过我的封锁线，除非长出翅膀。再说，泰陀斯也自身难保喽，城里只剩老鼠和树根可吃，不出一月必然投降。"

"太阳落山前，鸦树城就会投降。我准备提出条件，让布莱伍德回归国王治下。"

"明白了，"杰诺斯大人穿上一件胸前绣有布雷肯家族红色骏马纹章的棕色羊毛上衣。"大人，来一角杯麦酒？"

"我不用。别渴着你自己。"

布雷肯为自己倒满一角杯，一口干了一半，擦擦嘴。"您提到条件，请问是怎样的条件？"

"没什么出格的。布莱伍德伯爵必须忏悔其叛国罪行,公开废除对史塔克家和徒利家的效忠关系。然后他要在诸神和世人面前庄严宣誓,从今以后做赫伦堡和铁王座的忠实封臣。最后我将以国王之名赦免他。我们会征收一两罐金币,作为叛乱的赔款,我还会索要一名人质,以防鸦树城将来再兴兵作乱。"

"您得要他的女儿,"布雷肯热切地提议,"他有六个儿子,却只有一个女儿。他最宠她。她是个拖着鼻涕的小东西,顶多七岁。"

"小了点,但实用也行。"

杰诺斯大人干了杯中酒,将角杯扔开。"许诺我们家的土地和城堡怎么说?"

"哪些土地?"

"寡妇河东岸的全部领土,从十字弓山脊到发情草场,以及河中所有岛屿。具体来说,这包括玉米坊、领主坊、泥厅的遗址、狂喜原、战争谷、老铁铺、皮扣村、黑皮扣村、石冢村、黏土池村、泥冢地的市集、黄蜂林、洛尔根的树林、绿丘、芭芭的双乳峰——布莱伍德管它叫蜜茜的双乳峰,但它最初是芭芭的双乳峰——蜂蜜树村和所有的蜂房。给,大人请看,我把它们全标出来了。"他从桌上翻出一张羊皮纸地图。

詹姆用完好的那只手接过地图,用金手蹩脚地打开展平。"这可是一大片土地,"他边看边说,"几乎会使你的封地增加四分之一。"

布雷肯抿紧嘴唇,"这些土地过去都是石篱城的,都是被布莱伍德家族偷走的。"

"乳峰中间你不要的村子,叫什么名字?"詹姆用金手的指节叩了叩地图。

"铜分树村。那原本也是我们的,但最近一百年间成了王家采邑,所以我把它剔除了。我们要的只是被布莱伍德家族偷走的领地而已,您父亲大人许诺过,只要我们除掉泰陀斯大人,就把这些领地归还我们。"

"我刚才骑马赶到时,徒利的旗帜和史塔克的冰原狼还在城上飘扬。看来你除不掉泰陀斯大人。"

"我们已把他和他的部下从野外赶走,围困在鸦树城。给我足够的人手,大人,我很乐意亲自登城,将他们统统送进坟墓。"

"给你人手,我还要你何用,功劳都是我的。"詹姆把地图卷起来。"我想留着它。"

"地图是您的了,但领地是我们的。人称兰尼斯特有债必还,我们为你们卖过命。"

"但之前你花了二倍时间跟我们作对。"

"那些事已得到了国王的赦免。你们杀了我的外甥和私生子,还放出魔山偷走我的粮食,焚毁所有拿不走的东西。那畜生不仅将我的城堡付之一炬,更奸污了我的一个女儿。我要补偿。"

"魔山死了,我父亲也死了,"詹姆告诉他,"而且从某种程度上说,你能保住人头已是天大的补偿。你毕竟拥护过史塔克,而且在瓦德大人清算他之前可谓是他们家的忠仆。"

"那是无耻下流的暗算,瓦德一并谋害了我们家十几个亲戚。"杰诺斯大人扭头吐了口唾沫。"没错,我是当过少狼主的忠仆,但只要你待我公正,我会接着当你们家的忠仆。我屈膝归顺是诚心的,因为我不愿让布雷肯家跟随死人或为了失败的事业流无谓的血。"

"你很有自知之明。"而布莱伍德大人的荣誉感更强。"你会得到许诺的封地,至少是其中一部分——对付布莱伍德家族的任务你毕竟有贡献。"

杰诺斯大人对此表示满意,"只要大人您秉公处理,我们家都乐于接受。在您出发前，请容我多嘴几句：不要对布莱伍德太过仁慈，因为叛逆之心扎根在他们的血脉里。安达尔人入侵维斯特洛之前，布雷肯家族统治着这条河，那时我们是国王，而布莱伍德家族是我们的臣下，后来他们背叛了我们，篡夺了王位。布莱伍德家的人天生就是变色龙，您提出条件时，千万要提醒自己。"

"噢，我会的。"詹姆保证。

他骑马离开布雷肯的围城营地，前往鸦树城，小派在前面打着和平的旗帜，二十双眼睛在城门楼上监视他们。他在护城河边勒住"荣誉"——这是一条挖得很深的堑壕，沟边排列着石头，绿色的河水被浮渣阻塞——正要令肯洛斯爵士吹起赫洛克之号，吊桥徐徐降下。

泰陀斯•布莱伍德大人骑着一匹跟其人一样憔悴的战马，来外庭会他。鸦树城伯爵极高也极瘦，鹰钩鼻，长头发，参差不齐、黑白相间的胡须里已是白丝见长，擦得鲜亮的红盔甲胸前镶嵌了一棵银树。那树光秃秃的，显然已经枯死，树周围有一圈振翅飞翔的玛瑙乌鸦。他肩披一件鸦羽披风。

"泰陀斯大人。"詹姆招呼。

"爵士。"

"感谢您允许我进城。"

"我可没邀请你进来，但我不否认自己盼望你能来。你是来招安我的吧？"

"我是来结束无谓的战争的。您的部下很英勇，但你们的事业业已失败。您准备好投降了吗？"

"我可以归顺国王，但决不向杰诺斯•布雷肯投降。"

"我明白。"

布莱伍德犹豫片刻，"你希望我现在就下马跪在你面前吗？"

一百只眼睛看着庭院。"风太冷，地上都是泥，"詹姆道，

"等商谈好和平条件,你可以在书房的地毯上向我下跪。"

"您真有骑士风度。"泰陀斯大人道,"请进,爵士先生,我的城堡虽然缺吃少喝,但永远不缺少礼貌。"

布莱伍德的书房位于结构复杂的木制主堡的二楼,他们进门时,书房里炉火烧得正旺。这个房间宽大通风,黑橡木大梁撑起高高的天花板。墙上覆满羊毛织锦,一对宽大的格子门面朝神木林而开,透过门扇上厚厚的菱形黄玻璃窗格,詹姆看见了城堡因之得名的那棵树遒劲的枝条。那是一棵身形庞大的古老鱼梁木,有凯岩城石头花园里那棵鱼梁木十倍大,不过现下光秃秃的,已然枯死了。

"是布雷肯下的毒,"主人解释,"一千年来,这棵树就没发芽。学士说,再过一千年,它恐怕要变成化石了。鱼梁木永不腐烂。"

"乌鸦呢?"詹姆好奇地问,"树上的乌鸦呢?"

"它们黄昏时才会来,然后整夜在树上栖息。一来就几百只,好像黑色的叶片覆盖整棵树,每个枝干每根枝条上都有。数千年来夜夜如此,谁也不知这棵树为何有这样大的吸引力。"布莱伍德坐进高背椅。"出于荣誉,我必须先问清我封君的下落。"

"艾德慕爵士作为我的俘虏正去往凯岩城,他的夫人待在李河城生产,产下孩儿后母子将被一同解送到凯岩城与他团聚。只要艾德慕不逃跑、不密谋叛乱,便能颐养天年。"

"他将带着悔恨活下去,过着没有荣誉的生活。他的余生都会承受唾骂,人们会说他是个不敢抗争的懦夫。"

你这样说就不公平了,詹姆心想,他不过是关心自己的孩子。他知道我是谁的儿子,他比我姑妈更清楚。"这是他自己的选择,他叔叔则愿流尽最后一滴血。"

"是的。"布莱伍德的声音没流露丝毫感情。"请问,您又是如何处置布林登爵士的呢?"

"我提出让他穿上黑衣，他却跑了。"詹姆会心一笑，"他有没有碰巧来这里呢？"

"没有。"

"如果你真的收留了他，会老实交代吗？"

这回轮到泰陀斯·布莱伍德微笑。

詹姆握拢双手，金手指和肉手指交缠在一起。"好吧，我们来谈谈和平条件。"

"需要我下跪了吗？"

"如果你愿意的话。当然，我们也可以放话说你跪过了。"

于是布莱伍德大人没有离开座位。两人很快在要点上达成一致：忏悔罪行、重新宣誓效忠、最后获得赦免，以及一定数量的金银赔款。"您要割多少地盘？"泰陀斯大人问。詹姆把地图递出，他只看了一眼就笑出声："变色龙讨赏的胃口好大。"

"说得对。不过他出力不够，所以所得可能比预期少。你愿割让哪些土地？"

泰陀斯大人考虑半晌，"木篱城、十字弓山脊和皮扣村。"

"一座废墟，一道山脊和几栋茅屋？不行，大人，你兴兵叛国必须接受惩罚。他至少会获得一座磨坊。"磨坊是重要的税收来源，按惯例，领主有权征收磨坊研磨的十分之一的粮食。

"给他领主坊，玉米坊是我们的。"

"再给他一个村子，石冢村如何？"

"我的先人就埋在石冢村的墓园里。"他又仔细看了看地图。"给他蜂蜜树村和所有的蜂房好了。但愿蜂蜜烂穿他的牙齿，让他胖得走不动路。"

"就这样办。您还要做一件事。"

"献出人质。"

"没错，大人。我知道您有个女儿。"

"蓓珊妮。"泰陀斯大人脸色大变,"我有两个兄弟和一个妹妹,两个守寡的姑妈,以及诸多外甥、侄女、侄儿。依我看,不如您……"

"我只要你的直系血亲。"

"蓓珊妮刚满八岁,她是个温柔的好孩子,充满了欢笑。她从未去过城堡一日骑程之外的地方。"

"何不让她去君临长长见识呢?国王陛下几乎与她同年,他会很高兴交上新朋友。"

"一个当她父亲的惹火他时他可以吊死的朋友?"泰陀斯大人反诘。"我有四个儿子,您可否考虑用其中之一来代替?本十二岁了,正渴望外出冒险,大人您乐意的话,可以收他当侍从。"

"我身边的侍从已多得我不知如何是好。我尿个尿,他们都会争吵谁来帮我扶老二。此外,大人,你有六个儿子,不止四个。"

"那是以前的事。我的小儿子劳勃天生体质不佳,九天前得肠胃病死了。卢卡斯则在红色婚礼上遭遇谋害。瓦德大人的第四任妻子本是我布莱伍德家的人,但在李河城,亲情跟宾客权利一样遭到践踏。我打算在树下葬了卢卡斯,佛雷家却至今不肯归还遗骨。"

"我会敦促他们尽快归还。卢卡斯可是你长子?"

"他是次子。布林登是长子和继承人,接下来是霍斯特——他恐怕是个书呆子。"

"君临城里书很多,记得我的小弟弟经常读到深夜。或许令郎也会喜欢上的。我就要霍斯特作人质吧。"

布莱伍德大人大大松了口气,"谢谢您,大人。"他迟疑片刻,"恕我冒昧,但请您别忘了也向杰诺斯大人讨要人质。他家都是女儿,他那么胡搞,结果还是没本事生儿子。"

"他说他有个私生子在战争中阵亡了。"

"他这样说?哈利确实是私生子,但是不是杰诺斯的种却很成问题。他是个漂亮的金发男孩，不像杰诺斯是个丑鬼。"泰陀斯大人站起身。"您愿赏光与我共进晚餐吗？"

"下次吧，大人。"城堡正在挨饿，詹姆这时来瓜分不多的食物就不厚道了，"我行程紧张，得尽快赶回奔流城。"

"回奔流城？您不是要去君临吗？"

"我都要去。"

泰陀斯大人没多做挽留。"霍斯特一小时之内就会准备好。"

他说到做到，男孩在马厩里跟詹姆会合，肩上随意地扛着铺盖卷，胳膊下夹了一捆卷轴。男孩最多不过十六岁，但已接近七尺，比父亲还高，他身形瘦长，动作笨拙，头发蓬乱。"队长大人，我是您的人质霍斯特。大家都叫我霍斯。"他笑着上前报告。

他以为这是闹着玩吗？"见鬼，'大家'指谁？"

"我的朋友和兄弟们。"

"我不是你朋友也不是你兄弟，"这话立时抹去了男孩脸上的笑容。詹姆转向泰陀斯大人。"大人，千万别搞错。贝里•唐德利恩伯爵、密尔的索罗斯、桑铎•克里冈、布林登•徒利、那个叫'石心'的女人……以上都是叛徒或土匪，是国王和他所有臣民的敌人。如果我听说你或你的手下胆敢窝藏他们、包庇他们，或以任何方式协助他们，我会立刻砍下你儿子的脑袋送给你。你千万要记得这点，你必须了解：我不是莱曼•佛雷。"

"我了解，"布莱伍德大人嘴角所有的暖意都消失了，"我记得你是谁，弑君者。"

"很好，"詹姆翻上"荣誉"，朝城门而去，"希望你在国王治下享受丰收与和平。"

他骑出鸦树城，发现杰诺斯•布雷肯伯爵就在城外等候，离城门恰好隔着十字弓的射程。布雷肯已穿戴好板甲锁甲，骑在铠甲战马上，头戴一顶马毛流苏的灰铁巨盔。"我看见他们降下冰原狼旗就赶来了。"他跟詹姆会合后表示,"都妥了?"

"都妥了。你快回家种地吧。"

布雷肯大人打开面甲,"相信您这趟出来,应该给我带来更多的地种吧。"

"皮扣村、木篱城、蜂蜜树村和所有的蜂房,"似乎忘了什么,"噢,还有十字弓山脊。"

"磨坊呢?"布雷肯提示,"磨坊不可或缺。"

"还有领主坊。"

杰诺斯大人哼了一声。"好吧,这次就这么算了。"他伸手指着在小派后面骑行的霍斯特•布莱伍德,"这是他给您的人质?您上当了,爵士,这小子是个软蛋,血管里流的是水。您别看他长得高,我随便哪个女儿都可以拿树枝抽打他。"

"说到女儿,您究竟有几个呢?"詹姆趁机询问。

"一共五个。我第一任妻子生了二个,第三任妻子生了三个。"他这才意识到自己太坦白。

"找个女儿随我进宫,她将有幸侍奉太后摄政王。"

布雷肯意识到这番话的严重性后黑了脸,"你们就是这样报答石篱城的友谊的么?"

"侍奉太后是天大的荣幸,"詹姆提醒对方,"若能给她留下好印象,将来你们家受益无穷。这样吧,宽限你年底之前把女儿送来。"他用黄金马刺轻戳"荣誉",扬长而去,不再等候布雷肯大人回答。人马排队跟进,兰尼斯特的旗帜高高飘扬。城堡和城外的营地很快被甩在身后,淹没在马蹄溅起的尘土中。

来鸦树城的路上,他们没遭遇土匪或狼群,詹姆决定返回时走另一条路。若诸神保佑,说不定能撞上逃亡的黑鱼,或是引诱贝里•唐德利恩贸然攻击。

直到日落,他们还在顺着寡妇河前进。詹姆召来人质,询问最近的渡口所在,男孩便领他们去一个浅滩。大队人马水花飞溅地过河时,太阳沉下一对绿草殷殷的山丘。"那就是双乳峰。"霍斯特•布莱伍德解释。

詹姆想起布雷肯大人的地图,"两座山中间似乎有个村。"

"铜分树村。"男孩确认。

"我们就在那里过夜,"如果村里还有村民,他们或能打听到布林登爵士或土匪们的线索,"关于双乳峰,杰诺斯大人讲了些有趣的故事,"就着最后几丝光线,在逐渐黑暗的山丘间奔驰时,他对布莱伍德家的男孩说,"似乎布雷肯对它们有种叫法,布莱伍德却有另一种。"

"是的,大人,最近一百年间都是这样。之前它们被统称为圣母双乳峰,或者就叫双乳峰。这两座山挺突出的,而您也看得出它们的形状……"

"我看得出它们的形状。"詹姆不由自主地回想起帐篷里那个女人,想起她试图遮挡大大的黑乳头。"最近这一百年到底发生了什么?"

"庸王伊耿讨了芭芭•布雷肯做情妇。"书呆子男孩回答,"据说她是个很丰满的女人,国王在石篱城做客时有天出去打猎,看见了双乳峰,就……"

"……就用自己的情妇为它们命名。"伊耿四世早在詹姆出生前就去世了,但他治下的荒唐事家喻户晓,詹姆猜得出个中缘由。"但不久后,他便抛弃了布雷肯家的女孩,勾搭上布莱伍德家的人,是不是这样?"

"他爱上了蜜利莎小姐,"霍斯特承认,"她小名蜜茜,我家神木林里还有她的雕像呢。她可比芭芭•布雷肯漂亮得多,苗条得多。有人听见芭芭咒骂蜜茜,说她的胸部平得跟男孩没两样。话传到伊耿王耳中,他就……"

"……他就把芭芭的双乳送给了她。"詹姆笑道。"说到底，布雷肯家和布莱伍德家仇怨的根源是什么？书上有记载吗？"

"有的，大人。"男孩回答，"只不过我们家学士和他们家学士记载的有差异，且往往都是在几个世纪后补述往事。这件事得追溯到英雄纪元时期。当时布莱伍德家是国王，布雷肯家不过是小领主，以养马闻名。他们养马发了财，却不按律法纳税，反倒雇佣兵推翻国王的统治。"

"这是多久以前的事？"

"安达尔人渡海之前五百年，按《真史》的说法则是一千年。没人知道安达人渡过狭海的确切时间。《真史》认定那是距今四千年的事，有的学士却说只有二千年。从近代上溯到某个时间点后，所有的纪年都变得混乱而让人迷惑，历史的真相被笼罩在传说的迷雾中。"

提利昂会喜欢这小子，他们可以从早聊到晚，辩论书里的话题。有那么一瞬间，他忘却了弟弟的恶言恶语，忘却了小恶魔的行径。"所以当凯岩城还在凯斯德利家族手里时，你们两家就为王冠打仗了？你们为一个消失了几千年的王国的王冠一直斗到现在？"他吃吃笑道，"经历了这么多岁月、这么多战争、这么多国王……你们怎就不能讲和呢？"

"我们讲过和，大人，讲过很多次。我们跟布雷肯家订立了上百次和约，其中很多还附带了联姻关系。每个布雷肯身上都流着布莱伍德的血，每个布莱伍德身上也流着布雷肯的血。人瑞王统治时期，两家的和平维持了半世纪，随后又吵翻了天，并把旧伤疤统统揭开，继续汩汩流血。我父亲说，这事会永无休止地循环下去，只要人类还牢记先祖吃过的亏，和平就不可能延续。一个又一个世纪，我们两家在互相憎恨中度过，我父亲说这事无法终止。"

"我不这么认为。"

"怎么终止呢，大人？我父亲说旧伤疤是愈合不了的。"

"我父亲也有句名言：伤敌十遍不如杀敌一遍。因为死人没办法复仇。"

"但他们的儿孙可以。"霍斯特辩道。

"那就把他们的儿孙也屠灭干净。不信你去问凯斯德利家的人，去问塔贝克老爷和夫人，去问卡斯特梅的雷耶斯家族，去问龙石岛亲王。"西方山丘上笼罩的深红云团一时间让他联想到包裹雷加孩子的红斗篷。

"所以你们家才把史塔克家赶尽杀绝？"

"我们没做到，"詹姆道，"艾德大人的两个女儿还活着。其中一个刚结婚，另一个……"布蕾妮，你在哪里？你找到她了吗？"……若诸神保佑，她会忘记自己是个史塔克。她会嫁给魁梧的铁匠或肥胖的旅店老板，生下一屋子崽儿，而且不用害怕哪天有骑士上门，把孩子的脑袋撞碎在墙上。"

"诸神慈悲。"他的人质不大确定地说。

你就这么相信吧。詹姆催促"荣誉"加速前进。

铜分树村比他想象中大，战火也波及了这里，到处是烧焦的果园和烧毁房屋的空壳，不过在烧毁的房屋旁，人们重建起比之前多出二三倍的房子。透过逐渐聚集的深蓝暮霭，詹姆瞥见二三十个新铺的茅草屋顶，还有新木头做的房门。在一个鸭子池塘和铁匠的锻炉之间，他发现了村子得名的那棵树，一棵高大的老橡树。扭曲的树根在地面盘根错节，犹如一窝缓缓游动的棕色的蛇，粗大的树干上则钉了好几百枚古旧的铜分币。

小派盯着那棵树，又看看空荡荡的房子。"人都哪儿去了？"

"藏起来了呗。"詹姆告诉他。

所有的炉火都被及时扑灭，但其中有些还在冒烟，而且没有哪家的壁炉是冷的。热哈利·梅瑞尔在菜园里找到的母山羊是全村唯一的活物……但村里还有一座坚固的庄园,十二尺高的石墙不输于河间地任何庄园。詹姆心知肚明村民们定是躲进了里头。一旦掠夺者到来,他们便早早藏进庄园里,所以此地迄今还维持着村子的模样。

现在他们躲的是我。

他骑着荣誉来到庄园门口。"庄园里的百姓听着,我们不会伤害你们。我们是国王的人。"

园门上方出现了几张脸。"烧掉我们村子的正是国王的人,"有人朝下喊话,"在那之前,另一个国王的人抢光了我们的羊。这两帮人支持的国王不一样,但对我们的羊来说有什么区别?国王的人杀了哈斯利和奥蒙德爵士,还把蕾茜活活干死。"

"我的人不会做这等事,"詹姆说,"开门吧。"

"等你们走了自然会开门。"

肯洛斯爵士骑到他身旁,"拿下这庄子是举手之劳,或者一把火烧了它。"

"他们会朝我们扔石头射箭。"詹姆摇摇头,"在这里闹出一堆人命又何必?这些老百姓并不想与我们为敌。安排部队住进民家,但不准偷东西,我们的补给应该很充足。"

一轮弯月爬上天空,他们把马拴在村子的公用地里,吃着腌羊肉、干苹果和硬奶酪。詹姆几乎没怎么吃,他和小派及人质霍斯一起分享了一袋葡萄酒。他试图去数老橡树上钉了多少枚铜分币,但硬币太多了,他没法算清楚。这棵树又有什么故事?布莱伍德家的男孩应该知道,但他不想破坏这份神秘感。

他在村外安排了哨兵,禁止任何人出入;他还派出斥候,以防敌人前来夜袭。接近午夜时分,两名斥候带了一个女俘虏回来。"大人,这女人胆大包天地骑马冲来,说是有话跟您讲。"

詹姆立时起身,"小姐,没想到这么快就与你重逢。"诸神保佑,她看起来似乎老了十岁。她脸上怎么了?"你脸上的绷带……你受伤了……"

"我被咬了一口,"她碰了碰他给她的那柄剑。守誓剑。"大人,您交给我一个任务。"

"我要你去找那女孩。你找到她了?"

"我找到了。"塔斯之女布蕾妮回答。

"那她人呢?"

"离此尚有一日骑程。我可以带您去见她,爵士……但您得单枪匹马跟我去,否则猎狗就会杀了她。"

琼恩

"拉赫洛。"梅丽珊卓双臂举向落雪的天空,唱诵道,"你是我们眼中的光,你是我们心中的火,你是我们腹中的热。你的光是白昼温暖我们的太阳,你的光是黑夜守护我们的群星。"

"吾等赞美拉赫洛,吾等赞美光之王。"冷风吹散了婚礼宾客参差不齐的回应。琼恩·雪诺拉起斗篷兜帽。

今天雪小了些,细碎的雪花在空中飞舞,但东风依然沿长城吹来,犹如老奶妈故事中刺骨的冰龙吐息。连梅丽珊卓的圣火都在颤抖,蜷缩在火坑中,伴着女祭司的吟唱发出轻微的噼啪声。似乎只有白灵不怕冷。

亚丽·卡史塔克凑近琼恩:"母亲大人常说,婚礼上降雪意味着婚姻冷淡。"

他看了赛丽丝王后一眼。按这种说法,她和史坦尼斯结婚那日,定然大雪纷飞。南方王后在貂皮斗篷中缩成一团,被贵妇、女仆和骑士围在中间,看起来虚弱苍白又瘦小。她冻僵的薄唇挂着勉强的笑容,但眼里饱含敬意。她憎恶寒冷,却恋慕火焰。看表情就知道,只要梅丽珊卓一句话,她会欣然步入火堆,热烈拥抱火焰。

并非所有后党人士都跟她一样狂热。布鲁斯爵士半醉半醒,梅格罗恩爵士戴手套的手捏着身旁女士的屁股,纳伯特爵士哈欠连天,国王山的派崔克爵士则在生气。琼恩·雪诺开始明白史坦尼斯为何会把这些人留给王后了。

"长夜漫漫,处处险恶。"梅丽珊卓继续吟诵,"吾等凡人,独生独死,茫然无措,踟蹰幽谷;幸得同袍,集聚而行,幸有真主，嘉以溢吾。"她的猩红绸缎袍随风起伏。"两位新人今日要连接生命，共同面对尘世的黑暗。噢，真主啊，请用火焰填充我们的心房，好让我们奉承您明光照耀。"

"光之王，守护吾等。"赛丽丝王后高喊，梅丽珊卓的其他信徒随声附和：脸色苍白的贵妇、颤抖的女仆、亚赛尔爵士、纳伯特爵士和蓝柏特爵士，穿铁锁甲的南方士兵和青铜甲的瑟恩人，甚至有几名琼恩的黑衣弟兄。"光之王，荣耀子民。"

梅丽珊卓背对长城，站在深坑一侧，坑里是熊熊火焰；新人在火坑对面面对梅丽珊卓。新人身后站着王后、公主和脸带刺青的弄臣。希琳公主裹着层层毛皮，简直像个球，蒙住她大半张脸的围巾不断呼出白气。亚赛尔·佛罗伦爵士率后党簇拥着王族。

只有少数几个守夜人聚在火坑边，更多的站在屋顶、窗口或长城巨大的之字形楼梯上观望。琼恩特别留心谁来了，谁没来。有些人在值班，有些人刚被换下很快睡着了，但其他缺席者明显是表达反对——奥赛尔·亚威克和波文·马尔锡便在此列。赛勒达修士从圣堂出来短暂露了个面，摩挲着用皮带挂在脖子上的七面水晶，祈祷开始后便退回圣堂里。

梅丽珊卓抬起双手，坑中火焰跃向她指尖，犹如被猎物诱惑的红色巨犬。飞升的火星与飘落的雪花迎面相撞。"哦，光之王，我们感谢你。"她对着熊熊火焰吟唱，"感谢你派来英勇的史坦尼斯，正直的国王陛下。请你引导他，请你守护他，拉赫洛，助他远离奸佞的阴谋。请你赐予他力量，讨伐黑暗的仆从。"

"赐予他力量，"赛丽丝王后和她的骑士、贵妇们同声应和，"赐予他勇气。赐予他智慧。"

亚丽·卡史塔克挽住琼恩的胳膊。"还要多久啊，雪诺大人？如果注定要被雪埋了，我想结完婚再死。"

"快了，小姐，"琼恩向她保证，"快了。"

"感谢您派来温暖我们的太阳。"王后唱道,"感谢您派来守护我们的群星,助我们穿越漫漫长夜。感谢您赐予我们壁炉与火焰,以抵挡无情的黑暗。吾等感恩戴德,为灵魂之光,腹中之火,心头之热。"

接着梅丽珊卓说:"新人上前,准备结合。"火焰将她的影子投射在身后的长城上,红宝石在她苍白的喉头闪烁。

琼恩转向亚丽·卡史塔克。"小姐,准备好了?"

"好了,嗯,当然。"

"你不怕?"

女孩的笑容像极了小妹,他心都要碎了。"该是他怕我。"她的头发用纱丁不知从哪找来的蕾丝裹住,雪花在她脸上融化,却在她头顶堆成一顶冰雪王冠。她双颊绯红,眼神闪耀。

"你真是冬天的女儿。"琼恩握紧她的手。

瑟恩的马格拿等在火坑旁,穿着毛皮、皮革和青铜鳞甲,腰佩青铜剑,像要赶赴战场。他头发稀疏,所以看起来比实际年龄大,但当他转头望向新娘,琼恩看出他还是个孩子。他眼睛瞪得像核桃,是什么吓着了他——火焰?女祭司?还是新娘?琼恩不得而知。亚丽的话完全没错。

"何人将献出她?"梅丽珊卓问。

"我。"琼恩说,"卡史塔克家族的亚丽来此成婚。她不仅是长大成熟、有了月事的女人,更是嫡亲所生、血统纯正。"他最后挤了一下女孩的手,转身回到众人之间。

"何人要迎娶她?"梅丽珊卓道。

"我,"赛贡拍拍胸口,"瑟恩的马格拿。"

"赛贡。"梅丽珊卓问,"汝可愿起誓:执子之手,共享圣火,共度长夜,共涉艰险?"

"我起誓。"马格拿的承诺化为空中的白雾,雪花斑斑点点洒在他肩上,他双耳冻得通红。"以红神的火焰之名,我将温暖她一生。"

"亚丽。汝可愿起誓:执子之手,共享圣火,共度长夜,共涉艰险?"

"直到他血液冰冷。"她借守夜人的黑羊毛斗篷作少女斗篷,用衬边的白色毛皮在后背缝上卡史塔克家族的日芒纹章。

梅丽珊卓双眼和她喉头的红宝石一样闪闪发光,"请上前来,结合为一。"随她召唤,一堵火墙咆哮升起,灼热的橙色火舌舔舐雪花。亚丽•卡史塔克挽住新郎马格拿。

他们并肩跳过火坑。"飞越圣火,"风吹起红袍女的衣衫,她压住飞舞的绯红长袍,"合二为一。"红铜色长发在她头上翻扬,"圣火熔铸,永不分离。"

"圣火熔铸,永不分离。"后党人士、瑟恩人,甚至有一些黑衣兄弟齐声应和。

大家都有触动,除了国王和叔叔,琼恩•雪诺心想。

克雷根•卡史塔克晚侄女一天到达,他带着四名全副武装的士兵、一个猎人和一群猎狗,像猎鹿一样追踪亚丽小姐。琼恩•雪诺赶在他们到达黑城堡宣称宾客权利或要求谈判之前,便于鼹鼠村以南半里格处的国王大道截住他们。一名卡史塔克的手下向泰发射十字弓,且因此而死。现在只剩克雷根本人和他的四名手下。

幸好守夜人有十几间冰牢。人人都有得住。

和其他许多东西一样,纹章制度止于长城,因而瑟恩人不像七大王国的家族那样拥有传统家徽。琼恩命事务官为他们设计一个——他觉得成果不错。赛贡将白羊毛制的新娘斗篷系在亚丽夫人肩上,上嵌青铜圆盘,周围用猩红丝绸织出熊熊火焰。若仔细探究,基础仍是卡史塔克家的日芒形象,但也依瑟恩人的特性做了修改。

亚丽的少女斗篷差不多是被马格拿扯下的,但他为她披上新娘斗篷时几乎算得上温柔。他低头亲吻她的脸,新郎新娘吐吸交融。火焰再次升腾,后党人士吟唱赞歌。"结束了?"琼恩听见纱丁小声问。

"彻底结束,"穆利嘀咕,"好极了。他们成亲,我要冻晕。"他穿了最好的黑斗篷,崭新的羊毛几乎没怎么褪色,但冷风把他的脸冻得和头发一样红。"哈布温了些加肉桂和丁香的葡萄酒,待会喝点暖暖身子。"

"什么是丁香?"呆子欧文问。

雪下大了,火坑的火渐渐熄灭。人群四散开去,鱼贯离开校场。后党、王党和自由民都急着寻找遮风避寒之所。"大人和我们一起参加宴会么?"穆利问琼恩•雪诺。

"回头就来。"若他不去,赛贡可能当成侮辱。毕竟,这场婚姻是我一手促成。"我先处理其他事。"

琼恩带白灵走向赛丽丝王后,靴子陷入成堆积雪中。这些日子,在建筑物间铲雪越来越难,人们日益依赖被称作虫道的地下通道。

"……多完美的婚礼。"王后激动地说着,"我感到真主火热的目光。噢,你不知我请求过史坦尼斯多少次,要他与我重办婚礼,在光之王的祝福下让灵与肉真正结合。经由火焰熔铸,我必将为他带来更多子嗣。"

带来更多子嗣,你首先得跟他上床。史坦尼斯•拜拉席恩已冷落妻子多年——这在长城也非秘闻。可以想象对在战争中重办婚礼的点子,史坦尼斯陛下会作何反应。

琼恩鞠躬,"陛下若方便,宴席正虚位以待。"

王后狐疑地看了一眼白灵,然后抬头盯着琼恩。"是的。梅丽珊卓女士会为我引路。"

红袍女祭司开口："我必须观望圣火，陛下。拉赫洛或能许我预见国王，乃至一场伟大的胜利。"

"哦。"赛丽丝王后略有不快，"诚然……让我们祈祷真主赐予意象……"

"纱丁，为王后陛下带路。"琼恩道。

梅格罗恩爵士上前一步。"我来护送陛下赴宴，我们不需要你的……事务官。"从那一顿中，琼恩听出这位爵士在掂量另外的词。小鬼？宠物？男妓？

琼恩再次鞠躬。"如你所愿。我稍后入席。"

梅格罗恩爵士伸出手，赛丽丝王后僵硬地挽住，并将另一只手放在女儿肩上。王家鸭子群紧跟在后，尾随两人穿过校场，弄臣帽子上的铃铛奏出行军曲。"海底下，人鱼喝海星汤，仆人全是螃蟹哟，"补丁脸边走边唱，"我知道，我知道，噢噢噢。"

梅丽珊卓脸色一沉。"那家伙很危险。我在圣火中多次看到他，有时他头骨缠身，唇染鲜血。"

你没烧死这可怜人真是奇迹。她只需在王后耳边说句话，补丁脸就会遭到火焚厄运。"你在圣火中看到了弄臣，却没发现史坦尼斯的线索？"

"我寻找他，看到的却是雪。"

同样的无用回复。克莱达斯已送乌鸦去深林堡警告阿尔夫·卡史塔克的变节，但乌鸦是否及时飞到陛下那里，琼恩无从得知。布拉佛斯银行家也带着琼恩提供的向导，动身寻找史坦尼斯，然而考虑到战争和天气，他找到的可能性微乎其微。"若国王有个三长两短，你会知道吗？"琼恩问。

"他没事。史坦尼斯是真主的选民，注定要率领我们抵抗黑暗。我曾在圣火中目睹，在古书预言中读到：当星辰泣血，长夜降临时，亚梭尔·亚亥将在烟与盐之地重生，并唤醒石头中的魔龙。龙石岛正是烟与盐之地。"

这番话琼恩早听腻了。"史坦尼斯·拜拉席恩确是龙石岛公爵,但并非在那里出生。他和他兄弟们一样生于风息堡。"他皱起眉头,"曼斯呢?连他也找不到?你到底从圣火里看到些什么?"

"恐怕他失踪了。我只看到雪。"

雪。琼恩知道,南方的雪势不断增强,据说离此两日骑程的国王大道业已无法通行。梅丽珊卓自然也知道。风暴也在东边的海豹湾肆虐,据最新报告,他派去拯救艰难屯自由民的那支杂牌舰队仍停留在东海望,望洋兴叹。"你不过看到火焰中盘旋的灰烬。"

"我看到了头骨,还有你。我每次观察圣火都会看到你的脸,我警告过你的危险已一触即发。"

"黑暗中的匕首,我知道。抱歉,女士,垂死的马驮着灰衣女孩,逃离了别人强加的婚礼,这是你说的。"

"我没说错。"

"也没说对。亚丽并非艾莉亚。"

"圣火展示真相,而我解读有偏差。我和你一样是肉体凡胎,琼恩·雪诺,凡人都会犯错。"

"即便是司令。"曼斯·雷德和矛妇们没回来,琼恩不禁猜测红袍女派他们出去是否另有目的。*她在玩什么游戏?*

"把你的狼时刻带在身边,大人。"

"白灵很少走远。"听到自己的名字,冰原狼抬起头。琼恩搔搔他耳背。"请原谅,我得走了。白灵,跟我走。"

冰牢开凿在长城底部,装有沉重的木门,一间比一间小。有几间宽敞的容许人踱步,较小的只能在里面坐着,最小的甚至连坐都坐不起来。

琼恩把最重要的俘虏关在最大的牢房,为其配备了一个马桶,足够御寒的毛皮,外加一袋酒。锁眼结了冰,守卫们费了些手脚才打开牢门。麻杆维克将门推出个能让琼恩通过的缝隙,生锈的铰链鬼叫了一声。淡淡的臭气迎面漂来,比他预期的微弱。在酷寒中,粪便也会迅速冻结。琼恩在冰墙上看到自己模糊的倒影。

冰牢角落里堆起的毛皮几乎有一人高。"卡史塔克,"琼恩叫道,"醒醒。"

毛皮翻动。有些毛皮冻在了一起,上面的冰霜随着翻动闪烁。一只胳膊露出来,接着是一张脸——黯淡纠结的棕发,夹杂着银丝;暴戾的眼睛;鼻子、嘴和胡子。胡子冻住了,全是鼻涕的冰碴。"雪诺。"他喷出一团白气,模糊了脑后的冰墙。"你无权关押我,我的宾客权利——"

"你们不是我的客人。你们未经允许来到长城,全副武装想绑架你侄女。亚丽夫人享用过我的面包和盐。她是客人,而你是因犯。"琼恩故意停顿了一会儿。"你侄女业已成婚。"

克雷根·卡史塔克咧开嘴唇,露出牙齿,"亚丽是我的。"尽管年过五十,他投入冰牢前仍身强力壮,只不过现下被寒气消磨了生机,显得僵硬虚弱。"我父亲大人——"

"你父亲是代理城主,并非领主。他无权指婚。"

"我父亲。阿尔夫。卡霍城伯爵。"

"无论根据哪里的律法,儿子的继承权都在叔祖之前。"

克雷根奋力站起来,踢掉缠住腿踝的毛皮。"哈利昂死了。"

或是快死了。"女儿也比叔祖优先。若她哥哥死了,卡霍城便属于亚丽夫人。她已嫁给赛贡,瑟恩的马格拿。"

"她嫁给了一个野人、一个肮脏野蛮的杀人凶手。"克雷根握紧双拳。他的皮手套边沿镶了毛皮,和披在宽肩上、冻得硬邦邦的毛皮斗篷搭配,黑羊毛外套上则绣有家族的白色日芒纹章。"我总算看清你是哪路货色了,雪诺:半狼半野人的怪物,叛徒与妓女的野种。你竟把一位出身高贵的女士送上肮脏的野蛮人的床。你是不是先侵犯过她啊？"他仰头狂笑，"想杀我？尽管动手，然后背上弑亲者的骂名！史塔克和卡史塔克同出一脉！"

"我姓雪诺。"

"野种。"

"至少。我有。这点罪。"

"你让这马格拿去卡霍城试试。我们会砍下他脑袋，塞进厕所，用他的嘴当便池。"

"赛贡有两百瑟恩人，"琼恩反击，"而亚丽夫人相信卡霍城会为她打开门。你两个手下已宣誓效忠她，且证实了你父亲与拉姆斯·雪诺的密谋。我知道卡霍城里有你近亲，你一句话就能救他们的命。开城投降，亚丽夫人将赦免背叛她的女人，并允许背叛她的男人披上黑衣。"

克雷根摇摇头，乱糟糟的头发里结满冰块，随他动作轻响。"永不。"他说，"永不，永不，永不。"

我该砍下他的头送给亚丽夫人和马格拿做结婚礼物，琼恩心想，但只能想想。守夜人在王国纷争里是不偏不倚的，已有人说他给了史坦尼斯太多帮助。砍了这白痴，他们会说我处决北方人好把土地送给野人；放了他，他则会全力破坏我为亚丽夫人和马格拿安排的联姻。琼恩很想知道父亲会怎样做，叔叔会如何应付此事。但艾德·史塔克已死，班杨·史塔克消失在长城外。你什么都不懂，琼恩·雪诺。

"'永不'是很长的时间。"琼恩说，"也许你明天就改了主意，又或一年后另有想法。史坦尼斯国王随时可能返回长城，届时你必死无疑……除非你披上黑衣。披上黑衣，罪行一笔勾销。"即便你这样的人。"抱歉，我该离开了，宴会等着我呢。"

拥挤的地下大厅十分温暖，让离开酷寒冰牢的琼恩刚踏入内时差点窒息。这里烟雾弥漫，满是烤肉和温热葡萄酒的香气。琼恩走上高台，亚赛尔·佛罗伦正致祝酒词。"敬史坦尼斯国王和他的夫人、北境之光赛丽丝王后！"亚赛尔爵士高喊，"敬光之王拉赫洛，愿他保佑我们！一个国家，一个真主，一个王者！"

"一个国家、一个真主，一个王者！"后党人士附和。

琼恩和其他人一起喝了酒。他不确定亚丽·卡史塔克能否从婚姻中得到幸福，但今夜至少值得庆祝。

事务官们端上第一道菜，加了小块山羊肉和胡萝卜的洋葱汤。这虽不及王家御宴，却十分滋养，汤的味道好，还暖肚子。"呆子"欧文拉起小提琴，一些自由民用笛子和手鼓为他伴奏。曼斯·雷德进攻长城时，他们奏响的也是这些东西。琼恩觉得现在听起来甜美多了。和肉汤一起上的是一条条棕色粗粮面包，刚出炉还是热的，盐和黄油则早摆在桌上。琼恩思绪重重。根据波文·马尔锡的说法，盐剩得多，但黄油一月之内就会用完。

老菲林特和诺瑞大人的座位就在高台下，这是极高的荣誉。两人都太老，没法随史坦尼斯出征，只能让儿孙代劳。但他们腿脚也不慢，及时赶上了黑城堡婚礼。两人各带来一个奶妈。诺瑞的女人四十岁，长着琼恩·雪诺生平所见最大的奶子。菲林特女孩只有十四岁，胸部平得像男生，但奶水也不少。在两人照料下，被瓦迩唤作怪物的孩子茁壮成长。

琼恩对此深表感激……但他压根不信两位老战士快马加鞭下山赶来仅仅为了送奶妈。两人各带来一队战士——老菲林特带了五人，诺瑞大人带了十二人，个个裹着破烂的兽皮和镶钉皮甲，犹如凛冬的化身。有人留了长胡子，有人带着伤疤，还有人又有胡子又有疤。这些人和塞外自由民一样信仰北境旧神，现在却坐在这里欢饮，庆祝被大洋彼岸的奇怪红神祝福的婚礼。

喝总比不喝好。菲林特和诺瑞都没扣杯子洒酒，说明事情尚有转圜余地。也许他们只不愿浪费上好的南方葡萄酒，在自家石头山上喝不到。

趁上菜间隙，亚赛尔·佛罗伦爵士邀赛丽丝王后下场跳舞，其他人纷纷效仿——先是王后的骑士们邀请随行贵妇。布鲁斯爵士和希琳公主跳了第一曲，又找上她母亲。纳伯特爵士跟赛丽丝身边每位贵妇都跳了一会儿。

由于后党人士是贵妇的三倍，所以连最卑微的女仆也受邀下场。几曲过后，一些黑衣兄弟跃跃欲试。他们忆起年轻时——没因犯罪发配长城时——在城堡和宫廷中学到的舞技，便加入舞蹈。"老土匪"御林的乌尔马舞跳得跟射箭一样精妙，他无疑在给舞伴讲述御林兄弟会的故事——他如何与西蒙·托因和"大肚子"本恩并肩作战，如何协助"白鹿"温妲给贵族俘虏的屁股烙上烙印。纱丁动作优雅，轮流与三位女仆跳舞，但从未冒昧地邀请贵妇。琼恩觉得这很明智。他不喜欢某些后党骑士看他这位私人事务官的眼神，尤其是国王山的派崔克爵士。此人过于嗜血，他心想，时刻寻衅滋事。

等呆子欧文和弄臣补丁脸跳起舞，地窖大厅溢满了笑声。亚丽女士也在微笑，"你们经常跳舞么？在黑城堡？"

"每场婚礼都跳，夫人。"

"你看，你可以和我跳一曲。就算是尽尽礼吧。你和我跳过一次。"

"跳过一次？"琼恩调侃。

"小时候啦。"她扯下一块面包丢他，"你当然记得。"

"夫人当与夫君共舞。"

"恐怕我的马格拿不是跳舞的料。也罢，你就算不和我跳舞，至少能帮我倒点葡萄酒吧。"

"遵夫人命。"他示意别人递来酒瓶。

"那么，"琼恩倒酒时，亚丽道，"我结婚了，我的野人丈夫拥有一支小小的野人军队。"

"他们自称自由民,至少多数人这样自称。而瑟恩人是他们当中非常古老的一个分支。"耶哥蕊特给他讲过这些。你什么都不懂,琼恩•雪诺。"他们来自霜雪之牙最北端的隐秘峡谷,那里被极高的山峰环绕。几千年来,他们和巨人打交道甚至比和其他人类还多。这让他们与众不同。"

"他们和其他野人不同,"她指出,"更像我们。"

"是的,夫人,瑟恩人有自己的领主和律法。"他们懂得下跪。"他们开采锡矿和铜矿,冶炼青铜以打造武器盔甲,不若其他野人那样靠偷靠抢。他们自豪又勇猛,曼斯•雷德三次战胜老马格拿后,斯迪才承认其为塞外之王。"

"现在他们来到此处,长城之南;他们被赶出山间要塞,却霸占了我的卧房。"她微微苦笑,"都是我的错。父亲大人千叮万嘱要我哄你哥哥罗柏,但我才六岁,根本不知道怎么做。"

是啊,但你现在快满十六了,希望你知道如何哄你丈夫。"夫人,卡霍城食物储备如何?"

"不好。"亚丽叹气,"我父亲南下带走太多壮丁,只剩妇孺从事收割。嗯,外加没法参战的老人和残废。于是粮食要么烂在地里,要么被秋雨冲成泥巴。现在又开始下雪。这个冬天会很难过,没几个老人挺得过去,还会死不少孩子。"

北境的冬天就这样。"我的外曾祖母来自山区的菲林特氏族。"琼恩告诉她,"他们自称是最初的菲林特,认定其他菲林特都是那些离开山区寻找食物、土地和女人的幼子们的后代。山区生活特别艰难,当大雪降下、食物匮乏时,年轻人必须背井离乡去避冬市镇,或为某座城堡打工。老人聚集起所有力气,宣称外出打猎。有的尸骨春天能找到,有的则永远消失。"

"卡霍城也这样。"

琼恩毫不意外。"夫人,补给不足时,记得我们。请把老人送来长城，他们发下誓言后，好歹不会在冰天雪地里咀嚼着回忆独自死去。如果你乐意的话，男孩我们也接收。"

"一言为定。"她的手放在琼恩的手上，"卡霍城永不遗忘。"

切好的麋鹿肉送上来，香气大大超出琼恩预期。他选了一块上好的给哈丁塔的皮革，顺便给旺旺三大盘烤蔬菜，然后自己吃了一大块肉。三指哈布还算通情达理。起初有麻烦，哈布两晚前来找他，抱怨说参加守夜人是为杀野人，不是为了给野人做饭。"而且我没做过婚宴，大人。黑衣弟兄不娶妻，这他妈的誓可是我亲口发的。"

琼恩用温葡萄酒冲下烤肉时，克莱达斯出现在他身旁。"信鸦，"克莱达斯说着把一张羊皮纸塞进琼恩手里。那张纸用一滴黑色硬蜡封住，琼恩不用拆就知道它来自东海望。信是哈慕恩学士写的——卡特•派克不识读写——但话是派克的话，开门见山，直切要点。

今日风平浪静，十一艘船趁早潮航往艰难屯。三艘布拉佛斯船、三艘里斯船、一艘潘托斯船、一艘伊班捕鲸船和三艘我们自己的船。有两艘里斯船完全是强撑着出海，很可能我们淹死的野人会比救回来的多，大人。我们带了二十只乌鸦和哈慕恩学士，会及时送回报告。我在"利爪号"上指挥，"黑鸟号"的"老破烂"是副指挥，葛兰登爵士留守东海望。

"黑色的翅膀，带来黑色的消息？"亚丽•卡史塔克问。

"不，夫人，这是我期待已久的。"但信的最后部分还是令人烦恼。葛兰登•赫威特经验丰富，身强体壮，是代理卡特•派克的恰当人选。但他同时也是艾里莎•索恩的至交，并在短短时日里，被杰诺斯•史林特引为密友。琼恩仍记起赫威特怎样把自己拉下床，还有他靴子踹在自己肋骨上的疼痛。我不会选他。他卷起羊皮纸，插进腰带。

下一道菜是鱼。人们剔骨吃狗鱼时,亚丽夫人拽马格拿下场。从赛贡移动的方式看,他显然没跳过舞,但他喝多了温葡萄酒,所以舞技都不重要了。

"北方淑女和野人勇士,由光之王结合。"亚赛尔·佛罗伦爵士坐进亚丽夫人的空位,"王后陛下很欣赏。我是她的心腹,大人,我知道她的想法。史坦尼斯国王也会赞成。"

若卢斯·波顿没把他脑袋插枪上的话。"唉,不过并非所有人赞成。"亚赛尔爵士的胡子像一把参差不齐的刷子,挂在多肉的下巴下,他耳朵和鼻孔里也冒出粗糙的毛发。"派崔克爵士觉得自己更配亚丽夫人。他为北上勤王失去了祖传领地。"

"这个大厅里很多人失去的领地比他多,"琼恩说,"还有很多人为保护王国安泰献出一生。派崔克爵士应该感到幸运。"

亚赛尔·佛罗伦笑了,"你跟国王真是一个鼻孔出气。但陛下忠诚的骑士也需要补偿,不是吗?他们随他远征,作出巨大的牺牲。而我们也需要让野人和国王及王国紧密联系。这次联姻是个不错的开始,我认为王后陛下很乐意看到野人公主完婚。"

琼恩叹口气。他已厌倦了解释瓦迩并非真正的公主,不论说多少遍,他们似乎充耳不闻。"我不得不承认,亚赛尔爵士,你真执著。"

"这能怪我么,大人?这份奖赏可不易得。我听闻她正当婚龄,模样也不错,丰乳肥臀,适合生养孩子。"

"生养谁的孩子?派崔克爵士的?还是你的?"

"谁比得过我?我们佛罗伦的血管里流着老园丁王的血。婚礼可由梅丽珊卓女士主持,就跟她主持亚丽夫人和马格拿的婚礼一样。"

"看来你只缺新娘。"

"这很好解决。"佛罗伦的假笑让人看了想吐,"她在哪里,雪诺大人?你把她送到其他城堡了?灰卫堡还是影子塔?或者和其他妞儿一起待在婊子楼?"他倾身靠近,"有人说你把她藏起来自己享用。我不在意,只要她没怀孕就行。我要让她怀我的儿子。如果你开了她的苞,哎……我们都是男人,对吧?"

琼恩听够了。"亚赛尔爵士,若你真是王后之手,我为王后陛下感到遗憾。"

佛罗伦气得满脸通红。"原来是真的。我明白了,你要私吞她,野种想得到父亲的城堡。"

野种拒绝了父亲的城堡。若野种想要瓦迩,只需自己去偷。"实在抱歉,爵士,"他说,"我需要透透气。"这里太臭了。他忽然转头,"号声。"

其他人也听到了。音乐和笑语霎时停下,跳舞的人僵在原地,仔细倾听。连白灵都竖起耳朵。"你们听到了吗?"赛丽丝王后问她的骑士。

"是战号,陛下。"纳伯特爵士说。

女王颤抖的手捂住脖子,"有敌情?"

"没有,陛下。"御林的乌尔马道,"长城上的守卫吹号而已。"

一声,琼恩·雪诺心想,兄弟归来。

但紧接着又响起一声,似乎响彻整个地窖。"两声。"穆利确认。

黑衣兄弟、北方人、自由民、瑟恩人、后党人士,统统凝神倾听。心跳了五下、十下、二十下……然后"呆子"欧文傻笑起来,琼恩·雪诺松了一口气。"两声,"他宣布,"自由民。"瓦迩。

巨人克星托蒙德终于来了。

丹妮莉丝

大厅充斥着渊凯人的笑声、歌声和祈祷。舞者跳舞，乐师用铃铛、管乐器和气囊演奏奇特的调子，歌手以难以理解的古吉斯语唱出古老的情歌。葡萄酒在席间流淌——不是奴隶湾的寡淡货色，而是青亭岛甘甜的佳酿和魁尔斯的梦酒，添加了异国香料。渊凯人应西茨达拉国王之邀，前来签署和平协议，并见证弥林城重开声名远扬的竞技场。丹妮高贵的丈夫在大金字塔上宴请他们。

*我恨他们，*丹妮莉丝·坦格利安心想，*怎会这样？我怎会对这帮我恨不得挫骨扬灰的人强颜欢笑？*

席上提供十几种肉和鱼：骆驼肉、鳄鱼肉、大乌贼肉、涂料烤鸭和多刺蛆，也有山羊肉、火腿和马肉供给那些口味没那么奇怪的客人。狗肉当然不能少，吉斯卡利人无狗不成席，西茨达拉的厨师为此准备了四味狗肉，"吉斯卡利人什么都吃，无论天上飞的地上走的还是水里游的，除了人和龙。"达里奥曾警告丹妮，"而我敢打赌，若逮到机会，他们连龙也吃。"当然，光有肉也不行，因而还准备了各类水果、谷物和菜蔬。空气中弥漫着藏红花、肉桂、丁香、胡椒及其他昂贵香料的气息。

丹妮几乎一口没动。*这是和平的滋味，*她告诉自己，*这是我追求的一切，我努力的目标，我嫁给西茨达拉的原因。但为何尝起来满嘴挫败？*

"再多忍耐一会儿，吾爱。"西茨达拉刚刚向她保证，"渊凯人和他们的盟友及佣兵很快就会离开，我们将得偿所愿。和平、食物、贸易。我们的港口将再次开放，允许船只自由出入。"

"没错,他们'允许'船只自由出入。"丹妮重复,"但战舰还停在那,随时可以扼住我们的喉咙。他们还在城墙外、在我眼皮底下重开了奴隶市场!"

"在城墙外,甜美的女王。和平条件之一,就是渊凯人可以像从前那样自由买卖奴隶,不受掣肘。"

"那是在他们自己的城市,而非我一睁眼就能看到的地方。"贤主大人们就在斯卡札丹河南岸、宽阔的棕色河流汇入奴隶湾的地方建起奴隶围栏和拍卖台。"他们当面嘲弄我,向世人展示我根本无力阻止他们。"

"虚张声势罢了。"她高贵的丈夫说,"正如您所说,不过是一场展示。就让他们自娱自乐吧,等他们走后,我们就地开个水果市场。"

"等他们走后。"丹妮重复,"他们何时走?斯卡札丹河对岸出现了骑手,拉卡洛说是多斯拉克斥候,后面跟着卡拉萨。卡拉萨会带来战俘,男人、女人和孩子,这些将被赠与奴隶贩子。"多斯拉克人不做买卖,但会交换礼物,"渊凯人为这个才搞起奴隶市场,他们会带着几千新奴隶离开。"

西茨达拉·佐·洛拉克耸耸肩,"但他们迟早会走,这才是重点,吾爱。渊凯会继续从事奴隶贸易,弥林则不会同流合污,这是协议达成的共识。稍稍忍耐一下吧,迟早会过去的。"

于是丹妮莉丝整场宴会都会静坐着,被朱红色托卡长袍和阴郁的思绪纠缠,只必要时说两句。墙内的人觥筹交错,墙外的男男女女却遭到买卖,对此她耿耿于怀。让她高贵的丈夫去高谈阔论,去逢迎无聊的渊凯笑话吧,那是国王的权利和义务。

席间谈论最多的是明天的竞技。黑发巴尔塞娜将要面对一头野猪,獠牙与匕首对决;克拉兹和斑猫也要上场;而那日最后一场战斗将在巨人格鲁尔和碎骨者贝拉科沃之间展开,日落之前,不死不休。女王的手不可能是干净的，丹妮安慰自己。她想起了多莉亚、想起了魁洛、想起了埃萝叶……想起了她未曾谋面、名叫哈茨雅的女孩。几个人死在竞技场总比几千人死在城门前好。这是我心甘情愿接受的和平代价。如果我回头，一切就都完了。

渊凯大元帅亚克哈兹·佐·亚扎克看起来似乎是伊耿征服时期的遗物。他弯腰驼背，满脸皱纹，牙齿掉光，在两名强壮奴隶的搀扶下才来到桌前。相比之下，其他渊凯将领都不那么令人惊讶了。有一个矮小敦实，他手下的奴兵却高瘦到荒诞的程度；另一个年轻匀称，打扮时髦，但醉得厉害，说的话丹妮一个词都听不明白。我怎会被这帮家伙逼得山穷水尽？

佣兵们截然不同。为渊凯效力的四个佣兵团的团长齐齐到场：风吹团团长是人称褴衣亲王的潘托斯贵族；长枪团团长吉洛·雷哈根看起来像鞋匠不像兵，说话口齿不清；猫之团团长血胡子的嗓门能顶十几个人。他体形硕大，留一大把胡子，对美酒和女人有惊人的兴致。他大吼大叫，打嗝放屁，声若惊雷，靠近他的女仆都会被揩油。他甚至不时把某个女仆按在膝上，揉捏双乳，在双腿间爱抚。

次子团团长也到场了。如果达里奥在这儿，宴会恐怕要以流血告终。没有任何和平条件能说服她的团长听任棕人本·普棱大摇大摆地进入弥林，再毫发无伤地回去。丹妮发誓担保七位使节和团长不会受任何伤害，渊凯人仍嫌不够。他们要丹妮也送出人质。于是对应三名渊凯贤主和四名佣兵团长，弥林送出七人到敌营：西茨达拉的姐姐和两名表亲，丹妮的血盟卫乔戈，她的海军司令格罗莱，无垢者队长"英雄"及达里奥·纳哈里斯。

"我把姑娘们交给你。"她的团长把剑带和黄金裸女像装饰的武器放到她手里时说，"替我保管她们，亲爱的，否则她们会在渊凯人中搞出血腥的乱子。"

圆颅大人同样没出席——西茨达拉戴上王冠后的第一件事就是解除他对兽面军的指挥权，换上自己白白胖胖的表亲马格哈兹•佐•洛拉克。如此最好。绿圣女说洛拉克家族和坎塔克家族之间有血仇，而圆颅大人从不掩藏对我夫君的蔑视。至于达里奥……

她结婚以来，达里奥行事愈发狂放。他不满意她的和平，更别提她的婚姻，他还念念不忘多恩人的欺骗。昆廷王子揭示维斯特洛人都是受命于褴衣亲王才投入暴鸦团时，幸得灰虫子和无垢者干涉，才阻止达里奥把他们全杀了。现下这些双面间谍被安全地关在金字塔深处……达里奥的怒火依旧熊熊燃烧。

他去做人质更安全。我的团长非为和平而生。丹妮不能冒放纵他砍死棕人本•普棱，当众嘲笑西茨达拉，挑衅渊凯人，或是颠覆她付出这么大代价才得到的和平的风险。达里奥是战争也是灾祸，从今以后，她必须让他远离她的床，远离她的心，远离她的一切。他就算不背叛她，也会控制她。她不知哪种更可怕。

饕餮盛宴之后，残羹剩饭都被清走，并在女王坚持下分给聚集在下面的穷人。高脚玻璃杯里盛了加香料的魁尔斯利口酒，暗如琥珀。娱乐活动开始了。

一班属于亚克哈兹•佐•亚扎克的渊凯阉伶歌手用古帝国的旧腔调唱了几首歌，声音甜美高亢，纯净得令人难忘。"吾爱，可曾听过如此的歌声？"西茨达拉问她，"犹如天籁，不是吗？"

"是啊，"她答道，"但我觉得他们可能更愿意保留男人的果实。"

伶人都是奴隶。这也是和平条件的一部分，奴隶主们可以带着自己的财产进弥林，不用担心他们被解放；作为回报，渊凯人承诺尊重被丹妮解放的那些奴隶的权利和自由。西茨达拉说这是公平交易，女王却觉得恶心。她又饮下一杯酒，冲掉这味道。

"无疑，只要你喜欢，亚克哈兹很乐意将这些歌手赠与我们,"她高贵的丈夫说,"作为印证和平的礼物,为我们的朝堂增光添彩。"

他把这批阉伶歌手送给我,丹妮心想,然后撤兵回家,再制造一批。反正世上男孩多的是。

接下来的杂技也没能打动她,哪怕他们搭出九层高的人体金字塔,顶上站了个裸体小女孩。这是在讽刺我吗?女王暗忖,顶上的小女孩是不是指我?

最后,她的夫君带客人们去下层露台,好让黄砖之城的宾客欣赏弥林的夜景。渊凯人手握酒杯,游走在花园,于柠檬树和夜晚绽放的花朵下漫步,丹妮发觉自己对上了棕人本·普棱。

他深鞠一躬,"圣上,您如此动人。哦,您一直都是。没有渊凯人能及您一半美丽。我本想带给您一件结婚礼物,但礼物的价格对老棕人本来说太高了。"

"我不要你的礼物。"

"这礼物或许例外。这是宿敌的人头。"

"是你的头吗?"她甜甜地说,"你背叛了我。"

"恕我冒昧,您太尖刻了。"棕人本捋捋灰白相间的胡子,"我们投靠胜利者一方,仅此而已,和以前一样。况且并非我自己想这么干,再这样下去我的手下不答应。"

"你的意思是他们背叛了我,这样喽?可为什么?我究竟哪里亏待了次子团?我没兑现佣金吗?"

"不,"棕人本说,"不光是钱,全知全能的圣主。很久很久以前,我初阵时就明白了一个道理。那次战后的清晨,我在死尸中跋涉,按佣兵的方式,搜寻剩下的那点战利品。我找到一具尸体,斧手剁掉了他整条胳膊,他浑身爬满苍蝇,结满干血,或许因此没人碰他。但他的镶钉夹克看来是好皮革,我觉得自己能穿。于是我赶走苍蝇,剥下衣服。那脏东西重得超出常理,原来在里衬下,他缝了一笔钱。是黄金,圣上,黄灿灿的十足真金,足够任何人下半辈子像领主老爷一样生活。但那对他有何用呢?他腰缠万贯,却断了一条该死的胳膊,躺在血泊和泥巴中死去。这是教训。银子是甜心,金子是娘,但你要是为它们送了命,它们还比不上你等死时拉的一坨屎。我告诉过您,有年长的佣兵,有胆大的佣兵,但没有既年长,又胆大的佣兵。我的孩儿们不想死,就这么简单,当我告诉他们你没法放龙出来对付渊凯人时,事情……"

你认定我是失败者,丹妮心想,我怎能怪你呢?"我懂了。"她应该结束谈话,但她实在好奇,"你说有足够任何人下半辈子像领主老爷一样生活的黄金,你把这笔钱花哪儿去了?"

棕人本笑道:"我那时还是个蠢小子。我把这事告诉了一个自己当朋友的人,他报告了军士,于是我的手足兄弟们帮我卸下负担。军士说我太年轻,只会把钱浪费在妓女上头,好歹他让我留下那件夹克。"他啐了一口,"永远、绝对不可相信佣兵,好夫人。"

"我已得到教训了。有朝一日,我定会答谢你给我上的这一课。"

棕人本眼角的皱纹卷起。"还是算了吧,我知道您想怎么答谢。"他再次鞠躬后离开。

丹妮转身俯视城市。城墙之外,渊凯人的黄帐篷密密麻麻排列在海边,由奴隶挖的壕沟保护。两个按无垢者的方式训练和装备的新吉斯铁军团在河北岸驻扎,另两个吉斯卡利军团在东面扎营,堵住了通向凯塞山口的路。自由佣兵团的马匹和营火则在南边。白天,袅袅炊烟如破烂的灰色缎带高悬天际;夜晚,篝火遥遥相望。海湾旁是最令人深恶痛绝的东西——开在她门口的奴隶市场。现在太阳落下,看不见,但她知道市场就在那里。这让她更愤怒。

"巴利斯坦爵士?"她轻声说。

白袍骑士立刻现身。"陛下。"

"你听到多少？"

"足够多。他说得没错，绝对不可相信佣兵。"

或是女王，丹妮心想。"次子团中可有哪位能被怂恿来……除去……棕人本？"

"就像达里奥•纳哈里斯除去暴鸦团其他团长那样？"老骑士有些尴尬，"或许有这样的人。我不清楚，陛下。"

不，她心想，你只是太诚实，荣誉感太强。"没有的话，渊凯还雇了另外三个佣兵团。"

"都是些流氓无赖，从战争中活下来的人渣，"巴利斯坦爵士警告她，"那些团长和普棱一样背信弃义。"

"我只是个年轻女子，知之其少，但我看来倒希望他们背信弃义。你应当记得，我曾说服次子团和暴鸦团加入我军。"

"陛下若要与吉洛•雷哈根或褴衣亲王密谈，我会带他们到您的住处。"

"还不是时候。现在耳多眼杂，即便你能将他们悄悄带离渊凯人身边，其缺席也会引人注目。必须用更隐秘的方法接触他们……今晚不行，但要快。"

"遵命。但我担心这类事恐非我所长，在君临，这类任务通常交给小指头大人或八爪蜘蛛打理。我们这些单纯的老骑士只会战斗。"他拍拍剑柄。

"那些囚犯。"丹妮提出，"和多恩人一起从风吹团叛逃来的维斯特洛人，我们还关押着，对吧？起用他们。"

"您是指释放他们？这明智吗？他们是被送来骗取陛下信任，伺机背叛的。"

"他们的使命业已失败。我现在不信任他们，以后也不会。"说实话，丹妮正渐渐忘记什么是信任。"但我仍可利用他们。其中有个女的，梅里丝。把她送回去，以示……以示敬意。他们的团长若是聪明人，会明白的。"

"那女人是最坏的。"

"那更好。"丹妮思忖片刻，"我们也该试探一下长枪团和猫之团。"

"血胡子。"巴利斯坦爵士眉头紧锁，"陛下明鉴，我们不当与他有任何瓜葛。陛下您太年轻，不记得九铜板王，但血胡子和当年那些人是一丘之貉。他毫无荣誉感，只有欲望……对金子、荣耀和鲜血的欲望。"

"你比我更了解这种人，爵士先生。"若血胡子真是最寡廉鲜耻最贪得无厌的佣兵，倒很可能是最容易左右的，但她不愿为此拂逆巴利斯坦爵士的谏言。"按你觉得最恰当的方式去做，但要快。若西茨达拉的和平不能长久，我希望提前做好准备。我不信任奴隶贩子。"我不信任我丈夫。"我们稍显势弱，他们便会猖狂反扑。"

"渊凯人已被削弱。据说血瘟在脱罗斯人中蔓延，并扩散到河对岸的吉斯卡利第三军团。"

苍白母马。丹妮莉丝叹口气。魁蜥警告我苍白母马即将到来。她还预言了多恩王子——太阳之子——及其他很多很多，可惜都藏在谜语中。"我不能把希望寄托在瘟疫上。立刻释放美女梅里丝。"

"遵命。不过……陛下，恕我斗胆，还有其他出路……"

"多恩出路么？"丹妮叹口气。鉴于昆廷王子的身份，三名多恩人都出席了宴会，只是瑞茨纳克小心翼翼地将他们安排到尽可能远离她夫君的位置。西茨达拉不像是善妒的人，但没有男人乐意看到情敌接近自己的新娘。"那男孩似乎人不错，谈吐得体，不过……"

"马泰尔家族历史悠久,血统尊贵,且一个多世纪以来,始终是坦格利安家族的忠实朋友。陛下,我有幸与昆廷王子的舅公一同身列您父王的七铁卫。勒文亲王是一位不可多得的英勇弟兄。昆廷·马泰尔身上流着同样的血,陛下不妨三思。"

"若他带着嘴里号称的五万战士出现,我兴许会三思。但他只带来两名骑士和一张羊皮纸。羊皮纸能帮我的人民抵御渊凯大军么?哪怕他带来一队军舰⋯⋯"

"阳戟城没有海军,陛下。"

"的确。"这部分维斯特洛史丹妮是知道的。娜梅莉亚曾率一万艘船登陆在多恩的沙滩,但她嫁给多恩亲王后,便将之全部焚毁,终身远离海洋。"多恩太远了。要让这个王子满意,我得放弃我的人民。你送他回去吧。"

"多恩人的固执举世闻名,陛下。昆廷王子的祖先曾和您的家族争斗过近两百年。不得到您,他决不会回去。"

那他会死在这儿,丹妮莉丝心想,除非他有我尚未见识的本领。"他还在里面?"

"正和他的骑士们喝酒。"

"带他来见我。让他见见我的孩子们。"

巴利斯坦·赛尔弥严肃的长脸上闪过一抹疑虑。"遵命。"

她的国王正和亚克哈兹·佐·亚扎克及其他渊凯将领一起开怀大笑。丹妮觉得他不会想念她,但还是要侍女转告她出恭的消息,以防万一。

巴利斯坦爵士和多恩王子一起等在阶梯上。马泰尔的方脸上阵阵潮红。他喝了太多葡萄酒,女王断定,而且正尽力掩盖。除开腰带上装饰的一圈铜太阳,多恩人衣着朴素。他们管他叫青蛙,丹妮知道原因了,定是因为他不够英俊。

她微微一笑。"王子殿下,下去的路很长。您真的想去吗?"

"若陛下恩准。"

"那走吧。"

两名无垢者举火把在前引路,两名兽面军殿后,一人戴鱼面具,一人戴鹰面具。即便在自己的金字塔,在这欢庆和平的美好夜晚,巴利斯坦爵士仍坚持要丹妮到哪都带上护卫。小队伍安静地走下很长一段路,期间三次停顿休息。"龙有三个头,"走下最后一段阶梯时,丹妮说,"我的婚姻并非你所有希望的终结。我知道你来此的原因。"

"为了你。"昆廷笨拙地献媚。

"不,"丹妮说,"为了血与火。"

一头大象在畜栏里冲他们鸣叫,接着下方传来一声咆哮,让她瞬间感到热度。昆廷王子警惕地四处张望。"她靠近时龙会感知到。"巴利斯坦爵士告诉他。

每个孩子都能感知到母亲,丹妮想。等海水干枯,山脉像枯叶一样随风吹落……"他们在呼唤我。来吧。"她握住昆廷王子的手,领他走向囚禁两条龙的深坑。"待在外面。"无垢者打开巨大的铁门时,丹妮吩咐巴利斯坦爵士。"昆廷王子会保护我。"她拉多恩王子一起进去,站在深坑之上。

两条龙抬起脖子环顾,用燃烧的眼睛注视他们。韦赛利昂已打碎一条铁链,并把其他链子熔化。此刻他倒挂在深坑顶上,犹如一只巨型白蝙蝠,爪子深嵌进烧焦破碎的砖块中;雷哥尚未挣脱铁链,正啃着一头牛的残骸。深坑里的骨头比丹妮上次来时积得更厚,墙面地板一片黑灰,与其说是砖不如说是灰烬。它们撑不了多久……好在砖墙后是泥土和岩石。龙能否像古瓦雷利亚的火蚯蚓一样钻洞呢?她希望不会。

多恩王子的脸白得像牛奶。"我……我听说有三条。"

"卓耿出去捕猎了。"他无须知道其中隐情,"白色那条是韦赛利昂，绿色那条是雷哥，我用兄长们的名字为他们命名。"她的声音回荡在焦黑的岩壁间，听起来很细小……是女孩的声音，不属于女王和征服者，也非新娘的欢愉之声。

雷哥咆哮呼应，一支红黄的火矛喷射而出，深坑中顿时溢满火焰。韦赛利昂报之以金橙色火焰，他扇动翅膀，卷起无穷的灰烬，破损的铁链在他腿上哗哗作响。昆廷·马泰尔往后跳开一步。

残忍的女人可能会嘲笑他，但丹妮捏捏他的手，"他们也吓到我了，不必羞愧。我的孩子在黑暗中越来越狂野粗暴。"

"您……您打算骑乘他们？"

"骑乘其中一条。我对龙的认识全来自小时候我哥讲的故事，以及我自己在书中读到的记载。据说即便征服者伊耿也不敢骑乘瓦格哈尔或米拉西斯，同理，他的姐妹们也不敢骑'黑死神'贝勒里恩。龙的寿命比人长，有些能活数百岁，因此伊耿死后，贝勒里恩接受过别的骑手……但没人能驾驭两条龙。"

韦赛利昂又嘶吼起来，烟雾从齿间升起，他们看见他喉咙深处金色火焰在跃动。

"他们……他们太可怕了。"

"他们是真龙，昆廷。"丹妮踮起脚尖，轻轻吻他的双颊，"我也是。"

年轻的王子吞了口口水。"我……我体内也有真龙血脉，陛下。我的血脉可追溯到第一位丹妮莉丝，则贤王戴伦之妹，多恩亲王的妻子。他为她建造了流水花园。"

"流水花园？"说实话，她对多恩及其历史知之甚少。

"那是家父最喜欢的宫殿，我很乐意有朝一日领您参观。它整个由粉色大理石建造，有水池和喷泉，能俯瞰大海。"

"听起来很美。"她带他离开深坑。他不属于这里。他不该来这里。"你回去吧。恐怕我的宫廷对你来说不安全，你树敌比你想象中多。你让达里奥难堪，他可不是不计前嫌的人。"

"我有骑士，他们是我忠诚的护卫。"

"你只有两名骑士，达里奥却有五百暴鸦团员。你还要当心我夫君。是的，他看起来温文尔雅，但你别被蒙蔽。西茨达拉的王冠是从我这儿逼得的，他还号令着一群全世界最精锐的战士。若他们中哪位想靠处置情敌来赢得宠幸……"

"我是多恩的王子，陛下，我不会在奴隶和佣兵面前退缩。"

你着实是个傻瓜，青蛙王子。丹妮恋恋不舍地看了她暴躁的孩子最后一眼。领男孩走到门边时，她还能听见龙的嘶吼，看见墙上闪烁的火光。如果我回头，一切就都完了。"巴利斯坦爵士会召来两架步辇带我们返回宴席，但攀爬会花很长时间。"在他们身后，巨大的铁门在一声巨响中关闭。"给我讲讲那个丹妮莉丝吧。我对我父王的王国了解并不全面，因为成长中没有学士辅导。"只有哥哥。

"荣幸之至，陛下。"昆廷说。

午夜过去很久，当最后一批宾客离开后，丹妮才返回寝宫，与她的夫君和国王共处。西茨达拉虽有些醉，但很开心。"我信守诺言。"伊丽和姬琪帮他们宽衣就寝时，他告诉丹妮，"你想要和平，现在你得到了。"

而你想要鲜血，很快我也必须满足你。丹妮心想，但她说出口的却是："我很感激。"

日间的兴奋点燃了丈夫的激情。等侍女们退下，他立刻扯掉她的袍子，把她按倒在床上。丹妮用双臂环住他，任他放肆。他喝得那么醉，丹妮知道他在里面停不了多久。

确实如此。事后，他摩挲她的耳朵，悄声低语："众神恩准我们今晚造出一个儿子。"

丹妮脑海中响起弥丽·马兹·笃尔的话。等太阳从西边升起，在东边落下。等海水干枯,山脉像枯叶一样随风吹落。等您的子宫再度胎动,您再次怀了孩子。到了那时候,他才会变回以前的模样,在那之前绝不可能。这话说得很明白,卓戈卡奥起死回生和她怀上孩子一样渺茫。但有些秘密即便夫妻也不能分享,因此她任由西茨达拉·佐·洛拉克抱有希望。

她高贵的丈夫很快沉沉睡去,丹妮莉丝却在他身旁辗转反侧。她想摇晃他,叫醒他,让他抱住她,亲吻她,再与她做爱,但即便他这么做了,也会随即再度陷入昏睡,将她一个人留在黑暗中。她思忖达里奥在做什么。他也辗转难眠么?他想念她么?他真的爱她么?他会因为她嫁给西茨达拉而恨她么?我不该让他上我的床。他只是一介佣兵,配不上女王,但……

我一直都知道,但依旧我行我素。"女王陛下?"黑暗中响起轻柔的声音。

丹妮畏缩了一下。"谁在那儿?"

"弥桑黛。"纳斯小文书走到床边,"小人听见您在哭。"

"哭?我没哭。我为何要哭?我有了和平,有了国王,有了女王渴望的一切。你做了个恶梦,仅此而已。"

"陛下明鉴。"她鞠了一躬,作势离开。

"别走,"丹妮说,"我不想一个人待着。"

"国王陛下在您身旁啊。"弥桑黛指出。

"国王陛下在睡梦之中,而我无法成眠。明日我必须沐浴鲜血,那是和平的代价。"她虚弱地笑笑,拍了拍床,"来,坐这儿,和我聊天。"

"如您所愿。"弥桑黛坐在丹妮身旁,"聊什么呢?"

"聊聊家乡。"丹妮说,"聊聊纳斯、蝴蝶和兄长。聊聊你开心的事,你欢笑的事,你所有的甜美回忆。让我忆起,这个世界仍然美好。"

弥桑黛尽力而为，直到丹妮终于睡着，陷入奇怪的、烟火弥漫的残破梦境。

　　黎明就快到了。